D1849091

Harper
Collins

Carrie Callaghan

Die Nachtmalerin

Roman

Aus dem amerikanischen Englisch von
Sabine Schilasky

Harper Collins

HarperCollins®

2. Auflage: Mai 2020
Deutsche Erstausgabe

Titel der amerikanischen Originalausgabe:
A Light of her own

erschienen bei: Amberjack Publishing, New York

Umschlaggestaltung: Hafen Werbeagentur, Hamburg
Umschlagabbildung: Thielen, Jan Philip van (1618–67) / Private Collection /
Johnny Van Haeften Ltd., London / Bridgeman Images,
CaroleGomez, Xinzheng / Getty Images, Textures.com
Lektorat: Sefanie Kruschandl
Satz: GGP Media GmbH, Pößneck
Printed in Germany
Dieses Buch wurde auf FSC®-zertifiziertem Papier gedruckt.
ISBN 978-3-95967-364-8

www.harpercollins.de

Für Patrick, meinen Liebsten

Kapitel 1

FEBRUAR 1633

Judith lehnte sich an den schmalen Fenstersims und spähte durch das Glas. Die eisige Abendluft durchdrang die vielen Schichten ihrer Unterkleider und des abgetragenen Mieders. Der gestrichene Sims unter ihren tauben Fingerspitzen war zum Grau eines bewölkten Himmels verblasst. Hinter dem Glas lockte sie das goldene Licht der Schankwirtschaft, und obwohl es noch nicht einmal Abendessenzeit war, saßen bereits in unterschiedliche Brauntöne gekleidete Trinker an den kleinen Tischen. Vor Kälte und Nervosität klapperten Judiths Zähne. Sie musterte die Gäste, suchte nach einem verräterischen Detail, konnte aber leider nichts Ungewöhnliches entdecken.

Zu gern wäre sie zurück durch den Garten, um die Hausecke und durch die Tür der Wirtschaft nach drinnen gegangen, doch das wäre zu gefährlich gewesen. Obwohl es eine normale Schänke war, hätte jeder erkannt, dass sie nicht zum Biertrinken gekommen war. Ehrbare Frauen besuchten keine Schänken oder Gasthäuser. Doch eine Malerin, die zu einer geheimen Auktion hier erschien? Womöglich erkannte sie jemand und meldete sie der Gilde. Deren Meister wären entzückt ob eines Vorwands, sie zu bannen. Kein Künstler, vor allem kein Lehrling wie sie, durfte über andere als von der Gilde abgesegnete Wege verkaufen. In der Kälte stampfte Judith mit den Füßen auf und wartete.

Drinnen im Schankraum, der sich im hinteren Teil des Hauses befand, spielte ein Musikantentrio in einer Ecke auf. Judith trommelte aufgeregt mit den Fingern auf dem Fenstersims den Takt mit, bis ihr so kalt war, dass sie die Arme lieber um ihren Oberkörper schlang.

Nichts deutete auf eine Auktion hin, weder illegaler noch anderer Art. Keine Kunst, keine Leinwände, die herumgereicht wurden, keine Staffeleien. Bloß Krüge und wenige Teller wanderten von Hand zu Hand, während bärtige Männer Bier oder, seltener, Wein ihre Kehlen hinabrinnen ließen. Sie spürte, wie sich ein Knoten in ihrem Bauch bildete. Der Mann mit der krummen Nase hatte sie getäuscht. Einen Moment lang presste Judith ihre Fingerspitzen, die noch nach Leinöl und Ocker rochen, auf die Augenlider. Wenn er sie betrogen und ihr Bild gestohlen hatte, würde sie das vier wertvolle Monate kosten. Oder mehr. Sie war dreiundzwanzig und immer noch ein Lehrling.

Als sie die Augen wieder öffnete, sah sie an der einen Seite des Raums einen dünnen Mann in einem azurblauen Wams von einer Bank aufstehen. Sie kannte ihn nicht, doch seine auffällige Kleidung lenkte ihren Blick auf ihn. Er schien etwas zu sagen, beugte sich nach unten, richtete sich wieder auf und zog dabei einen Leinenüberwurf an sich, der ein Gemälde verhüllt hatte. Judith atmete leise aus.

Sie fragte sich, welcher Künstler dieses lebensechte Gemälde von einem Laute spielenden Schafhirten geschaffen hatte. Diese Erdtöne mit Akzenten von weichem Grün. Wer außer ihr musste noch auf illegale Auktionen zurückgreifen? Selbstverständlich keiner von Haarlems berühmtesten Meistern, wie etwa die Brüder Frans und Dirck Hals. Sie verkauften unter dem Schutz der Lukasgilde. Vielleicht war es ein Lehrling, der kurz vor Vollendung der Ausbildung stand, so wie sie selbst. Jemand, der eben erst eine gewisse Anerkennung erlangte. Sie hoffte, der hier gezeigte Künstler war angesehen oder zumindest nahe daran, es zu werden. Wenn andere Gemälde hohe Gebote einbrachten, könnte es ihres auch. Zwanzig Gulden wären genug. Vielleicht bekam sie sogar dreißig. Noch nie hatte sie so viel Geld verdient, in ihrem ganzen Leben nicht. Wobei fraglich blieb, ob der Auktionator ihr einen gerechten Anteil geben würde.

Der Mann mit der Leinwand trug das Gemälde zu einem anderen Tisch, an dem vier Kartenspieler stirnrunzelnd auf ihre Hände blickten. Judith rief sich jedes Detail ihres eigenen Gemäldes in Erinnerung: Ihre Frau mit dem erhobenen Weinglas hatte genau die richtige Kopfneigung. Doch der Schimmer des Rotweins im geschliffenen Glas war heikel gewesen. Sie hatte mit der Lichtbrechung gekämpft und ihre Schwierigkeiten ein wenig umgangen, indem die Finger der Frau den Blick des Betrachters teilweise versperrten. Judith liebte es, welchen Freiraum ihr die Farbe gab, welche Macht, die Welt auf die schönstmögliche Weise neu zu gestalten, doch sie hoffte, dass keiner der hier Versammelten ihre Korrektur bemerken würde. Die Leute waren Händler und kleine Kaufleute, die gerne ein wenig Luxus neben ihren Waren in den Läden zur Schau stellen wollten. Diesen Händlern war es gleich, ob es sich um die mittelmäßige Darstellung eines Bauernhauses an einem gewundenen Weg oder um ein Werk handelte, in das der Künstler Fragmente seiner Seele gelegt hatte. So schnell wie möglich brauchte Judith ihre eigene Werkstatt. Nur dann würde sie eine Chance haben, sich als ernst zu nehmende Malerin zu etablieren, bevor die öffentliche Begeisterung der Bevölkerung für Gemälde als Dekoration im Hause nachließ. So viele junge Männer hatten Frans de Grebbers Malerwerkstatt verlassen, um sich selbstständig zu machen. Nur Judith war noch immer dort in der Lehre. Obwohl sie ebenso gut war wie die anderen.

Von ihrem Atem beschlug das Glas, deshalb trat sie einen Schritt zurück. Sie biss sich auf die Unterlippe und rieb an ihren rauen Wollärmeln, um sich zu wärmen. Das Licht von drinnen erhellte die Farbe, die noch auf ihrem geschrubbten Handrücken haftete, und Zweifel stiegen einem kühlen Nebel gleich in ihr auf. Sie hätte dem groben Mann ein anderes Werk geben sollen, wie das von den beiden Kartenspielern mit dem Jungen, der einem Hund nachjagte. Drei Personen machten das Gemälde viel wertvoller, und die leise Kritik am Spielen – die durch das närrische Treiben des Jungen angedeutete Warnung – würde die Käufer ansprechen. Aber der Mann hatte sie misstrauisch gemacht. Er hatte sich an sie herangeschlichen, als sie an einem Sonntagmorgen aus der vom Glockenhall erfüllten Kathedrale gekommen war. Geld im Voraus hatte er ihr nicht angeboten. Und bei der Übergabe hatte er ihr nur eine beinahe unleserliche Quittung gegeben, als würde er nicht davon ausgehen, dass sie lesen und schreiben konnte. Erst nachdem sie ihm das Gemälde gegeben hatte, war Judith aufgegangen, dass er ihr nicht gesagt hatte, wann – und ob – sie bezahlt werden würde. An jenem Abend hatte sie stumm in ihre verschlissene Bettdecke geweint.

Die erste Leinwand, die der Auktionator zeigte, verschwand im Nebel des Raums. Judith trat von einem Bein aufs andere. Die untergehende Sonne verwandelte das Glas für einen Moment in einen Spiegel, und es ärgerte sie, ihr kleines Gesicht und die schmalen Lippen zu sehen anstelle des Schankraumes. Judith wusste, dass sie keine Schönheit war. Wieder bewegte sie sich und versuchte, an ihrem Spiegelbild vorbeizuschauen. Bei ihrer Größe musste sie sich auf die Zehenspitzen stellen, um mehr als die Köpfe der Trinker im höher gelegenen Raum zu erkennen, und dies war das einzige Fenster. Der Auktionator saß mit zwei älteren Männern an einem Tisch, deren Rücken sein Gesicht verdeckten. Doch die ungewöhnliche Farbe seines Wamses leuchtete – ein Grund für Optimismus. Wenn der Mann Kleider dieses exklusiven Farbtons trug, konnte das nur heißen, dass er viel Geld verdiente. Vielleicht war er vom belebten Amsterdam nach Haarlem gereist, und bestimmt würde er wissen, wie er einen hohen Preis für ihr Gemälde erzielte. Erneut trat sie auf und ab. In ihren abgewetzten Schuhen wurden ihre Zehen vor Kälte schon taub.

»Du bist zwar sehr unscheinbar für eine Dirne, aber ich versuche es mal mit dir«, sagte eine Stimme hinter ihr. Sie wirbelte herum, und eine Alkoholwolke schlug ihr entgegen. Ein Mann stand zwischen ihr und der schmalen Gasse neben der Gastwirtschaft. Sein fettiges braunes Haar klebte ihm unter der breiten Hutkrempe an der Stirn. Er neigte sich zu ihr hinab, wollte einen Arm an die Mauer lehnen, verfehlte sie jedoch und stolperte.

»Ich bin keine Hure, du Narr.« Judith trat von dem Fenster weg und weiter in den Schatten des Küchengartens. Sie blickte zur Straße hinter dem Mann, wo nichts außer Dunst auszumachen war. Ihr Herz pochte so schnell, als wolle es ohne sie davonlaufen.

»Jetzt sei nicht so schüchtern. Das bringt dir keinen Gulden mehr ein. Komm schon, wo soll es sein? Nicht hier, hoffe ich. Obwohl«, er musterte sie von oben bis unten, »ich würde es hinbekommen.«

»Ich bin nicht käuflich«, sagte sie. »Lass mich oder ich rufe den Wachmann.« Sie hatte keine Ahnung, wo gerade ein Nachtwächter sein mochte, betete aber, dass ihrer Stimme die Unsicherheit nicht anzuhören war. Ihr Puls rauschte in den Ohren. »Scher dich fort oder du wirst es bereuen.«

Der Mann begutachtete sie abermals und spuckte auf die schmutzigen Steine des Gartenwegs.

Plötzlich griff er nach ihr. Wieder wich sie zurück, weiter in die Dunkelheit, und riss die Augen weit auf. Sie hätte vorwärtsgehen sollen, zur Straße und möglichen Passanten. Grinsend kam er näher.

Sie holte tief Luft und stieß ihn weg.

Verwundert schüttelte der Mann den Kopf. Dann verzog er spöttisch das Gesicht, und sie hielt die Hände in die Höhe, bereit, ihn erneut wegzustoßen. Er spuckte wieder aus und verschwand dann, während er wütend vor sich hin murmelte. Die Bänder unten an seinen Kniebundhosen waren orange, und für einen Augenblick flutete die Farbe Judiths Denken. Sie lehnte ihre Schulter an die eisige Mauer der Schänke, kniff kurz die Augen zusammen und versuchte, ruhig zu atmen. Die kalte Luft brannte in ihrer Lunge.

Judith spähte aufs Neue durch das Fenster, doch jedes Mal wenn sie sich von der Straße abwandte, fühlte sie den klaffenden, ungewissen Abend hinter sich lauern. Die Auktion drinnen ging weiter, und flüchtig erblickte sie Finger an einem schimmernden Weinglas. Oder glaubte, sie zu sehen, doch die Menge verschluckte das Bild. Sie hätte ihren jüngeren Bruder Abraham mitbringen sollen. Bei Tage konnten Frauen ohne Weiteres allein in Haarlem umherwandern, doch mit dem abnehmenden Licht schwand auch die Sicherheit. Judith blickte sich zum Garten und der angrenzenden Seitenstraße um. Mit zwanzig Jahren war Abraham alt genug, sie zu beschützen. Außerdem war er schlau und hätte keine Fragen über die Auktion gestellt.

Sie schaute zurück in die Wirtschaft, doch nun konnte sie den Auktionator nicht mehr entdecken. Die Tische waren nach wie vor voller halb leerer Krüge, Stapeln von Spielsteinen, und es waren sogar einige Frauen dort. Aber nirgends eine Spur von dem Mann in dem azurblauen Wams.

Sie bohrte die Fingernägel in den Fenstersims, und ihr Blick huschte nervös zur Straße und dann zurück, um weiter nach dem Auktionator Ausschau zu halten. Die Scham hielt sie an Ort und Stelle, während sich Panik in ihr regte. Die Materialien für dieses Gemälde waren teuer gewesen, und jede Woche, die sie in der Lehre bei Frans de Grebber festsaß, war eine, in der ein anderer junger Maler seine

Werkstatt aufmachte. Bald würden an den Schmiede- und Bäckerwänden alle moralisierenden Gemälde und Bibelszenen hängen, die dorthin passten. Dann würde sich niemand mehr auf das Wagnis einlassen, eine unbekannte Malerin anzubieten. Das Zwielicht ging in Dunkelheit über. Sie hatte keine Laterne bei sich und musste weg, bevor das winterlich frühe Abendläuten alle gesetzestreuen Bürger an den sicheren heimischen Herd schickte. Eine Kirchenglocke erklang, doch Judith zählte nicht richtig mit, weil sie immer wieder zwischen Straße und Fenster hin und her sah. Männerstimmen ertönten in der Nähe, und sie erstarrte. Nachdem sie fort waren, zählte Judith bis zwanzig, raffte all ihren Mut zusammen und ging zur Vorderseite des Gasthauses. Dann trat sie durch die Tür.

Drinnen wurde sie von einem Durcheinander aus Stimmen und Musik empfangen. Sie flehte lautlos, dass niemand sie bemerken würde, dass keiner sie erkannte. Dennoch drehten sich einige Köpfe zu ihr um, gewiss überrascht von dem strengen braunen Kleid und der einfachen weißen Batisthaube auf ihrem kastanienbraunen Haar. Ihre Kleidung stand in starkem Kontrast zu den bunten Gewändern der anderen Frauen, die hier im Raum auffielen wie gepflückte Blumen. Und der Narr hatte sie für eine Dirne gehalten!

Blinzelnd blieb sie stehen, war für einen Moment überwältigt. Sie packte den Ellbogen einer vorbeigehenden Bedienung.

»Verzeihung, ist der Mann in dem azurnen Wams hier? Mit den Bildern? Weißt du, wo er ist?«

Dem Mädchen baumelten vier leere Krüge von den Fingern wie ungezogene Kätzchen, die man im Nacken gepackt hatte. Sie reckte den Kopf, sah über Judith hinweg und erwog offenbar, ob sie höflich sein oder sich ihrer drängenden Arbeit widmen sollte.

»Ich habe keine Bilder gesehen«, antwortete sie schließlich und sah Judith an. »Hier ist viel zu tun, und wir bekommen solche Dinge nicht immer mit. Weißt du einen Namen? Vielleicht kenne ich ihn.« Lächelnd machte sie einen halben Schritt von Judith weg.

»Ein azurfarbenes Wams. Blau, meine ich, mit einem Grünstich. Er trug ein blaues Wams. Er war hier.« Judith streckte eine Hand nach der Frau aus, wagte aber nicht, sie erneut zu packen.

Die Bedienung zuckte mit den Schultern. »Bedaure.« Sie ging weg.

Judith blickte sich um und bemühte sich, ihre Verzweiflung im Zaum zu halten. Braune Wämser und moosgrüne Mieder allenthalben, aber sie sah keinen Auktionator. Es war dumm gewesen zu glauben, sie könnte den Verkauf überwachen.

Die Stimmen der Trinkenden ließen den Raum um sie herum dröhnen. Sie musste sich irren. Er war hier, ganz bestimmt. Sie suchte mit Blicken die lebhafte Menge ab. Ein Gesicht erregte ihre Aufmerksamkeit, doch es handelte sich um einen jungen Mann, der in Dirck Hals' Werkstatt malte. Einer von jenen Männern, die Fragen stellen und Märchen über ihre Anwesenheit in der Gastwirtschaft erzählen würden. Judith machte auf dem Absatz kehrt und rannte hinaus.

Sie rieb sich die Arme und wünschte, ihre Sicherheit hinge nicht davon ab, dass sie dem Abendläuten gehorchte.

Der Auktionator konnte nicht weit sein. Sie hätte ihn suchen können. Dann ging ein Fremder an ihr vorbei und warf ihr einen unheimlichen Blick zu. Im gedämpften Licht begab sie sich zum Haus ihres Meisters.

Ihr blieb keine andere Wahl. Sie musste zu schlafen versuchen und hoffen, dass es bald Morgen würde. Leise stieg Judith die Treppe zu dem Zimmer in Frans de Grebbers Dachgeschoss hinauf, das sie sich mit seiner Tochter Maria teilte. Ohne eine Kerze anzuzünden, zog sie ihr Nachthemd an. Marias Bett war nur wenige Schritte entfernt, und sie hörte den ruhigen Atem ihrer friedlich schlafenden Freundin. Barfuß huschte Judith über die kühlen Dielenbretter. Im Dunkeln konnte sie nur die Umrisse ihrer Freundin erkennen. Sie hielt eine Hand über Marias Kopf, sodass deren krauses Haar ihre Handfläche streifte. Maria atmete aus, rührte sich, wurde aber nicht wach. Judith drehte sich um und stieg auf ihre eigene strohgefüllte Matratze. Dann zog sie sich die Decke bis zum Kinn nach oben. Ihre einzige wahre Freundin musste sich nicht sorgen, wie sie genügend Münzen für die Gebühr der Lukasgilde zusammenkratzen sollte. Marias Vater war ein erfolgreicher Maler. Obwohl bisher noch keine Frau als Meisterin in die Gilde aufgenommen worden war, vermutete Judith, dass Maria, sollte sie sich hinreichend anstrengen, die Zustimmung der anderen Mitglieder gewinnen würde. Doch soweit Judith wusste, reizte Maria ein Leben als Malerin nicht. Judith indes interessierte wenig anderes. Natürlich könnte sie versuchen, einen Ehemann zu finden. Sie war schlicht, aber fleißig genug, um als Gemahlin eines Webers oder Schusters in Betracht zu kommen, irgendeines bescheidenen Mannes. Nur hoffte sie auf etwas weit Besseres als einen Gemahl: ein Leben voller Farben und Öl, mit denen sie Wunder bewirkte. Sie blickte hinauf zum Giebel, der in der Dunkelheit unsichtbar war. Zwar besaß sie ihr Talent und ihre Träume, doch nun hatte sie dieses Gemälde verloren. Es war fort. Der Schmerz um jene vergeblichen Stunden und Münzen lastete schwer auf ihr, und sie atmete beinahe knurrend aus, was zur Folge hatte, dass Maria im Schlaf murmelte. Judith biss die Zähne zusammen und starrte in die Finsternis.

Kapitel 2

Das Morgenlicht war noch schwach, und Maria blinzelte vor Konzentration. Sie tupfte die Farbe mit ihrem winzigen Pinsel auf, hinterließ mehr Luft als Pigment auf der kleinen Flamme, die sie malte. Ein wenig heller. Sie hatte vergessen, ihr zweites Hemd und die neuen Wollstrümpfe anzuziehen, sodass sich nun eine kribbelnde Gänsehaut unter ihren zwei Tuniken breitmachte. Es war zu kalt, um in aller Frühe hier im Haus zu malen, dennoch musste sie. Es blieb nur noch wenig Arbeitszeit. Schon war zu hören, wie ihr Vater und die Lehrlinge ihrer morgendlichen Routine nachgingen und sich zum Frühstück einfanden. Bald würden sie in die Werkstatt kommen, und Marias kurze Zeit des Alleinseins wäre vorbei.

Im Haushalt wusste man mittlerweile, womit sie ihre Morgen verbrachte, wenn sie früh aufstand, um das erste Licht zu nutzen, während sich alle anderen ankleideten und frühstückten. Trotzdem verhängte sie ihr Bild weiterhin, sobald die anderen kamen. Das Porträt war nur für ihre Augen, nur für ihre Zwecke bestimmt. Maria konnte ihr Projekt niemandem erklären, nicht einmal Judith. Sie atmete tief ein und betrachtete die nass glänzende Farbe auf ihrer Holztafel. Könnte sie sich doch gestatten, sie Judith zu zeigen. Aber nein, die Augen einer anderen Person würden ihre Arbeit beflecken. Jeden Abend vergegenwärtigte Maria sich stumm ihren Plan, während ihre Finger über den Rosenkranz wanderten und sie betete, dass nichts geschehen möge, bevor sie sich mit diesem Gemälde von ihren Sünden reingewaschen hatte. Sie konnte Samuel Ampzing nicht heiraten. Der Dichter war fast zwanzig Jahre älter als sie und, schlimmer noch, ein Pfarrer der Reformierten. Seine Zuneigung war eine Strafe für ihre endlosen Verfehlungen. Dennoch hoffte sie, sich einen Ausweg zu verdienen.

Sie intensivierte das Schwarz hinter der Flamme, um den Kontrast schärfer zu machen. Während sie den Pinsel in die Luft reckte, nagte sie an ihrer Unterlippe und prüfte das Gesamtbild. Vielleicht hatte sie ihre Inspiration für heute aufgebraucht. Dabei hätte sie am liebsten immer weiter und weiter gearbeitet. Die Muskeln in ihrer Hand verkrampften sich, so sehr bemühte sie sich um Genauigkeit. Und doch würde das Gemälde vielleicht nie gut genug sein. Nicht einmal mehr zwei Wochen, bis Samuel nach Haarlem kam; ihr lief die Zeit davon.

Die Augen der Frau waren ebenholzschwarze Tiefen, umgeben von sanftem Grau. Das Bild stellte Marias volle Lippen, die dichten Augenbrauen und das längliche Gesicht dar. Sie hatte einen Spiegel benutzt, um dieses Porträt zu malen, obgleich sie die Frau auf dem Gemälde nicht als sich selbst sah. Anfangs hatte sie Judith bitten wollen, ihr Modell zu sitzen, auch wenn sie bezweifelte, dass ihre Freundin den eigenen Pinsel lange genug ablegen konnte. Eines Morgens, als sich beide in der kühlen Dämmerung angekleidet hatten, hatte Maria den Mund geöffnet, um zu fragen. Dann jedoch hatte sie Judiths sichere Finger ihr Mieder schnüren sehen, ehe sie zu ihrem neuesten Bild geeilt war und dabei eine Liste von Malaufgaben für den Vormittag vor sich hingemurmelt hatte, wie sie es täglich tat. Die Frage war Maria im Halse stecken geblieben.

Nun knarzten die Dielen am anderen Ende des Raumes. Judith stand an der Tür, eine Scheibe Brot in der Hand und einen Krümel auf dem dunklen Mieder. Der Duft des frischen Brots wehte Maria entgegen, und sie konnte das Raunen der jungen Stimmen aus der Küche hinten im Haus hören. Sie drapierte ein Tuch über der Holztafel, behielt die Hände aber noch an den Holzkanten.

»Ich werde es mir nicht heimlich ansehen«, sagte Judith. Sie kam näher und hielt Maria das Brot hin. »Du bist so beschäftigt, deshalb bringe ich dir dies hier. Und es ist noch ein wenig Käse übrig, falls du welchen möchtest.«

Maria wollte ihr entgegengehen, erstarrte aber abrupt. »Sehr freundlich von dir, doch ich faste heute.« Sie lächelte zur Entschuldigung. »Vielen Dank.«

Judith sah zur Seite und steckte das Brot in ihren Rockbund. »Ist heute der Tag eines Heiligen?«, fragte sie, ohne Maria anzusehen.

Maria schüttelte den Kopf. »Nein.« Sie wusste nicht, wie sie erklären sollte, welches Wohlgefühl ihr Hunger bereitete, wenn er einem Messer gleich durch ihren Leib fuhr. »Fängst du jetzt an?«

Judith schob eine kastanienbraune Haarsträhne zurück unter ihre weiße Haube, rieb sich die Hände, um sie zu wärmen, und ging hinüber zu dem langen Tisch mit den Malunterlagen. Dort lagen sechs Holztafeln zum Trocknen aus, nachdem die erste Schicht Kalk und Leimgrundierung aufgetragen worden war. Jetzt waren sie bereit für die zweite Schicht – Bleiweiß und Ocker. Über dem Tisch leuchtete das beinahe bis zur Decke reichende Fenster im fahlen Licht.

»Ja, ich muss die hier heute fertig machen.« Judith sagte es ohne jede Regung, dabei wusste Maria, wie sehr sie diese Arbeit hasste. Das mühsame Vorbereiten der Holzoberflächen missfiel ihrer Freundin zutiefst, und das nicht, weil sie es für unter ihrer Würde hielt, sondern weil diese Aufgabe ausnahmslos Judith zufiel, egal, wer sonst in der Werkstatt war. Selbst die jüngsten Lehrlinge, die hier im Laufe der Jahre gelernt hatten, waren meist um diese Arbeit herumgekommen. Jungen, allesamt. Judith beklagte sich nie, und dafür liebte Maria sie umso mehr.

»Wirst du mir das Bild zeigen, an dem du arbeitest?«, fragte Judith, als sie ihren langärmligen Kittel überzog. »Es ist dir offensichtlich sehr wichtig, und ich würde gern sehen, was es ist.«

Maria biss die Zähne zusammen und bohrte die Fingernägel in das Holz der Staffelei. Judith wartete.

Die beiden anderen Lehrlinge kamen in die Werkstatt gelaufen, füllten sie mit ihrem Gelächter und dem Krächzen ihrer noch neuen Männerstimmen. Judith sah Maria noch kurz fragend an, zuckte dann mit den Schultern und wandte sich ihrer Arbeit zu.

Marias Vater, Frans de Grebber, kam herein und setzte sich auf den Hocker vor seiner Staffelei. Er hatte lockiges graues Haar, das über den Ohren kurz geschnitten war, und einen Bart, der mehr silbern als braun war. Nachdem er ein wenig mit dem Pinsel auf seinem Porträt eines Gewürzhändlers herumgetupft hatte, schaute er auf.

»Judith, du musst dich heute Nachmittag zu Herold setzen und seine Skizze des neuen Kunden überwachen, für den wir ein Porträt fertigen. Der Weinhändler.«

Judith runzelte die Stirn, bejahte aber stumm. Der jüngere Lehrling Herold warf seinem Kollegen ein triumphierendes Lächeln zu. Die erste Skizze zu fertigen war eine hohe Auszeichnung.

»Und du, Maria, musst mir bald dieses Gemälde zeigen, damit ich mit möglichen Käufern darüber sprechen kann.« Frans strich sich mit dem Daumen über seinen silbrigen Bart, in dem das Braun so spärlich geworden war wie versehentlich verstreute Sägespäne auf einem Fliesenboden. »Bald.« Er verengte die Augen, wandte sich dann aber wieder seiner eigenen Arbeit zu.

Maria wollte widersprechen, wusste indes, dass es einfacher war, nichts zu sagen. Sie konnte ihm das Bild nicht zeigen, und erst recht konnte sie ihn nicht glauben lassen, er dürfe es verkaufen. Er würde es nicht verstehen. Kurz nach dem Tod ihrer Mutter hatte Maria ihren Vater einmal gefragt, ob sie in ein Kloster eintreten dürfte. Sie wollte für den Rest ihrer Tage durch uralte Laubengänge wandeln und im Gebet zur heiligen Dreifaltigkeit niederknien. Doch es gab keine Orden in den Vereinigten Provinzen, und ihr Vater hatte sie ausgelacht, als sie bat, in die Spanischen Niederlande gehen und sich dort eine Schwesternschaft suchen zu dürfen. Er brauche ihre Hilfe, hatte er gesagt und behauptet, ein solch isoliertes Leben würde sie bald langweilen. Er irrte, doch sie widersetzte sich ihm nicht.

Das Mittagsmahl führte den Haushalt am großen Tisch zusammen. Maria aß nichts, und niemand bemerkte etwas dazu. Auf der anderen Seite des groben Tischs stocherte Judith in ihrem Eintopf aus Ente und Gemüse herum, stand schließlich auf und bat Frans de Grebber um Entschuldigung, weil sie früher ging. Maria versuchte, eine Erklärung für dieses Verhalten an Judiths Miene abzulesen, nur war die wie eine Maske. Sie sagte, sie würde zur Nachmittagsarbeit zurück sein, ehe sie sich umdrehte und verschwand.

»Wo will sie hin?«, fragte der älteste Lehrling, Sohn eines Beamten der Niederländischen Ostindien-Kompanie. Letzterer nutzte seinen neuen Reichtum, indem er seinen Nachkommen losschickte, sich in der Malerei zu versuchen.

Maria wartete auf die Mutmaßungen der anderen, bis sie begriff, dass sie angesprochen war. Der Junge, der rund sechs Jahre jünger war als sie, hatte beide Ellbogen auf den Tisch gestützt und sich zu ihr geneigt; sein Mund mit den vollen Lippen war ein wenig geöffnet, während er wartete.

»Weiß ich nicht.«

Der andere Lehrling, Herold, lachte. Er strich mit den Fingern über die Leinenpaspeln am Saum seines Wamses. »Gewiss weißt du es. Uns ist bewusst, dass ihr Mädchen euch alle eure Geheimnisse verratet, wenn ihr da oben in dem Zimmer bis in die Nacht hinein flüstert.« Er war jung, hatte aber nie die geringste Furcht vor Maria gezeigt, obwohl sie mit fünfundzwanzig Jahren alt genug war, ihren eigenen Haushalt zu haben. Sie wollte scharf widersprechen, doch es war zu peinlich, die Wahrheit zuzugeben. Sie wusste es nicht, weil Judith und sie kaum noch miteinander redeten. Ihre müden Unterhaltungen waren schon lange nicht mehr wie am Anfang, als Judith in den Haushalt gekommen war. Damals war sie dreizehn und Maria fünfzehn gewesen, und sie hatten ununterbrochen miteinander gesprochen. Die junge, hagere Judith hatte ihr von dem Traum erzählt, eine unabhängige Malerin zu sein. So inbrünstig hatte sie sich das gewünscht, dass ihre Augen im Dunkeln jedes Mal zu glühen schienen, wenn sie darüber sprach. Und wenn der Schmerz um ihre verlorene Familie zu groß geworden war, war Judith zu Maria ins Bett gekrochen und hatte das ältere Mädchen gebeten, ihr Geschichten zu erzählen. Sie hatten ihre Hände miteinander verwoben, und Maria hatte ihr Geschichten aus der Bibel erzählt oder Tratsch, den sie von den Bediensteten gehört hatte. Manchmal, wenn es so spät geworden war, dass sie die einzigen Menschen in Haarlem zu sein schienen, hatte sie sich auch Geschichten über zwei Freundinnen ausgedacht, deren Liebe so stark war, dass jede ihr Leben für die andere gegeben hätte. Und jedes Mal hielt Judith ihre Hand und flüsterte: »Eine noch, Maria. Erzähl mir nur noch eine.«

Herold lachte wieder.

»Ich weiß es nicht«, wiederholte sie und achtete darauf, dass ihre Stimme ruhig blieb.

Ihr Vater unterbrach mit einem Hüsteln. Während der Mahlzeiten herrschte gewöhnlich Ruhe, und er mischte sich selten in das Geplapper der Lehrlinge ein. Er saß am Ende der Tafel, wo er mit den Fingern das Entenfleisch von den Knochen zupfte. Nun sah er sie alle reihum an, hüstelte abermals und richtete den Blick wieder auf seinen Teller.

Da er sie gerade nicht im Blick hatte, tunkte Maria ihren Daumen in den Bierkrug und übertrug einen Tropfen des schwachen Gebräus auf ihre Lippen. Es galt nicht als Fastenbrechen und sorgte dafür, dass die anderen nicht auf sie aufmerksam wurden, während alle aßen. Sie liebte es, ihren Durst Tropfen für Tropfen zu stillen. Es war noch ein weiterer geheimer Genuss, und natürlich mehrte die Heimlichkeit das Vergnügen. Wie bei dem Gemälde. Oder bei den heimlichen Messen, die sie mit ihrem Vater besuchte, zusammen mit einer Handvoll anderer katholischer Familien, die sich weigerten, der Reformkirche beizutreten. Dieses Wochenende war wieder ein Priester in der Stadt, und wenn er die Messe in dem geheimen Haus abhielt, würde Maria die heilige Hostie kosten, den wahren Leib Christi. Sie schloss die Augen, um die Vorfreude zu verlängern. Als sie wieder aufblickte, war ihr Vater immer noch mit seiner Ente beschäftigt, und sie tunkte ihren Daumen noch einmal ein.

Nach wenigen Minuten wischte Maria sich die Hände an einer Serviette ab – deren Anschaffung eines der raren Zugeständnisse ihres Vaters an den französisch beeinflussten Geschmack ihrer verstorbenen Mutter gewesen war – und stand auf. Alle anderen saßen noch am Tisch, folglich blieb ihr Zeit, ihr Gemälde zu betrachten.

Allein in der Werkstatt, hob sie das Tuch von dem Porträt. Und seufzte. Zweidimensionale Abbildungen hatten nichts von dem Erhabenen, um das es ihr ging, nichts von der Tiefe und der physischen Freude, die sie einzufangen gehofft hatte, so wie ein Segel den salzigen Wind einfängt und ihn zähmt. Hier, auf ihrer bemalten Holztafel, blickten die Augen der Frau nicht in die Flamme der Kerze, die sie in ihren Händen hielt, sondern zu einem Punkt seitlich davon. Außerdem, dachte Maria, hatte sie bisher nur den Umriss des Kleids gemalt, das die Frau trug. Sie musste noch die sanft fallenden Falten über ihren Armen und der Hüfte ergänzen, um sowohl die Frau als auch das Licht festzuhalten. Vier Wochen hatte es Maria gekostet, in den wenigen ungestörten Momenten so weit zu kommen, und nun blieben nur noch zwei Wochen bis zur Fastenzeit, um das Bild zu vervollständigen. Sie durfte nicht versagen, denn das hier war ihre Chance, Buße zu tun. Buße dafür, wie sehr sie ihre Mutter enttäuscht, wie sehr sie sich von Judith entfernt und wie sie irrtümlich Samuel dazu verleitet hatte, Zuneigung zu ihr zu entwickeln. Sie hörte Schritte und warf das Tuch wieder über ihre Arbeit.

Kapitel 3

An diesem Nachmittag hatte Judith wenig Zeit für sich allein. Sie eilte die Korte Barteljorisstraat hinunter, die vom breiten Marktplatz abging und zu der dreigeschossigen Tuchhandlung zwischen der Bäckerei und dem Haus eines Schusters führte. Hier war die Straße breit genug, dass zwei kleine Karren aneinander vorbeipassten, und Judith beobachtete, wie die tief stehende Sonne auf die oberen Fenster traf, während hinter ihr das melodische Schlagen des Schusterhammers durch die Luft trieb. Bibbernd stand sie in der Kälte, halb unter dem hölzernen Vordach des Hauses, während sie darauf wartete, dass der Schuster sein Gespräch mit der Kundin beendete, die in seiner Tür stand. Es handelte sich um eine streng wirkende Frau in einem safrangelben Rock, dunklem Pelz und feiner Spitze, die unten aus den Ärmeln lugte. Das Schusterhämmern erinnerte Judith an Nägel, die in einen Sarg getrieben wurden, und sie erschauderte. Dieses Geschäft war ihre einzige Chance. Wenn sie Räumlichkeiten in diesem Teil der Stadt besaß – einer sicheren Gegend mit hübschen Backsteinfassaden –, konnte sie Käufer einladen. Solch eine Möglichkeit würde nicht so bald wiederkommen. Meist wurden derartige Räume unter Freunden und Bekannten vermittelt;

Menschen, die sich bereits kannten und nie auf den Gedanken gekommen wären, öffentlich zu annoncieren. Doch Judith kannte niemanden. Sie war allein und, noch schlimmer, eine Frau. Nun richtete sie sich auf. Es war nicht von Belang, dass es ihr an Beziehungen mangelte oder der Familienname durch das Verhalten ihrer Eltern besudelt worden war. Deshalb war sie nicht wertlos. Sie ballte die Fäuste, lockerte sie und blickte wieder zu dem Fenster hinauf. An den schwarzen Läden blätterte die Farbe ab.

Sie trat näher. Leinen im Ton von Brachfeldern lag aufgetürmt unter dem Vordach; die besseren Waren hielt der Kaufmann im dunklen Eingang bereit. Dahinter befanden sich, wie üblich, seine Wohnräume. Der Tuchverkäufer hatte rabenschwarzes Haar, war dünn, humpelte und erinnerte Judith dennoch an ihren Vater: einen dicken, über sechzigjährigen Mann. Ihr Vater war einst bei einem Tuchhändler beschäftigt gewesen, hatte über Jahre die feinsten Stücke gefertigt, und etwas an diesem Handwerk schien die Ausübenden zu prägen. Es mochte die Art sein, wie sie ihre Handgelenke bewegten, als würden sie ein Schiffchen zwischen feinen Fäden durchschießen.

Die Kundin ging, und Judith legte das Tuch ab, das sie eben befühlt hatte, um sich die Zeit zu vertreiben und sich abzulenken. Nun holte sie tief Luft und reckte ihr Kinn.

»Ich will gleich über Mittag schließen, kann Ihnen aber helfen, wenn es schnell geht«, sagte der Inhaber.

»Ich bin Judith Leyster«, antwortete sie. Ihre Hände begannen zu zittern, weshalb sie sie lieber faltete. »Ich habe Ihnen eine Nachricht geschickt wegen der Werkstatt.«

»Judith?« Für einen Moment stand ihm der Mund offen,

dann schloss er ihn, bevor man ihm vorhalten könnte, unhöflich zu sein. »Ich nahm an, dass J würde für Jan stehen. Oder so. Wie bei dem anderen Bewerber.«

»Es steht für Judith. Was nichts ändert, nehme ich an.« Sie stockte, und er sagte nichts. »Frauen können auch Räumlichkeiten mieten. Catharijne Cuijpers hat ihren Tuchwarenladen gleich eine Straße weiter.« Sie wusste, dass sie trotzig klang, konnte aber nichts dagegen tun.

»Ja, und sie bietet gute Arbeit an. Aber sie ist Witwe. Ich hatte nicht gedacht …«

»Ich bin keine Witwe, aber dennoch berechtigt, mich um diese Räumlichkeiten zu bewerben. Mein Meister, Frans de Grebber, wird es erfahren, sollten Sie mir eine faire Chance verweigern.« Sie wollte Frans nicht erzählen, dass sie hoffte, eine eigene Werkstatt zu mieten, aber der Maler war sehr bekannt. Eine leere Drohung, doch etwas Besseres fiel ihr nicht ein. Sie grub die Fingernägel tief in ihre Handflächen.

Er presste die Lippen zusammen, und Widerstand verdunkelte seine Züge.

»Bitte?« Sie streckte ihm ihre offenen Hände hin und betete, dass die roten Halbmonde in den Handflächen nicht zu sehen waren. »Ich bin ehrbar, und ich möchte diese Räume mieten, um zu malen.«

Der Tuchhändler wischte sich die Hände an seiner Hose ab und überlegte eine Weile. Dann hüstelte er. »Es ist wohl nicht von Bedeutung. Mieter ist Mieter, und Sie haben recht, dass auch Frauen Geschäfte machen. Ich hatte nur nicht erwartet … Aber, nein, Sie haben recht. Möchten Sie sich den Raum ansehen?« Er ging zur Eingangstür und schloss sie.

»Ja, natürlich.« Judith versuchte, keine Miene zu verziehen und ihre Nervosität ob der Erwähnung eines anderen Interessenten zu verbergen. Mit weiteren Bewerbern würde es schwierig für sie werden, eine Mietminderung zu verhandeln. Und Jan ... Jan wer? Sie gingen durch die Wohnräume des Tuchhändlers und eine knarrende Treppe hinauf. Der Kaufmann stellte sich als Chrispijn de Mildt vor. Von ihrer Warte aus, einige Stufen unter ihm, musterte Judith seine gut gearbeiteten, aber abgetragenen Lederstiefel und hoffte, dass er dringend einen Mieter brauchte. Aber welcher Jan? Welcher von den vielen ehrgeizigen jungen Künstlern – natürlich allesamt Männer – mochte das sein? Ein nervöses Flattern fuhr durch ihren Bauch.

Oben an der Treppe zog Chrispijn de Mildt ein Bund Messingschlüssel aus seiner Hüfttasche und schloss eine Tür auf. Die Angeln quietschten beim Öffnen, und ein Schwall abgestandener Luft schlug ihnen entgegen.

Sie betraten den Raum. Chrispijn blieb kurz nach der Tür stehen, die Hände nahe seiner Hüfte gefaltet. Judith schritt über die staubigen Dielen zu den zwei breiten Fenstern mit Blick auf die Straße. Unten war alles still, obwohl der Marktplatz nur einen halben Block entfernt war. Die Backsteinfassaden und weiß getünchten Eingänge der benachbarten Läden waren nicht so nahe, wie sie befürchtet hatte. Sie wandte sich zu der Wand links von ihr. Dort strich sie mit den Fingern über den elfenbeinfarbenen Putz.

»Darf ich hier Dinge an die Wand hängen? Materialien, Utensilien?« Sie ließ ihren Finger auf dem kühlen Putz an der Wand, wagte aber einen Blick über die Schulter. Der Mann legte nachdenklich einen Daumen an seine Nase.

»Womit würden Sie Sachen aufhängen?«

»Mit Nägeln.« Woran hatte er denn gedacht? Der Putz fühlte sich rau an, und sie schnupperte an ihren Fingerspitzen, konnte jedoch nur den beißenden Geruch von Leinöl und Pigment ausmachen, der sich in ihre Haut gegraben hatte.

»Nägel? Ich denke, Nägel gingen. Aber ich müsste Ihnen dafür wohl etwas berechnen.«

Sie drehte sich zu ihm um. »Wie viel?«

»Das besprechen wir noch. Unten, wenn Sie sich fertig umgesehen haben.«

Judith nickte, als wäre das Geld zweitrangig und sie hätte den abweisenden Tonfall nicht wahrgenommen. Sie griff in ihre Tasche und nahm eine Handvoll Knöpfe heraus. Es war eine Angewohnheit von ihr, Requisiten für ein Gemälde mit sich herumzutragen, um sie anzusehen, ihre Konturen und Geheimnisse zu ergründen, wann immer sich ein freier Moment bot. Nun bückte sie sich und legte die Knöpfe auf den Fußboden. Es war die beste Art, das Licht zu prüfen.

Ihre Röcke bauschten sich um sie, als sie vor der kleinen Sammlung kniete. Sonnenlicht fiel auf die Knöpfe, die prompt zu wachsen schienen, während ihre Randlinien im üppigen Farbglanz verschwammen. Ein Muschelknopf verwirbelte, als hätte das Licht einen Ozean in ihm freigesetzt. Perfekt, dachte Judith. Sie musste diesen Raum haben.

»Das Licht ist matt«, sagte sie stirnrunzelnd. So verhandelten Leute, glaubte sie zumindest, nachdem sie Frans de Grebber mit seinen Kunden beobachtet hatte. Sie sammelte die Knöpfe ein und steckte sie zurück in ihre Tasche. »Und der Lärm ist nicht ideal zum Arbeiten.«

Chrispijn de Mildt faltete seine Hände wieder. »Ich hätte gedacht, es wäre gut geeignet, aber der andere Bursche hat auch … Tja, das hat nicht viel zu sagen. Schauen Sie sich um. Es ist ein großartiger Raum. Wo sonst in Haarlem finden Sie ein ganzes Zimmer, das verfügbar ist?«

Judith zuckte mit den Schultern. »Das gibt es reichlich.« Natürlich stimmte es nicht. Sie wurde rot und berührte die Knöpfe durch den Taschenstoff. »Wie viel verlangen Sie?«

»Nein, nicht hier.« Er bedeutete ihr, ihm zu folgen. »Geschäftliches regeln wir unten, wo wir es bequem haben und uns setzen können. Ihr Künstler! Ich muss schon sagen.«

Judith verzog das Gesicht, als sie nach unten gingen. Dieser Jan war also auch so weit gediehen, die Miete zu bereden. Aber er konnte keine Vereinbarung unterschrieben haben, wenn Chrispijn den Raum noch anbot. Wobei es natürlich sein konnte, dass der Tuchhändler sie hinters Licht führen wollte, ihr vorgaukeln, sie hätte Mitbewerber. Dieser Gedanke machte ihr Hoffnung.

Zwanzig Minuten später verließ Judith das Tuchgeschäft und musste die Lippen fest zusammenpressen, um nicht strahlend zu lächeln. Die Miete war enorm, jenseits dessen, was sie in ihren optimistischsten Fantasien monatlich zu verdienen hoffte, doch er brauchte einen Mieter. Das war ihm anzumerken gewesen. Für einen Moment hatte er den Atem angehalten, nachdem er ihr den Preis genannt hatte. Als bräuchte er ihre Zusage. Und am Ende schien ihn nicht zu stören, dass sie eine Frau war. Draußen auf der kalten Straße wich sie einer überfrorenen Pfütze aus. Sie musste lediglich ein bisschen mehr sparen, einige Monatsmieten im Voraus zahlen und dann, nachdem sie unterschrieben hatte, neu mit ihm verhandeln. Der andere Künstler, der sich den Raum angesehen hatte, besaß offenbar nicht die Mittel, ihn sich zu leisten. Andererseits tat sie es auch nicht. Noch nicht.

Kapitel 4

Immer noch lächelnd ging Judith durch die Straßen, die sich in Richtung Süden schlängelten, zum Weberviertel. Sie überquerte eine Brücke, die über einen kleinen Kanal führte, und blieb auf der anderen Seite stehen.

Ein Trauerzug kam aus einer schmalen Gasse und ging zur Brücke. Die schweigenden Menschen trugen das übliche Schwarz, und der Sarg war in schwarzes Tuch gehüllt, verziert mit dem Hammer-Wappen der Maurergilde. Tränen benetzten die Wangen der Sargträger. Einige welke Narzissen oben auf dem Sarg zeigten an, dass der Verstorbene jung gewesen war. Judith stand still da und beobachtete alles. Wäre die Lukasgilde eines Tages für ihr Begräbnis zuständig? Einige der Trauernden, die hinter dem Sarg hergingen, hatten bleiche, ausgemergelte Gesichter – ob vor Kummer oder aufgrund von Krankheit, ließ sich nicht erkennen. Vielleicht beides. Judith faltete die Hände und wartete, bis die kleine Prozession vorbei war.

Dann ging sie weiter durch schlammbedeckte Straßen mit kleineren Häusern. Vor der Gastwirtschaft, in der die illegale Auktion stattgefunden hatte, waren die Planken über den Abflussgräben seitlich der Straße verschmutzt und durchgebogen, sodass Judith zögerte, sie zu betreten.

Im Dunkeln, zwei Abende zuvor, war ihr der miserable Zustand nicht aufgefallen. Sie lüpfte ihre Röcke, worauf kalte Luft ihre Beine umwehte, und trat über den kleinen Steg, um die zerkratzte Tür zu öffnen.

Drinnen war es warm und überraschend hell. Ein Feuer knisterte im Kamin rechts von ihr, und fünf Tische waren von Männern besetzt. Ein großer Kerl in einer Schürze trug eine Kiste auf seinem Kopf, die er scheppernd neben der Hintertür abstellte.

»Verzeihung, arbeiten Sie hier?« Judith zupfte an ihrem gestärkten Spitzenkragen, ermahnte sich jedoch gleich, dass es zu nervös wirkte, und nahm die Hand herunter.

»Ganz richtig. Ich führe diese Wirtschaft.« Er musterte sie von oben bis unten. »Sie wollen keine Arbeit, oder?«

»Nein.« Sie richtete sich auf und drückte den Rücken durch. »Ich suche nach jemandem. Nun, nach zwei Leuten, aber einer würde schon genügen.«

Er wischte sich die Hände an seiner Schürze ab, zog eine Augenbraue nach oben und wartete.

»Einer von ihnen war vor zwei Tagen abends hier und hat Gemälde verkauft. Er trug ein azurblaues Wams. Den Schnitt kann ich nicht genau beschreiben, aber die Farbe war von einem leuchtenden Blau. Wie das Meer am Horizont oder …« Sie schloss den Mund und stockte. »Der andere Mann arbeitete mit dem ersten zusammen. Er war groß, sogar größer als Sie, hatte blondes Haar, und seine Nase sah verbogen aus, eine Seite größer als die andere. Haben Sie einen von ihnen gesehen?«

Seine Augenwinkel hatten gezuckt, als sie die schiefe Nase erwähnt hatte. Judith sah Details in Gesichtern, die andere eher selten bemerkten. Es war eine Folge ihrer Lehre, des stundenlangen Studiums, um den exakten Winkel eines Lächelns zu ermitteln oder die Farbe einer in die Stirn hängenden Locke.

»Wie wäre es mit einem Stuiver, um die Zeit auszugleichen, die Sie mir an einem geschäftigen Tag schenken?« Sie hielt ihm eine Münze hin, und nach kurzem Zögern nahm er sie. Seine Fingerspitzen waren rau.

»Ich erinnere mich an den Mann in Blau, weiß aber nichts über ihn. Ist nicht aus Haarlem, wenn ich raten müsste. Aber diese Nase, die erinnert mich an einen Burschen, der in der Straße meines Bruders wohnt. Ein paar Ecken weiter von hier. Aber kein guter Ort für eine Dame.«

Sie zuckte mit den Schultern. Er sah sie einen Moment an, dann nannte er ihr die Straße.

»Der Mann, an den ich denke«, sagte er, »hat einen Akzent. Französisch oder so. Klingt das richtig?«

»Weiß ich nicht. Kann sein. Ich müsste ihn mir ansehen, dann kann ich es sagen.«

Der Wirt nickte. »Erwähnen Sie mich nicht. Ich kann keinen Ärger gebrauchen.«

»Ärger?«

»Kann man heutzutage nie wissen.« Er musterte sie abermals, bevor er quer durch die Schänke ging, um noch eine Kiste mit schmutzigem Geschirr hochzuheben. Das Gespräch war beendet.

Die Glocken zählten die Stunde. Es blieb keine Zeit, ihre Suche fortzusetzen, und Judith war beinahe spät dran für ihre Aufgabe, Herolds Skizze zu überwachen. Also machte sie sich auf den Rückweg zu de Grebbers Haus. Nach wenigen Straßen blieb sie an einer Kreuzung stehen, auf deren Ecke sich ein Küfer befand, wie das aufgemalte gelbe Fass über dem Türsturz verriet. Judiths Atem bildete eine frostige Wolke, als sie die enge Straße zu ihrer Rechten hinunter zu dem Heim und der Werkstatt von Frans Hals blickte, Haarlems berühmtestem Maler. Er malte Figuren, die so lebendig wirkten, dass man meinte, ihre Gefühle unter den Pigmentschichten pulsieren zu sehen. Judith gab es ungern zu, aber sie war eifersüchtig auf das Können des Mannes. Und auf seinen Erfolg.

»Judith, da bist du ja!«

Sie drehte sich um und sah ihren Bruder Abraham, der sie mit verschränkten Armen und diesem trägen Lächeln anschaute, das sie so sehr liebte. Er war groß und dünn, und seine Augen hatten die Form und den silbrigen Glanz von Elritzen.

»Hast du nach mir gesucht? Ich bin nicht so schwer zu finden wie du.« Sie tippte mit dem Zeigefinger an seine Wange, und für einen Augenblick wurde sein Grinsen breiter. Abraham hielt es in keiner Lehre lange aus, weshalb er von Stellung zu Stellung wechselte. Wie es schien, fürchtete er sich vor jeder Bindung, mit Ausnahme der zu ihr, und manchmal bekam Judith Angst, er würde auch ihr entgleiten.

Er blickte an ihr vorbei zur Werkstatt von Frans Hals. »Willst du da rein? Dann begleite ich dich lieber nicht.« Mit vor Kälte geröteten Händen zupfte er an seiner geflickten Kniebundhose herum.

Judith gab ihm einen flüchtigen Kuss und schubste ihn sanft in Richtung Marktplatz.

»Nein, für Frans habe ich heute keine Zeit. Ich war auf der Suche nach jemandem, doch jetzt muss ich zurück in die Werkstatt.«

»Wie geheimnisvoll. Dieser Jemand, meine ich.«

»Eigentlich nicht. Er ist ein Mann, mit dem ich geschäftlich zu tun habe.«

»Wie heißt er? Vielleicht kenne ich ihn.«

Judith tat, als wäre sie von einigen Schwalben abgelenkt, die tief über ihren Köpfen hinwegsegelten, dann lachte sie. Sie konnte Abraham nicht belügen, ganz gleich, wie peinlich ihr das eigene Verhalten war. »Ich weiß seinen Namen nicht«, gestand sie schließlich. »Aber ich kann auf mich aufpassen.«

Er nickte. »Sag mir Bescheid, wenn du es dir anders überlegst und Hilfe möchtest.« Nun blieb er stehen und hielt sie am Ellbogen fest, sodass auch sie innehalten musste. »Da wir gerade über Hilfe sprechen: Ich hatte gehofft, dass du mir einige Münzen leihen kannst. Nicht viel, vielleicht fünfzig Stuiver oder so. Ich konnte drei Tage nicht arbeiten, weil ich krank war, jetzt ist die Miete fällig, und …« Er verstummte.

»Fünfzig Stuiver? Verflucht, Abraham, das sind fast drei Gulden, eine Menge Geld.«

»Ich weiß.« Er starrte auf seine Füße. »Aber wenn ich die Miete diesen Monat nicht zahle, verliere ich mein Bett.«

Judith seufzte. »Nein, tut mir leid, ich kann nicht. Und du schuldest mir noch Geld vom letzten Mal.«

»Ja, weiß ich, und ich hätte es beinahe zurückzahlen können, aber dann …«

»Nicht, Abraham. Ich kann nicht.«

Wieder blickte er auf seine Füße hinab, und ihr Blick folgte seinem. Der linke Stiefel ihres Bruders, mit dem er über den Randstein schabte, war rissig und klaffte an einer Seite fast vollständig auf.

»Wenn ich die Miete nicht zahle, bringt mich der Vermieter vor den Amtsrichter. Es reicht, um eine Hand zu verlieren.«

Sie schüttelte den Kopf. »Es geht um mehr als die Miete, stimmt's?«

Abraham zog seinen Arm weg. »Wenn ich ihn nicht bezahle, findet er einen Weg, sich sein Geld zu holen.«

Judith trat einen Schritt zurück. Sie versuchte, ihren Bruder streng anzusehen, doch der wich ihrem Blick aus.

Wie sie nur zu gut wusste, bestand die Gefahr, dass er Haarlem einfach verließ. Genau wie ihre Eltern es getan hatten, vor fünf Jahren, als sie so viele Schulden angehäuft hatten, dass die Stadt sie für bankrott erklärt und die Reformkirche sie verstoßen hatte. Gott straft die Unschlüssigen und die Insolventen, hatte der Pfarrer erklärt. Und so hatten Jan und Trijn Leyster ihr weniges Habe in einen geliehenen Karren gepackt und waren aus der Stadt gefahren, kurz bevor die Sonne untergegangen war und die Stadttore sich geschlossen hatten. Von ihren beiden Kindern hatten sie sich nicht verabschiedet, hatten erst einige Wochen später einen Brief geschickt, den irgendein Fremder für sie gekritzelt hatte. Bis dahin war Judith schon krank vor Sorge gewesen. Sogar in der Zeit, die sie nicht bei Jan und Trijn gewohnt hatte, war sie jeden Sonntag mit ihnen in die Kirche gegangen. Ihre Eltern waren ihr einziger Halt gewesen, und dann waren sie einfach weg gewesen. Als sie Abraham den Brief gezeigt hatte, hatte er ihr das kleine Stück Papier aus der Hand gerissen, es zerknüllt und in den nächsten Kanal geworfen. Judith hatte einen stummen Schrei ausgestoßen, weil das kostbare Papier, dessen Rückseite sie noch zum Zeichnen hätte benutzen können, davongetrieben und halb untergegangen war. Ihre Eltern verdienten keine Antwort, hatte Abraham unter Tränen gesagt. Er hatte geschworen, niemals Kontakt zu ihnen aufzunehmen, und ihres Wissens hatte er es auch nicht getan.

Nein, sie würde nicht wie ihre Eltern sein. Geld war nicht wichtiger als die Familie. Sie atmete tief ein.

»Schon gut, Abraham. Ich kann dir das Geld leihen. Aber es kommt mich teuer, hast du verstanden? Ich bringe dir die Münzen in ein paar Tagen.«

»Danke dir.« Für einen Augenblick wurde sein Gesicht rosig. Er umarmte sie, hakte sie unter und ging weiter. »Ich zahle es dir bald zurück, versprochen.«

Gemeinsam gingen sie einige Straßen entlang, und Judith lenkte sie weg vom Haus des Tuchhändlers mit dem hellen Licht in der Korte Barteljorisstraat. Sie erzählte Abraham nichts von der Werkstatt, wie sie es unter anderen Umständen getan hätte. Jetzt konnte sie nicht über das Geld für die Miete nachdenken, das sie irgendwie aufbringen musste. Noch nicht. Denn es wäre ihre Miete. Sie würde eine Lösung finden.

Kapitel 5

März

Es war Mittag, und Maria hatte die Werkstatt für sich. Alle anderen ruhten entweder oder waren fort, deshalb stahl sie sich zu ihrer Arbeit. Sie hob das Tuch von ihrem Porträt und runzelte die Stirn. Bei ihrer Palette hatte sie sich zumeist auf Ocker- und Grautöne beschränken müssen, die weniger teuren Pigmente, die ihr Vater ihr klaglos gab. Die düsteren Farben kamen ihr größtenteils gelegen, denn die Darstellung von Schmerz und Buße verlangte wenig nach üppigem Blau oder lebendigem Grün. Da eigneten sich die gedämpften Erd- und Hauttöne besser.

Zum ersten Mal in all den Jahren, die sie in der Werkstatt ihres Vaters arbeitete, versuchte sie, etwas von sich selbst einzufangen, überhaupt etwas Persönliches. Ihre Arbeit war stets Routine gewesen und hatte im Dienst ihres Vaters gestanden, womit sie zufrieden gewesen war. Sie mochte das erhebende Gefühl, wenn sie die feine Kunst anderer betrachtete, hatte keinen Bedarf, eigene zu fertigen.

Zumindest war das bisher so gewesen. Jetzt hatte sich das geändert.

Samuels letzter Brief war vor drei Samstagen gekommen. In den fünf Jahren seit er sich die Kunstgemeinschaft von Haarlem für sein Buch angesehen hatte, hatte er immer mal wieder geschrieben. Judith und sie waren ganz aufgeregt gewesen, in seinem Buch von sich selbst zu lesen. Nächtelang hatte Judith laut vorgelesen: »Noch mal: ›Und die Tochter muss ich rühmen. Wer sah je ein Gemälde von einer Tochter Hand gefertigt? Und noch eine‹ – das bin ich –, ›die mit solch gutem, feinem Sinn malt‹. Denkst du, dass ich einen guten, feinen Sinn habe, Maria?« Judith drückte das Buch an ihre Brust und sank lächelnd zurück auf die Matratze.

Maria hatte ihm eine kurze Dankesnote geschrieben. Zu ihrer Verwunderung war seine Antwort ein Schwall Zuneigungsbekundungen gewesen: Er hätte sie als Mädchen gesehen, gewiss, doch nun, da sie eine junge Frau war, überwältigte ihre Schönheit ihn, hatte er geschrieben. Und obwohl er sein Werben sehr respektvoll hielt, ihr sogar Briefe schrieb, wenn er in der Stadt war, war Maria verwirrt. Sie erwähnte es Judith gegenüber, die lachte. »Du könntest es fürwahr schlechter treffen«, sagte ihre Freundin. Zwar widersprach Maria, dass sie nichts mit dem Mann zu schaffen haben wolle, doch Judith neckte sie weiter damit. Schließlich waren keine Briefe mehr gekommen, und Judiths Scherze waren versiegt.

Bis zum letzten Sommer, als Maria zufällig Samuel auf dem Grote Markt gesehen hatte. Er lauschte einem Wanderprediger am Rande des Platzes vor einem reich verzierten Türeingang. Als er sie entdeckte, erstrahlte ein Lächeln auf seinem Gesicht.

»Es ist eine Freude, Sie wiederzusehen«, sagte er und näherte sich ihr, ehe sie in der Menge verschwinden konnte. »Verzeihen Sie, dass ich Sie mit meiner Korrespondenz vor langer Zeit in Sorge versetzte. Ich war verheiratet, wie Sie wissen, aber meine Gemahlin starb vor zwei Jahren.« Er machte eine Pause, um ihre Reaktion abzuwarten, und sie senkte mitfühlend den Kopf. »Ich hätte Ihnen erzählt, dass ich nun wieder dauerhaft in Haarlem bin, war mir jedoch nicht sicher, ob diese Nachricht willkommen ist.«

»Es freut mich, Sie zu sehen«, erwiderte sie, und es war nicht ganz unwahr. Er war ein auf ernste Weise charmanter Mann mit großen braunen Augen und einem hübsch gestutzten Bart. Wäre er doch nur kein unsteter Andersgläubiger!

Er hustete, dann noch einmal, und wurde von einem Krampf geschüttelt. Wieder senkte Maria den Blick.

»Entschuldigen Sie, ich scheine meine Gesundheit noch nicht vollständig zurückerlangt zu haben«, erklärte er, sobald er wieder bei Stimme war. »Darf ich Sie begleiten?«

Sie schlenderten über den Markt, und Maria erzählte Samuel, welche Neuigkeiten sie von den Malern in Haarlem gehört hatte – dass Frans Hals aufs Neue hoch verschuldet und Jacob de Gheyn gestorben war. Sie vermutete, er wusste all das bereits, doch Samuel hörte aufmerksam zu, bevor er sie nach ihrer Malerei fragte.

»Ich mache nur noch wenig«, sagte sie und schaute dabei zu einer Dachkante hinter seiner Schulter. »Meist helfe ich meinem Vater.«

»Ich bin sicher, dass Sie eine gute Gehilfin sind«, sagte er. Plötzlich streckte er eine Hand vor und strich mit dem

Daumen über ihre Wange. Maria war wie versteinert. »Ich muss mich um einiges Geschäftliches kümmern, aber ich besuche Sie bald.«

Seine Berührung hatte sie zu sehr erschreckt, als dass sie widersprechen konnte. Samuel nickte und verließ sie. Trotz der warmen Sonne fühlte sich ihre Wange auf dem gesamten Heimweg frostig an. Zu Hause ging sie direkt in die Werkstatt ihres Vaters und erzählte ihm, dass sie den Dichter getroffen hatte. Zu ihrer Überraschung war er entzückt.

»Es ist gut, ihn wieder in der Stadt zu haben! Schreibt er noch ein Buch? Das letzte hat dem Geschäft sehr geholfen. Hat er etwas gesagt?«

»Er hat gesagt, dass er mich später hier besuchen will, aber wenig von Malerei gesprochen«, antwortete sie.

Frans de Grebber merkte auf. »Er scheint dich gern zu haben. Das ist wunderbar, Maria. Denk an all die Vorteile, die uns solch eine Verbindung bringen könnte.«

Danach hatten sie nicht weiter über die Sache gesprochen, und Samuel war nie gekommen. Er hatte einen Brief geschickt, in dem er um Verzeihung bat. Sonst hatte er nur selten geschrieben. Bis jetzt dieser Brief eingetroffen war. Wie er dort sagte, war er wieder krank und konnte an kaum etwas anderes denken als sie. Er würde weinen bei dem Gedanken, diese Welt zu verlassen, ohne sie besser kennen zu dürfen. Und er bat sie inständig, ihn zu heiraten. Sie verbrannte den Brief im Herd, ehe ihn jemand anders sehen konnte.

Maria betete allabendlich einen Rosenkranz, doch nun bedurfte es eines besonders innigen Flehens. Sie hasste den Gedanken, den Mann zu verletzen, indem sie ihn abwies. Trotzdem könnte sie niemals einen Reformierten-Pfarrer heiraten. Deshalb brauchte sie Gottes Hilfe. Eines Nachts, während sie ihren Rosenkranz betete, erschien ihr ein Bild. In einem der Hefte ihres Vaters gab es einen Holzschnitt, der sie seit Langem faszinierte; er zeigte eine junge Frau in Lumpen, die eine einzelne Kerze in der Hand hielt. Als Kind war Maria mit den Fingerspitzen über die Tinte gefahren und hatte sich gefragt, was die Kerze beleuchtete und was nicht. Was befand sich jenseits des Flammenlichts, außerhalb der gedruckten Linien? Oder kam es einzig auf das Licht an, so wie beim Licht in der Seele? Die Dunkelheit jenseits dessen mochte so bedeutungslos sein wie der Tod. Oder bedeutungsvoll? Sie liebte es, dass sie sich nicht entscheiden konnte. Und die Vision dieses Holzschnitts inspirierte sie. Gott bat um eine Gabe.

Dieser alte, bewunderte Druck war eindeutig das angemessene Thema. Es war keine Eitelkeit, dass sie sich selbst als die Flammen tragende Frau malte. Sie war eine Sünderin, genau wie Maria. Sich selbst in dieses Bild zu malen war ein Eingeständnis und folglich Ausdruck von Demut.

Nun saß Maria auf ihrem Hocker vor der Staffelei und betrachtete die Holzscheibe im wolkenverhangenen Licht. Ihr Bestreben war die Darstellung von Sünde und Erlösung, Schatten und Flamme in einem, doch das Bild wurde diesem Vorhaben nicht gerecht. Sie schloss die Augen, war ausgelaugt und empfand eine leere Verbitterung, als würde ein Hund mit seinen Krallen an ihrer Seele reißen. Ihr Vater hätte das nötige Können, ohne Frage. Judith ebenfalls. Maria kniff die Augen noch fester zu. Dies war ihr Opfer und ihr Kampf. Sie musste das Bild mit ihren eigenen Fähigkeiten richtig hinbekommen.

Vielleicht würde etwas Blau, eine Andeutung von Indigo im schwarzen Schatten hinter dem Kopf der Frau ausreichen, um Erlösung anzudeuten. Eine Erinnerung an die himmlischen Gewänder der Jungfrau und die Reinheit des Himmels. Sie stand von ihrem Hocker auf und ging hinüber zum Pigment-Schrank ihres Vaters. Auf dem Tisch daneben stand ein Tiegel Schmalte, doch das Blau hatte nicht die gleiche Tiefe wie Azurit. Nein, Schmalte würde nicht gehen. Azurit war teuer, und Frans de Grebber hielt seines unter Verschluss. Vielleicht konnte sie sich etwas borgen. Sie rüttelte an dem kleinen Riegel, doch das Schloss hielt. Maria stemmte beide Hände in die Hüften und betrachtete erst den Holzschrank, dann den leeren Raum um sich herum. Sie könnte ihren Vater fragen, der wahrscheinlich in seinem Schlafzimmer saß und mit dem Kontenbuch befasst war. Oder sie könnte selbst welches kaufen. Ihr gefiel die Vorstellung, einen eigenen kleinen Topf Azurit zu besitzen, einen winzigen Vorrat für ihre künstlerischen Extravaganzen. Wenn sie ihre wenigen Münzen dafür hergab, würde es die Bedeutung des Gemäldes zusätzlich bereichern.

Maria besaß einige Gulden, die sie über die Jahre angespart hatte, und sie ließ die Münzen in den Taschenbeutel an ihrer Hüfte fallen. Dann verließ sie das Haus, ohne jemandem ein Wort zu sagen, was ein Leichtes war, da die Jungen ruhten und ihrem älteren Bruder Pieter lauschten, der zu Besuch gekommen war und ihnen auf der Laute vorspielte. Draußen auf der Straße wimmelte es von Kauflustigen, Händlern und Kindern. Maria nickte einem Nachbarn zu und eilte weiter. Einige Straßen von ihrem Zuhause entfernt war ein rechteckiger, von schwarzer Seide mit Spitzenrändern verhüllter Anschlag über einer Haustür angebracht. Das bedeutete, dass hier ein Baby tot geboren war. Maria musste an sich halten, sich nicht zu bekreuzigen. Die arme Familie, verfolgt von zerschlagenen Hoffnungen – oder zumindest stellte Maria es sich so vor. Sie dachte an ihre Mutter, geschwächt von der Totgeburt ihres letzten Kindes. Danach war sie nie mehr richtig genesen; der Herzschmerz, den Maria zu lindern machtlos gewesen war, hatte sie vier Jahre später in ihr Grab getrieben. Wie hatte Maria an ihrem Totenbett geweint, sich gewünscht, sie wäre hinreichend Halt für ihre Mutter in dieser Welt gewesen, auch wenn jenes Baby nicht mehr da war.

Das Geschäft war nahe den Docks, am Nordostende der Stadt, einen recht weiten Fußmarsch entfernt. Maria überquerte den belebten Grote Markt und anschließend einen baumgesäumten Kanal. In dieser nördlichen Gegend war Judith aufgewachsen. Einst war die Brauerei ihres Vaters, die er gekauft hatte, um die Arbeit in der Weberei hinter sich zu lassen, hier an der Ecke gewesen, wo Maria von der Bakenessergracht zum Kai entlang des Flusses Spaarne abbog. Heute war Jan Leysters niedriges Backsteingebäude ein Lagerhaus, angemietet von der Niederländischen Ostindien-Kompanie. Nahe der Tür hing satter Muskatgeruch in der Luft. Meeresvögel schossen herab, und eine schöne Frau in der Menge neigte den Kopf und verzog affektiert das Gesicht, während sie weiterging.

Der Laden für Malerutensilien befand sich im unteren Geschoss eines breiten Hauses, und trotz der Kälte stand die Eingangstür weit offen. Ein Junge warf einen Lumpenball gegen einen kleinen Wandflecken, der nicht mit Holztafeln oder fertiger Kunst behangen war: Ansichtsexemplare der edlen Pigmente, die hier angeboten wurden. Der Rest der Wand leuchtete vor Farben, von Karmesinrot aus der kostbaren Koschenillelaus bis hin zu blendend reinem Bleiweiß. Der Junge hielt inne, als er Maria bemerkte, und blickte sie erwartungsvoll an.

»Arbeitest du hier?«, fragte sie.

Er nickte.

Maria zog verwundert eine Augenbraue hoch, doch er sagte nichts.

»Ich hätte gerne etwas Azurit, nur sehr wenig.«

Wieder nickte er und ging in einen Raum weiter hinten. Kurz darauf kehrte er mit einem Bronzeschlüssel zurück, mit dem er vorsichtig eine Truhe neben einem großen Tisch öffnete, auf dem lediglich zwei Waagen standen. Nachdem er eine Weile in der Truhe gekramt hatte, hob er eine Zinnschöpfkelle mit strahlend blauen Scherben heraus. Er legte sie vorsichtig auf die Waage und beobachtete die Nadel.

»Ist es so ungefähr richtig?«, fragte er in einer sanften, melodischen Stimme.

»Ja.« Sie schaute sich um und hoffte, es würde niemand Bekanntes in den Laden kommen. Vor allem niemand aus ihrem Haus.

Er nannte ihr den Preis, und sie bezahlte, ohne zu zögern, obwohl es beinahe alle Münzen in ihrer Tasche waren. Der Junge wickelte die Splitter in ein Stück Papier, und Maria ging.

Das kleine Päckchen schien ihre kalte Handfläche zu wärmen, was ein leichtes Lächeln auf ihre Lippen zauberte.

Sie beschloss, einen anderen Weg zurück zu wählen, um das belebte Flussufer zu meiden, und bog in eine kleinere Straße ein. Weiter vorn stritten sich einige Hunde um einen abgenagten Knochen. Sie wirkten nicht hager genug für Streuner, obgleich Maria sich nicht vorstellen konnte, dass die Leute in diesen bescheidenen Häusern einen Hund durchfüttern wollten. Plötzlich blickte einer der Hunde zu ihr auf und fletschte knurrend die Zähne. Maria erstarrte. Der Hund drehte sich weg, und zittrig setzte Maria ihren Weg fort.

Sie gelangte in eine schmale Seitengasse, in der die hohen Gebäude zu beiden Seiten das Pflaster beschatteten und die kühle Luft reglos und still war. Die Mauern hier waren fensterlos, und der Schlamm auf den Pflastersteinen schluckte das Geräusch ihrer Schritte. Maria wurde schneller.

Plötzlich wurde ihr von hinten eine Hand über den Mund geklatscht. Der Angriff erfolgte vollkommen lautlos. Die breite, raue Hand riss sie nach hinten, gegen den Körper eines Mannes.

»Du kommst mit«, raunte der Kerl ihr ins Ohr.

Maria versuchte zu schreien, doch seine Hand erstickte es. Sein Körper presste sich gegen ihren Rücken. Sie wand sich, versuchte zu entkommen. Noch nie hatte sie einen anderen Menschen so nahe gespürt. Er war überall an ihr – an ihren Schenkeln, ihrer Wirbelsäule, ihrem Hinterteil. Sie bekam entsetzliche Angst.

Er stieß sie hinüber zur Mauer, und sie streckte die Hände vor, um nicht mit dem Gesicht gegen den Stein zu schlagen. Die grobe Oberfläche schürfte ihre Fingerknöchel auf, was sie aber kaum spürte. Der Fremde behielt die Hand auf ihrem Gesicht und zog ihren Kopf schmerzhaft nach hinten, während er mit der anderen Hand an ihrer Taille zu nesteln begann. Bei aller Furcht war ihr erster Gedanke, dass er ihr auf keinen Fall das Azurit wegnehmen durfte, und sie umklammerte das kleine Päckchen. Dann jedoch wanderte seine Hand tiefer, griff nach ihren Röcken, und nun hätte sie ihm mit Freuden das blaue Pigment gegeben.

Er versuchte, eine Hand zwischen ihre Beine zu rammen, und Maria hieb um sich. Dabei löste sich seine andere Hand von ihrem Mund, und ein dreckiger Finger tauchte zwischen ihre Lippen. Sie biss zu. Der beißende Geschmack von Blut benetzte ihre Zunge. Der Mann fluchte, hielt sie aber weiter fest.

Er hob die freie Hand und schlug sie ihr seitlich ins Gesicht. Maria taumelte, doch er ließ sie nicht los. Inzwischen war sie halb zu ihm gewandt, und sie sah blondes Haar und ein unrasiertes Gesicht. Doch seine Züge waren bloß schattenhaft, kein Porträt.

»Na los, lass die Fotze sehen«, sagte er und packte ihre Brüste. Die Hand rutschte erneut von ihrem Mund.

Maria schrie.

Er griff nach ihr, und sie stolperte. Schreiend versuchte sie, sich ihm zu entwinden. Er stieß eine Hand an ihren Hals, die andere unten an ihren Schritt. Abermals schlug er sie, obwohl es nicht so wehtat wie beim ersten Mal. Maria fühlte sich in einem Moment gefangen, der nie enden würde, in einem Strudel aus Angst und Schmerz.

Dann waren Stimmen zu hören. Viele Stimmen, die

durch die Gasse hallten, und jemand brüllte. Der Mann ließ sie los, trat zurück und rannte davon.

Zwei Männer jagten ihm nach, und eine Frau kam zu Maria.

»Geht es dir gut?«, fragte die Frau, deren Stimme heiser klang. »Er hat dich ein bisschen rumgeschubst, was?«

»Ich glaube, mir geht es gut.« Ihr Herz hämmerte, und sie hatte keine Ahnung, wie es ihr ging. Es war, als hätte sich ihr Körper von ihr losgelöst und wäre unerreichbar für ihren Verstand.

»Wie es aussieht, ist dir nichts passiert«, sagte die Frau. Ihre braunen Röcke waren staubig, die Fingernägel abgebrochen. Fischgeruch haftete ihr an. Vielleicht war sie Fischverkäuferin.

»Haben Sie ihn geschnappt?«, fragte Maria, weil sie nicht wusste, was sie sonst sagen sollte. Sie wollte der Frau schluchzend in die Arme fallen.

»Weiß ich nicht, Liebes; ich bin ja bei dir. Hör mal, es ist alles gut. Geh nach Hause. Soll ich ein Stück mit dir kommen? Aber zuerst richten wir dich mal her. So, die Haare wieder zurück unter die Haube, und keiner merkt was. Keiner sieht dir etwas an, oder? Du hast Glück gehabt, Liebes.«

Maria gehorchte wortlos, während sie die Worte der Frau über sich hinwegrauschen ließ. Sie wollte nicht denken, sondern sich lieber an den Arm dieser übel riechenden Frau klammern, als die ihre Hand nahm und sie zurück in Richtung Stadtmitte drehte. Langsam gingen sie nebeneinanderher, und Maria dirigierte sie zu ihrem Zuhause. Dabei hielt sie das Päckchen Azurit fest in ihrer verschwitzten

Hand. Mit dem Daumen strich sie über den Papierwickel, während die Frau mit ihr über den Kanal und einige Straßen weiter zur Grote Kerk und dem großen Platz davor kam.

»Du hast Glück gehabt, Mädchen«, sagte die Frau. »Nichts passiert. Keiner muss etwas erfahren, oder?«

»Nein, nichts.« Maria bemühte sich, nicht zu weinen. »Danke.«

Die Frau nickte, tätschelte Marias Arme und wandte sich zurück nach Norden und dem See. Maria wünschte, sie würde bleiben. Mit der Frau verschwand der Trost einer Zeugin, die intuitiv wusste, was nach diesem Schrecken wichtig war: eine sanfte Berührung und freundliche Worte. Um andernorts Trost zu finden, müsste Maria erzählen, was geschehen war. Und schon beim Gedanken daran, es ihrem Vater zu erzählen oder gar Judith, schrak Maria zusammen. Der Mann hatte seinen Körper an sie gedrängt, als wäre sie etwas, das man benutzen konnte wie ein Pferd oder einen Stuhl. Nein, das konnte sie ihrem Vater und Judith nicht gestehen. Und selbst wenn sie sich dazu brächte, die Wahrheit zu sagen, würde ihr Vater sie fragen, was sie in der Gegend zu suchen gehabt und was sie gekauft hatte. Und sie könnte es ihm nicht erklären. Sie atmete einmal tief ein. Der Angriff war eine weitere Prüfung gewesen, und vielleicht würde er ihr Opfer umso bedeutsamer machen. Tränen stiegen ihr in die Augen. Maria fasste an ihre Wange und fragte sich, ob Spuren von den Schlägen zu sehen wären. Ihre Fingerspitzen glitten über ihre Haut, die zu ihrer Verwunderung nicht schmerzte. Vielleicht war nichts zu sehen. Dann würde keiner Fragen stellen.

Zu Hause angekommen, blieb sie vor der vertrauten Backsteinfassade stehen, die nach oben in Stufen spitz zulief, dass es wie eine Treppe gen Himmel wirkte. Maria schloss die Augen kurz, bevor sie hineinging. In der kalten Diele hörte sie ihren Vater summen und das Schaben seiner Feder aus seiner offenen Zimmertür wenige Schritte entfernt.

»Ich bin wieder da, Vater«, rief sie leise, ohne sich seiner Tür zu nähern. Sie hörte nur ein Brummeln. »Ich fühle mich nicht gut und lege mich hin.« Ihr Hals wurde eng, weil sie ihre Verletzung beschönigte, doch sie sprach betont ruhig.

»Gute Besserung, Liebes.« So abgelenkt, wie er klang, sah er gewiss nicht mal von seinem Blatt auf.

Maria blinzelte ihre Tränen fort und ging nach oben, wo sie sich in ihrem Zimmer einschloss. Eine Welle von Selbstmitleid drohte, sie zu überkommen, aber sie setzte sich auf ihr Bett, schlang die Arme um ihren Oberkörper und versuchte, ihre Gedanken zu beruhigen. Sie würde ihre Schuld mit etwas Gutem sühnen und ihre Wunden selbst heilen, wie sie es immer getan hatte.

Kapitel 6

Beim Mittagsmahl saß Judith einige Plätze entfernt von den Männern am großen Tisch. Maria war krank und in ihrem Zimmer, also schluckte Judith die gebratenen Möhren hinunter, ohne etwas zu schmecken, und verließ sofort nach dem Essen das Haus. Als die schwere Tür hinter ihr ins Schloss gefallen war, drehte sie den Schlüssel und atmete die kühle Luft ein. Ihr war bekannt, dass solche beißend kalte Luft Krankheiten verursachte. Dennoch mochte sie dieses Gefühl in ihrer Lunge. Sie rieb sich die tauben Hände und wandte sich zum Marktplatz. Ein geschäftiges Dienstmädchen fegte Schlamm aus einem nahen Hauseingang und bespritzte Judiths Knöchel mit eiskaltem Wasser.

Sie passierte ein Geschäft mit gebrauchtem Steinzeug und Tellern, als ein Mann ihren Ellbogen packte.

»Wie ich höre, suchen Sie nach mir.« Er ließ sie los und sah sie für einen Moment misstrauisch an. Dann nahm er einen der schweren Steingutbecher auf, die draußen vor dem Laden ausgestellt waren. Er hielt ihn in der Hand, ohne dass sein Blick von Judith wich. Sein schwarzer Hut musste einst eine passable Form gehabt haben.

Judith richtete sich kerzengerade auf. »Das stimmt.«

Es waren einige Leute auf der Straße, allerdings alle in

abgewetzten Hosen und Röcken. Niemand, den sie kannte. Sie reckte ihr Kinn. »Es ist freundlich von Ihnen, dass Sie mich stattdessen suchen. Ich warte auf meine Bezahlung. Oder auf mein Gemälde, falls es sich nicht verkauft hat.«

Der Mann mit der deformierten Nase drehte den Becher um, als wolle er nach dem Namen des Töpfers sehen, und schürzte die Lippen. Sein breiter Mund war von beinahe demselben Farbton wie sein sonnengegerbtes Gesicht.

»Bedaure, meine Damen, aber ich weiß nicht, wovon Sie reden.«

»Doch, wissen Sie. Mein Gemälde von der Frau mit dem Weinglas. Es war gut.«

»Ach ja? Tut mir leid, ich verstehe immer noch nicht. Ich denke, das sollten Sie sich lieber merken, bevor Sie sich nach Leuten erkundigen, die Sie nicht kennen.«

»Nein!« Judith stampfte mit dem Fuß auf, auch wenn ihr diese trotzige Geste sogleich peinlich war. »Ich habe die Auktion gesehen. Ich weiß, dass sich mein Werk verkauft hat. Und wenn Sie mir nicht mein Geld geben oder mir mein Bild zurückholen, werde ich Sie melden.« Sie hatte nicht gesehen, wie es verkauft wurde, aber so musste es abgelaufen sein.

»Ach, werden Sie? Bei wem?« Sein schiefes Grinsen schien wie ein Riss in seinem Gesicht. »Soweit ich weiß, sind Sie kein Gildemitglied, und ich hatte den Eindruck, dass Sie keine Erlaubnis von Ihrem Lehrer, Ihrem *Meister* hatten, auch nur ein bemaltes Stück Hundescheiße zu verkaufen. Also, bei wem genau wollen Sie mich melden?«

»Bei meinem Bruder.« Sie verschränkte die Arme vor der Brust, um ihre zitternden Hände zu verbergen.

»Na, das ist drollig.«

Er ließ den Becher fallen, der auf den grauen Pflastersteinen zersprang. Der Ladenbesitzer kam herausgelaufen, doch sobald er den kräftigen Mann bei seinen Waren stehen sah, duckte er sich wieder zurück in den dunklen Eingang.

»Ich werde mein Geld bekommen«, sagte Judith und hoffte, dass das leichte Zittern ihrer Stimme nicht allzu deutlich gewesen war.

Der Mann lächelte ein wenig, drehte sich um und ging weg. Sprachlos blieb Judith zurück, die Arme immer noch verschränkt, und ermahnte sich zu atmen. Es musste etwas geben, das sie sagen konnte.

Nach wenigen Schritten stockte der Mann und zupfte an seinem stumpfweißen Ärmel. Dann wandte er sich wieder zu ihr um.

»Sie müssen eine der einzigen Malerinnen hier sein, stimmt's?«

»Ja.«

»Dann sind Sie wunderlich. Eine Neuheit.«

»Ich bin nicht wunderlich.« Sie drückte die Schultern durch. Die Boshaftigkeit in seinen Augen wich einem Ausdruck von Verschlagenheit.

»Ich muss sagen, Sie haben Talent. Und wenn Sie eine Malerin sind, könnten Sie für manche interessant sein, auch wenn der Preis natürlich niedriger sein muss.« Er hustete. »Wie wäre es mit einem Handel? Sie machen mir noch ein Bild, eines mit einem vorgegebenen Motiv. Eine Auftragsarbeit. Und dann bezahle ich Ihnen beide.«

»Ein vorgegebenes Motiv? Ich werde nichts Anstößiges malen.«

Sein Knurren sollte anscheinend ein Lachen sein. »Von

einer bestimmten *Person.* Gerard Snellings. Kennen Sie den Mann? Der Bursche, der den ›Pekelharing‹ so gut spielt. Ein Bild von ihm in seiner Rolle.«

»Ein Bild über eine ausgelassene Feier? Ich habe schon einen Pekelharing gemalt, aber das war nicht Gerard. Und ich weiß nicht, ob er für mich Modell sitzen würde.« Sie wurde wieder trotzig. »Warum er? Und ich sage nichts zu, bevor Sie mir nicht verraten, wie viel Sie mir bezahlen. Für beide Bilder.«

Er bückte sich, um eine Tonscherbe aufzuheben, und strich mit dem Daumen über die Kante.

»Zehn Gulden. Für beide.«

Bei aller Nervosität musste Judith lachen. »Das ist absurd! Sie verhandeln hier nicht mit einem sturztrunkenen Pekelharing. Allein eines meiner Gemälde ist schon fast doppelt so viel wert.«

Er krümmte die Finger um die Tonscherbe.

»Fünfzehn. Das ist mein letztes Angebot.«

Sie schluckte. »Na schön. Aber es wird nicht größer als das andere.«

»Heute in drei Wochen.«

Es waren nur noch anderthalb Wochen bis Fastnacht, weshalb Judith nicht sicher war, dass sie Snellings überreden könnte, für sie Modell zu sitzen. Seine Rolle des Pekelharing, ein Narr und munterer Trinkkumpan, war während der Feierlichkeiten sehr gefragt. »Ich glaube nicht …«

»Drei Wochen. Oder der Handel platzt.«

Sie krümmte die kalten Finger, um sie an ihrer verschwitzten Handfläche zu wärmen. »Gut. Aber ich sollte Ihren Namen wissen oder wo ich Sie finde, für den Fall …«

»Lachine. Mehr müssen Sie nicht wissen. Ich komme das Bild in drei Wochen holen, Judith Leyster.«

»Ich lasse mich nicht betrügen, Lachine«, sagte sie. Eine Frau in einem bekleckerten braunen Kleid ging an ihnen vorbei und schnalzte zustimmend mit der Zunge. »Ich verlange eine Anzahlung für die Materialien.«

Lachine rieb sich die schiefe Nase und seufzte. Dann ließ er zwei Gulden und die Tonscherbe in ihre ausgestreckte Hand fallen. »In drei Wochen bin ich bei Ihnen. Und wenn Sie nicht liefern können, fordere ich mein Geld zurück, mit Zinsen.«

Er berührte ihren Ellbogen, was eine so sanfte wie Furcht einflößende Geste war, und ging weg. Judith beobachtete, wie er seinen schlaffen Hut tiefer ins Gesicht zog und in die nächste Straße einbog, ohne noch einmal zurückzuschauen.

Kapitel 7

Im Geiste gab sie bereits das Geld für den Auftrag aus, als sie vom Töpferwarenladen wegging. So viel Geld, zuzüglich dem, das sie bereits hatte, würde einige Monatsmieten für den Raum decken; zwar nur knapp, doch in der Zwischenzeit konnte sie mehr Gemälde verkaufen. Sie würde jeden Gulden für Werkstatt-Utensilien brauchen, aber sie konnte sparsam sein. Vielleicht würde sie bald in die Gilde aufgenommen werden. Dann durfte sie malen, so viel sie wollte, und ihre schönen Bilder der Welt verkaufen. Bei diesem Gedanken lächelte sie.

Als sie beim Tuchhändler ankam, stand Chrispijn de Mildt in dem breiten Eingang und sprach mit einem Mann mit lockigem Haar. Die breite Hutkrempe des Mannes verdeckte sein Gesicht. Auch im Haus war es kühl, trotzdem war das besser, als in der Winterkälte draußen zu warten. Judith vertrieb sich die Zeit damit, Chrispijns Ware anzusehen. Manche der Stoffe hatte er gefertigt, andere waren von jemand anderem gewebt worden; vermutlich von Webern im südlichen Teil der Stadt. Judith rieb den Stoff zwischen ihren Fingern. Das Gefühl beschwor umgehend Bilder von den Webstühlen, den Schiffchen und den schwieligen Händen herauf, die solch ein bescheidenes Material schufen.

»Judith, ich kann mir denken, warum du hier bist.« Sein Tonfall war jovial, doch als sie sich umdrehte, blickte Jan Miense Molenaer sie ernst an. Zumindest für einen Moment, bevor er verhalten lächelte. Seine blasse Haut hatte eine zarte Pfirsichtönung.

»Um einzukaufen?« Sie hob ein Ende indigofarbenes Leinen von einem Ballen.

»In gewisser Weise, ja. Genau das ist es, was du tust.« Er zurrte an dem weiten Ärmel seiner dunkelgrünen Jacke, deren Samt zu den Schleifen unter seinen Knien passte, die den Saum der Kniebundhose zierten. Er hatte volles dunkles Haar, eine gerade Nase und einen Bauchansatz, der sein Wams spannte. Kein gut aussehender Mann, aber durchaus charmant.

»Judith, ich würde gerne kurz draußen mit dir sprechen«, sagte er.

»Tut mir leid, aber ich habe keine Zeit. Wie du siehst, kaufe ich ein, und …«

»Es dauert nur eine Minute.« Er zwinkerte ihr zu. »Entschuldigen Sie uns, Chrispijn.« Eine Hand an ihrem Ellbogen, führte er Judith nach draußen. Dabei hielt er sie fester als Lachine.

Sie sah ihn wütend an, als er ihr die Tür aufhielt.

»Was fällt dir ein, mich so herumzuschubsen?« Sie gingen an den ausgestellten Stoffen und dem Schuster vorbei, bis sie weit außer Hörweite des Tuchhändlers waren. Judith verschränkte die Arme vor der Brust und biss die Zähne zusammen.

»Ich weiß, warum du hier bist. Und du weißt auch, was ich will. Tu nicht so, als wäre es anders.« Er lehnte eine

Hüfte an die Mauer neben dem Schusterhaus.

Judith atmete schnaubend aus, und ihr Atem bildete eine Dunstwolke vor ihr. Einst hatte sie einige Wochen ihrer Lehrzeit leihweise bei Frans Hals verbracht, und zu der Zeit war Jan dort Lehrling gewesen. Sie hatten sich beinahe angefreundet – obwohl sie miteinander konkurrierten –, wie es bei Lehrfreundschaft oft der Fall war. Andererseits hatte Judith wenige Freunde, die dem Vergleich mit ihm standhielten.

»Und worüber willst du reden?«, fragte sie und wippte auf den Fersen.

»Über eine Idee. Hör mal, ich weiß, dass du das Geld nicht hast, dir diesen wunderbaren Raum mit dem hervorragenden Licht zu leisten. Du weißt, dass es stimmt, egal, wie viel du gespart hast oder wie viel du eines Tages zu verdienen hoffst. Kein Lehrling oder Geselle tut das, nicht einmal ein neu zugelassener Meister wie ich. Aber gemeinsam … hätten wir genug.« Er lächelte, und Judith spürte, wie ihre Wangen warm wurden. »Wir hätten genug, um ihn zu überzeugen, den Raum nicht an den Spielzeugmacher zu vermieten. Ach, davon wusstest du nichts, oder? Siehst du, du brauchst mich schon jetzt. Oder er könnte an einen anderen Künstler vermieten, einen von den ganz schlechten, wie Karel. Je eher wir diesen Vertrag abschließen, desto besser.«

Judith schüttelte den Kopf. »Du hast keine Ahnung, wie viel Geld ich habe oder wie viel ich verdienen kann.«

»Du bist noch nicht in der Gilde, also weiß ich genau, wie viel du verdienen kannst – nämlich kaum etwas.«

Judith sah zu Boden, scharrte mit ihren unter den Röcken kaum sichtbaren Stiefeln und wirbelte etwas Staub auf.

»Die Leute würden reden. Es wäre nicht anständig, wenn ich mir einen Raum mit nur einem Mann teile.« Und angenehm wäre es auch nicht, wie sie sehr wohl wusste. Bisweilen überkam sie eine verstörende Wärme, wenn sie mit ihm allein war, und das konnte sie nicht gebrauchen. Sie musste sich auf ihre Malerei konzentrieren. Außerdem war wichtig, dass sie Abstand hielt, ganz gleich, wie oft sie sich dabei ertappte, dass sie in einer Menge nach ihm Ausschau hielt oder ihn anstrahlte wie eine unbedarfte Bauerntochter. Sie wollte nicht als Gemahlin von jemandem unsichtbar werden, egal, wie angenehm es sein mochte.

Er winkte ab. »Wir werden andere Künstler einladen, um uns inspirieren zu lassen. Und es werden Modelle da sein. Das übliche Gewimmel in einer Werkstatt. Und denk mal nach: Wir können uns die Requisiten teilen. Ich habe eine Geige, du hast diesen schönen Kristallkelch. Es ist zum Besten so. Wirklich. Du wirst schon sehen.«

Judith fragte sich, warum er dieses Angebot nicht einem der jungen Meister machte, die an dem Raum interessiert sein mussten – und männlich, mithin weniger anstößig. Er schien ihre Gesellschaft zu genießen, doch sie bezweifelte, dass er mehr als brüderliche Zuneigung für sie empfand. Vielleicht dachte er, sich den Raum mit ihr zu teilen wäre einfacher. Dass sie, als Frau, seinen Erfolg nicht gefährden würde. Oder dass sie seine Motivwahl nicht beeinflussen und einen neu erfundenen Stil nicht heimlich kopieren würde. Sie lachte schnaubend.

»Ist das witzig?«, fragte er und zog die blonden Brauen hoch.

Lächelnd antwortete sie: »Nun, Jan, ich gebe zu, dass es ein reizvolles Angebot ist.« Sie fragte sich, ob die Hitze in ihren Wangen zu sehen war. Und sie ermahnte sich, vorsichtiger in ihrer Wortwahl zu sein. »Aus finanzieller Sicht. Es wäre leichter, sich die Miete zu teilen. Aber, wie du schon gesagt hast: Es geht darum, einen eigenen Raum zum Arbeiten zu finden. Und ich weiß, dass ich nicht arbeiten kann, wenn ich ihn mir mit einem anderen Künstler teile.«

»Judith, du musst …«

»Betrachte es als Kompliment. Ich muss mich auf das Malen konzentrieren, und deine Arbeit würde mich ablenken. Die Figuren, die du erschaffst, wirken so lebendig, dass ich sie immer ansehen müsste, statt mich um meine eigene Arbeit zu kümmern. Und das meine ich ernst: Du verstehst es trefflich, Figuren zu zeichnen.« Sie wies ihn ab, dennoch war sie aufrichtig.

Ein trauriges Lächeln umspielte seine Lippen.

»Wir können uns immer noch gegenseitig helfen«, sagte sie. »Ich würde gerne deine Geige leihen. Mir schwebt eine Feierszene vor. Ich tausche sie gegen meinen Kelch. Aber ich kann mir keine Werkstatt mit jemandem teilen.«

»Dann bieten wir gegeneinander um diesen Raum?«

Sie schüttelte den Kopf. »Keiner von uns kann ihn sich leisten.«

»Richtig.«

Beide verstummten. In der Nähe bellte ein Hund, und ein Junge beschimpfte ihn.

»Dann muss ich wohl beten, dass mir göttlicher Rat zuteilwird«, sagte er schließlich.

»Wenn du denkst, dass du ihn brauchst. Ich würde gern diesen Raum mieten.«

Er lachte. »Und wenn ich es auch noch will?«

»Ich denke, dann wirst du ein Ehrenmann sein und der Dame den Vortritt lassen.«

Er seufzte. »Ich hatte gehofft, dich überzeugen zu können. Wir hätten beide eine Menge Geld gespart. Aber gut, ich habe eine andere Möglichkeit, um ehrlich zu sein. Mehr Licht, aber mehr Geld. Jemand anderes hat mich gebeten, jenen Raum zu teilen.«

Neid regte sich in ihr. Sollte sie versuchen, jenen anderen Raum mit jemandem zu teilen, wo er auch sein mochte? Nein. Dieses Licht hier war wie eine weiche Decke, geradezu perfekt für sie. Und sie würde allein sein, frei, zu schalten und zu walten, wie sie wollte. Sie würde die Miete irgendwie aufbringen. Sicher könnte sie es, solange sie bald zu malen begann.

»Danke, Jan. Es war eine gute Idee. Wenn ich jetzt dürfte?« Sie wies zur geschlossenen Ladentür.

Wieder seufzte er. »Nur zu.«

Sie nickte und klopfte an die Tür des Tuchhändlers. Ein Lächeln zuckte in ihrem Mundwinkel, als sie wartete und hörte, wie Jan hinter ihr wegging. Ganz gleich, wie die Umstände waren, genoss sie es, mit ihm zu reden; umso mehr, wenn sie bekam, was sie wollte. Als Chrispijn öffnete, rang sie sich ein Stirnrunzeln ab.

»Ich würde gern den Vertrag besprechen«, sagte sie.

Kapitel 8

Maria verbrachte den Tag in ihrem Zimmer, wo sie zu einer Kugel zusammengekauert auf ihrem Bett lag, beschämt und zitternd. Sie grüßte Judith nur wortkarg, als diese an dem Abend ins Bett ging. Aber wenigstens halfen die wenigen Worte, das Vortäuschen von Normalität, einiges von ihrem Schrecken zu lindern. Sie schlief ein, nur um einige Zeit später plötzlich wieder aufzuwachen. Während Judith neben ihr sanft schnarchte, lag sie wach auf ihrem Lager und wartete, dass der Morgen hereinbrach. Als es schließlich so weit war, hatte Maria ihre Furcht zu etwas geformt, das einer Geschichte nahekam. Das Erlebte bestand jetzt aus einer Abfolge von Ereignissen, die sie gedanklich nachvollziehen konnte. Das minderte den Schrecken ein wenig. Der Mann kam, berührte sie und lief weg. Er war fort.

Sie stand auf und blickte hinüber zu Judith, die weiterschlief. Einmal, kurz nachdem Judith zu den de Grebbers gekommen war, waren die beiden Mädchen von einer kleinen Gruppe Jungen mit Steinen beworfen worden. Die erst dreizehnjährige Judith warf daraufhin einen Stein nach ihnen, was eine ganze Salve an Rückgeschossen nach sich zog. Aber Judith ließ sich nicht einschüchtern, und Maria, angespornt von der Courage ihrer Freundin, fing ebenfalls an, Steine nach den Jungen zu werfen. Die wiederum waren so entsetzt über die Wehrhaftigkeit der Mädchen, dass sie sich aus dem Staub machten. Als Maria aufatmete und ihre Freundin ansah, nahm Judith strahlend ihre Hand. Wochenlang erzählten sie die Geschichte ihrer mutigen Tat immer wieder. Maria ließ Judith das Märchen ausschmücken, begriff sie doch, dass es das Fundament ihrer Freundschaft war. Daher korrigierte sie Judith nie, wenn diese prahlte, wie kühn Maria sich gegen die Jungen zur Wehr gesetzt hätte.

Inzwischen war es Jahre her, seit sie von jenem Abenteuer gesprochen hatten. Maria fragte sich, was Judith aus dem gestrigen Angriff machen würde. Aber sie konnte ihr nicht davon erzählen. Niemandem konnte sie es erzählen, vor allem nicht Samuel oder ihrem Vater. Dass sie etwas derart Beschämendes erlebt hatte, weckte den Wunsch in ihr, sich im Schlamm auf der Straße aufzulösen.

Umso entscheidender waren nun diese raren, stillen Minuten für Maria geworden. Ihr blieb nur wenig Zeit bis zum Beginn der Fastnacht und Samuels Ankunft in anderthalb Wochen. Und sie wusste, dass sie dieses Gemälde brauchte, um sich für die Ausschweifungen vor der Fastenzeit zu stärken. Lautlos nahm sie das Päckchen Azurit aus ihrer Kleidertruhe und schlich sich auf Zehenspitzen hinunter in die Werkstatt. Dort zermahlte sie das Pigment zu feinem Pulver, arbeitete mit dem Stößel, bis ihr Handgelenk und die Finger schmerzten, und vermengte es mit Leinöl zu einer Paste. Die Arbeit ließ sie alles außer der Kraft in ihren Händen vergessen.

Wie ein Stück vom heiligen Jungfrauengewand leuchtete die blaue Farbe auf ihrer Palette. Es war gut, dass sie nur eine kleine Menge gemacht hatte, nur so viel, wie sie brauchte, um ein wenig Schimmer in den Raum zwischen der Flamme und dem Kopf der Frau zu bringen. Kein flüchtiger Betrachter würde es jemals als Blau erkennen, und doch genügte es, um einen Hoffnungssaphir anzudeuten.

Blinzelnd und mit ruhigen, langsamen Pinselstrichen trug Maria die Farbe auf. Da hörte sie rechts von sich ein Gähnen. Judith war in die Werkstatt gekommen, hatte aber nichts gesagt. Um zu zeigen, dass sie nicht heimlich hinschaute, ging Judith hinter Marias Staffelei vorbei zu ihrem eigenen Arbeitsplatz, wo sie mit ihrer Palette gegen die Staffelei tippte, als überlegte sie, welchem Projekt sie sich zuwenden sollte.

»Ich konnte es dir bisher nicht ausrichten«, sagte Maria. »Dein Bruder war wieder hier. Es ist zwei Tage her, an dem Abend, bevor ich ... krank wurde. Er hat nach dir gesucht.«

»Ach ja?« Judith zog einen schmutzigen Malerkittel über ihr schwarzes Wollkleid. Es war kühl in der Werkstatt, doch keine der beiden Frauen machte sich die Mühe, ein Feuer anzuzünden; sie hatten es gleichermaßen eilig, das gedämpfte Licht zu nutzen, das durch die hohen Fenster hereinfiel. Dann hielt Judith inne und hieb mit der Handkante gegen die Staffelei, die prompt klapperte.

»Was ist?« Maria trat einen Schritt von ihrem Gemälde zurück.

»Wahrscheinlich war er hier, um das Geld zu holen, das

ich ihm versprochen hatte. Herr im Himmel.« Sie rieb sich die Augen mit den Fäusten. »Ich hatte es vergessen. Aber nun brauche ich das Geld, weil ich einen Mietvertrag abgeschlossen habe und auch noch ein Modell bezahlen muss … Gewiss hat er übertrieben, was seinen Vermieter angeht. Meinst du nicht?«

»Warte, du hast einen Mietvertrag geschlossen? Davon hast du nichts erzählt. Und du suchst dir ein Modell?«

Judith kniff die Lippen zusammen und sah Maria an. Ihre braunen Augen nahmen einen dumpfen Ausdruck an. »Ich hätte nichts sagen dürfen.«

Maria tippte sich sanft mit dem Holzstiel ihres Pinsels auf das Handgelenk, wobei sie achtgab, keine Farbe zu verkleckern. »Bitte, erzähl es mir.«

Prustend atmete Judith aus. »Ich habe einen Auftrag bekommen. Es ist ein unkonventionelles Arrangement, aber ich werde ein Modell brauchen, ein bestimmtes, und ihn bezahlen müssen. Und seit ich den Mietvertrag für die Werkstatt unterschrieben und meine Ersparnisse für eine Anzahlung hergegeben habe, kann ich keinen Gulden mehr entbehren.« Sie schüttelte den Kopf.

»Ein Auftrag? Gratuliere! Hast du es meinem Vater erzählt?«

Judiths Augen blitzten. »Nein, das darf ich nicht, Maria. Es ist schlimm genug, dass ich schon …«

»Dass du was schon?«, fragte Maria ängstlich.

Judith reckte ihr Kinn. »Schon ein Bild an diesen Mann verkauft habe. Eines, das ich hier gemalt habe. Ich kann den Auftrag gegenüber deinem Vater nicht erwähnen. Obwohl«, ergänzte sie hastig, »ich neue Materialien für meine

Werkstatt kaufen werde, also kostet ihn das nichts. Ich kann den Gewinn nicht mit ihm teilen.«

»Du hast ein Gemälde verkauft? Eines, das du hier gemalt hast? Aber, Judith, das ist Stehlen.« Ein dunkles Gefühl überkam Maria, als würde ein Schwarm Fledermäuse über ihren Kopf hinweghuschen. Judith würde nicht stehlen, dachte Maria. Nicht von ihrem Vater.

»Nein, ist es nicht. Ich habe ein Recht, meine eigene Arbeit zu verkaufen.«

»Das meine ich nicht.« Maria blickte zu ihrem eigenen Bild, wo der blaue Streifen aus dem Schwarz aufragte. »Ich meine die Materialien, die Pigmente. Sogar die Pinsel.«

Judith nahm einen langen Pinsel auf und begann, mit den Borsten über ihre Lippen zu streichen – eine Angewohnheit, die Frans de Grebber nicht leiden konnte.

»Ich habe nicht gestohlen. Verstehst du denn nicht? Ich habe Materialien benutzt, die mir im Rahmen meiner Pflichten als Malerlehrling in dieser Werkstatt gegeben wurden. Und ich habe meine mageren Ersparnisse für die seltenen Farben und die Holzunterlage ausgegeben. Das Bild gehörte mir, Maria. Ich musste es verkaufen, weil ich das Geld für meine Werkstatt gebraucht habe. Und ich bezahle immer noch dafür, hier zu wohnen. Ich bin nicht undankbar, doch ich brauche diesen Auftrag. Ich will deinem Vater nicht schaden, nur, wie soll ich sonst unabhängig sein?«

Maria musterte ihr Gemälde. Sie konnte sich nicht dazu bringen, ihre Freundin anzusehen. Judiths Ehrgeiz erstaunte sie, obgleich sie schon seit Jahren hörte, was ihre

Freundin anstrebte. Keine Frau hatte ihre eigene Werkstatt. Keine Frau war ein vollwertiges Gildemitglied. Maria nickte und wandte sich wieder ihrer Arbeit zu, konnte sich indes nicht mehr konzentrieren. Nach wenigen Minuten bedeckte sie das Bild und ging.

Kapitel 9

Judith nahm ein paar im Wind wehende Leinenhemden von der Wäscheleine im Hof. Dann warf sie sie in den kleinen Korb, wo sie sich trotzigen Armen gleich über den Kleiderhaufen streckten. Recht passend. Früher am Nachmittag hatte sie Frans de Grebber erzählt, dass sie bald ihren eigenen Raum haben und sich für den Meisterstatus bewerben würde, sobald sie das Geld hatte. Sie erwähnte nichts von dem Auftrag, auch wenn sie sich beim Blick auf seine geäderten Hände wieder einmal im Geiste schwor, all ihr Material selbst zu bezahlen. »Denkst du, du bist so weit?«, hatte er gefragt und seinen Pinsel für einen Moment stillgehalten. Die letzten beiden Gesellen hatten seine Werkstatt mit zweiundzwanzig Jahren verlassen, um ihre eigenen in Amsterdam aufzumachen, und Judith war deutlich über dreiundzwanzig. »Ich hoffe es«, hatte sie nur geantwortet.

Jetzt hob sie den Korb hoch und trug ihn im Haus die zwei Treppen hinauf in ihr Zimmer. Während sie begann, ihre wenigen Sachen zusammenzufalten und in die Truhe zu legen, runzelte sie die Stirn. Ungeachtet Frans de Grebbers Bedenken, gab es eine Ordnung in dieser Welt. Saubere Kleidung gehörte in die Truhe, ordentlich zusammengelegt. Und Maler, deren Fertigkeiten ausreichten, mussten allein arbeiten dürfen.

Unten klopfte jemand an die Tür. Judith richtete sich auf, hockte sich aber gleich wieder hin. Sie musste nicht jedes Mal die Tür öffnen. Die Leute hier sollten sich ruhig an ihre Abwesenheit gewöhnen.

Nach längerer Stille klopfte es erneut, und schließlich hörte sie zwei männliche Stimmen. Judith presste eine Hand auf ein braunes Leinenmieder, das sie am liebsten zum Malen anzog, und legte es ganz oben auf den Stapel. Gut erreichbar. Sie schloss den hölzernen Truhendeckel, als bereits Schritte auf der Treppe vor ihrer Tür hallten.

»Judith, bist du da drin?«

Überrascht zog sie die Brauen hoch. Abraham besuchte sie selten hier. Sie vermutete, dass er sich fehl am Platze fühlte, hatte ihn aber nie gefragt, um ihn nicht in Verlegenheit zu bringen. Nun öffnete sie die Zimmertür.

»Komm rein«, sagte sie. Unten im Haus sangen einige Stimmen ein derbes Lied. Die Jungen mussten heute früh Feierabend gemacht haben.

Abraham kam herein und fuhr sich mit der Hand über sein feuchtes Haar. Er schien zu groß für diese Kammer, dabei hatte Judith ihren hageren kleinen Bruder nie als einen großen Mann gesehen. Vielleicht war er gewachsen.

»Sehr ordentlich«, sagte er. Dann wurde er rot, als wäre es unanständig, eine Bemerkung zum Zimmer einer Frau zu machen.

»Wir sind nicht oft hier«, antwortete Judith. »Ich habe dich nicht erwartet. Wollen wir nach unten gehen und ein Leichtbier trinken?«

Er schüttelte den Kopf. »Lieber würde ich hier oben reden, wenn es dir nichts ausmacht.«

Sie setzte sich auf ihre Truhe, die Beine unter sich angewinkelt, um sie warmzuhalten, und zeigte dann auf Marias Truhe. Abraham zögerte zunächst, nahm aber schließlich Platz. Links von ihm war ein kleiner Tisch, auf dem ihre Familienbibel neben einem faustgroßen Kästchen lag.

»Was ist da drin?«, fragte er.

»Du darfst nachsehen.« Sie fragte sich, ob er gekommen war, um sie um mehr Geld zu bitten. Wenige Tage zuvor hatte sie ihm alle Münzen gegeben, die sie erübrigen konnte. Daraufhin hatte sie sich Geld von Maria leihen müssen, um ihre erste Miete zu zahlen. Es war nichts mehr übrig, um eine Staffelei zu kaufen, deshalb musste sie den Tuchhändler überreden, ihr einen Tisch zu leihen.

Abraham öffnete das Kästchen und hob eine kleine Metallkugel an einer Kette heraus. Das Schmuckstück war pflaumengroß, die Oberfläche von einem Muster durchbrochen, sodass es aussah, als wären Vogelschwingen in das Silber gestanzt.

»Maria hat mir die Duftkugel geschenkt«, sagte sie. »Sind die Nelken noch frisch? Ich habe sie letzten Monat hineingelegt.«

Er hielt die Kugel an seine Nase, schnupperte und nickte. Doch er schien abgelenkt.

»Was ist, Abraham?« Wahrscheinlich wollte sie es nicht wissen, aber sie musste ihn fragen.

»Ich bin nicht mehr beim Dock. Hans wollte, dass ich mit Paulje lösche, und wir haben eine Kiste fallen gelassen. Zimt.«

»Zimt fallen zu lassen klingt nicht allzu schrecklich«, sagte sie. Judith knetete einen Zipfel ihres Rocks zwischen den Fingern, worauf sich die ausgeblichenen roten Fäden dehnten und dunklere unter ihnen zum Vorschein kamen.

Wieder schüttelte er den Kopf. »Hans hat gesagt, wegen der Kiste ist es nicht, aber ich bin der Jüngste am Dock und war die kürzeste Zeit da. Wenn jemand gehen muss …«

Sie seufzte. Manchmal fragte sie sich, ob das Pech ihrem Bruder von einer Arbeit zur nächsten folgte wie die Möwen den Fischerbooten, die in den Hafen kamen. Oder verdiente er sich sein Unglück? Sie konnte es nicht sagen. Sehr wohl aber wusste sie, was der Prediger behaupten würde.

»Und dann bin ich Bartol begegnet. Erinnerst du dich an ihn? Es ist Jahre her, dass ich ihn gesehen habe, und er hat nicht viel gesagt, bloß gefragt, wie es mir geht. Das hat mich nachdenklich gemacht.«

»Abraham, darüber darfst du nicht nachdenken. Bartol wird eines Tages hängen, und das weißt du. Du hattest mir versprochen, dich nicht noch einmal mit ihm einzulassen.«

Er nickte mit gesenktem Blick. »Ich wollte es dich sagen hören.«

»Das kann ich dir jederzeit sagen, wenn du willst«, antwortete sie lächelnd. »Komm mit. Möchtest du ein bisschen Bier?«

Er stand mit einem erleichterten Seufzer auf. »Nein, sollte ich lieber nicht. Danke, Judith. Ich finde allein raus.« Vor der Tür drehte er sich zu ihr um.

»Hast du jemals eine Tulpe gemalt, Judith?«

Sie kicherte verwundert. »Nein, das machen wir hier nicht. Wir malen eher Szenen, Feiern und so. Blumen malen andere.«

»Aber du wärst gut darin, oder?«

»Sehr nett von dir, Abraham, aber ich weiß es nicht. Hätte ich eine Tulpe zur Anschauung, könnte ich es vielleicht. Es wird nicht so viel anders sein, als einen Krug oder eine Laute zu malen. Ein bisschen hübscher. Allerdings auch zehnmal so teuer, also denke ich nicht, dass ich es so bald üben kann.«

Er nickte. »Eines Tages vielleicht. Du kannst alles malen, Judith, das weiß ich.«

Sie ging zu ihm und küsste ihn auf die Wange. »Danke, lieber Bruder.«

Er flüsterte etwas, das sie nicht verstand, und ging die Treppe hinunter, bevor sie ihn bitten konnte, es zu wiederholen. Judith schloss die Tür hinter ihm. Nachdem sie gehört hatte, wie seine Schritte unten im Haus verklangen, öffnete sie ihre Truhe wieder und überlegte, die letzte Bluse erneut zu falten, klappte den Deckel aber wieder zu. Dann blickte sie hinüber zu dem kleinen Tisch. Das Kästchen mit der Duftkugel war noch offen, also ging sie hin, um es zu schließen. Doch als sie hineinschaute, war die silberne Kugel fort. Und nun konnte sie sich denken, was Abraham geflüstert hatte.

Es tut mir leid.

Kapitel 10

Judith rannte die Treppe hinunter und auf die Straße hinaus, ohne sich einen Umhang zu nehmen. Doch ein eisiger Regen fiel, und die Straße war voller Schlamm. Daher lief sie nur zwei Häuser weiter und rief Abrahams Namen, ehe sie es nass und fröstelnd aufgab. Es war beinahe dunkel, und sie wäre verrückt, ihm jetzt noch nachzulaufen.

Im Haus von Frans de Grebber knallte sie die Tür zu und stand bibbernd in der Diele. Warum sollte er ihre Duftkugel stehlen? Sie war nicht sehr wertvoll, klein und aufgrund des Lochmusters nur mit einem geringen Anteil Silberlegierung. Die Kette, an der sie hing, war dürftig gearbeitet und kaum lang genug, um sie an ihren Gürtel zu binden – falls Judith die Neigung gehabt hätte, sich zu parfümieren. Maria hatte ihr die Kette geschenkt, als sie Freundinnen geworden waren. Über Monate hatte sie all ihre Münzen gespart, um die Duftkugel zu kaufen, und für ein fünfzehnjähriges Mädchen war sie ein teurer Luxus gewesen. Doch nun würde Abraham dafür bestenfalls ein paar lumpige Stuiver bekommen. Judith begriff nicht, warum er sie gestohlen hatte.

Morgen würde sie nach ihm suchen. Falls sie abends Zeit hatte. Denn morgen begann ihre Arbeit.

Am nächsten Tag öffnete Judith die Tür zur Werkstatt und ließ den Mann mit der roten Nase herein. Ihre eigene Werkstatt und ihr erstes eigenes Modell. Sie bemühte sich, nicht wie eine närrische Milchmagd zu grinsen, was schwierig war. Gerard Snellings befingerte die weiße Lehmpfeife, die in seinem Hutband steckte. Dann stampfte er mit den Stiefeln auf, sodass Judiths kahler, weizenfarbener Fußboden mit Regentropfen und Matsch bespritzt wurde.

»Bei diesem Wetter jagt man keinen Hund vor die Tür«, sagte er und schüttelte die Arme, worauf Wasser von seinen Leinenärmeln stob. Judith nahm an, dass er sein Wams ablegen wollte, und fragte sich, ob sie es ihm anbieten sollte. Schließlich gab sie ihm einen sauberen Lappen, damit er sich das Gesicht trocknen konnte. Als er fertig war, hielt sie das feuchte Tuch und blickte sich in dem leeren Raum nach einer Ablagemöglichkeit um. Hier gab es nur zwei Tische und zwei Hocker, einen für ihr Modell und einen für sie. Sie hatte die hölzerne Malunterlage an zwei schwere Gläser und ein abgebrochenes Stück von einem Webrahmen gelehnt, alles von dem Tuchhändler geliehen. Beide Tische standen voll mit Malutensilien oder Requisiten und boten keinen Platz für einen schmutzigen Lumpen. Als Gerard nicht hinsah, ließ Judith daher das Tuch einfach fallen und trat es mit dem Fuß unter ihren Tisch.

»Ich habe nur wenige Stunden Zeit«, sagte er, während er sich umschaute. »Tut mir leid, aber die Schönredner treffen sich heute Abend, und ich muss da sein.« Er räusperte sich, als wolle er mehr sagen. Stattdessen faltete er die Hände vor seinem burgunderroten Wams und verstummte.

Die Erwähnung der Schönredner rief ein Stirnrunzeln

bei Judith hervor. Es war ein Club für Männer, für Spitzenmaler wie Frans Hals und Salomon de Bray. Sie trafen sich im Wirtshaus De Pellicaen, wo sie angeblich auf höchstem rhetorischen Niveau über Kunst diskutierten, während sie in Wahrheit nur krügeweise Bier tranken. Jedenfalls erzählten das die Leute. Als Frau war ihr verboten, die Schänke zu betreten. Ein Trunkenbold wie Gerard hingegen war nicht bloß willkommen dort, sondern wurde ausdrücklich zur Unterhaltung hinzugebeten. Hemmungsloses Trinken diente als Messlatte für ehrbare Ausschweifungen. Judith beschäftigte sich für einen Moment damit, ihre Pinsel zusammenzustellen. Die Tonscherbe von Lachine lag neben dem Zinnteller mit ihren Pinseln, und Judith richtete sie so aus, dass die Schatten die scharfe Bruchkante verdunkelten.

»Ich würde Sie bitten, sich an jenen Tisch zu setzen. Nein, auf der Fensterseite. Ja, vielen Dank. Möchten Sie etwas Wasser?« Sie hatte vorher einen hübschen kornblumenblauen und weißen Krug befüllt, auf den sie jetzt zeigte.

»Wer bestellte noch gleich mein Porträt? Oder meine Rolle oder wie immer Sie es nennen wollen?« Er warf ihr ein heiteres Lächeln zu, das wohl für den typischen Pekelharing stehen sollte.

Sie zögerte zunächst. Womöglich sträubte er sich, wenn er es erfuhr, aber lügen konnte sie auch nicht.

»Er nennt sich Lachine.«

Gerard zuckte mit den Schultern. »Kenne ich nicht. Es muss viele Leute da draußen geben, die an mich erinnert werden wollen. Wie ich spiele, meine ich. Soll ich diesen Krug halten? So?«

Er neigte den Krug zu sich, klappte den Deckel auf und grinste weiterhin jovial. Es fiel nicht schwer, sich vorzustellen, dass er ein begehrter Trinkkumpan war. Seine Augen blickten warmherzig, die Haut in den Winkeln kräuselte sich, und seine bräunlichen Lippen waren von beinahe weiblicher Anmut und gebogen, als lache er über den Scherz.

»Ja, das ist die richtige Pose. Lassen Sie mich die groben Konturen skizzieren, und danach konzentrieren wir uns auf Ihr Gesicht. Dann können Sie Ihren Arm ausruhen. Nein, noch nicht. Warten Sie, bis ich die erste Skizze fertig habe. Ich suche mir einen anderen, der für den Rest Modell sitzt.« Sie hatte keine Ahnung, woher sie die Zeit und das Geld für ein weiteres Modell nehmen sollte, aber es musste gehen.

Stumm zeichnete sie eine halbe Stunde lang im trüben Licht, das durch das regennasse Fenster fiel. Dies war die sogenannte Totfarben-Phase, in der sie die Kopfform umriss, die breiten, aber weichen Schultern und die hervorquellende Wampe – alles auf der ölbasierten Grundierung, die sie schon vorbereitet hatte. Sie blickte zwischen seinem heiteren Gesicht und den schlichten Linien auf ihrem Bildträger hin und her. Während sie die Rechtsneigung seines Kopfs in eine Linksneigung spiegelte und sein warmherziges Lächeln in ein charmantes Grinsen verwandelte, regte sich ein vertrauter Beschützerinstinkt in ihr. Indem sie diesen Mann sah wie nur wenige andere, erschuf sie ihn neu. Beim Malen legte sich ein sanftes Schmunzeln auf ihre Lippen.

»Nur zu, machen Sie eine Pause«, sagte sie.

Gerard stand auf und schüttelte seine Arme aus.

»Diese Pfeife, die Sie da haben«, sagte sie. »Ich denke, wir sollten sie mit ins Bild aufnehmen. Ja, so ist es gut. Legen Sie sie dort auf den Tisch.« Sie stand auf und nahm eine weiche Kappe mit einer langen Feder vom Tisch auf, die sie ihm hinhielt. »Würden Sie die bitte aufsetzen? Die gebogene Feder rahmt Ihr Gesicht schön ein.«

»Das ist gut«, antwortete er, nahm seinen abgetragenen schwarzen Hut ab und ersetzte ihn durch ihre Requisite. Dann holte er tief Luft und sah Judith an. »Ich überlege nur. Nein, das ist idiotisch. Aber … dieser Mann, für den Sie arbeiten, hatte nicht zufällig einen französischen Akzent, oder? Eine scheußliche Nase?«

Judith setzte sich wieder und besserte eine Linie am Rücken der Gestalt aus, bevor sie reagierte. Der Winkel des Kopfs war relativ spitz, doch ansonsten war der Umriss gut gelungen. Sie wünschte jedoch, sie könnte über das schöne Gemälde sprechen, das sie anfertigen wollte, nicht über Lachine.

»Hatte er. Kennen Sie ihn?«

Er erstarrte. Sämtliche Farbe wich aus seinem Gesicht, wo einzig seine Nase eine leichte Rötung behielt.

»Ich glaube nicht, dass ich das hier machen kann. Tut mir leid, kleines Fräulein.«

Er stolperte über den Hocker, auf dem er gesessen hatte, und eilte zur Tür. Judith sprang auf.

»Warten Sie! Gerard, warten Sie.« Sie berührte sein Handgelenk. »Laufen Sie nicht davon. Bitte, reden Sie mit mir. Nur eine Minute. Ich höre auf zu malen, aber reden Sie mit mir.«

Er zögerte an der Tür, und sein Blick richtete sich abwechselnd auf die Klinke und auf sie.

»Haben Sie etwas zu trinken?«

Judith nickte. Sie hatte ein halb volles Fass aus de Grebbers Küche mitgebracht. Dort würde es niemand vermissen, und sie hatte schon vermutet, dass sich ein Getränk als nützlich erweisen könnte. Irgendwann würde sie Frans de Grebber für all seine freundlichen Gaben entschädigen – einschließlich jener, von denen er nichts wusste. Nun schenkte sie Gerard von der dunkelroten Flüssigkeit in den Krug. Gerard beäugte sie misstrauisch, ging aber zurück zum Hocker und setzte sich wieder.

»Sie verstehen das nicht«, sagte er kopfschüttelnd.

»Nein, tue ich nicht.« Sie kehrte zu ihrem Hocker zurück, zog ihn allerdings hinter der Staffelei hervor, sodass nur noch der Tisch zwischen ihnen war. »Was ist so schlimm daran, wenn er Ihr Porträt bekommt?«

»Sie verstehen das nicht«, wiederholte er. »Dieser Mann, Lachine, wie Sie ihn nennen, er will meinen Tod.« Bei diesen Worten riss er die Augen weit auf.

Judith blinzelte verwirrt. »Ihren Tod?«

Gerard trank einen kräftigen Schluck. »Es ist eine hässliche Geschichte, und ich sollte Sie da nicht mit hineinziehen. Obgleich es lange her ist, seit jemand …«

»Sie können es mir erzählen«, sagte sie leise.

Gerard blähte die Wangen und atmete prustend aus. »Tja, kann ich wohl ebenso gut. Wir arbeiten jetzt für denselben Mann. Vielleicht kennen Sie ihn, Paulus van Beresteyn? Er ist Amtsrichter. Ich wusste nicht, dass Lachine für ihn arbeitete, als ich mich verpflichtete, sonst hätte ich niemals zugestimmt. Außerdem wollte ich die Arbeit ohnedies nicht. Paulus bedrängte mich, müssen Sie wissen. Er wusste Dinge, ähm, über mich, und ich hatte keine Wahl. Verstehen Sie?«

Judith verstand nicht, warum sich ein Amtsrichter dazu herabließ, einen Trinker zu erpressen, doch sie nickte. Sie wollte seine Gefühle nicht verletzen, und offenbar tat es ihm gut, darüber zu reden.

»Also sind ich und Lachine jetzt Konkurrenten, verstehen Sie, nur dass ich nie in diese Lage geraten wollte. Deshalb will er mich umbringen.«

»Gerard, ich kann mir nicht vorstellen, dass jemand Sie umbringen will.« Vor allem nicht wegen solchen Unfugs wie der Anstellung bei demselben bekannten Haarlemer Edelmann.

Er presste die Lippen zusammen und trommelte mit den Fingern auf dem Tisch. »Ich bin sicher, dass er es will. Es ist das Einzige, was einen Sinn ergibt.«

»Hat Ihnen das jemand erzählt?«

Er trank noch einen Schluck. »Nun, nein.«

»Vielleicht sieht er es anders als Sie. Und überhaupt begreife ich nicht, wie ein Porträt helfen könnte, Sie umzubringen.« Sie blickte zu ihrer Skizze. Das Bild würde wunderschön.

»Ist das nicht offensichtlich? Damit er den Mördern zeigen kann, wie ich aussehe.«

»Aber Sie sind berühmt. Jeder weiß, wie Sie aussehen. Ich bin Ihnen vor letzter Woche nicht begegnet, trotzdem wusste ich, wie Sie aussehen. Zumindest recht gut. Und ich gehe nicht mal zu vielen Fastnachtfeiern. Zu den Schönrednern natürlich auch nicht.«

Sie streckte eine Hand nach ihm aus. »Ich brauche dieses Porträt, bitte. Es ist meine Chance, in die Gilde zu kommen. Niemand anderes würde mir annähernd genug bezahlen.«

Er winkte ihre Bitte mit einer scharfen Handbewegung ab, blieb aber sitzen. Draußen prasselte der Regen gegen das Fenster.

»Gerard, es ist ein Porträt. Und ein gutes, versprochen. Ich sehe Ihnen an, dass Sie ein sanftmütiger Mann sind, und das werde ich zeigen. Lachine wird es ebenfalls erkennen.« Sie wusste nicht, welche Spannungen es zwischen den Männern gab, doch sicher würden sie sich auflösen, wenn die Kunst vermittelte.

Er rieb sich das Kinn, das bereits altersfleckig war. »Hmm.«

»Sie sind schon gemalt worden. Was macht da ein Bild mehr? Und dann wäre da noch der Lohn …« Ein Gefühl, bei dem es sich um Schuld handeln könnte, kroch aus ihrem Bauch in ihre Kehle und die Fingerspitzen. Sie log nicht, sondern versuchte, ihn zum Bleiben zu überreden. Er würde froh sein, das Geld zu bekommen, sagte sie sich.

»Nun, das ist wahr. Sogar der große Frans Hals hat mich einst gemalt. Als ich jünger war.«

Er stellte den Krug auf den Kieferntisch. »Der Franzose ist ein Teufel, sage ich Ihnen. Aber ich werde mich nicht von einer Dame in Not abwenden.«

Judith atmete auf und schloss für einen Moment die Augen. »Ich danke Ihnen, Gerard.« Sie lächelte. »Dann nutzen wir unsere Zeit. Es ist nicht nötig, dass Sie den Krug halten. Neigen Sie nur den Kopf so wie vorher. Ein wenig mehr in die Richtung. Ja. Und könnten Sie strahlen, als würden Sie Ihren Wein genießen?«

»Es wäre leichter, hätten Sie noch ein wenig Wein, den ich genießen kann.« Er grinste spitzbübisch.

Judith musste lachen. »Den haben Sie wahrlich schnell getrunken! Aber ja, natürlich.«

Sie schenkte ihm nach und machte sich rasch ans Werk, um die verbrauchte Haut und das schiefe Lächeln ihres Modells einzufangen, ehe es dunkel wurde. Während ihr Pinsel über das Holz flog, war ihr Denken vollständig von Farbe, Schatten und Linien eingenommen. Sie prüfte die Krümmung seiner Augenbrauen, die wie eine Bogenbrücke über einem Kanal wirkte. Doch hin und wieder, wenn sie kurz unterbrach, fragte sie sich, was Gerard gemeint hatte und warum Lachine beabsichtigen sollte, ihn zu töten. Es konnte nur das Fantasiegespinst eines Trinkers sein. Dennoch brachte es sie ins Grübeln.

Das Licht war schon fahl, als Judith einen Schritt zurücktrat und das erste Stadium des Gemäldes betrachtete. Auf dem Holz neigte Gerard – nein, Pekelharing – seinen Kopf nach hinten und grinste den Betrachter freundlich an, die Augen blitzend vor Vergnügen. Er hielt einen Krug mit aufgeklapptem Deckel, als hätte er eben einen großen Schluck genommen oder würde zum leeren Krugboden schauen. Das Bild des fröhlichen Trinkers war recht gängig, doch Judith war schon jetzt zufrieden mit ihrer Ausführung. In seiner Miene war genügend Licht, um die Freude des Trinkens auszudrücken, und sein Gesicht wirkte hinreichend verlebt, um gleichzeitig vor den Gefahren des übermäßigen Genusses zu warnen. Die Leichtigkeit der

Feder an seinem Hut bildete einen guten Kontrast zum schweren Metallkrug. Alles war in einem angenehmen Gleichgewicht. Zwar benötigte sie immer noch jemanden, der ihr für den Körper Modell saß, doch den würde sie finden. Lachine sollte keine Schwierigkeiten haben, das Gemälde zu verkaufen.

Nachdem Gerard gegangen war, schloss Judith die Tür hinter ihm und lehnte sich an die kühle Wand der Werkstatt. Der Putz schien ihre Gedanken in sein stumpfes Weiß zu absorbieren, und sie atmete aus. Es war zu spät, um nach Abraham zu suchen. Morgen vielleicht. Zumal sie jetzt, in dieser leeren Werkstatt, die förmlich danach schrie, mit Porträts gefüllt zu werden, nicht mehr sicher war, ob sein Diebstahl noch eine Rolle spielte. Oder zögerte sie, weil sie gerade dabei war, ihren Bruder aufzugeben? Nein, das stimmte nicht. Alles war von Bedeutung, sie brauchte nur die Zeit dafür. Müde stemmte sie sich von der Mauer ab. Es war noch Farbe an ihren Pinseln, und sie musste die Palette sauber kratzen. Und das alles, ehe sie vor Einbruch der Dunkelheit zu ihrem Zimmer bei de Grebber zurückkehrte. Sie sollte sich lieber sputen.

Kapitel 11

Sobald am Fastnachtsdienstag der kühle Morgen anbrach, hob der Chor der fröhlichen Horden an und nahm zu, bis am Mittag die gesamte Werkstatt de Grebber von Trinken, Musik und Gelächter bis in die letzten Winkel erfüllt schien. Maria blieb drinnen. Sie hatte kein Interesse an jenen fleischlichen Ausschweifungen vor der Fastenzeit und wollte sich nicht den betrunkenen Männern aussetzen, die durch die Straßen zogen. Jedes Mal wenn sie jetzt aus dem Haus ging, ertappte sie sich dabei, wie sie die Menge auf der Suche nach den rauen Händen musterte, an die sie sich in ihren Albträumen nur allzu gut erinnerte. Obwohl sie den Mann bisher nicht gesehen hatte, war sie immer, wenn sie nach draußen ging, sicher, dass sie es würde. Und heute wäre es besonders schlimm, von den Erinnerungen an ihre Schändung heimgesucht zu werden, denn heute war der Tag, an dem sie ihr Opfer vorbereiten musste.

Der De-Grebber-Haushalt hatte schon vieles von dem Holzvorrat für den Winter und den Frühling verbraucht, und Maria wollte die Bediensteten nicht bitten, mehr zu kaufen; ihr Vater würde es zwangsläufig erfahren. Daher beschloss sie, mit dem Torffeuer und den wenigen Spänen auszukommen, die sie unbemerkt aus dem Holzstapel nehmen konnte.

Nach dem Mittagessen gingen ihr Vater und die Lehrlinge zum Trinken ins Illumination, eine vornehmere Schänke, die nicht nur von vielen aus der Lukasgilde besucht wurde, sondern auch ein bevorzugtes Lokal der Bürgermeister und wohlhabenden Kaufleute war. Natürlich waren weder Maria noch Judith eingeladen. Ohnedies war Judith zu ihrer Werkstatt geeilt. Maria hatte vorgeschlagen, zusammen etwas Wein zu trinken, doch Judith hatte gemeint, sie hätte zu tun. Maria hatte genickt und sich jede Bemerkung verkniffen. So würde sie eben das leere Haus ohne ihre Freundin bestmöglich nutzen.

Draußen grölten betrunkene Männer schiefe Lieder, und Kinder kicherten über die Possen eines Rummelpotspielers, dessen Brummtopf scheußlich kreischte und krächzte, als er den Stock in der Schweinsblasenbespannung bewegte. Maria schloss die Läden vor dem vorderen Fenster, das gleichzeitig als Ausstellungsort ihres Vaters diente. Der nächtliche Regen war einem ungewöhnlich klaren Tag gewichen, und Maria widerstrebte es, das kostbare Sonnenlicht auszusperren. Dennoch brauchte sie die Abgeschiedenheit in diesem Raum mit dem großen Kamin.

Sie lehnte ihr immer noch bedecktes Gemälde an die Wand und verteilte einige Holzspäne um die Torfstücke herum, die im Kamin glommen. Selbst mit dem Torffeuer bildete Marias Atem Wolken in der kalten Luft. Sie hielt inne, schluckte und überlegte, was sie tun sollte. Dann griff sie in den Kamin und schob ein Stöckchen näher zur Torfflamme. Sie hockte sich zurück auf die Fersen und zog ihre

Röcke weiter weg vom Feuer. Nach einer Minute stand sie auf, um mehr Anzündmaterial zu holen.

Als ein Wollbüschel schließlich Feuer fing, atmete Maria auf. Diese Gottesgabe wäre so viel bedeutsamer, je mehr Mühe sie kostete. Sie zog das Tuch von ihrem Gemälde und hielt es auf Armeslänge von sich ab. Stolz regte sich in ihr. Anstatt das Gefühl zu ersticken, wie sie es gewöhnlich getan hätte, ließ sie es zu. Die Nase der Frau war immer noch nicht ganz richtig, aber in ihren Augen schimmerte echte Wärme, und der Blick war auf die Kerze in ihrer Hand fixiert. Maria stellte sich vor, sie könnte das Brennen der kleinen Flamme fühlen, und sie lächelte gequält.

Im Kamin fauchte und knisterte es, als sie ihr Gemälde in die Flammen hielt. Anfangs schienen sie sich zu sträuben, doch bald züngelten sie an den Ecken der Holztafel. Die Farbe warf Blasen und qualmte. Eine wagemutige Flamme erfasste das Holz und gab Wärme von sich. Die drohende Vernichtung war Schmerz pur. Als würden die Flammenzungen in Marias Brust greifen, um ihr jeden Stolz aus dem Herzen zu reißen und zu verbrennen. Sie wünschte, sie hätte ihrem Vater das Bild gezeigt. Er würde nie glauben, dass sie dazu imstande war. Aber nein, sie musste dieses Gemälde geheim halten. Alles andere hätte geheißen, der Versuchung zu erliegen.

Während das Feuer nach ihrer Farbe züngelte und über das Holz kroch, stand Maria auf. Sie rang die Hände, lief in dem großen Raum auf und ab. Das konnte sie nicht mit ansehen. Ein scharfer Geruch, noch beißender als der von verbrennendem Torf, breitete sich im Raum aus. Maria versuchte, durch den Mund zu atmen, und blickte sich nach einer Ablenkung um. Eine Holztruhe mit all den Servietten und Tischtüchern ihrer Mutter stand unter dem Fenster. Ansonsten war der Dielenboden kahl, abgesehen von der dünnen Sandschicht, die ihn sauber halten sollte. Maria hatte ihren Vater beschworen, einen modischeren Fußboden zu legen, Marmor vielleicht oder sogar Keramik, vor allem hier, wo er seine Kunst ausstellte. Doch er winkte stets mit Verweis auf die Kosten ab. Momentan hingen zehn Gemälde unterschiedlicher Größe an den Wänden. Kurz vergaß Maria, was sie getan hatte, und atmete tief ein. Sofort erfüllte der schmerzliche Geruch der verschwindenden Kunst ihre Nase. Sie hielt sie mit einer Hand zu und blickte ein Bild ihres Vaters an, eine Variation von Daniel mit den Löwen. Da er keine Löwen als Modell gehabt hatte, hatte ihr Vater auf eine Reihe von Kupferstichen zurückgegriffen, weshalb die Tiere stilisiert wirkten. Doch Maria gefiel das besonders gut. Die Güte in Daniels Augen und das Zutrauen, das seine Hände ausdrückten, waren beinahe greifbar. Marias Bruder Pieter, der in den Dreißigern war und seine eigene Werkstatt unterhielt, hatte für dieses Gemälde Modell gestanden. Und seine Züge waren von einer Frische, die Maria rührte. Wobei das Anrührende dieses Gemäldes auch auf die offensichtliche Zuneigung ihres Vaters zu seinem Sohn zurückzuführen sein mochte. Er sah Pieter als seinen künstlerischen Erben an.

Im Feuer hinter ihr knackte es laut, doch sie zwang sich, das nächste Werk anzuschauen, ein Auftragsporträt von einem Bürgermeister. Es war bereits verkauft, wurde aber zu Werbezwecken noch hier ausgestellt. Ihr Vater hatte das Werk schnell gefertigt, weil sein Modell nur wenig Zeit gehabt hatte, trotzdem fand Maria, dass es gut geworden war. Die Spitze an seinem Hals glitzerte in einem feinen Muster, fast als könnte Maria sie berühren.

Ein kühler Luftzug umwehte ihre Knöchel, und sie fröstelte. Sie vergewisserte sich, dass das Fenster fest verschlossen war, und drehte sich wieder zum Feuer. Es war erloschen. Mit einem Stock stocherte Maria in der Glut, um es wieder zum Leben zu erwecken, doch das letzte rote Schimmern verwandelte sich in dumpfes Grau. Ihr Gemälde war nur zu einem Teil verbrannt. Der obere Teil des Frauenkopfes im Feuer war zerstört worden, doch der Rest noch vorhanden.

Ihre Hände zitterten, und ihr wurde schwindlig, als sie sich wieder aufrichtete und nach etwas suchte, womit sie ein neues Feuer machen konnte. Sie wollte bereits eine Lampe suchen, um sich deren Flamme auszuleihen, als ihr etwas klar wurde: Ihr Opfer war abgelehnt worden. Es gab keinen Grund, weshalb das Feuer ausgegangen war, keine Zugluft, kein feuchter Wind. Maria schlang schützend die Arme um ihren Oberkörper. Nein, es war Gottes Werk gewesen. Das stumme Feuer war eine Botschaft, ein Zeichen, dass ihr Opfer ungenügend war. Oder unrein vielleicht. Eitelkeit und Stolz hatten ihre Bemühungen zu sehr durchwirkt, als dass sie noch von Bedeutung sein könnten.

Maria zog die bemalte Holztafel aus dem Kamin, schüttelte sie ab und trat die letzten verkohlten Äste ganz nach hinten, bevor sie hinauf in ihr Zimmer rannte. Dort verstaute sie das Bild in dem kleinen Spalt unter ihrer Kleidertruhe und setzte sich auf den polierten Deckel. Durchs Fenster konnte sie den wunderschönen Nachmittagshimmel sehen und die ausgelassenen Feiern unten hören. Ihr wurde die Kehle eng vor Scham und Verlegenheit, aber sie erlaubte sich nicht zu weinen. Stattdessen biss sie sich auf die Unterlippe, bis sie blutete.

Später am Nachmittag, als die Straßen brodelten vom Lärm der fröhlich Feiernden, klopfte jemand an die Tür. Das Haus war größtenteils leer. Maria saß in ihrem Zimmer, wo sie die Gebete sprach, die sie längst auswendig konnte. Sie wollte beten, bis der Schmerz in ihrer Brust nachließ, egal wie lange es dauerte, und sie war gewillt, sich die Fingerspitzen an ihrem Rosenkranz blutig zu reiben. Wieder klopfte es, also atmete sie tief ein und ging zur Tür.

»Ist Meister de Grebber zu Hause?«, fragte ein Mann mit einem schmalen Gesicht. Maria erkannte ihn als den Boten, den Salomon de Bray häufig nutzte, ein Maler und hochrangiges Mitglied der Lukasgilde. Es war ein ungewöhnlicher Tag für Gilde-Angelegenheiten, und Maria suchte nach den passenden Worten.

»Ich bin hier hinten«, rief ihr Vater.

Sie führte den Mann durch die Diele und zwei Stufen hinauf in den Raum, der ihrem Vater als Schlaf- und Wohnzimmer diente. Geschnitzte Türen verbargen seinen großen Alkoven, und ein kleines Torffeuer brannte im Kamin. Frans saß auf einem Stuhl, die Füße in Socken auf einem Fußwärmer, einer kleinen Holzkiste mit einer Tonschale voller Glut. Die Angewohnheit, einen Fußwärmer zu benutzen, hatte er von seiner Frau übernommen. Maria kannte keinen anderen Mann, der sich diese als rein weiblich angesehene Bequemlichkeit erlaubte, und manchmal beneidete sie ihn darum.

»Verzeihen Sie bitte die Störung, aber Meister Salomon de Bray wünscht, dass Sie diesen Brief noch heute Abend sehen. Wie ich hörte, hatten Sie die Angelegenheit bereits besprochen? Er hätte gern so bald wie möglich Ihre Unterschrift.«

Neugierig blieb Maria an der Tür stehen, eine Hand an die kühle Wand gelehnt. Für gewöhnlich hatte ihr Vater wenig mit der Gilde zu schaffen. Er nahm oft Anstoß an ihren Bestrebungen, seine Gemäldeverkäufe auf die von ihnen abgesegneten Kanäle zu beschränken. Daher schimpfte er über ihre Regeln und verkaufte seine Arbeit, wie es ihm gefiel, und zu den Preisen, die er wollte. Dennoch las er nun den Brief, wobei er mit Daumen und Zeigefinger seine Nasenwurzel drückte vor Konzentration. Alles war still, während sie warteten, und Maria konnte wieder das Gelächter von der Straße hören.

»Moment.« Ihr Vater zeigte mit dem Finger auf das Papier. »Das ist nicht, was wir besprochen hatten. Hat Salomon gesagt, dass ich diese Version unterschreiben soll? Was für ein Hundsfott! Hat er gedacht, ich würde es nicht bemerken?« Frans de Grebber schwenkte das Blatt durch die Luft und faltete es zusammen. »Mir ist bewusst, was die wollen«, fuhr er fort. »Zwei Fliegen mit einer Klappe schlagen. Aber ich werde einen Teufel tun!«

Maria rang nach Luft, erschrocken ob seiner groben Ausdrucksweise. Der Bote zog die Augenbrauen hoch, sagte jedoch nichts.

»Was ist, Vater? Was wollen sie?«

Er schüttelte den Kopf und sah immer noch den Brief an.

»Eine dumme Sache. Nein, recht wichtig. Aber nicht so

wichtig wie dies hier«, wieder tippte er auf das Papier, »es andeutet.«

Der Bote trat einen Schritt zurück, als wolle er sich von dem Schreiben distanzieren. Abwartend verschränkte er die Hände vor dem Bauch.

»Wir hatten beabsichtigt«, sagte ihr Vater, »uns die Reliquie des Heiligen Lukas zurückzuholen. Sie gehört der Gilde. Du kannst sie nicht kennen, Maria, denn sie war schon vor deiner Zeit verschwunden. Es handelt sich um eine silberne Schmuckschatulle mit geweihten Gebeinen und einem verzierten Bronze-Reliquiar.« Er blickte zu dem Boten und schürzte die Lippen. »Vor einigen Jahren hatte ich sie in meiner Obhut, als es zu Spannungen mit den Calvinisten kam. Da gab ich sie einem Priester, der in die Südlichen Niederlande ging, in den katholischen Teil. Um ihrer Sicherheit willen! Ich wusste, dass die Kirche dort stark war. Hier hingegen hätte die Reformkirche sie womöglich zerstört.« Er bekreuzigte sich. Der Bote verzog keine Miene.

»Nun wollen sie einige der anderen katholischen Würdenträger der Gilde zurück. Und dem stimme ich zu. Aber dies? Dies! In dem Brief deuten sie an, dass ich derjenige sein soll, der das Schreiben nach Brügge überbringt. Dort ist Pater Cloribus. Oder war er. Nein, wir haben nicht über irgendeine Reise gesprochen, zumindest keine, die ich unternehmen würde. Das ist absurd. Sie wollen mich lediglich für eine Weile vom Markt haben.« Er tippte sich mit dem Finger an die Schläfe. Diese Geste bewirkte oft, dass Farbe in seinem lockigen grauen Haar zurückblieb.

»Nehmen Sie den so wieder mit. Salomon braucht heute Abend keine Antwort, ganz gleich, wie sehr er das

Gegenteil beteuert. Ja, richten Sie ihm das aus. Wir werden besprechen, wie vorzugehen ist.« Zufrieden nickte er. »Und, Maria, dies ist für Judith.« Er hielt einen zweiten Brief in die Höhe, den sie bisher nicht gesehen hatte. Ihr Vater musste ihre Neugierde bemerkt haben, denn er schmunzelte. »Ganz richtig. Sie haben Judiths Bitte zugestimmt, sich um den Meisterstatus zu bewerben. Mit meiner Fürsprache, versteht sich.« Er wedelte mit dem Brief, und Maria nahm ihn. Das Wachssiegel beschwerte das Papier, und sie drückte das Schreiben an ihre Brust.

»Nun geht«, sagte ihr Vater, der wieder ernst wurde. Maria verneigte sich und begleitete den Boten zur Haustür. Danach lief sie nach oben, um nachzusehen, ob Judith zurück war. Doch das Zimmer war nach wie vor leer. Zögernd legte Maria den Brief auf Judiths glatt gestrichene Bettdecke. Ihre Freundin würde die Neuigkeit gleich bei ihrer Rückkehr erfahren wollen.

Nachdem Maria die Decke auf ihrem eigenen Bett gestrafft hatte, ging sie zurück nach unten. Draußen wurde ein Trinklied angestimmt, und in der Nähe schrie ein Esel. Gern hätte Maria mehr über die Reliquie erfahren, schien sie ihr doch wie ein Wink Gottes. Ihr Opfer war abgewiesen worden, aber hier handelte es sich um einen wahren Märtyrer. Sie ging zum Zimmer ihres Vaters, nur war die Tür verschlossen. Und sie war nicht so dumm anzuklopfen.

Kapitel 12

Judith zog die Haustür hinter sich zu und rieb ihre Wangen, die wie starr vor Kälte waren. Sie hängte ihren Umhang an den Haken neben der Tür. Draußen waren die Straßen noch verschlammt von den gestrigen Umzügen, und einige Feiernde waren sogar heute noch anzutreffen gewesen. Sie zog die schriftliche Erlaubnis, sich für die Gilde zu bewerben, aus ihrem Leinenunterkleid, wo es warm an ihre Brust geschmiegt war. Wieder faltete sie das Schreiben auseinander, auch wenn ihre Freude gedämpft war. Morgens war sie losgelaufen, um Abraham von der guten Nachricht zu berichten. Sie war quer durch die Stadt zu den Docks und danach zum Armenviertel im Süden gegangen.

»Judith«, rief Maria von dem Treppenabsatz im ersten Stock. »Da bist du ja!« Sie kam nach unten gelaufen. »Ich muss … Was ist? Du bist ganz blass.«

»Ich glaube, Abraham steckt in Schwierigkeiten. Er ist fort.« Unwillkürlich umfing sie Marias Handgelenk, als könne die Freundin ihr den Halt bieten, den sie brauchte.

»Was meinst du?«

»Weiß ich nicht genau, aber ich glaube, er hat die Stadt verlassen. Ich war bei diesem furchtbaren Drecksloch von Pension, und sein Vermieter sagt, er hätte eine Tasche gepackt und seine Miete bezahlt. ›Fürwahr bezahlt‹, sagte er, als wäre es ein Wunder. Und danach ist Abraham auf und davon. Flink wie eine Maus, hinter der eine Katze her ist. Maria, wie kann er fortgegangen sein, ohne mir etwas zu sagen?« Sie konnte sich nicht entscheiden, ob sie brüllen oder weinen wollte.

Ihre Freundin umarmte sie einmal fest und hielt Judith dann auf Armeslänge von sich ab. Nun blickte Judith zu den Füßen ihrer Freundin, die in den Hausschuhen so klein wirkten.

»Nachdem unsere Eltern fortgegangen sind«, sagte Judith, deren Stimme einen strengeren Ton annahm, »einfach weggelaufen, hätte ich nie gedacht, dass Abraham dasselbe tun könnte. So ist er nicht.«

»Es muss ernst gewesen sein, was auch immer geschehen ist. Vielleicht hat jemand versucht, ihm etwas anzutun.«

»Ja, gewiss ist etwas passiert.« Judith pulte an einem getrockneten Farbklecks auf einem ihrer Fingerknöchel herum.

»Er hätte es dir gesagt, hätte er gekonnt«, beteuerte Maria. Sie strich Judith eine verirrte Locke hinters Ohr. »Dessen bin ich mir sicher. Ich habe euch beide immer beneidet, weißt du das? Wie ihr zueinandergestanden habt, nachdem eure Eltern fortgegangen waren. Ihr wusstet, dass keiner von euch verdient hatte, so verlassen zu werden, und ihr habt zusammengehalten. Als meine Mutter starb, hielten sich meine Brüder fern von mir. Offenbar sahen sie ihre Züge, wenn sie mich anschauten, und empfanden diesen Schmerz als zu groß.«

Maria wandte den Blick ab und schien für einen Moment

den Atem anzuhalten. Ihre Worte wirkten wie eine Decke, die auf die Glut von Judiths Verzweiflung geworfen wurde. Abraham hatte gegen ihre wichtigste Übereinkunft verstoßen, und überdies war er mit ihrem Geld verschwunden. Als sie es am dringendsten brauchte. Dennoch hatte Maria in gewisser Weise recht. Es musste etwas passiert sein. Abraham liebte sie, und er brauchte sie, wie Maria gesagt hatte. Judith drückte den Arm ihrer Freundin und löste sich von ihr.

»Was wolltest du sagen, als ich hereinkam?«

»Ach ja.« Sie berührte ihr dunkles Haar. »Kannst du mit mir kommen? Jetzt? Ich brauche deine Hilfe.«

Prüfend betrachtete Judith die Freundin, die nun aus dem Fenster starrte. »Natürlich. Verrätst du mir, worum es geht?«

»Unterwegs. Komm mit.«

Judith zog den Umhang wieder über; er war innen noch warm von ihrem aufgebrachten Marsch durch die Stadt. Dann wartete sie, dass Maria es ihr gleichtat.

Draußen fiel ein leichter Nieselregen, und Judith richtete ihre Haube.

»Erinnerst du dich an Samuel Ampzing, den Poeten?«, fragte Maria leise. Auf ihren Wangen schien sich eine leichte Röte auszubreiten.

»Wie könnte ich ihn vergessen? Er war so großzügig mit seinem Lob.«

»Großzügig, ja«, sagte Maria, deren Hals sich nun komplett rot färbte. »Er drückte Interesse an mir aus, und jetzt ist er wieder in der Stadt. Zu ihm wollen wir. Aber ich kann es Vater nicht sagen.« Nervös nagte sie an ihrer Unterlippe.

»Maria, ehrlich?« Grinsend knuffte Judith der Freundin in die Seite.

»Nein, so ist es nicht. Ich kann seine Zuneigung nicht erwidern. Tue es nicht. Er ist kein Katholik, und er reist so viel umher. Wie ich es ihm sagen soll, weiß ich nicht, dennoch muss ich es klären.«

»Was für ein Jammer, Maria. Er wäre eine gute Partie. Was ist denn dabei, wenn er nicht katholisch ist? Die meisten Leute sind es nicht.« Wieder lächelte Judith, was indes sogleich aufhörte, als sie sah, wie besorgt Maria war. Sie traten zur Seite, um einem Pferdekarren auszuweichen, bevor sie weitergingen. »Ich verstehe. Sicher findest du die richtigen Worte, es ihm behutsam zu erklären.«

Maria schüttelte den Kopf. »Nein, er ist krank. Ich will es nicht schlimmer machen.«

Mehr sprachen sie nicht, bis sie zu dem Haus gelangten, in dem Samuel wohnen sollte. Die Läden waren kürzlich weiß gestrichen worden, und ein Büschel frisch geschnittener Rosmarin hing kopfüber an der Tür.

Maria klopfte zunächst zaghaft, dann etwas lauter.

Eine rundliche Frau in einer Schürze öffnete. »Ja?«

»Wir möchten Samuel Ampzing besuchen«, sagte Maria. »Auf seine Bitte hin.« Wie zum Gebet faltete sie die Hände vor ihrem Herzen.

Die Dienerin nickte nur. »Ich sehe nach, ob er wach ist. Kommen Sie herein. Es ist feucht hier draußen.«

»Wach?«, fragte Judith, als die Dienerin wegging. In dem Haus roch es würzig süß wie nach Zimtgebäck, dabei war es nicht die Jahreszeit für Spekulatius. Judith lief das Wasser im Mund zusammen.

»Er ist krank. Vielleicht ist es ernster, als ich dachte«, antwortete Maria, die besorgt die Stirn runzelte.

»Weißt du, wessen Haus dies hier ist?«

»Nein, nur dass der Besitzer ein Freund von ihm ist. Ihm mangelt es an den Mitteln, weiter in seinem eigenen Haus zu bleiben.«

Stumm standen sie da, und Judith ließ ihren Blick über die Wände schweifen. Der Hausbesitzer hatte einige Bilder aufgehängt, unter ihnen eines von einem lachenden Jungen, das, den losen Pinselstrichen und dem heiteren Ausdruck nach zu urteilen, von Frans Hals sein musste. Die Schöpfer der anderen beiden Gemälde – Stillleben mit Iris, Rosen und Nelken – erkannte sie nicht. Vielleicht hatte er sie in Amsterdam oder Den Haag gekauft. Auf einem Holzregal stand ein Zinnkrug mit einem elegant geschwungenen Henkel, und eine Reihe handbemalter Fliesen verlief am Rande des Fußbodens. Der Hauseigentümer gab anscheinend gern Geld aus. Eventuell würde solch ein Mann, hatte Judith sich erst den Meisterstatus verdient, ihre Farben und Gestalten mit Wohlwollen betrachten.

Die Dienerin kehrte zurück, und ihr Gesicht wirkte grau. »Es geht ihm nicht gut«, sagte sie. »Sind Sie sicher, dass Sie ihn sehen möchten? Ich habe den Oberkaufmann gefragt, also Willem von Dielen, und er sagt, falls Sie sich die Mühe machen wollen, können Sie gerne seinen Freund besuchen.«

Judith sah Maria an, die an ihren Fingernägeln kaute; diese Angewohnheit hatte Judith nicht mehr bei ihr bemerkt, seit sie junge Mädchen gewesen waren.

»Ich muss«, sagte Maria entschlossen, wenn auch kaum hörbar. Die Dienerin zog fragend die Augenbrauen hoch, und Judith wiederholte Marias Entscheidung mit mehr Lautstärke.

»Na gut.« Die Frau klang unsicher, neigte jedoch den Kopf und führte sie eine blank geputzte Treppe hinauf.

Im ersten Stock konnte Judith durch eine offene Tür eine kleine Vase mit Ringelblumen auf einer Kommode sehen. Trotz der Regenwolken draußen brachte das Licht vom Fenster die orangen Blütenblätter zum Leuchten, und Judith wäre gern hineingegangen, um ihre Schönheit zu bewundern. Schnittblumen sah man selten, besonders in dieser Jahreszeit. Nur ging die Dienerin recht eilig weiter durch den Korridor, und Judith folgte ihr.

»Könnte er sterben?«, flüsterte sie Maria zu, als sie über die Schwelle eines Zimmers schritten und die Dienerin von dort in ein anderes Zimmer voranging. Das Haus war größer, als es von draußen aussah.

Maria antwortete etwas Unverständliches, doch Judith schloss aus ihrer Miene, dass es sein könnte.

Die Dienerin klopfte an eine geschlossene Tür und öffnete sie, ohne auf eine Antwort zu warten. Drinnen waren die Vorhänge eines Alkovens zurückgezogen, und in dem Bett lag ein kleiner Mann. Die Luft war abgestanden. Ein Torffeuer brannte im Kamin. Die Fenster waren verdunkelt, und zwei Petroleumlampen waren angezündet, was eine extravagante Vorkehrung für den Kranken war, um feuchte Luft und womöglich blendendes Sonnenlicht auszusperren.

»Heute Morgen war er auf und hat gesprochen«, sagte die Dienerin leise. »Aber jetzt scheint er … Nun, sehen Sie selbst.«

Maria zögerte, deshalb näherte Judith sich Samuel als Erste. Sein Kopf war von mehreren Kissen gestützt und nach rechts geneigt, zu ihr. Sie hatte ihn seit gut fünf Jahren nicht gesehen, aber seinem Anblick nach waren für ihn fünfzehn vergangen. Seine Wangen waren eingefallen, seine Augen von dunklen Schatten umrahmt. Er war kein schlecht aussehender Mann gewesen, mit einem freundlichen Lächeln, doch nun schien das Gewicht seines Barts auszureichen, um die durchsichtige Haut nach unten zu ziehen.

Er hatte die Augen geöffnet und starrte Judith blind an. Als sich indes Maria näherte, blickte er über Judiths Schulter hinweg, und seine Züge erhellten sich merklich. Er bewegte die Lippen, und ein heiseres Raspeln kam heraus. Die Hand auf seiner Bettdecke zuckte.

»Ich glaube, er möchte, dass du seine Hand nimmst«, sagte Judith, obgleich sich die Worte in ihrem Mund schwer anfühlten. Sie wusste, dass Maria jede Berührung, und sei sie so geringfügig wie ein Handschlag, unangenehm war.

Dennoch trat ihre Freundin neben das Bett und legte ihre Hand auf die des Poeten. Die grün gestreifte Decke sank ein wenig ein, als das Gewicht von Marias Hand hinzukam, und Judith musste an Heufelder denken, auf denen sich die Halme im Wind bogen. Sie hatte es einmal gesehen, als sie zu einer Schänke auf dem Land gefahren war. Seitdem hatte jemand das Heu geerntet, also wie mochte das Feld jetzt aussehen? Stoppelig und karg wahrscheinlich.

Erneut versuchte Samuel zu sprechen, wurde aber von einem Hustenanfall unterbrochen. Unwillkürlich wich Maria zurück, errötete und trat gleich wieder vor, um ihre

Hand abermals auf seine zu legen. Samuels Blick wurde weicher, wirkte entschuldigend, und er drückte ihre Hand.

»Möchten Sie etwas trinken?«, fragte Maria.

»Wir haben ein sehr gutes Leichtbier«, bot die Dienerin an, die in der Tür stand. Judith hatte vergessen, dass sie noch dort war.

Samuel schüttelte leicht den Kopf. »Sie sind gekommen«, sagte er schließlich. Seine Stimme war so rau wie ein Anstreicherpinsel.

»Ja.« Maria sah zu Judith, die Augen weit aufgerissen vor Panik. Judith kam näher und legte eine Hand auf Marias Arm.

»Ich bin erfreut«, sagte er. »Ihr …« Hier verstummte er wieder, während sein Brustkorb einsank. Er versuchte es aufs Neue. »… ihr gütiges Gesicht zu sehen.«

»Wir sollten reden, wenn Sie wieder wohlauf sind«, entgegnete Maria.

Er schloss die Augen. Um sie herum war alles still im Zimmer, und Judith hörte nichts außer seinem angestrengten Atem. Maria zog ihre Hand zurück.

Samuel öffnete seine Augen wieder. »Wir werden reden. Alles regeln. Später dann.« Es war eher eine Frage als eine Aussage.

»Ja, bald.« Maria trat von dem Alkoven weg. Sie öffnete den Mund, um noch etwas zu sagen, schloss ihn aber gleich wieder. Stattdessen griff sie schweigend nach Samuels Fingern, drückte sie kurz und verließ das Zimmer. Während sie ebenfalls das Zimmer verließ, nickte Judith dem Mann zu. Doch sein Blick blieb auf Maria geheftet.

Unten an der Treppe dankten sie der Dienerin und traten

hinaus in den weichen Regen, der sich wieder in Nebel zurückzuverwandeln schien.

»Das war furchtbar«, sagte Maria und hielt beide Hände an ihre Wangen. »Ich habe ihn getäuscht. Doch … was hätte ich tun sollen?«

Judith legte einen Arm um ihre Freundin und führte sie behutsam weiter. »Du hast getan, was du konntest.«

Langsam und stumm gingen sie nach Hause. Judith lauschte dem Rattern der Wagenräder auf den Pflastersteinen oder dem Schelten einer Mutter, und sie konnte nicht umhin, an jeder Straßenecke nach Abraham Ausschau zu halten. Noch nie hatte Haarlem sich riesiger angefühlt. Sie sah Maria an, die sich vom Regen die Wangen sprenkeln ließ, als wären es Tränen.

Am nächsten Tag ging Judith in ihre Werkstatt. Sie wollte überprüfen, wie weit die Farbe auf dem Pekelharing-Porträt – oder Gerards Porträt – getrocknet war. Der Anblick seines trunkenen Grinsens brachte sie zum Lächeln. Vorsichtig tippte sie mit dem Finger auf die unterste Ecke, und es blieb keine Farbe haften. Das war gut. Am Arbeitstisch gab sie Würfel von Kölnerbraun in den Mörser, um sie zu zerreiben. Sie spannte die Schultern an, und gleich darauf erfüllte ein rhythmisches Knirschen den Raum, wie das Geräusch von Kieseln unter den Fußsohlen.

Die Tür ging auf, und Maria erschien. Sie war noch nie in Judiths Werkstatt gewesen, weshalb Judith sie verwundert ansah. Der Tuchhändler musste sie eingelassen haben. Eigenartig, dass er Judith nicht Bescheid gesagt hatte.

»Komm rein«, sagte sie.

Maria betrat den Raum, ließ aber die Tür offen. Der Flur hinter ihr war dunkel, was zur Folge hatte, dass ihre Gestalt halb von der Dunkelheit verschluckt wurde. Maria schaute sich in dem Raum um, äußerte sich jedoch mit keiner Silbe zu den Gemälden oder dem Licht, was Judith ein wenig enttäuschte.

»Er ist tot«, sagte sie stattdessen. »Die Haushälterin des Oberkaufmanns hat mir heute die Nachricht geschickt.«

»Oh, Maria.«

Judith legte den Stößel ab und ging auf ihre Freundin zu, um sie in die Arme zu nehmen. Doch Maria wich zurück.

»Ich hätte ihn nicht täuschen dürfen«, sagte sie. »Jetzt fühle ich mich furchtbar. Und dann fühle ich mich furchtbar, weil ich mich furchtbar fühle, und alles wegen eines Versprechens, das ich nicht hätte geben dürfen.«

»Du hast gestern nichts versprochen«, widersprach Judith.

Maria schüttelte den Kopf. »Es ist komplizierter. Ich habe gebetet, dass …« Ihre Stimme brach, und sie schluckte, um sich wieder zu fangen. »Ich habe für eine Lösung meines Problems gebetet. Aber damit meinte ich doch nicht, dass er stirbt! Mir war nicht klar, dass er so krank ist.« Für einen Moment vergrub sie das Gesicht in den Händen, ehe sie wieder aufblickte. »Es tut mir leid. Ich ruiniere alles, wie immer.« Sie drehte sich um und schloss die Tür hinter sich.

Judith stand einen Moment lang reglos da. Sie könnte Maria jetzt folgen und mit ihr über ihre Gebete und den armen toten Poeten sprechen. Sie könnte … Judith holte tief Luft und kniff dann die Lippen zusammen. Ihr Blick wanderte zu der Leinwand auf ihrer neuen Staffelei. Bisher existierte von dem Bild nur die Unterzeichnung; und einen Käufer für das Werk hatte sie auch noch nicht gefunden. Hier war zu viel zu tun, als dass Judith sich mit all den Schuldgefühlen beschäftigen konnte, die Maria quälten. Ihre Freundin gab sich immerzu die Schuld für irgendwelche Fehler, seien es imaginierte oder andere. Judith schüttelte den Kopf. Sie würde später mit ihrer Freundin reden. Vorerst war es besser, zu ihrem Mörser zurückzukehren.

Kapitel 13

Judith drückte das verhüllte Bild an ihre Brüste und drängte sich nahe an die Backsteinfassade. Es fiel ein steter Regen, und sie hoffte, das Segeltuch und der Dachüberstand würden ihr Gemälde schützen. In der Kleine Houtstraat waren heute Vormittag nur wenige Fußgänger unterwegs. Judith schaute sich nach Lachine um. Er war nirgends zu sehen. Obwohl sie damit gerechnet hatte, ärgerte es sie. Wahrscheinlich wollte er ihren Lohn drücken, indem er sie befürchten ließ, dass er gar nicht kam. Judith verengte die Augen und presste das Bild fester an ihre Brust. Aber da hatte er sich verrechnet. Sie würde sich nicht so leicht einschüchtern lassen und fügen.

Der Regen prasselte auf die Dachziegel über ihr, und Judith wischte sich die Spritzer vom Gesicht. In diesem Augenblick sah sie den Franzosen um die Ecke am anderen Straßenende biegen. Er entdeckte sie, winkte und lief in ihre Richtung.

»Hier sind Sie«, sagte er.

»Ja, wo Sie gesagt hatten.« Sie wies zu dem kleinen Gebäude hinter ihr.

»Hätte ich mit dem Kompasszeichen auf einem Haus in der Gortestraat eigentlich das Kompasszeichen auf einem Haus in der Kleine Houtstraat gemeint, dann ja.« Er blinzelte in den verregneten Himmel hinauf. »Folgen Sie mir.«

»Aber das ist doch …«, begann Judith zu erwidern. Sie hatte die Straßen nicht verwechselt! Aber bevor sie ihm das sagen konnte, hatte er sich bereits umgedreht und war zurück in die Richtung gegangen, aus der er gekommen war – zum Marktplatz und dem Kanal. Judith trat hinaus auf die Straße, die genauso nass war wie die Stelle an der Mauer, und eilte ihm nach.

»Tut mir leid, dass ich Sie durch dieses Wetter nötigen muss«, rief Lachine über seine Schulter. Die Entschuldigung überraschte sie, sodass Judith nicht sofort eine Erwiderung einfiel. Sie war langsamer als er und blieb daher einige Schritte hinter ihm. Eventuell wollte er es so, überlegte sie.

Er ging unter die Markise einer Bäckerei und betrat sie. Neben der Tür waren einige runde Roggenbrotlaibe ausgestellt. Selbst in der Feuchtigkeit dufteten sie köstlich. Judith folgte Lachine.

Die Bäckerei war sehr geräumig. Ein großes Feuer brannte in einem offenen Herd, und zwei Männer kneteten Teig an einem Tresen daneben. Eine Frau schnitt ein Blech Zwieback in Rechtecke, um sie auf einem Teller zu arrangieren. Die Frau blickte zu Lachine auf, der ihr zuwinkte, und widmete sich dann wieder ihrer Arbeit.

»Geschäftliches erledigt man besser im Trockenen. Und ungestört«, sagte er. »Ist das mein Werk?«

»Sicher wird es Ihnen gefallen«, sagte Judith. »Soll ich es auswickeln?«

»Nein, ich habe kein Auge für solche Sachen. Sie haben Gerard Snellings benutzt, nicht wahr?«

»Ja, wie besprochen. Möchten Sie es nicht sehen?« Unwillkürlich hoffte sie, dass er es sehen wollte und erkannte, wie naturgetreu sie den Mann getroffen hatte.

Doch Lachine schüttelte den Kopf, zog einen Beutel innen aus seinem Wams und angelte einige Münzen heraus.

»Hier. Hat mich gefreut, mit Ihnen Geschäfte zu machen.« Er ließ die Münzen in ihre Hand fallen: exakt der Betrag, den sie vereinbart hatten. Sie hielt das Geld in einer Hand und reichte ihm mit der anderen das Gemälde. Doch als er es eben nehmen wollte, kam ein Junge in die Bäckerei gerannt.

Sein zerrissenes Hemd war vom Regen durchweicht, und er sah aus, als wäre er ungefähr acht oder neun Jahre alt. Keuchend griff er nach dem Saum von Lachines schlichtem Hemd. Judith drückte ihr Bild abermals an die Brust.

»Der neue Junge«, stieß der Kleine hervor. »Er ist unten am Dock, und er muss irgendwas gesagt haben. Keine Ahnung, was es war, aber einer der Männer dort hat … Sie haben ihn gepackt, und sie schlagen ihn. Sie müssen …«

Bevor der Junge den Satz beenden konnte, rannte Lachine hinaus in den Regen. Judith blickte sich verwirrt in der Bäckerei um, wo niemand von seiner Arbeit aufschaute. Sie hatte immer noch das Bild und nun auch Lachines Münzen. Er könnte sie beschuldigen, ihn betrogen zu haben, und solch einen Mann wollte sie wahrlich nicht zum Feind. Also lief sie ihm nach.

Sie kam gerade noch rechtzeitig aus der Bäckerei, um zu sehen, wie Lachine am Kanal entlang hinauf zum Fluss lief.

Judith hielt kurz inne, bevor sie ihm nacheilte. Ihre Röcke zurrten an ihrer Taille, und das sperrige Gemälde hinderte sie daran, schneller zu laufen. Hoffentlich bemerkte sie niemand. Und sollte das Wasser ihr Bild beschädigen, wäre es allein Lachines Schuld. Trotzdem presste sie es weiter an ihren Oberkörper.

Erschöpft wurde sie schließlich langsamer. Weiter vorn war zu sehen, wie Lachine den Spaarne erreichte und nach Norden in Richtung De Waag weitereilte. Judith wischte sich den Regen von der Stirn und musterte das Segeltuch. Noch bildeten die Regentropfen darauf kleine Perlen. Erleichtert atmete sie auf.

Als sie endlich den Fluss erreichte, hörte sie Männerstimmen brüllen. Im Schutz der hohen Gebäude mit ihren abgestuften Fassaden ging sie zögernd auf den Lärm zu.

Lachine stand zwei Matrosen gegenüber. Die beiden Männer trugen weite, vom Regen braun gefärbte Leinenhemden, und Lachine hatte seinen Finger in die Brust des einen gebohrt. Alle drei schrien erbost. Hinter ihnen stand ein weiterer Seemann, der seinen Stiefel auf die Brust eines am Boden liegenden Jungen drückte. Ein Einmaster lag am Fluss vertäut, und ungefähr ein Dutzend kleiner Fässer war auf dem Dock aufgestapelt. Weiter weg ragte Haarlems großer Holzkran in die Höhe, als wolle er sich naserümpfend von diesem unanständigen Treiben abwenden.

Einer der beiden Matrosen schubste Lachine. Judith ging ein wenig näher und sah den schmutzigen Botenjungen neben dem Franzosen zusammenzucken. Der Junge am Boden beobachtete den Streit mit großen Augen. Judith konnte nicht erkennen, ob die Tropfen, die ihm über die

Wangen rannen, Tränen oder Regen waren. Als sie genauer hinsah, fiel ihr ein kleines Rinnsal Blut auf, verwaschen vom Regen, das dem Kleinen über das Gesicht lief.

»Ihr habt kein Recht«, brüllte Lachine.

»Es ist unser gutes Recht«, erwiderte ein Seemann in einem braunen Schlapphut. »Wir machen hier nur unsere Arbeit, und da finden wir diese kleine Ratte, die herumschnüffelt.« Er wandte sich zu dem dritten Seemann hinter ihm.

»Und damit haben Sie nichts zu tun«, ergänzte der zweite, auf dessen Wangen blonde Stoppeln sprossen. Wieder schubste er Lachine, dessen Gesicht rot anlief. Der Mann hinter ihnen versetzte dem Kind einen Tritt, und der Junge stöhnte.

Lachine wippte auf den Fersen, als versuche er, die Situation einzuschätzen. Judith sah, wie er die Hände zu Fäusten ballte.

»Verzeihung«, rief sie und ging auf die Gruppe zu. Alle starrten sie verwundert an, mit Ausnahme des Mannes mit dem Hut, der weiterhin Lachine wütend anfunkelte.

»Tut mir leid, dass ich Ihre Unterhaltung störe, aber ich konnte nicht umhin, Ihre eindrucksvollen Mienen zu bemerken. Ja, ich weiß, es ist so typisch für ein Weibsbild, sich aufzudrängen, wo es nichts verloren hat. Doch ich bin Malerin, müssen Sie wissen, und stets auf der Suche nach ausdrucksstarken Gesichtern. Und Sie …« Sie stockte und tat, als müsste sie die Männer zählen. »Sie drei sind Seeleute, stimmt's? Noch nie habe ich Gesichter gesehen, mit denen sich das Leben auf dem Meer so perfekt darstellen lassen würde. Die Sonne, die ehrbare harte Arbeit, die Wellen. Haben Sie jemals für ein Gemälde Modell gesessen?«

Sie ging noch einen Schritt näher. »Sie aber nicht, bedaure.« Hier zeigte sie auf Lachine, der kurz die Stirn runzelte, bevor er wieder eine gleichmütige Miene aufsetzte und auf Abstand zu der Gruppe ging. »Diese Nase tut Ihnen keinen Gefallen. Aber Sie drei, lassen Sie mich sehen … Ja, besonders Sie dort, mit dem Hut. Oh, und Sie haben einen Jungen bei sich? Lassen Sie ihn aufstehen, damit ich sein Gesicht sehe.«

Der Mann mit dem Fuß auf dem Jungen blickte mürrisch drein. Sein Gefährte knuffte ihn, dennoch weigerte er sich, den Fuß zu heben.

»Eine Malerin?«, fragte er und stemmte den Fuß fester auf die Brust des Jungen. »So was habe ich ja noch nie gehört.«

Judith lachte, was bewirkte, dass die Mundwinkel des Mannes zuckten. »Stimmt, ich bin beinahe eine Neuheit. Umso mehr Grund, mir Modell zu sitzen. Übrigens habe ich unter diesem Segeltuch ein Gemälde, das ich eben fertiggestellt habe. Eine Auftragsarbeit. Ich zeige es Ihnen.«

Ihre Finger zitterten, als sie mit den Knoten kämpfte, und sie wagte nicht, zu Lachine zu sehen. Im Geiste betete sie, dass der Regen dem Holz nicht schadete und Lachine ihr vergeben würde, das Gemälde in Gefahr zu bringen. Zum Glück hatte er sie schon bezahlt.

Linkisch ließ sie das Segeltuch fallen und drehte das Bild, um es den Seemännern zu zeigen. Die beiden vorderen machten große Augen und traten näher, um es genauer zu betrachten.

»Na, das ist mal was«, sagte der Unrasierte.

»Ein lebendiges Bild«, konstatierte der andere. »Mann, ich kenne den Kerl!«

»Gewiss tun Sie das, wenn Sie viel in Haarlem sind«, sagte Judith. Sie hoffte, das Zittern in ihren Armen würde sich nicht auf das Bild übertragen.

Der Mann bei dem Jungen brummelte etwas und hob den Fuß. »Lasst mal sehen«, sagte er und kam zu ihnen. Schnell rappelte der Junge sich auf und lief zu Lachine.

»Ich möchte schon länger ein Segelbild malen«, sagte Judith. »Vielleicht etwas mit drei Seeleuten an Deck, die sich die Zeit vertreiben.«

»Auf diesem verfluchten Fluss kommen wir nicht oft zum Sitzen«, sagte der Mann mit dem Hut lachend.

»Aber es ist keine schlechte Idee«, entgegnete der Unrasierte.

»Besuchen Sie mich«, sagte Judith. »Ich habe eine Werkstatt in der Korte Barteljorisstraat. Und ich bezahle meine Modelle natürlich.«

Bei der Erwähnung von Bezahlung blitzten die Augen des Dritten auf. »Sind Sie immer da? Diesmal haben wir keine Zeit, müssen uns mit dieser Ladung Öl hier beeilen, aber beim nächsten Mal …« Sein Blick fixierte das Porträt von Gerard. Judith wünschte, sie könnte ihr Kunstwerk ebenfalls sehen, doch sie hielt es wie ein Schild vor sich. Gern hätte sie Gerards freundliche Augen und sein Lachen betrachtet. Doch zumindest dürfte das Gemälde bewirken, dass sich die Matrosen nach einem Getränk sehnten.

»Nochmals Verzeihung, dass ich gestört habe«, sagte sie. Aus dem Augenwinkel konnte sie Lachine nicht sehen, trotzdem widerstand sie der Versuchung, sich zu ihm umzudrehen. »Ich weiß, dass Sie viel zu tun haben, doch ich konnte mich nicht zurückhalten. Werden Sie mir helfen und für ein Bild Modell sitzen?« Ihr Herz geriet ins Stottern bei dem Gedanken, ihre Werkstatt mit diesen drei grobschlächtigen Männern teilen zu müssen, falls diese das Angebot annahmen.

Der Unrasierte strich sich mit einem Finger übers Kinn und sah seine Gefährten an. »Ich habe immer gewusst, dass ich ein gut aussehender Bursche bin«, verkündete er und lachte. Der Mann mit dem Hut klopfte ihm auf den Rücken.

»Seht mal, der verdammte Junge ist weg«, knurrte der Dritte. Er sah wütend zu Judith, die sich bemühte, erschrocken dreinzublicken.

»Und dabei wollte ich ihn doch auch als Modell. Ein Junge ist ein guter Ausgleich. Obwohl ich mit drei Männern immer noch eine hübsche Arbeit machen kann. Falls Sie ihn nicht mitbringen können, meine ich.« Sie tat, als würde sie den Faden verlieren.

»Vergiss es, Jan«, sagte der mit dem Hut. »Er ist eine Hafenratte. Wenn wir ihn und den vermaledeiten Franzosen das nächste Mal sehen, werden wir sie kielholen. Entschuldigung«, ergänzte er an Judith gewandt.

»Es wäre schön, könnte ich die blumige Sprache der Seeleute zusammen mit Ihren Gesichtern in Farbe bannen«, entgegnete Judith lächelnd. Regen lief ihr seitlich an der Schläfe herab. Sie trat zurück. »Vergessen Sie es nicht, ja? Korte Barteljorisstraat. Fragen Sie nach Judith Leyster, falls Sie mich nicht finden.«

Der Mann mit den blonden Stoppeln nickte und schlug eine Hand auf die Schulter des anderen. »Wenn wir uns beeilen, können wir vielleicht schon in einer Woche wieder in der Stadt sein.«

»Das wäre großartig.« Judith hob das Segeltuch vom nassen Pflaster. Bevor die Männer mehr sagen konnten, drehte sie sich um und ging weg.

Ihr Herz pochte, als sie zum Kanal zurückwanderte und das Schiff und De Waag hinter sich ließ. Doch ihr folgten keine Schritte, und sie hörte nichts außer dem Trommeln von Regentropfen auf den Dächern über ihr.

Als sie um die Ecke war, lehnte sie sich an die nächste Mauer und hielt das Gemälde dicht vor ihre Brust. Lachine und die beiden Jungen traten aus einem Hauseingang. Der größere Junge presste einen Lumpen an seine Stirn, unter dem Blut hervorrann.

»Hier entlang«, sagte Lachine und wandte sich ab.

Judith sah ihn verwundert an, ehe sie die Zähne zusammenbiss und ihm folgte. Konnte er nicht ein Wort des Dankes sagen, nachdem sie ihm geholfen hatte? Jetzt würde sie womöglich drei Modelle bezahlen müssen, dabei hatte sie nicht mal die Mittel für eines.

Sie kochte vor Wut, als sie in eine schmale Straße einbogen. Lachine und die Jungen betraten eine kleine Schänke zwischen zwei größeren Häusern, und Judith blieb verdrossen draußen stehen. Der ältere Junge öffnete die Tür und winkte ihr.

»Na gut«, sagte sie mürrisch und ging hinein.

Drinnen stank es nach abgestandenem Bier und altem Schweiß, und Judith blinzelte im dämmrigen Licht. Andere Gäste konnte sie nicht sehen. Im Raum war kein Feuer gemacht, und es war kühl. Sie schüttelte das Wasser aus ihrem

Segeltuch und drapierte es wieder um die Holztafel. Nach möglichen Schäden zu sehen traute sie sich nicht.

Lachine setzte sich an einen der wenigen Tische und wies auf die Bank ihm gegenüber. Die Jungen trotteten zu einem anderen Tisch, wo sie sich leise unterhielten.

»Das war schlau«, sagte er. »Mein Junge ist Ihnen dankbar.«

Judith nickte. Sie schob das Gemälde über den Tisch, aber Lachine beachtete es nicht.

»Er ist vor einigen Monaten aus Roermond im Süden hergekommen, nachdem Ihr Prinz die Spanier rausgeworfen und dabei Hunderte Kinder zu Waisen gemacht hat. Nicht, dass es Sie schert, aber der Junge hat es schwer gehabt.«

»Warum sollte es mich nicht scheren? Ich habe geholfen, das arme Kind zu retten.« Sie sah hinüber zu dem Jungen, der über etwas zu grinsen schien, was sein Freund gesagt hatte.

»Verzeihung, ich bin daran gewöhnt, dass sich keiner für diese Waisen interessiert. Und noch weniger bin ich an höfliche Konversation gewöhnt.« Er lächelte, und Judith stellte überrascht fest, dass seine Augen grau, nicht dunkelbraun waren, wie sie gedacht hatte. Wie hatte ihr ein solcher Fehler unterlaufen können?

»Und Sie interessieren sich für diese Kinder?«

Lachine zuckte mit den Schultern. »Ich weiß, wie es ist. Ich gebe ihnen etwas Arbeit, bezahle sie gerecht und hindere sie nicht, sich andernorts einige Münzen zu verdienen. Was mehr ist, als manch anderer von sich behaupten kann.«

»Manch anderer?«

Lachine antwortete nicht.

»Er hatte sich auf jenem Schiff umgesehen, nicht wahr? Das mit Ölfässern beladen war. Leinöl, den Markierungen nach zu urteilen. Verkaufen Sie Leinöl?«

Lachine lachte. »Nein. Mein Geschäft ist es, Dinge zu wissen. Bisweilen hilft das anderen Männern, ihren Handel zu treiben. Mehr sage ich dazu nicht. Hier sind übrigens Ihre Münzen, um diese Modelle zu bezahlen.« Er schob ihr einen kleinen Haufen hin, vielleicht acht Silberschillinge.

Im Gegenzug schob sie das Bild weiter zu ihm. »Ich hoffe, es hat keinen Schaden genommen«, sagte sie und konnte nichts dagegen tun, dass sie reumütig klang.

Er schüttelte den Kopf. »Kann es nicht.«

Seine Hand lag auf dem Segeltuch, doch nach wie vor packte er das Gemälde nicht aus.

»Mich wundert, dass Sie es nicht sehen wollen. Ja, es enttäuscht mich sogar«, sagte Judith und wurde rot.

Verblüfft sah er sie an. »Es ist mitnichten beleidigend gemeint. Ich wusste, dass es gut werden würde, und nur darauf kommt es an. Das Gemälde ist ein Geschenk, in gewisser Weise, doch mir ist gleich, ob es gefällt. Und bevor sie jetzt etwas anderes denken: Ich meine damit nicht, dass Ihr Talent unerheblich ist. Aber ich wusste von dem anderen Gemälde, dass Sie es können.«

Judith nestelte an der Tuchkante. Sie liebte das Porträt, stellte sie fest, und war ein wenig traurig, weil sie es weggeben musste. Doch sie nahm die Münzen und stand auf.

»Vielen Dank für den Auftrag.«

»Wissen Sie, Malerin, falls es jemals etwas gibt, das Sie brauchen, einige Informationen vielleicht – dann sagen Sie

Bescheid. Mein Junge Oloff würde Ihnen mit Freuden helfen.«

Judith nickte und schaute hinüber zu dem Jungen, der ihr ein mattes Lächeln zuwarf.

»Mir fällt da nichts ...« Sie stockte. »Doch da gibt es etwas. Mein Bruder, Abraham. Er hat die Stadt überstürzt verlassen, und ich weiß nicht, warum. Oder wohin er gegangen ist. Alles würde helfen.« Plötzlich fühlte sich der Raum noch kühler an, und Judith schlang die Arme um ihren Oberkörper, um das Zittern ihres Herzens einzudämmen.

Lachine verkniff den Mund. »Ich werde es mir merken. Es war ein Vergnügen, mit Ihnen Geschäfte zu machen, Judith.«

Sie ließ die Münzen in ihren Beutel fallen und verließ die dämmrigen Schänke. Draußen hatte der Regen nachgelassen, dennoch würde sie ihre durchnässten Sachen ausziehen müssen, wenn sie nach Hause kam, sonst würde sie sich erkälten. Langsam ging sie am Kanal entlang und beobachtete die sich kräuselnden Wellen und die letzten Regentropfen, die das Spiegelbild der Bäume zersplitterten. Warum war es so schwierig, zu bekommen, was viele andere hatten, fragte sie sich. Einen verlässlichen Lebensunterhalt, einen Funken Freiheit, um zu tun, was sie wollte. Die Chance, die Szenen und die Gefühlsausdrücke zu malen, die sie wollte. Sie schüttelte den Kopf. Natürlich war es falsch, zu glauben, der Erfolg würde anderen in den Schoß fallen. Sie wusste, dass viele Malergesellen auf dem Weg zum Meister ins Stolpern geraten waren. Männer, die nicht gegen Vorurteile gegenüber ihrem Geschlecht hatten kämpfen müssen. Daher, dachte Judith, würde sie noch sehr viel härter arbeiten müssen. Und sie musste sich zwingen, die Sorge um Abraham aus ihrem Kopf zu verbannen. Er konnte seinen Weg machen. Und sie mussten ihren finden.

Kapitel 14

Eine Woche verstrich, und die Seemänner kamen nicht. Judith verschloss die Tür zu ihrer Werkstatt und ging die Treppe hinunter aus dem Haus des Tuchhändlers. Sie hatte nur ein kurzes Stück Weg vor sich – bis zur Kathedrale, dann abbiegen und danach die Straße rechts hinunter. Dennoch war sie in Eile. Sie hatte ihren Aufbruch so lange hinausgezögert, dass sie nun fürchtete, sie könnte sich verspäten. Die noch auf ihren Rahmen gespannte Leinwand hielt sie fest an sich gepresst. Ihre Handflächen schwitzten, und ihre Finger verkrampften sich vor Anspannung. Ihr Griff war sicher, aber nicht zu stramm, als hätte sie einen schlafenden Säugling im Arm. Sie war froh, dass der Regen für einen Moment zu einem leichten Nieseln geworden war, das nicht gleich alle Kleidung durchdrang. Ihre Stiefel klackerten rhythmisch auf dem Kopfsteinpflaster. Sie wünschte, Abraham wäre hier, um sie zu begleiten, aber sie hatte seit dem letzten Treffen vor zwei Wochen weder von ihm noch von Lachine gehört. Bei genauerem Nachdenken fragte sie sich, ob der Vermieter ihres Bruders sich geirrt hatte. Vielleicht hatte Abraham auf einem Schiff angeheuert, wie er es sich immer erträumt hatte, und war auf und davon, um sein Glück in Fernost zu finden. Bei dem Gedanken, dass er es getan hatte, ohne vorher mit ihr darüber zu reden, wollte sie schreien, sich übergeben oder ihm ein Dutzend Briefe schreiben, die er nie erhalten würde. Dennoch hoffte sie, dass er einfach von dannen gesegelt war. Es war besser als die Vorstellung, dass er sich einer Bande von Wegelagerern angeschlossen hatte oder in feuchten Scheunen schlief, während er sich vor denjenigen versteckte, vor denen er geflohen war. Oder Schlimmeres. Judith biss die Zähne zusammen. Sie vermisste ihn. Doch es war nicht gut, an ihn zu denken, vor allem heute nicht.

Sie kam an einem schäbigen Wirtshaus vorbei, aus dem ein Bauer – leicht an dem kurzen Haar zu erkennen – getorkelt kam. Rasch veränderte sie die Haltung des Bilds, sodass es nun den Geldbeutel an ihrer Seite verdeckte. Es kam sehr selten vor, dass sie solche Menge an Geld bei sich trug.

Im Gehen schaute sie sich um. Sie sollte sich konzentrieren, nicht an Abraham denken, sondern auf die alltäglichen Details achten – wie sich die Menschen bewegten und ihre Gefühle ausdrückten. Solche Beobachtungen lehrten sie, besser die Stimmungen einzufangen, wenn sie den Pinsel aufnahm. Aber ihre Gedanken wurden zurück zu dem Gemälde in ihren Händen gezogen. Hatte sie eine kluge Wahl getroffen, oder wäre eines der anderen vier Gemälde in ihrer Werkstatt besser gewesen? War dies ihr »Meisterwerk«? Eine hinreichend gute Arbeit, um zu zeigen, dass sie für die Gildemeister von Wert war? Eines war jedenfalls klar: Ihre Wahl zeugte von einer gehörigen Portion Wagemut. Judith passierte einen Blumenstand, der wenige Frühblüher verkaufte, und schüttelte den Kopf. Nein, sie würde sich nicht um die ausbleibende Nachricht sorgen. Ihr Können war es, was ihr nach wie vor Anlass zur Sorge gab. Aber das war etwas anderes als ihr Wert.

Gildeversammlungen wurden bis auf Weiteres im großen neuen Haus von Jan Bouchorst abgehalten, dem diesjährigen Repräsentanten der Gilde. Es wurde gemunkelt, dass die Gildemitglieder sich fortan in der Pand versammeln wollten, dem großen Gemeindegebäude hinter dem Rathaus, doch bisher hatte Judith nicht gehört, dass irgendetwas beschlossen wäre. Manche in der Gilde hofften auf ein eigenes Gebäude, weil sie so groß wurden. Nicht zu groß für den Markt in Haarlem, hoffte Judith. Aber groß genug, um einige neue Künstler unterbringen zu müssen.

»Hier wären wir«, murmelte sie, als sie an die große Tür klopfte.

Einer von Jan Bouchorsts Lehrlingen öffnete ihr. Hinter ihm waren rege Gespräche zu hören. Judith lächelte dem Jungen zu und versuchte dann, die freundliche Miene durch eine bestimmtere zu ersetzen. Sie nickte ihm zu und ging an ihm vorbei. Schon jetzt fühlte sie, wie ihr unter der Bluse der Schweiß lief.

Der Lärm kam aus einem großen Raum rechts vom Eingang, und Judith zögerte an der Tür. Sie wollte es nicht, aber ihre Angst übermannte sie. Frans Hals, Dirck Hals, Paulus van Beresteyn und zwei andere standen in einer Gruppe zusammen. Ihre hohen schwarzen Hüte wippten, als die Männer miteinander redeten. Paulus war Amtsrichter, kein Maler, und Judith war verwundert, ihn hier zu sehen. Er hatte einen gezwirbelten, grau melierten Schnauzbart über seinem sorgfältig getrimmten Kinnbart, und er nickte, als die anderen sprachen. Sogar Jan Miense Molenaer war da und unterhielt sich mit den jüngeren unter den Meistern. Die Gesichter der Männer, mit denen er zusammenstand, waren von weichem Tageslicht gesprenkelt, das durch die Fenster hineinfiel. Jans lockiges Haar umrahmte das runde Gesicht, und seine lederbraunen Augen leuchteten selbst aus dieser Entfernung.

Ehrfurchtgebietende Porträts von Haarlems führenden Malern aus dem letzten Jahrhundert blickten in die Ewigkeit, vorbei an den Künstlern darunter, von denen manche wahrscheinlich die Söhne der Männer waren, die gemalt und deren Porträts der Gilde gestiftet worden waren. Die Bilder boten einen ebenso düsteren Anblick wie viele der hier Anwesenden in ihrer schwarz-braunen Kleidung.

Judith holte tief Luft und ging hinein. Die schweren Unterkleider schlugen gegen ihre Beine, als sie direkt auf Jan Bouchorst zuging. Er hatte an Gewicht verloren, sodass seine Wangen eingefallen waren. Seine Fingerspitzen zitterten auf ihrer Schulter, als er sich vorneigte, um sie zur Begrüßung auf die Wange zu küssen. Er war nicht sehr alt, fünfzig vielleicht, und Judith war erschrocken, ihn in solch schlechter Verfassung zu sehen.

»Es ist mir eine Ehre, mich heute vorstellen zu dürfen«, sagte sie steifer, als sie es auf dem Weg her geübt hatte. »Bin ich die Einzige?«

Er blickte an ihrem Kopf vorbei zur Tür.

»Michiel Jansen sollte auch kommen. Wir werden noch einige Minuten auf ihn warten.«

Neben Jan Bouchorst stand Hendrik Pot, ein Mann mit

kleinen, freundlichen Augen und einem spitzen, falbenbraunen Bart. Er tippte Jan an den Ellbogen.

»Ich fürchte«, sagte er mit einem nervösen Hüsteln, »dass der andere Kandidat nicht kommen wird.« Er sah Judith an.

»Er wollte sich nicht gleichzeitig mit mir vorstellen, was?« Sie drückte die Schultern durch.

»Das weiß ich nicht«, antwortete Hendrik und sah zur Seite. Dabei befingerte er seinen üppigen Schnauzbart mit Finger und Daumen, während sein Blick zu dem Rest der murmelnden Gruppe wanderte. Er war kleiner als die anderen, wie Judith erstmals bemerkte. Und auf einmal wurde sie gewahr, dass unter den Malern eine gewisse Rangordnung herrschte – eine unausgesprochene vielleicht, aber durchaus vorhanden. Es gab nicht bloß Meister und Lehrlinge, sondern vielmehr Meister mit mehr Aufträgen als andere, Meister mit größerem Einfluss als die anderen. Dieses Spiel, in dem sich alle gegenseitig ausstachen, hörte nie auf. Judith musste für einen Moment die Augen schließen, um sie gleich wieder zu öffnen. Sie musste sich jetzt konzentrieren.

Jan Bouchorst schüttelte den Kopf. »Alle Männer hier sind für bestimmte Kandidaten eingenommen, verständlich, doch wir sollten beginnen.« Er räusperte sich und trat an den langen Tisch. »Meine Herren!« Er klopfte mit der Faust auf den Tisch und verzog sogleich das Gesicht vor Schmerz. »Nehmen Sie Ihre Plätze ein.«

»Warten wir auf ihren Gönner?«, fragte jemand.

»Nein. Frans de Grebber hat vermelden lassen, dass er nicht kommt«, antwortete Jan Bouchorst in seiner sanften Stimme, ohne Judith anzusehen.

Sie wusste, dass sie vor dem Tisch stehen bleiben sollte, was ihr recht war, denn vor Empörung schoss ihr gleichsam ein Feuer den Rücken hinauf. Wie konnte Frans sie hier allein lassen? Es verstieß gegen die Tradition. Stuhlbeine schabten über den Boden, und Stoff raschelte, als sich die Männer hinsetzten und die Kissen auf den harten Stühlen richteten. Paulus van Beresteyn, der Amtsrichter, ging. Angesichts der Reihe bärtiger Gesichter fühlte Judith sich für einen Moment schwach und verwundbar mit ihren glatten Wangen und ihren runden Brüsten, obwohl ihr Körper unter vier Kleiderschichten verborgen war, um die Kälte abzuwehren. Sie zupfte an ihrem gestärkten Kragen und der passenden Spitze unten an ihren Ärmeln, reckte das Kinn vor und wartete.

»Judith Leyster, Sie können Ihr Bild jetzt aufstellen«, sagte der blasse Jan Bouchorst in einem Tonfall, als sollte diese Anweisung nicht nötig sein. Sie wurde rot, wandte sich von den Männern ab und zu einer Staffelei um, die sie erst jetzt entdeckt hatte. Hinter ihr versuchte jemand, einen Hustenanfall zu unterdrücken.

Judith stellte die aufgespannte Leinwand auf die Staffelei und wickelte sie langsam aus. Als Erstes kam der dunkle Hintergrund oben zum Vorschein, nichts Interessantes, doch dann, als sie weitermachte, erschien das Porträt. Ihr Ellbogen, die Rückenlehne des Stuhles, die zarte Spitze ihres breiten, gestärkten Kragens und ihr Gesicht. Das Selbstbildnis strahlte Sicherheit aus, so wie ihr Arm auf dem Stuhlrücken lehnte und sie den Pinsel in der Hand hielt. Auf dem Bild trug sie ihre besten Sachen, dasselbe granatrote Kleid mit den Goldknöpfen, denselben weißen Kragen und denselben feinen, beinahe durchsichtigen Spitzenbesatz an den Ärmeln wie heute. Im Hintergrund war das Porträt eines himmelblau gewandeten Fiedlers zu erkennen, an dem sie gerade gearbeitet hatte. Sie selbst saß auf einem Stuhl und blickte den Betrachter direkt an, den Mund ein wenig geöffnet. Es war, als hätte sie eben den Pinsel vom Bild zurückgezogen und sich dem Betrachter zugewandt, um zu sagen: »Ich bin würdig.«

Im Raum war es still, während Judith das Gemälde langsam enthüllte. Auch aus der Nähe gefielen ihr die Schattierungen an den Knöpfen und die anmutige Krümmung ihrer Hand mit dem Pinsel. Judith richtete sich auf und fuhr mit der Hand über die Leinwand, als wolle sie ihr den letzten Glanz verleihen, bevor sie sich wieder zur Gruppe umdrehte.

In ihrer Nervosität nahm sie die Männer zunächst nur schemenhaft wahr, doch bald wurden ihre Gesichter klar. Jan Bouchorst blinzelte zu dem Porträt, als versuche er, aus der Entfernung Details zu erkennen; Hendrik Pot sah stattdessen zu ihr, seine Miene ermutigend, und stützte die Ellbogen auf dem Tisch auf. Frans Hals strich mit einem Finger über seinen spärlichen Kinnbart – Judith hatte von jeher gedacht, dass seine losen Pinselstriche perfekt zu seinem Äußeren passten, so wirr wie das braune lockige Haar, das ihm auf die Schultern fiel. Von den Gildemeistern runzelte einzig Outgert Aris Akersloot die Stirn. Er war wie die meisten hier in den Fünfzigern, verbarg eine große kahle Stelle unter dem Hut, und sein restliches Haar war größtenteils weiß geworden. Sein blasses Gesicht mit der spitzen Nase wirkte verkniffen, als hätte er etwas Saures geschluckt. Judith erinnerte sich daran, dass er Silberschmied war – ein Beruf, der in der Gilde zu den weniger angesehenen gehörte. Trotzdem hatte er eine leitende Position inne. Und nun neigte er sich zu Jan Bouchorst, um ihm etwas zuzuflüstern. Hinter ihnen saßen die restlichen Künstler.

»Möchten Sie über die Arbeit sprechen?«, fragte Hendrik Pot. Seine sanfte Stimme brach das Schweigen nicht, sondern schob es eher behutsam zur Seite. Nur hatte Judith nicht erwartet, sich erklären zu müssen, und prompt regte sich ein Flattern in ihrer Brust. Sie hatte angenommen, dass das Gemälde für sich selbst sprach.

Sie hüstelte, um ihre Stimme zu festigen, und ballte die Hände zu Fäusten. »Bei der Pose habe ich mich für eine lässige Haltung entschieden, wie sie sowohl von Frans als auch von Dirck Hals bevorzugt wird, um Leichtigkeit und Vertrautheit auszudrücken. Was die Position der Staffelei angeht …«

»Nein, Judith«, unterbrach Jan Bouchorst sie hörbar lustlos. »Bitte etwas technischer.«

»Oh, ich bitte um Verzeihung.« Sie dachte an den abwesenden Michiel und streckte den Rücken durch. »Mal sehen. Ich habe mit einem frisch kolorierten Untergrund angefangen, ähnlich dem bei Frans Hals' Werk. Kreide und Leim, natürlich, gefolgt von einer dünnen Schicht Bleiweiß und Umbra. Diese Grundierung habe ich gewählt, um die hellen Farben zu betonen.«

Sie sprach einige Minuten lang. Sobald sie sich gedanklich ganz auf den Schaffensprozess konzentrierte, war es ein Leichtes, über das Malen zu reden. Sogar leichter, als erklären zu wollen, was das Bild bedeuten sollte.

Als sie fertig war, herrschte Stille im Raum. Hendrik Pot schrieb etwas in das Tagebuch, das er stets bei sich trug, und lächelte ihr aufmunternd zu. Niemand sagte etwas. Judith verspürte das Bedürfnis, das Schweigen zu brechen. Aber sie hatte keine Ahnung, was in dieser Situation üblich war. Draußen auf der Straße ging jemand vorbei, der laut vor sich hin schimpfte; das Gezeter war sogar durch die geschlossenen Fenster zu hören.

»Das genügt, Judith«, sagte Jan Bouchorst. Er drehte sich auf seinem Stuhl um und blickte hinter sich. »Hat noch jemand Fragen?«

Frans Hals zog an seinem Hut und stellte ihr eine Frage über Schattierungen, die sie mühelos beantwortete.

Outgert Akersloot hüstelte. »Judith Leyster, sagen Sie uns, stimmt es, dass Sie Ihre eigene Werkstatt haben? Ohne den Meistertitel erworben zu haben?«

Judith rang nach Luft. »Ich … Ja, ich habe eine Werkstatt. Aber, warten Sie, nein, nicht so, wie Sie meinen. Es ist ein kleiner privater Raum zum Malen. Ich habe keine Schüler, und ich verkaufe dort keine Gemälde. Ich wohne immer noch in Frans de Grebbers Haus, wo ich auch arbeite.«

Ein Raunen hob an.

»Sie verkaufen dort keine Gemälde? Aber Sie verkaufen andernorts welche? Eigenständig?« Outgert zog eine Augenbraue hoch.

»Nein, natürlich nicht.« Sie versuchte, nicht an das Bild vom Pekelharing zu denken, jenes Gemälde, das sie zur Lügnerin machte. Genau genommen waren es sogar zwei Gemälde, wenn sie den Gewinn des anderen mitzählte, das Lachine genommen hatte. Dafür hatte er sie ebenfalls bezahlt, wenn auch indirekt. Sie konzentrierte sich auf das Porträt zu ihrer Linken und strengte sich an, nicht rot zu werden. Es war furchtbar, lügen zu müssen, aber sie konnte unmöglich gestehen, was sie getan hatte. Ihr war keine andere Wahl geblieben, wenn sie sich unabhängig machen wollte.

»Sind Sie sicher?«

Judith blickte die Männer am Tisch an. Frans Hals zupfte gelangweilt an seiner Nagelhaut, und Jan Bouchorst sah sie mit einem Ausdruck an, als würde er sie gar nicht wahrnehmen. Die anderen indes lauschten aufmerksam.

»Ich bin mir sicher. Bisher habe ich nur Bilder über Meister de Grebbers Werkstatt verkauft, wie es sich ziemt.« Sie faltete die Hände vor dem Bauch und flehte im Stillen Gott um Vergebung an.

Outgert lachte. »Wie beruhigend! Unser schamlosester Regelübertreter kann für Sie bürgen. Und er ist nicht einmal hier.«

»Nun, Outgert, ich weiß Ihre Sorge um unsere Verkaufsregeln zu schätzen«, sagte Jan Bouchorst. »Aber Judith macht keine Silberarbeiten. Ich denke, die Maler hier sind mit ihrem Betragen zufrieden.« Er sprach ruhig, dennoch war die Beleidigung unmissverständlich. Akersloots Wangen färbten sich feuerrot. Er sank auf seinem Stuhl zurück. Das Licht schärfte sich in der Spiegelung auf seiner Stirn, und er sah Judith erbost an, als wäre sie es gewesen, die ihn gekränkt hatte.

»Dann habe ich keine weiteren Fragen mehr, Diakon.« Er betonte den Titel und schien eine Grimasse zu unterdrücken.

»Sehr gut. Haben Sie die erforderliche Gebühr dabei, Judith? Legen Sie sie bitte hierher.« Er tippte auf den Tisch, und Judith ließ die Münzen auf die Stelle fallen. Dabei atmete sie langsam aus und hoffte, dass er den Schweiß unter ihren Achseln nicht bemerkte, der zweifellos auch durch all die Kleiderschichten zu sehen sein musste. »Vielen Dank. Jetzt dürfen Sie draußen warten, solange die Gilde ihre Bewerbung bespricht.«

Judith nickte und verließ den Raum. Sie wartete draußen in der Diele, wo sie vor lauter Nervosität auf und ab schritt. Sie war nicht sicher, ob die Besprechung eine rein formelle Angelegenheit war. Mit der Erlaubnis, ihre Meisterarbeit zu präsentieren, hatten sie doch angedeutet, dass sie würdig war. Aber vielleicht durfte jeder, der eine Lehre abgeschlossen hatte, ein Gemälde vorstellen. Vielleicht war es die anschließende Besprechung, in der die wahre Entscheidung fiel. Ihre Lüge wegen der Verkäufe lastete schwer auf ihr. Aber was hätte sie tun sollen? Diese Frage wiederholte sie im Geiste, während sie in der Diele umherging. Nach wenigen Minuten blieb sie vor der geschlossenen Tür stehen, doch ihren Namen immer wieder gedämpft zu vernehmen hatte lediglich zur Folge, dass sich ihr Bauch verkrampfte, also ging sie weiter auf und ab. Sie beschloss, die Farbschattierungen des Wandputzes zu benennen, um auf andere Gedanken zu kommen.

Schließlich öffnete einer der jüngeren Meister die Tür und kam heraus.

»Haben Sie zufällig die Diener gesehen?«

Sie atmete einmal tief durch und stellte fest, dass ihre Hände zitterten. »Nein, habe ich nicht.«

»Falls Sie sie sehen, würden Sie sie reinschicken? Wir könnten etwas zu trinken gebrauchen.«

»Oh. Ja.«

Er nickte und schloss die Tür, bevor sie versuchen konnte, an seinen Zügen die Stimmung drinnen abzulesen. Nachdem er wieder im Raum verschwunden war, schritt sie den Flur hinunter, weg von der Tür. Sie wollte nicht beim Lauschen ertappt werden.

Gewiss bestellte die Gilde sie nicht ein, um sie schnöde abzulehnen. Andererseits war da Daan Pietersz gewesen, ein Lehrling von Frans de Grebber vor rund vier Jahren. Er war überzeugter von seinem Talent gewesen als sein Meister. Und er war kein schlechter Maler gewesen; Judith hatte seine kühnen Farben gemocht, obgleich er die Formen noch hätte verfeinern können. Als er sein Meisterwerk zur Gilde brachte, wählte er ein eher ruhigeres Bild, eine Szene aus dem Alten Testament in Oliv-, Moos- und Smaragdtönen. Sie wiesen ihn ab. Danach hatte Judith den jungen Mann nie wiedergesehen, auch wenn Frans de Grebber behauptete, der Junge wäre nur nach Den Haag gezogen, um für den königlichen Hof und dessen zahlreiche Höflinge zu malen. Sie war nicht sicher, ob sie ihm glaubte.

Trotzdem musste eine Ablehnung unwahrscheinlich sein. Eher würden sie ihr sagen, sie wäre noch nicht ganz so weit und bräuchte mehr Zeit als Lehrling. Bei dem Gedanken an eine noch längere Abhängigkeit von de Grebber wurde ihr kalt. Fraglos würde die Gilde ihre Verkäufe prüfen und zu verhindern versuchen, dass sie unabhängig Geld verdiente. Ihr wären die Hände gebunden.

Eine Frau mit einer Schürze über dem vergilbten Kleid

und einem Besen in der Hand trat in den Flur. Judith richtete ihr die Bitte nach Leichtbier aus. Die Frau nickte und fegte den halben Flur; erst dann stellte sie den Besen hin. Bald darauf kehrte sie mit einem Sandeimer zurück, begleitet von einem anderen Diener, der ein kleines Bierfass auf seiner Schulter balancierte. Als die Tür zu dem großen Raum aufging, waren leise Stimmen zu hören. Judith fragte sich, ob sie immer noch über sie sprachen. Konnte die Entscheidung so schwierig sein? Trotz der Kälte rann ihr Schweiß über die Rippen.

Draußen kostete eine Gruppe Jungen die Mittagspause von der Schule aus; sie johlten und neckten sich, als sie vorbeirannten. In der Ferne war das scheppernde Hämmern aus einer Schmiede zu hören.

Abermals ging die Tür auf. Derselbe junge Maler kam heraus, und diesmal winkte er sie nach drinnen. Er hielt ihr die Tür auf, doch seine Züge verrieten nichts. Judith drehte sich der Magen um, obwohl sie sich sagte, dass sie nichts zu befürchten hätte. Sie war eine fähige Malerin, ganz gleich, was diese Männer sagten. Neugierig musterte sie ihre Gesichter, suchte nach Hinweisen. Die meisten Mienen gaben nichts preis, indes glaubte sie, unter Hendrik Pots gekämmtem Schnauzbart den Hauch eines Lächelns zu erkennen. Und Akersloot wirkte verdrossen. Sie verspürte einen Anflug von Hoffnung, und ihr Herz schlug schneller.

Jan Bouchorst räusperte sich und klopfte auf den Tisch, als wolle er zur Stille ermahnen, dabei sprach niemand. Seine Finger zitterten wie Zweige an einer Fensterscheibe.

»Wie viele von Ihnen wissen, wurde die Arbeit von Malern, von Künstlern, lange Zeit verkannt. Die Unwissenden dachten, es bestünde kein Unterschied zwischen dem Anstreichen einer Hausmauer und dem Porträtieren eines Königs. Wir hingegen wissen es besser, und die Kunsthandwerker und Künstler in unserer Gilde verdienen größere Anerkennung. Selbst jene, die Häuser anstreichen – von denen heute vermutlich keiner hier ist. Selbst jene verdienen Besseres, als sie gegenwärtig bekommen. Daher ist es wichtig, dass wir achtgeben, wenn wir jemanden in unsere Reihen aufnehmen und die Gilde repräsentieren lassen. Wir stellen uns als Künstler vereint der Welt, und wir müssen zeigen, dass wir als Künstler nur das Beste hervorbringen. Judith Leyster …« Jan Bouchorst machte eine kurze Pause und sah sie an. »Die Lukasgilde hat Ihre Bewerbung als Meister in besagter Gilde besprochen. In Anbetracht Ihrer Lehre und Ihrer Arbeit haben wir entschieden, Sie aufzunehmen. Ihr Gemälde wird zu denen der anderen Meister im Gildesaal gehängt.« Er hustete und würgte dabei qualvoll. »Wenn wir einen Platz ausgewählt haben. Wir gratulieren, Meisterin Judith Leyster.«

Judith presste die Hände an die Brust und kämpfte mit den Tränen. Dankend verneigte sie sich vor den Männern. *Meisterin Leyster.* Sie war ihnen nun ebenbürtig.

Nachdem die Sitzung beendet war, blieb Judith noch und nahm die guten Wünsche der freundlicheren Gildemitglieder entgegen. Zu ihrem Erstaunen waren die älteren Maler offener ihr gegenüber als die jüngeren – mit Ausnahme von Jan Molenaer, der ihr mit einem warmherzigen Lächeln und einem Kuss auf die Wange gratulierte. Sie drückte seine Hand und fragte sich, ob er für sie gesprochen hatte.

Als sie sich mit Jan und Hendrik Pot über die Lage auf dem Kunstmarkt und die Bildmotive unterhielt, die sich am besten verkauften, wurde sie auf drei leise Stimmen hinter sich aufmerksam.

»Wie konnte Frans de Grebber nicht kommen?«, fragte eine Stimme. Judith sah nicht hin, glaubte jedoch, Dirck Hals' klaren Bariton zu erkennen.

»Sicher meidet er uns. Nein, er schmäht uns.«

»Meinen Sie? Das scheint mir feige, und es wäre ihm nicht ähnlich.«

»Nicht feige, sondern manipulierend. Er will, dass wir uns sorgen.«

»Soll er doch. Und zumindest haben wir jetzt noch jemanden unter Kontrolle.«

Judith veränderte ihre Position ein wenig, um über ihre rechte Schulter unauffällig zu den Sprechenden zu blicken. Wenige Schritte entfernt sah sie Dirck Hals, wie sie bereits erraten hatte, und bei ihm Pieter Molijn sowie Salomon de Bray. Als hätte er ihren Blick bemerkt, zuckte Salomon mit den Schultern und drehte seinen blonden Lockenkopf. Er hatte ein hübsches Profil; die Konturen von Nase und Kinn muteten beinahe römisch an.

»Sei es drum. Sehen wir uns heute Abend?«

»Ja, natürlich. Was ist das Thema?«

»Theaterrezitation, glaube ich.«

Dirck stöhnte. »Die hasse ich!«

Judith sah weiterhin den zierlichen Hendrik Pot an, der die Geschichte seiner Aufnahme in die Gilde erzählte. Und sie fragte sich, ob sie nun, da sie diesen einen Schritt geschafft hatte, auch eine Chance hätte, in andere Kreise zu gelangen – wie etwa die Gruppe der Schönredner, die Dirck und Salomon gerade erwähnt hatten. Nein. Die Gilde konnte ihr zwar ihr Können nicht absprechen, aber für jene anderen Vereinigungen war Fähigkeit ohne Bedeutung. Über die Aufnahme entschied, wer man war, nicht, was man konnte. Und selbst hier, wo nur wenige Gildemitglieder kamen, um ihr zur Gratulation die Wange zu küssen, war sie niemand Wichtiges. Schlimmer noch. Sie war eine Frau.

Kapitel 15

April

In der dritten Woche der Fastenzeit, die in Haarlem nur von den Katholiken eingehalten wurde, kam der Gildebote erneut zu den de Grebbers. Abermals ließ Maria ihn in das dunkle, kühle Haus. Sie stand an der Schwelle zur Werkstatt und verbarg ihre Neugier nicht, als der Bote einen versiegelten Brief überreichte. Ihr Vater hatte die Arbeit des Tages in der Werkstatt begutachtet, im hellsten Raum des Hauses, und nun nagte er am Ende eines Pinsels, während er die Nachricht las. Als er fertig war, stöhnte er.

»Was ist? Fragen sie immer noch nach der Reliquie?« Maria knetete die Wolle ihres Rocks zwischen ihren Fingern. Der Bote verschränkte die Arme und wartete. De Grebber sah zu ihm, stand auf und gab dem Mann eine Münze.

»Salomon de Bray braucht jetzt keine Antwort. Ich melde mich.«

Achselzuckend steckte der Mann die Münze ein. »Ich bezweifle, dass er froh sein wird, aber das ist Ihre Sache. Dann bis zum nächsten Mal.«

Maria begleitete ihn zur Tür und eilte zurück zu ihrem Vater.

»Sag, es geht um die Reliquie, nicht wahr?«

»Ja. Interessierst du dich für sie?«

»Natürlich. Eine Reliquie! Noch dazu vom heiligen Lukas. Wen würde sie nicht interessieren?«

Er nickte, schien jedoch mit den Gedanken woanders. »In dem Brief steht, dass Pater Cloribus nicht in Brügge ist. Sie haben ihn angeblich in Leiden aufgespürt. Leiden! Das ist gerade mal vier Stunden entfernt. Und immer noch verlangen sie, dass ich hinreise. Lumpen!«

»Aber wenn du nicht lange fort wärst, was gewinnen sie, indem sie dich schicken? Vielleicht meinen sie es ernst. Du hättest eine größere Chance, die Reliquie zurückzubekommen. Du bist von der wahren Kirche.«

Er schnaubte. »Sie wollen sich selbst die Peinlichkeit ersparen. Und ich werde auf keinen Fall bei dieser Jagd mitmachen. Sie ist absurd.«

Maria blickte durch das große Kassettenfenster zum silbernen Himmel zwischen den Dachfirsten. »Ich könnte es übernehmen. Es ist nahe, also ist nichts dabei. Und dann musst du nicht reisen. Sie können keine Einwände haben, dass deine Tochter hinreist, oder? Du könntest sagen, es wäre ein Affront, falls doch.« Sie lächelte, und ihr Vater sah sie grinsend an. Die Anspannung brachte ihr Herz zum Rasen, doch sie lächelte weiter. Auf eine Gelegenheit wie diese – solch eine Suche – hatte sie gehofft. Sie wäre daher sogar bereit gewesen, allein nach Brügge zu reisen. Aber Leiden war ein weit weniger Furcht einflößendes Ziel.

»Es hat etwas für sich«, sagte ihr Vater, stand auf und

brachte seinen Pinsel zu einem Arbeitstisch, wo er ihn in Reinigungslösung tauchte. »Aber ich weiß nicht. Mir ist nicht wohl bei dem Gedanken, dass du allein reist.«

»Es wird schon gut gehen. Die Kutsche ist sicher – mit ihr reisen die Leute immerzu. Und Pater Cloribus könnte nicht ablehnen, nicht nach der Mühe, die ich auf mich genommen habe.«

»Mir würde schon gefallen, Salomon eins auszuwischen.« Er hob das Kinn und dehnte seinen Nacken, während er nachdachte.

»Genau.« Sie war erstaunt, wie ruhig ihre Hände waren. Wenn sie Haarlem verließ, müsste sie Judiths Fragen zu ihrem Gemälde nicht mehr ausweichen. Und sie müsste nicht mehr um jede Straßenecke linsen aus Angst, einen schattenhaften blonden Schopf und ein unrasiertes Gesicht zu sehen.

»Ich denke darüber nach.« Er tippte den Pinsel am Rand des Gefäßes auf, um die Reinigungslösung abzuschütteln. »Es könnte gehen.«

Sie wollte auf ihren Argumenten beharren, ihren Vater sogar anflehen, wusste jedoch, dass es nichts nützen würde. Also lächelte sie, als wäre seine Entscheidung nicht bedeutsam, und verließ die Werkstatt.

Nach dem Salzhering am Abend holte Judith, die nach wie vor in dem Haus wohnte, ihr neuestes Liederbuch hervor und bestand darauf, dass der Haushalt mit ihr sang. Frans de Grebber weigerte sich wie üblich, folgte den anderen aber in die große Eingangsdiele. Der älteste Lehrling hatte seine Laute dabei und Maria ihre Zither. Sie rückten Stühle zusammen, und nach einigen Fehlversuchen, über die sie lachen mussten, stimmten sie ein Lied aus Judiths Buch an, bei dessen Text es sich um ein Gedicht von Jacob Cats handelte. Judith schwenkte die Hand, um den Takt vorzugeben, während sie sang, und der Junge entlockte die Melodie dem kurvigen Bauch seiner Laute. Maria spielte gern Zither, mochte die scharfen Töne und den Widerstand, den die strammen Saiten ihren Fingerspitzen leisteten. Die Klänge der Zither durchschnitten die Musik der anderen und vervollkommneten sie doch zugleich. Sie spielten bis in die Nacht hinein, bis die Kerzen heruntergebrannt waren und keiner mehr die Noten lesen konnte.

Maria und Judith stiegen die steile Treppe zu ihrem Zimmer hinauf und zogen sich im fahlen Mondlicht zum Schlafengehen um. Maria hüllte sich zusätzlich zu dem Nachthemd in ihren Morgenmantel, um nicht zu frieren. Sie war immer noch schmal wie ein sehr junges Mädchen und neigte zum Frösteln. Als sie den Vorhang vor ihrer Schlafnische schließen wollte, hörte sie Judith ihren Namen flüstern.

»Mmm.« Maria rieb sich die Augen und unterdrückte ein Gähnen.

»Ich möchte dich etwas fragen, weil du doch katholisch bist. Ich habe über die Sünde nachgedacht«, erklärte Judith ruhig. »Denn das ist es, was die Leute kaufen wollen. Also keine Sünde, sondern Bilder, die ihnen in Erinnerung rufen, dass sie nicht sündigen sollen. Das Eigenartige ist, dass diese Ermahnungen, unsere Gemälde, die Sünde recht nett aussehen lassen. Köstlich gar. Verstehst du, was ich meine? Dieser Gedanke lässt mir keine Ruhe. Und ich weiß, dass du über Sünde nachdenkst, weil du Katholikin bist.«

Maria setzte sich in ihrem Bett auf und lehnte sich mit ihrem Kissen an die Wand. Dann blickte sie zur Decke der kleinen Schlafnische, die so dunkel war, dass sie von unendlicher Tiefe schien.

»Ja, tue ich.«

»Hast du es deshalb getan? Es verbrannt? Ich habe es herausgefunden, weißt du? Das mit einem meiner Bilder zu tun, das kann ich mir nicht vorstellen. So viel Arbeit … einfach weg.«

Maria spürte, wie ihr Hitze in die Wangen schoss. »Ich musste Abbitte leisten.«

Ihre Freundin lachte heiser und regte sich in ihrem Bett, als würde sie sich umdrehen. »Abbitte wofür? Du bist viel zu streng mit dir selbst, Maria.«

»Nein, bin ich nicht. Meine Sünden … Und nachdem Samuel gestorben ist, fühle ich nichts als Schuld. Es war so falsch von mir, zu sprechen, wie ich es tat. Ihm nicht die Wahrheit zu sagen, ihn etwas glauben zu lassen, das nicht stimmte.«

Judith seufzte. »Maria, du hast nichts falsch gemacht. Das musst du wissen. Hör mal, ich bin sicher, dass die Liste meiner Sünden länger ist, und ich führe ein ziemlich eintöniges Leben. Meine Keuschheit ist unversehrt.« Wieder lachte sie spöttisch.

»Man muss kein aufregendes Leben führen, um zu sündigen. Also wirklich, Judith, das wird dir doch jeden Sonntag gesagt, nicht wahr? So viel weiß ich über die Reformierten. Der Teufel ist überall.«

»Mag sein. Ich kann mir trotzdem nicht vorstellen, dass du Abbitte leisten musst. Und selbst wenn du gesündigt hättest, handelt es sich bestimmt nicht um die Art von Sünden, die ich für die Kaufleute malen soll.«

Maria holte tief Luft. Es war lange her, seit Judith und sie sich so unterhalten hatten – allein, im Dunkeln. Sie schlang die Finger um ihren Unterarm und fühlte die kratzige Wolle des Morgenmantels. »Ich erzähle dir etwas, das ich noch nie jemandem erzählt habe.« Sie stockte.

»Ja?«

»Es ist einige Jahre her, fünfzehn vielleicht. Ich muss neun oder zehn gewesen sein. Meine Mutter lebte noch. Unsere Nachbarin Floortje van Goyen, du kennst sie, hatte Besuch von ihrem Bruder. Er war jünger als sie, vielleicht fünfundzwanzig, doch seine Größe ließ ihn älter erscheinen. Ich hatte Angst vor ihm, denn wenn er mich allein erwischte, sah er mich aufdringlich an und sagte ungehörige Dinge. Also versuchte ich, mich von ihm fernzuhalten. Doch dann wurde er krank. Sein Körper wurde kochend heiß, und es wurde so schlimm, dass er nicht mehr aus dem Bett konnte. Die arme Floortje war außer sich. Ihr erster Ehemann war gestorben, und immer wieder kam sie, um meiner Mutter von ihrem Leid zu erzählen. Eines Nachmittags schickte mich Mutter zu ihm, um bei ihm zu wachen, als Floortje ihre Handarbeiten auf dem Markt verkaufen gehen musste. Sie hatte schon zwei Wochen versäumt, ihre Arbeiten zum Kauf anzubieten. Mutter fand, dass sie die frische Luft ebenso dringend bräuchte wie das Geld. Ich wollte nicht bei ihm wachen. Lieber wäre ich auf den Markt gegangen, aber Mutter insistierte.« Maria unterbrach sich und hustete.

»Bisher ist es eine Geschichte davon, dass du deiner

Mutter gehorcht hast, Maria. Das ist wohl kaum eine Sünde«, sagte Judith.

»In dem Moment, in dem ich das Zimmer betrat, musste ich würgen. Neben dem Strohlager, das direkt auf dem Boden lag, war ein überquellender Abfalleimer, und ich weiß nicht, was sonst noch in seiner Bettwäsche war. Er wälzte sich hin und her, murmelte irgendwelchen Irrsinn von Würmern und Ratten. Immer wieder kratzte er an seinen Sachen, wollte sie sich vom Leib reißen. Ich zwang mich, eine Hand an seine Stirn zu legen, und die war sengend heiß. Ich dachte, dass ich helfen müsste, hasste es aber, ihm nahe zu sein. Einige Male schien er bei Sinnen zu sein und sah mich an. Einmal lächelte er. Aber es brachte mich zum Zittern, und ich zog meinen Hocker ganz zurück an die Wand.«

Sie schaute zu Boden. »Dann begann er zu stöhnen, bat mich, ihm zu helfen. Ich füllte eine Tasse mit Wasser, doch die stieß er weg. ›Lass die Hitze heraus‹, sagte er. ›Sie verbrennt mich.‹ Er stöhnte und flehte, und ich begriff, dass er von mir einen Aderlass wollte, wie ihn Wundärzte vornehmen. Ich wusste nicht, was ich tun sollte, also bin ich hinunter in Floortjes Küche gegangen – teils um dem Zimmer zu entkommen, teils in der Hoffnung, sie käme zurück. Und immer noch hörte ich ihn über mir schreien. Ich sah nach, ob sie Myrrhe-Tinktur oder irgendeines der üblichen Heilmittel hatte, aber da war kein einziger kleiner Topf in der Küche. Schließlich nahm ich ein Schälmesser und eine Schale. Ich kehrte in das Zimmer zurück und hielt das Messer an seine Haut. Aber er erschauderte, stieß gegen meine Hand, und das Messer fiel auf den Boden. Da veränderte sich etwas in mir.«

Sie schluckte und fuhr dann mühsam fort: »Es war, als würde ich sein Leiden sehen und, Gott vergebe mir, es genießen. Ich zog mich so weit wie möglich von ihm zurück. Er war ein schlechter Mann, sagte ich mir, und ich würde ihm nicht helfen. Diesen Schmerz hatte er verdient. Er warf sich herum und stöhnte. Dann bat er mich um das Messer, doch ich wollte es ihm nicht geben, ging nicht näher heran. Und plötzlich wurde er ganz still. Er war eingeschlafen. Ich lehnte mich an die Wand und beobachtete ihn. Und dabei schlief ich offenbar auch ein, denn das Nächste, was ich bemerkte, war, dass Floortje die Treppe heraufgerannt kam. Ich stand auf und schaute zu, wie sie zu ihrem Bruder lief. Und dann schrie sie. Weil er gestorben war. Dort in dem Zimmer, während ich schlief. Und ich hatte nichts getan, um ihm zu helfen. Ich hatte entschieden, ihn sterben zu lassen.«

Im Zimmer wurde es still, und Maria blinzelte einige heiße Tränen fort. Sie dachte an den Mann auf der Straße mit dem blonden Haar und dem unrasierten Gesicht und wie viel Leid sie ihm gewünscht hatte.

»Das ist furchtbar«, sagte Judith sanft. »Aber du warst ein Kind. Ich wüsste nicht, wie das eine Sünde sein kann, Maria.«

Maria schüttelte den Kopf. »Nein, es ist das Gefühl in mir, als wäre eine dunkle Muschel in meiner Brust. Sie ist böse, und ich weiß, dass ich sie begraben sollte, Sand auf sie häufen, wie wir es am Strand tun würden. Aber manchmal mache ich es nicht. Ich reiße sie heraus und breche sie auf, um zu sehen, was zum Vorschein kommt. Deshalb habe ich ihm zugesehen, wie er litt. Weil ich auf das Finstere in mir hören wollte.«

»Du bist zu streng mit dir. Lehren euch die Priester das?«

»Nein! Judith, du hörst mir nicht zu. Ich wollte dir diese Geschichte erzählen, damit du es erkennst. Es ist die Versuchung zu sündigen, die in mir ist, gleich einem Makel. Andere müssen die auch haben, aber das Schlimme ist, dass ich ihr nachgegeben habe. Nein, das Schlimmste ist, dass ich es genieße. Ich habe es genossen, ihn leiden zu sehen, Judith.« Sie zog sich die Decke über den Kopf und gleich wieder weg. »Ich habe nie jemandem davon erzählt, nicht einmal dem Priester. Gewiss müsste ich das, um Gott um Vergebung zu bitten. Aber das wage ich nicht. Er wird mir nicht vergeben. Diese verschlossene Muschel ist immer noch in mir.«

»Maria, für mich hört es sich nach wie vor an, als wäre das Schlimmste, was du getan hast, nichts zu tun. Und das entspricht deinem Naturell, nicht? Zu sündigen, indem du nichts tust?« Judith stieß ein kurzes Lachen aus, und etwas in Marias Brust verkrampfte sich.

»Was soll das heißen?«

Judith schwieg, und Maria wartete.

»Nichts«, sagte Judith schließlich.

»Du denkst, dass ich nie etwas für mich tue?«

»Nein, Maria, das meine ich nicht.« Wieder stockte Judith. »Es ist spät, und ich bin müde. Ich meinte, mir fällt die Vorstellung schwer, dass du Leiden genießen könntest.«

Maria sagte nichts. Sie ertrug es nicht, ihrer Freundin zu erklären, dass es stimmte. So groß der Wunsch auch war, sich zu offenbaren, schreckte sie doch die Befürchtung, dass Judith angewidert sein könnte. Sie schienen einander dieser Tage so wenig zu verstehen. Daher wusste Maria nicht, ob es die Kluft zwischen ihnen überbrücken oder nur umso größer machen würde, wenn sie mehr von ihrer sündigen Seite preisgab.

»Du könntest es deinem Priester erzählen, Maria.«

Maria hörte, wie distanziert die Stimme ihrer Freundin klang, und ihr Magen krampfte sich zusammen. »Stimmt, ich sollte es ihm sagen. Reue und Vergebung … sind wichtig.«

»Ihr habt richtig Glück, das zu haben, ihr Katholiken.«

Maria konnte nicht einschätzen, ob Judith zu scherzen versuchte oder zu müde war, um zu widersprechen. »Ja.«

Ihre Freundin gähnte laut. »Gute Nacht, Maria.«

»Gute Nacht.«

Danach lag Maria indes noch Stunden wach, während Judiths ruhiger Atem schon längst in ein sanftes Schnarchen übergegangen war.

Am nächsten Morgen war Judith fort, als Maria weit nach Sonnenaufgang wach wurde. Sie zog sich an, wobei sie einige zusätzliche Unterkleider und Oberteile gegen die Kälte wählte, und eilte nach unten. Ihr Vater saß noch beim letzten Happen seines Frühstücksbrotes, das er mit einem Schluck Leichtbier hinunterspülte. Die grauen Locken waren zerdrückt vom Schlafen.

»Hast du dich entschieden?«, fragte Maria. Sie rückte einen Stuhl an den Tisch und hockte sich vorn auf die Kante.

Er blinzelte, als müsse er erst seine Gedanken sortieren. »Ah, wegen der Reliquie! Ja, ich habe darüber nachgedacht.«

»Und?«

Er nahm mit dem Finger einige Krümel auf und steckte sie in den Mund. »Für mich spricht nichts dagegen, dass du reist. Ich will, nein, ich *darf* die Werkstatt nicht verlassen. Bald steht eine große Auktion an.«

»Ich bin bereit. Heute.«

»Schon? Hmm. Damit wäre Salomon übertölpelt und hätte die Reliquie schneller zurück, als sie alle denken.«

Maria rang sich ein Lächeln ab. »Ganz richtig.«

»Angenommen, dieser Priester hat sie noch. Aber das muss er. Solch ein heiliger Gegenstand.«

»Ja, muss er.« Ihre Hände waren kalt, und sie faltete sie.

»Ich gebe dir etwas Geld für die Reise. Die Gilde wird es mir erstatten. Wenn du aufbruchbereit bist, komm dir die Münzen holen, und ich sage dir, wo du Cloribus findest. Es besteht kein Grund, auf ihre Erlaubnis zu warten, nicht wahr? Ja, mir gefällt das. Wir überraschen sie damit, dass alles geregelt ist.« Er stürzte den letzten Rest Leichtbier hinunter. »Du wirst diesen Brief mit den Einzelheiten zu seinem Aufenthaltsort brauchen.«

An dem Nachmittag setzte sich Maria, die zwei zusätzliche Mieder trug und eine Tasche mit Wechselkleidung bei sich hatte, auf den harten Sitz in der Reisekutsche nach Leiden. Drinnen roch es nach Pferd und anderen Leuten, die zu nahe waren. Ihr gegenüber hielt eine alte Frau mit einem voluminösen Kragen, wie er vor zehn Jahren modern war, eine Stickerei auf dem Schoß und arbeitete daran. Neben Maria saß ein alter Mann mit gebeugten Schultern, aber lebhaften, leuchtenden Augen; er hatte ein Wams aus edlem schwarzen Samt an. Durchs Fenster rief er dem Kutscher zu, der recht schroff zurückbrüllte. Der alte Mann wandte sich kopfschüttelnd den anderen Passagieren zu, grinste aber. »Unverschämter Kerl. Wie üblich.«

Die Kutsche fuhr ruckelnd los und langsam aus der Stadt. Als die Stadtmauer hinter ihnen lag, blickte Maria aus dem Fenster und versuchte, nicht nachzudenken. Sie beobachtete Arbeiter, die einen langen Graben aushoben, der zu einem Kanal zwischen Haarlem und Leiden werden sollte. Dann würden Reisende eine von Pferden gezogene Fähre nehmen, die weniger unbequem sein sollte als die rumpelnde Kutsche. Maria schloss die Augen und bemühte sich, ihren Magen zu beruhigen. Als sie wieder hinschaute, sah sie flache, von Dünen gesäumte Felder am weiten Horizont. Maria war einige Male am Strand und in den nahe gelegenen Dörfern gewesen, doch noch nie in einer anderen Stadt und erst recht nicht in einer solch prächtigen wie Leiden. Sie stellte sich vor, dass all das Wissen von der berühmten Universität förmlich in den Straßen waberte.

Mit einem Ruck blieb die Kutsche stehen. Maria hörte, wie der Kutscher von seinem Bock stieg. Fragend blickte sie zu dem alten Mann, der nickte.

»Zoll«, sagte er. »Es dauert ein paar Minuten, bis die Schranke geöffnet ist.«

»Ach so.«

»Diese Reise scheint die Mühe kaum wert, was? Wir könnten auch zu Fuß gehen. Nun ja, eine junge Dame wie Sie vielleicht nicht.«

»Nein, wohl nicht.«

»Es sei denn, es wäre aus einem guten Grund. Ich habe von einigen Frauen gehört, die den Jakobsweg gegangen sind, ganz bis nach Spanien. Aber diese Wege können wirklich gefährlich sein.« Er verstummte, um ihr Interesse an der Unterhaltung einzuschätzen, und sie lächelte ihm verhalten zu.

»Als junger Mann – ja, ich war durchaus mal einer – bin ich einmal geschäftlich nach Friesland geritten. Mit einem Kompagnon. Dort oben gibt es nicht viel – gab es zumindest damals nicht –, aber wir konnten einige Geschäfte abschließen. Auf dem Weg kamen zwei Wegelagerer auf uns zugaloppiert. Mein Freund wollte fliehen, doch ich dachte, es wäre besser, behutsam vorzugehen. Ach, jetzt weiß ich gar nicht, warum ich mit dieser Geschichte anfange. Sie eignet sich kaum für eine Dame.« Er blickte zur Seite und trommelte mit den Fingern auf dem abgewetzten Sitzpolster.

»Fahren Sie fort, Seigneur«, sagte sie und hoffte, er würde sich von der französischen Anrede geschmeichelt fühlen. »Jetzt dürfen Sie nicht mehr aufhören.«

Er trommelte noch einen Moment und winkte dann ab, als wolle er eine Fliege verscheuchen. »Um es kurz zu fassen: Mein Kompagnon hatte recht viele Gulden versteckt. Die haben sie gefunden, woraufhin sie ihn dann töteten. Sie hängten seine Leiche an einem Baum auf, als Warnung für die, die sich widersetzten, wie sie sagten. Nie wieder bin ich eine Straße entlanggereist, ohne zu hoffen, ihre verrottenden Körper aufgebaumelt zu sehen, anstatt mich an seinen zu erinnern. Du meine Güte, es tut mir leid. Das war eine schreckliche Sache.«

»Nein, ist schon gut.« Maria hatte noch nicht viele verwesende Leichen gesehen, jedoch genügend Hinrichtungen und in Kanälen treibende Hundekadaver, um eine Ahnung von verrottenden Körpern zu haben. »Und sind Sie weitergereist?«

»Weiter?«

»Nach Friesland.«

»Ja, natürlich. Ah, wir fahren wieder«, sagte er, als die Kutsche vorwärtsruckte. »Die Reise geht weiter.«

Maria lächelte matt und schaute durch das schmutzige Fenster auf die vorbeirollende Landschaft. Nun musste sie überlegen, wie sie sich in einer neuen Stadt zurechtfinden würde. Und was sie tun sollte, falls sie den Priester nicht fand.

Kapitel 16

An Marias Abreisetag war Judith früh aufgestanden, aber nicht, weil sie ihre Freundin meiden wollte. Wobei sie zugeben musste, dass sie nicht gerade erpicht auf eine weitere Unterhaltung mit Maria gewesen war. Ihre Freundschaft hatte müheloser funktioniert, als sie noch miteinander über ferne Träume flüstern konnten. Jetzt jedoch hatte der Versuch, jene Träume in eine chaotische Realität zu pressen, Narben geschaffen, über die Judith nicht reden wollte. Und sehen wollte sie diese Narben erst recht nicht. Beinahe jede wache Minute dachte sie an ihre Arbeit und wie sie ihre Liebe zur Malerei zu ihrem Lebensunterhalt machen konnte. Malen war das Einzige, von dem sie wusste, dass sie es gut konnte, und für sie war unvorstellbar, etwas weniger Befriedigenderes zu tun. Maria indes schien zufrieden jeden Weg einzuschlagen, den das Leben ihr vorgab. Oder nicht zufrieden, sondern resigniert. Vielleicht stimmte das nicht, doch es blieb nie Zeit, es zu ergründen. Immerzu hatte Judith zu viel Arbeit. Und heute hatte sie Dringendes in ihrer Werkstatt zu erledigen. Sie liebte den Klang dieser zwei Worte: *ihre Werkstatt*. Nun, da sie Meisterin war, konnte sie Lehrlinge aufnehmen. Sie stellten eine wichtige Einnahmequelle dar und waren unverzichtbar, wollte sie ihre Produktion steigern. An diesem Morgen hatte sie ein Gespräch mit dem ersten Kandidaten und dessen Mutter. Deshalb musste Judith dafür sorgen, dass die Werkstatt makellos war.

Sie kam beim Tuchhändler an, als das Morgengrauen die Nacht aus den Straßen vertrieb. Zu ihrer Verwunderung hörte sie, wie Chrispijn de Mildt aus seinem Schlafzimmer nach ihr rief, während sie die Treppe zu ihrem Raum hinaufging.

»Judith Leyster, auf ein Wort, bitte.«

Sie blieb stehen und hörte, wie er seine Bettdecke beiseitewarf und sich eilig ankleidete. Noch mit der Schlafmütze auf dem Kopf kam er aus dem Zimmer, die Kniebundhosen unten an den Waden offen.

»Ich bin froh, Sie heute zu sehen. Kürzlich bin ich zu einer Entscheidung gelangt. Gestern, um genau zu sein. Ich ziehe mit meinem Geschäft nach Amsterdam. Dort ist jetzt die Arbeit, dort sind die Kunden. Aber ich behalte das Haus, falls ich beschließe, nach Haarlem zurückzukehren. Und deshalb bin ich froh, Sie zu sehen. Wegen des Hauses, meine ich. Es scheint mir das Sinnvollste, dass Sie es mieten, denken Sie nicht? Sie könnten an dem Ort wohnen, an dem Sie arbeiten, was überaus angenehm ist, wie ich Ihnen versichern kann. Und Sie können eine Bedienstete einstellen, einige Lehrlinge aufnehmen. Was meinen Sie?«

Sie gab vor, sich in dem großen Raum umzublicken, um ein wenig Zeit zum Nachdenken zu gewinnen.

»Und der Preis?«

»Er ist vernünftig, das verspreche ich Ihnen. Ich würde lieber zu einer bescheidenen Rate an Sie vermieten als an jemanden, den ich nicht kenne. Eine Zahl kann ich Ihnen noch nicht nennen, da ich nicht erwartet habe, Sie zu sehen. Aber ich überlege mir eine.« Rasch stopfte er sein Hemd in den Hosenbund.

»Sprechen wir darüber, wenn Sie so weit sind.« Vielleicht konnte sie ihm einige Bilder als Mietzahlung anbieten; sie hatte von solchen Arrangements in Amsterdam gehört. Nun drehte sie sich weg, hielt aber gleich wieder inne. »Und es freut mich, dass Sie an mich gedacht haben. Vielen Dank.«

Oben in der Werkstatt gingen ihr Gedanken von Münzen und Miete durch den Kopf. Nur hatte sie für die keine Zeit. Sie stellte eines ihrer neueren Bilder auf die Staffelei, damit es direkt gesehen würde und das satte Gelb mehr Farbe ins Zimmer brachte. Dann arrangierte sie alle ihre Requisiten: den himmelblauen Schlapphut, den Zinnkrug und die angestoßene Violine. Judith fegte den Fußboden, aber der Junge, Davit de Burrij, und seine Mutter trafen ein, bevor sie frischen Sand ausstreuen konnte. Der ungefähr zwölf Jahre alte Junge trug schlichte, saubere Kleidung und saß sehr still da, während seine Mutter durch den Raum spazierte und sich umschaute. Judith hatte ihre liebe Not, nicht zusammenzufahren, weil die Frau so achtlos mit den vorbereiteten Holzplatten und Leinwänden umging. Leider konnte sie sich nicht recht an die Fragen erinnern, die Frans de Grebber damals ihrem Vater gestellt hatte, was ihre keimenden Fertigkeiten und ihre Tüchtigkeit anging. Das war zehn Jahre her.

Am Ende des Gespräches blieb die Mutter des Jungen am Fenster stehen, um hinunter auf die Straße zu sehen, ehe sie sich umdrehte. Dabei zupfte sie an einem indigoblauen Seidenband, das sich in ihrem Mieder verlor.

»Und wo soll Davit schlafen?«

Judith sah zu dem Jungen, der seinen Kopf weiterhin gesenkt hielt. Er kam ihr recht fügsam vor.

»Oh, das hatte ich vergessen zu erwähnen. Wie unachtsam von mir. Bis Ihr Sohn zu mir kommt, werde ich das ganze Haus mieten. Dann kann er sich ein Zimmer mit den anderen Jungen teilen.«

Davits Mutter zog eine dicke Augenbraue hoch. »Werden Sie auch Mädchen in die Lehre nehmen?«

Judith zuckte mit den Schultern und reckte ihr Kinn. »Wenn sich begabte Mädchen bewerben, werde ich sie genauso in Betracht ziehen wie die Jungen.«

»Aber sie würden in getrennten Zimmern untergebracht?«

»Selbstverständlich.« Judith unterdrückte ein Lachen.

»Und der Preis?«

Judith hatte am Nachmittag zuvor überlegt, was sie verlangen konnte. Da hatte sie indes noch nicht geplant, den Jungen bei sich wohnen zu lassen, so unrealistisch es nun erscheinen mochte. Natürlich wohnte ein Lehrling bei seinem Meister, selbst wenn besagter Meister eine Frau war. Sie erinnerte sich, was Dirck Hals über den Betrag gesagt hatte, den er als Lehrgeld für seine jüngsten Lehrlinge bekam, und zog einige Gulden davon ab.

»Zweiunddreißig Gulden im Jahr. Die Hälfte jetzt, die andere in sechs Monaten.«

»Im Voraus? Das ist ungewöhnlich.« Die Frau stemmte die Hände in die Hüften und neigte den Kopf zur Seite.

Judith schluckte. »Für einen solch begabten Jungen wie Ihren Sohn könnte ich eine Ausnahme machen.«

Sie nickte. »Das klingt vernünftig. Ich gestehe, dass ich meine Zweifel hatte, ihn zu einer Frau zu schicken, noch dazu einer jungen. Aber Sie haben hier einen hübschen, sauberen Raum, und Ihre Gemälde sind ansprechend. Ich nehme an, sie verkaufen sich gut. Ich werde mit dem Onkel des Jungen reden. Mein Mann ist gestorben, was Sie lieber wissen sollten. Aber ich denke, wir werden die Lehrstelle annehmen, falls Sie sie uns anbieten. Werden Sie?«

»Es wäre mir eine Freude, solch einen feinen Jungen als Lehrling zu haben.« Sie sah Davit an, der ihr scheu zulächelte. Seine Skizzen waren passabel gewesen. Vor allem aber brauchte sie einen Schüler. Ihre Werkstatt war nichts ohne den Status, den sie durch Lehrlingsarbeit gewann. Und dann war da noch das Lehrgeld.

Sobald der Junge und seine Mutter gegangen waren, eilte Judith nach unten, um Chrispijn de Mildt zu suchen und sein Angebot zu akzeptieren. Sie verhandelte ein wenig um des Verhandelns willen und weil sie jeden Preisnachlass brauchte, den sie bekommen konnte. Letztlich war ihr aber bewusst, dass sie annehmen würde, was immer er ihr bot. Sie kamen überein, später einen Vertrag zu machen. Dann trat Judith hinaus auf die nasse, graue Straße, die schimmerte vor Hoffnung und Leben. Eine Pfütze neben einem Schneider verwandelte das weiße Tuch in seiner Auslage in geschmolzenes Silber. Judith grinste. Ihr eigenes Haus, ihre eigene Werkstatt. Sie hielt sich kerzengerade und zupfte ein frisches Blatt von einem Strauch, dessen Zweige aus einem schmiedeeisernen Zaun ragten. Mit dem weichen Blattrand streichelte sie ihre Handfläche. Sie war nicht wie ihr Vater, der mit überschäumender Begeisterung eine Brauerei gekauft hatte, als jeder andere in Haarlem gleichfalls in Bier investiert hatte und die Brauereien wie die Pilze aus dem Boden schossen. Nein, sie war talentiert und überzeugt, dass sie Erfolg haben würde. Vor ihrem geistigen Auge sah sie ihren Vater vor sich, das Gesicht rot vor Freude. Sie umfing das Blatt mit der Hand, bevor sie es auf die Straße fallen ließ.

Kapitel 17

Als Maria in Leiden aus der Kutsche stieg, tat ihr der Hintern von der stundenlangen rumpelnden Fahrt weh. Sie hatte keine Ahnung, wo sie war. Der alte Herr, mit dem sie während der Fahrt geplaudert hatte, bot an, ihr den Weg zu erklären, doch sie lehnte ab. Sie fürchtete sich davor, was es sie kosten könnte, an diesem neuen Ort solche Hilfe anzunehmen. Lieber täuschte sie Gewissheit vor.

Sie waren am Stadttor aus der Kutsche gestiegen, an einem breiten Kanal, der an den Stadtmauern entlangführte. Eines Tages würde dieser Kanal Leiden mit Haarlem und Amsterdam verbinden – zumindest behauptete das der Bürgermeister. Das Kanalwasser stank nach Exkrementen und Fäulnis, und Maria hielt sich einen Ärmel vor die Nase, während sie die Stadt betrachtete, die sich vor ihr ausbreitete. Leiden war größer als Haarlem, und durch die Universität wirkte die Stadt einschüchternd auf Maria. Aber vielleicht lag es auch daran, dass dies eine fremde Gegend war. Die zahlreichen Windmühlen mit ihren Pyramidenfundamenten und der breite Kanal wurden von De Burcht überragt. Die Festung auf der Anhöhe wie auch die Kathedrale, der es an der raumgreifenden Präsenz von Haarlems Grote Kerk mangelte, erhoben sich kaum sichtbar über den

Hausdächern in der Ferne. Maria wusste, dass Pater Cloribus bei einem Universitätsprofessor namens Jacob Golius wohnte. Allerdings war ihr nicht bekannt, wo Professor Golius' Haus war. Sie beschloss, zur Kathedrale zu gehen und dort jemanden zu fragen. Sicher konnte man darauf vertrauen, dass ein Prädikant einer unbegleiteten Frau helfen würde.

Sie folgte einem der Kanäle, von dem der mürrische Kutscher gesagt hatte, er wäre der Oude Rijn. Die Linden am Ufer waren voller Knospen, aber bisher noch ohne Laub. Auf ihrem Weg kam Maria eine Horde Jungen entgegengelaufen, die sich gegenseitig mit Steinen bewarfen oder Steine ins Wasser schmissen, wo sie Kräuselwellen und Sedimentwirbel auslösten. Maria drückte sich dicht an die Backsteinfassade eines großen Hauses, sodass die Kälte der Steine durch ihre Kleidung hindurchdrang, und wartete, bis die Kinder vorbei waren. Solche Possen hatten ihr in Haarlem noch nie etwas ausgemacht.

Bald erreichte sie die gotische Pieterskerk mit dem steilen Giebel und dem schmalen Kirchenschiff. Das Äußere war schlammbespritzt und hatte schon bessere Tage gesehen. Drinnen tippte Maria einem Prälaten auf die Schulter, der in einer Kirchenbank eingenickt war. Vor Schreck schrie er auf, beruhigte sich aber schnell wieder. Zu ihrer Erleichterung konnte er ihr den Weg zum Haus des Gelehrten Golius beschreiben.

Die Sonne ging unter und entzog dem bedeckten Himmel ihr Licht, als Maria an die grün gestrichene Tür klopfte, von der sie hoffte, dass sie Jacob Golius gehörte. Sie umklammerte ihre kleine Tasche mit der Wechselkleidung und nestelte beim Warten an den Zugbändern. Bisher hatte sie noch keinen Platz zum Übernachten gefunden. Und nun stand sie bei Einbruch der Nacht vor der Tür eines Fremden. Bald wäre es zu dunkel, um überhaupt noch allein unterwegs zu sein. Das Abendläuten zwang alle in ihre Häuser, und sie hatte keinen sicheren Ort, zu dem sie eilen konnte. Es war närrisch gewesen, ihre Suche zu dieser späten Stunde zu beginnen und sich in Gefahr zu bringen. Sie wandte sich um und wollte schon zurück zum Stadtzentrum gehen, wo sie gewiss ein Gasthaus fand, da wurde die Tür geöffnet.

»Kann ich Ihnen helfen?« Eine Frau, die wenige Jahre älter war als Maria, stand vor ihr. Sie trug ein seltsames buntes Tuch um ihr blondes Haar, und die Wangen ihres rundlichen Gesichts waren gerötet.

Maria stand einige Schritte von der Tür entfernt.

»Verzeihung, ich muss beim falschen Haus sein.« Sie wollte es dabei belassen, hoffte sogar, dass sie beim falschen Haus war und erst morgen weitersuchen müsste, doch die Frau beäugte sie neugierig. Also fuhr Maria fort: »Nun, ich bin auf der Suche nach Jacob Golius. Oder Jacobus.« Sie verhaspelte sich bei dem lateinischen Namen des Gelehrten. Wie die meisten Mädchen hatte sie die Sprache nie gelernt.

»Ja, das sind wir.« Die Frau lächelte und musterte kurz Marias schlammverkrustete Röcke und ihr staubiges Kleid. »Kommen Sie herein und erzählen Sie uns, worum es geht.«

Maria blickte ein letztes Mal die Straße hinunter, ehe sie in die Diele trat. Der Raum war klein, aber ungewöhnlich üppig geschmückt. Auf Wandregalen waren Teller und

Vasen ausgestellt, doch anstelle des üblichen Zinns und des blau-weißen Steinguts standen dort elegante Emailwaren in tiefem Indigo, Smaragdgrün und Taubenblau. Judith hätte gestaunt. Während Maria ihre schmutzigen Stiefel auszog, sah sie, dass der Boden in einem geometrischen Muster gefliest war, mit gelben Strahlen, die sich um himmelblaue Polygone schlängelten.

»Ich bin Hendrikje Golius«, sagte die Frau. »Sie wollen meinen Mann sprechen? Es geht nicht um Tamerlan, oder? So sehen Sie nicht aus. Obwohl ich zugeben muss, dass man nie weiß, wer sich für den Mann interessiert.«

Maria runzelte die Stirn und versuchte, sich dezent den Staub von den Kleidern zu klopfen. »Nein, ich bin eigentlich hier, um Pater Cloribus zu sehen. Mir wurde gesagt, dass er bei Ihnen wohnt.«

»Ah, der alte Knilch. Ja, der ist hier. Ich bin froh, dass Sie nicht noch eine Botin sind, die eine Nachricht über den Perser bringt. Die lenken Jacob immer sehr ab.«

»Nein, keine Nachricht.«

»Sehr gut. Dann kommen Sie.«

Hendrikje ging voraus in ein Zimmer rechts von der Diele und zwei Stufen hinauf zur Hauptebene. Maria folgte ihr. In dem Zimmer saßen zwei Männer im schwindenden Licht. Der Jüngere von beiden hatte ein herzförmiges Gesicht und eine große Nase.

»Jacob, dies ist … Oh, ich weiß Ihren Namen noch nicht, oder?« Hendrikje stützte eine Hand in die Hüfte und neigte den Kopf zur Seite.

»Maria de Grebber, die Tochter von Frans de Grebber aus Haarlem. Ich bin hier, um Pater Cloribus zu sprechen.«

Jacob lächelte und wies mit der Pfeife in der Hand zu dem anderen Mann, der beleibt war und ledrige Haut hatte, als würde er im Freien arbeiten.

»De Grebber? Der Maler?« Der Priester hatte ein kleines Kinngrübchen, das zutage trat, als er eine fragende Miene aufsetzte.

»Ja, richtig. Er ist mein Vater. Ich meine, mein Bruder ist auch Maler, falls Sie ihn meinten. Oder nicht.« Sie machte den Mund zu und wurde rot.

»Setzen Sie sich, Maria de Grebber. Ich hole Ihnen einen Fußwärmer.«

Wie üblich saßen die Männer nahe am Feuer, und obwohl neben Jacob noch ein Stuhl frei war, zog Hendrikje einen fünften neben den, auf dem sie offenbar gesessen hatte. Sie bildeten einen Halbkreis um den Herd.

Maria stellte ihre Tasche auf den Boden und hoffte, dass jemand etwas bemerken und ihr einen Rat geben würde, doch niemand beachtete sie.

»Wir haben gerade ein Stück mit verteilten Rollen gelesen«, sagte Jacob und zeigte auf die bunte Kopfbedeckung seiner Frau. Die zog den Schal vor ihren Mund und schüchtern eine Augenbraue nach oben.

»Verzeihen Sie die Störung. Sie sollten fortfahren.« Selbst mit dem kleinen Fußwärmer, den Hendrikje ihr hinschob, war es kalt im Zimmer, und Maria fröstelte.

»Nein, ich denke, Ihre Ankunft bietet uns einen schönen Vorwand aufzuhören«, entgegnete Jacob und nickte zu dem freien Stuhl. »René wurde gewiss bereits langweilig. Er sprang förmlich auf, als Hendrikje die Tür öffnen ging.«

»Oder er musste von all dem Leichtbier und dem *Jerez* pinkeln«, sagte Pater Cloribus.

»Das kommt aufs Gleiche raus.« Jacob streckte die Beine aus, und Maria sah, dass die schwarze Robe, die sie für einen Hausmantel gehalten hatte, eher ein formelles Kleidungsstück mit Stickerei und gerippten Paspeln war. Vielleicht handelte es sich um einen Wappenrock, wie ihn nur Professoren trugen. Nervös strich sie ihre Röcke glatt und versuchte abermals, den Reiseschmutz wegzuschnippen.

»Möchten Sie etwas?« Hendrikje hielt ihr eine kleine Zinntasse mit hellem Bier hin. Maria nickte dankbar und trank hastig.

»Nun, da wir nicht mehr lesen, wie wäre es mit einem kleinen Spiel?« Pater Cloribus griff in sein Wams und zog ein paar Würfel hervor.

»Wenn Sie wollen. Aber ich würde gerne erfahren, was unseren Gast herführt, Sie nicht?« Jacobs Miene war ernst, doch Maria glaubte, einen heiteren Unterton wahrzunehmen. »Ah, René! Das hat ja lange genug gedauert. Darf ich Ihnen Maria de Grebber aus Haarlem vorstellen?«

Der bärtige Mann, der eben hereingekommen war, lächelte zögerlich. »René Descartes. Ich bin hier ebenfalls zu Besuch.« Er hatte einen ausgeprägten Akzent; französisch, vermutete Maria.

»René, ein Würfelspiel?« Pater Cloribus klackerte mit den Würfeln in seiner offenen Hand.

René zuckte mit den Schultern. »Wenn Sie möchten.«

»Cloribus will uns nur vom Gespräch mit der jungen Dame ablenken, die eigens hergekommen ist, um ihn zu sehen«, sagte Jacob. »Spielt ihr ruhig, aber ich möchte hören, was Maria zu sagen hat.«

Der Priester nahm eine kleine Tasse von einer Anrichte, schüttelte die Würfel darin und warf sie dem Franzosen vor die Füße. Der stöhnte.

»Es geht um eine Reliquie, welche die Gilde meines Vaters Pater Cloribus zur Aufbewahrung gegeben hatte. Eine Reliquie des heiligen Lukas.«

»Für die Lukasgilde, natürlich, das ergibt Sinn.« Jacob stieß den Priester mit dem Ellbogen an, doch er ignorierte ihn. »Was war das für eine Reliquie? Ich interessiere mich ein wenig für alte Artefakte.«

»Knochenfragmente. In einem silbernen Reliquiar, das wiederum in einem bronzenen Reliquiar war.« Maria brach ab und blickte zu Pater Cloribus, der von dem Spiel aufsah und ihr kurz zulächelte. Seine Lippen waren von zarten Falten umrahmt. »Die Gilde gab sie dem Pater, als sie wegen des Krieges befürchteten, die Stadt könnte geplündert werden. Doch es scheint, als würden die Spanier uns nicht wieder einnehmen, jedenfalls nicht Haarlem, deshalb halten wir es für sicher genug, sie zurückzuholen.«

Der Franzose schaute von den Würfeln auf dem Fliesenboden auf. »Oh, ist der Krieg vorbei?«

Sie konnte nicht erkennen, ob er sich über sie lustig machte, und runzelte verwirrt die Stirn. »Nein, ich meine, ich weiß es nicht. Vermutlich dauert er noch an. Aber die Spanier werden wahrscheinlich nicht einmarschieren.«

Jacob betrachtete seine Gäste. »Wir hatten hier übrigens ernste Schwierigkeiten mit ihnen. Wir mussten uns alle in der Zitadelle versammeln und die Schurken fluten.«

Hendrikje sah von ihrer Handarbeit auf. »Jacob, du Esel. Das war vor beinahe sechzig Jahren, lange bevor du geboren wurdest.«

Jacob schmunzelte und zuckte mit den Schultern. »Was es nicht weniger wahr macht. Doch auf jeden Fall fühlt sich Haarlem jetzt sicher an, und das allein zählt. Also, Cloribus, geben Sie den Malern ihr Stück toten Heiligen wieder? Komisch, nicht wahr«, sagte er zu Maria, »dass die Gilde immer noch Wert auf diesen Besitz legt? Trotz der reformierten Kirche, meine ich.«

»Einige von uns sind immer noch katholisch. Zum Beispiel ich.«

»Pfui, Jacob, hören Sie auf, das Mädchen zu beleidigen.« Pater Cloribus nahm seine Würfel auf. »Er versucht, mich zu verärgern. Gewiss wollte er Sie nicht kränken.«

»Haben Sie sie, Cloribus?«

Die Züge des Paters verfinsterten sich. »Ich müsste nachsehen.«

»Nun sagen Sie schon«, beharrte Jacob.

René lehnte sich auf seinem Stuhl zurück. »Etwas so Heiliges, da weiß man doch, ob man es hat oder nicht. So wie mein vom Papst gesegneter Rosenkranz. Ich weiß stets, wo er sich befindet. Nun, haben Sie die Reliquie?«

»Es ist schwer zu erklären.«

»Nein, ist es nicht, Pater.« René warf die Würfel auf den Boden. »Metaphysik ist schwer zu erklären. Aber wo sich ein heiliges Objekt befindet? *Non*, ich denke nicht.«

Pater Cloribus blähte die Wangen auf, und für einen Moment glätteten sich seine Falten. »Ich habe das silberne Reliquiar, ja. Der Rest … Nun, es ist so, dass ich einen Freund in Flandern habe, in der St. Rumold-Kathedrale, in dessen Gemeinde viele Künstler sind. Nein, wirklich, Jacob, es stimmt! Keine Maler, sondern Bildhauer oder Ähnliches. Also habe ich ihm einen Teil der Reliquie geliehen. Für den Bittgottesdienst.«

»Sie haben sie verliehen?« Jacob beugte sich vor und schlug die Hände auf seine Knie.

»Können Sie sie wiederbeschaffen? Die vollständige Reliquie?« Maria wollte nicht fragen, welchen Teil der Priester verliehen hatte, hoffte allerdings, dass er die Knochenreste des Heiligen nicht geteilt hatte. Bei dem Gedanken, dass der Knochen dieses Märtyrers gebrochen und zersplittert war, dass man ihm eine weitere Verletzung zugefügt hatte, drehte sich Maria der Magen um.

Erneut plusterte der Pater die Wangen auf. »Ich versuche es.«

»Ah, aber wie sehr werden Sie es versuchen?« René strich mit Daumen und Zeigefinger über den spitzen Kinnbart. »Nun, das ist eine interessante Frage, Pater. Wie tief stehen Sie in der Schuld dieser Frau, der Sie noch nie zuvor begegnet sind, die aber eine Gruppe von Männern vertritt, die Ihnen einst etwas anvertrauten? Etwas Kostbares. Und ändert sich die Antwort, je nachdem, wie gut Sie jene Männer kennen?«

»Oder Sie betrachten es anders«, sagte Jacob. Er klopfte seinen Pfeifenkopf aus und stopfte frischen Tabak hinein. »Ist er in diesem Fall Gott verpflichtet, den das heilige Objekt repräsentiert, oder dem Märtyrer Lukas? Oder ist er den Malern verpflichtet?« Er zündete seine Pfeife an und sog den Rauch ein.

»Nein, nein, Jacob, Sie sehen es falsch. Es ist uninteressant zu überlegen, was wir Gott schulden.« René atmete verdrossen aus. »Wir schulden Gott alles, sollten ihm alles opfern. Genau wie wir den Pflanzen und Tieren sehr wenig schulden, also warum sollten wir ihnen etwas opfern? Nein, wir müssen die Mitte berücksichtigen. Was würden wir für einen Freund opfern? Sollte Pater Cloribus sich für einen Freund Unannehmlichkeiten, ja, sogar Gefahr aussetzen? Oder für eine Fremde, der er verpflichtet ist?«

Maria blinzelte und bemühte sich, ihm zu folgen, während sie die Müdigkeit zu übermannen drohte. Sie unterdrückte ein Gähnen.

»Den ganzen Weg von Haarlem her«, sagte Hendrikje leise, während die Männer weiterredeten. »Sie müssen müde sein.«

»Es war keine so weite Reise. Nicht schlimm.«

Hendrikje schnalzte mit der Zunge und wies auf die Männer. »Nachdem die Herren sich jetzt in ihre Diskussion verwickelt haben, werden Sie keine Antwort mehr von ihnen bekommen. Am besten übernachten Sie hier. Oder haben Sie etwas anderes arrangiert? Vermutlich nicht. Wir haben ein Zimmer mit einer kleinen Schlafnische oben. Dort wohnt Cloribus, aber ich bringe ihn bei René unter. Wir lassen Anneke die Bettwäsche für Sie wechseln.«

»Ist es hier immer so voll?«

Hendrikje lächelte. »Oft. Jacob beklagt sich natürlich, dass er seine Forschung nie zu Ende bringt, wenn hier immerfort Besucher durchs Haus trampeln, aber sehen Sie ihn sich an. Er genießt den Austausch. Also, ja, wir sind an Gäste gewöhnt, keine Sorge.«

Sie verließ das Zimmer und erschien wenige Minuten später an der Tür, um Maria zu sich zu winken. Maria hob ihre Tasche hoch, nickte den sich streitenden Männern zu und ging. In der Diele nahm Hendrikje eine Kerze auf.

»Ich gehe jetzt ins Bett, deshalb bringe ich Sie zu Ihrem Zimmer. Keine Angst, ich sage Cloribus Bescheid, damit er nicht plötzlich vor Ihrem Bett steht. Möchten Sie jetzt schlafen oder vielleicht einen Brief an Ihre Familie schreiben, dass Sie angekommen sind?«

»Ja, ich würde gerne einen Brief schreiben. Daran habe ich eben nicht gedacht. Ich war so müde, dass ich nur ans Schlafen denken konnte.«

»Ich bringe Sie erst mal nach oben, wo Sie sich einrichten können. Jacob hat Papier, das er Ihnen geben kann.«

Maria folgte ihrer Gastgeberin eine schmale, geschwungene Treppe hinauf. Im oberen Stockwerk herrschte Dunkelheit, einzig erhellt von der flackernden Kerze in Hendrikjes Hand. Als sie das winzige Zimmer erreichten, in dem Maria übernachten sollte, zündete Hendrikje eine Petroleumlampe an und stellte sie auf einen kleinen Tisch. Dann ließ sie Maria allein, um ihr die Schreibutensilien zu holen.

»Wir können Ihren Brief dem Mann mitgeben, der morgens immer die Strecke nach Haarlem fährt«, erklärte sie kurz darauf, als sie mit den Sachen zurückgekehrt war. »Er ist gewöhnlich sehr zuverlässig. Wollen Sie heute Abend noch einmal nach unten gehen?«

Maria bedauerte, die Unterhaltung der Männer zu versäumen. Aber sie war zu müde und – wie sie vermutete –

nicht im Kreis der Herren willkommen, wenn Hendrikje jetzt schlafen ging.

»Nein, schon gut. Ich sehe Sie morgen früh. Danke, dass ich hierbleiben darf.«

Hendrikje klopfte ihr auf die Schulter. »Es ist uns eine Freude.«

In der Nacht träumte Maria von bunten Schals, und als sie aufwachte, hatte sie vergessen, wo sie war. Noch nie war sie in einem Bett erwacht, das nicht ihr eigenes war. Es war Jahre her, seit sie eine Nacht verbracht hatte, ohne Judiths lautes Atmen eine Armlänge entfernt zu hören, auch wenn sie sich tagsüber nicht mehr sahen.

Das Zimmer war nur wenig heller als die Nacht zuvor, und der Himmel vor ihrem Fenster war filzgrau. Sie sah hinaus und versuchte, sich die Lage des Orts einzuprägen. Von unten im Haus drangen Stimmen zu ihr herauf, als der Haushalt sich zum Frühstück einfand, daher zog Maria ihre Röcke, zwei Unterhemden und ein wattiertes Leibchen an, um sich warm zu halten. Dann trieb ihr Hunger sie dazu, eilig zu den anderen hinunterzulaufen.

Der Franzose, Hendrikje, Jacob und Anneke saßen an einem Tisch voller Brot, Käse, Leichtbier und Butter. Maria setzte sich auf einen freien Stuhl und brach sich ein Stück vom krümeligen Schwarzbrot ab. Jacob sah sie mit einem ironischen Lächeln an, während alle sich auf das Mahl konzentrierten und schwiegen.

Als Anneke begann, die Teller und die Reste vom Tisch zu räumen, lehnte Jacob sich zurück. Er fuhr sich mit der Zunge über die Zähne, und Hendrikje schüttelte den Kopf.

»Ihr Freund ist sozusagen ausgeflogen«, sagte er. »Unser

guter Gefährte ist heute vor dem Morgengrauen auf und davon, ohne sich zu verabschieden. Sie müssen ihm Angst gemacht haben, Maria. Wir hätten Sie früher einladen sollen.«

»Er ist fort?« Sie blickte zu dem Brief, den sie geschrieben hatte und der nun auf ihrem Schoß lag. Darin hatte sie geschrieben, dass der Priester die Reliquie hätte und sie zurückgeben würde. Seine Bedenken hatte sie nicht erwähnt, weil sie angenommen hatte, dass er einen Weg finden würde, alles zurückzugeben. »Wissen Sie, wohin er wollte?«

Jacob schüttelte den Kopf. »Nein. Vielleicht ist er nach Hause zurückgekehrt, vielleicht nicht. Er neigt zur Wanderschaft. Erwägen Sie, ihn zu verfolgen?«

Hendrikje seufzte laut und stand auf, um Anneke mit dem Geschirr zu helfen.

»Weiß ich nicht. Sollte ich?« Maria blickte die beiden Männer abwechselnd an. René lächelte matt und zuckte mit den Schultern. Jacob schaute hinauf zur Decke.

»Die Entscheidung liegt bei Ihnen. Ich vermute, es hängt davon ab, wie wichtig diese Reliquie ist. Ein bisschen Knochen? Das scheint mir nicht viel. Aber mir kommt es nicht zu, so etwas zu sagen. Cloribus könnte sogar auf dem Weg sein, das Ding zu holen und es Ihnen zurückzubringen.«

»Denken Sie? Hat er eine Nachricht hinterlassen?«

»Nein.« Er presste seine wohlgeformten Lippen zusammen. »Sie haben recht, wenn er wirklich beabsichtigen würde zurückzukehren, hätte er eine Nachricht geschrieben. Aber hören Sie zu.« Er wurde sehr ernst. »Der Priester ist ein guter Mann. Ich kenne ihn seit unseren Reisen in der Levante. Gewiss wird er noch schreiben.«

Hendrikje sah aus der Speisekammer herein. »Sie dürfen gern bleiben, wenn Sie warten möchten. Oder solange Sie überlegen, was Sie tun wollen.«

René holte einen kleinen Stapel Papiere aus der Tasche seines Wamses, sah sie durch und steckte sie wieder ein.

»Ich werde bis morgen hier sein«, sagte er. »Dann kehre ich nach Deventer zurück, aber ich könnte Sie herumführen, wenn Sie möchten. Letztes Jahr habe ich hier mehrere Monate verbracht und kenne einige Orte. Auch ein Haus, in dem die Messe gefeiert wird, falls Sie interessiert sind.«

Maria blinzelte verwundert, weil er so offen über die verbotene Messe sprach. Andererseits hatte der Franzose auch seinen Rosenkranz erwähnt.

»Das wäre nett. Wenn Sie mich ein wenig herumführen würden, meine ich.«

»Und, René, helfen Sie ihr bitte, den Brief abzugeben. Bei Arend Wichart in der Hounds-Taverne«, rief Hendrikje aus der Speisekammer. »Haben Sie ihn geschrieben, Maria?«

Sie traute sich nicht, nach mehr teurem Papier zu fragen.

»Ja, ich sollte ihn wohl abschicken. Vielen Dank.«

Nachdem sie eine Stunde auf René gewartet hatte, während er in seinem Zimmer schrieb, trat Maria mit ihm zusammen hinaus in den grauen, aber beinahe warmen Aprilmorgen. Er führte sie zu den imposanten Bauten der Leidener Universität, wo Gruppen von Männern in schwarzen Roben an ihnen vorbeieilten. Von dort aus gingen sie an einem der größeren Kanäle entlang, und René zeigte in die andere Richtung, weg aus dem Stadtinnern. In der Ferne mündete der Kanal in einen ruhigen Fluss.

»Sie sagten, dass Sie aus einer Malerfamilie kommen, nicht wahr? Ein Jammer, dass Sie nicht eher hier waren. Sie haben den Müllerssohn verpasst, einen Maler, von dem ich hörte, dass er recht gut sein soll. Rembrandt van Rijn. Natürlich ist der Familienname dem Fluss hier entlehnt. Er war letztes Jahr zur selben Zeit hier wie ich, aber nun ist er nach Amsterdam gegangen. Dort bietet sich talentierten Männern eine Zukunft, im Gegensatz zu diesem verstaubten Ort hier.« Er trat einen Stein in den Kanal.

»Aber ich dachte, Sie wohnen jetzt in Deventer, nicht in Amsterdam. Irrte ich mich?« Maria hatte keine Ahnung, wo Deventer war, doch sie wollte ihn wissen lassen, dass sie aufmerksam zugehört hatte. Es war das Beste, was sie tun konnte, um ihre Anwesenheit zu rechtfertigen. Wäre Judith an ihrer Stelle gewesen, hätte sie den Gelehrten garantiert daran erinnert, dass sie selbst Malerin war und nicht bloß aus einer Malerfamilie stammte.

Ein Mann bewegte einen Stocherkahn den Kanal hinauf, und René ignorierte ihre Frage.

»Sehen Sie«, sagte er, »die Festung. Der Hügel ist offensichtlich von Menschen angelegt. Hier gibt es keine natürlichen Erhebungen. Alles ist flach. Ist Haarlem auch so flach?«

»Ja, ich denke schon.« Sie fragte sich, wie eine Landschaft aussah, die nicht flach war, in der sich der Horizont nicht von einer Fingerspitze zur anderen ausdehnte. Stumm gingen sie weiter, bis Maria tief Luft holte.

»Haben Sie nicht gehört, wie Pater Cloribus heute Morgen fortging? Ich meine, weil er doch in Ihrem Zimmer geschlafen hat.«

René sah sie mit seinen strengen braunen Augen an,

während seine Miene unter der breiten Hutkrempe unverändert blieb.

»Gewiss habe ich gehört, wie er sich im Zimmer bewegte, falls Sie das meinen. Nur wusste ich nicht, dass er abreisen wollte.«

»Selbstverständlich.« Zufällig bemerkte sie ihr Spiegelbild in einem der Fenster, an denen sie vorbeigingen. Sie erschrak darüber, wie müde sie aussah. Oder war es ihre Fantasie, die das Bild anreicherte?

»Sonst hätte ich etwas gesagt.« René reckte die Nase in die Höhe und schaute sie nicht an.

Sie erreichten die Hooglandse Kerk, eine große Kathedrale mit zwei schmalen Türmen, die hoch über den Glasfenstern aufragten. Einst waren die gotischen Fenster vermutlich farbig gewesen, jetzt hingegen waren sie klar. Maria fragte, ob sie hineingehen könnten. Ihr war bekannt, dass das Gebäude nicht mehr geweiht war, nicht so, wie es für sie von Bedeutung wäre, und sich wenig heilig anfühlen würde. Die reformierte Kirche hatte alles »tröstlich Geweihte«, wie ihre Mutter es genannt hatte, aus dem Inneren entfernt. Dennoch genoss Maria das Gefühl, einen Ort der Stille inmitten der hektischen Welt zu betreten. Ein Haus, das zu Ehren Gottes erbaut worden war.

»Sie haben diese Kirche dem Heiligen Pankratius gewidmet«, erklärte René, nachdem sie den hohen, hellen Innenraum betreten hatten. Dank des kahlen Steinbodens und der Gewölbedecke hallte seine Stimme, obwohl er leise sprach. Maria fragte sich, wie es hier mit reich verzierten Bänken und aufwendigen Gobelins ausgesehen haben mochte. Vorne hing ein Altarbild.

»Pankratius, der Kinder-Märtyrer«, sagte sie.

»Ganz richtig. Würden Sie sich solch ein Schicksal für Ihren Sohn wünschen, Maria, wenn Sie einmal Mutter werden?«

Die Frage befremdete sie, und sie schaute zu ihm, doch er musste sie rhetorisch gemeint haben, denn er ging schon weiter.

»René«, rief sie leise. »Ich denke, ich bleibe eine Weile hier. Zurück zum Haus finde ich allein.«

»Sind Sie sicher?«

»Ja.«

Er nickte, als würde er ihren Wunsch nach Kontemplation verstehen. »Ich kann Ihren Brief für Sie abgeben, wenn Sie möchten.«

»Ja, danke. Das hatte ich vergessen.« Innerlich krümmte sie sich bei der Lüge; sie haderte noch mit sich, ob sie die Nachricht ändern sollte. Aber sie wusste nicht, was sie sonst schreiben sollte. Also gab sie ihm den Brief.

Als er fort war, ging sie zu einem der Stühle, die entlang der Wände standen. Die Seitenkapellen waren leer, aber das Licht, das durch die bleiverglasten Fenster hereinfiel, verlieh dem Raum einen sanften Glanz, der wie ein Federstrich an Marias Wange war. Sie setzte sich, betrachtete ihre Hand und drehte sie mal in die eine, mal in die andere Richtung, während sie sich vorstellte, sie in diesem weichen Licht zu malen.

»Sie suchen nach etwas, nicht wahr?«, fragte eine Frau, die neben ihr stand. Ihr silbergraues Haar war in einem Kranz unter ihrer Batisthaube aufgewickelt, und sie hatte ein glattes, rundliches Gesicht.

Maria legte die Hand in ihren Schoß. »Nein, ich schaue bloß.«

»Das habe ich nicht gemeint.« Die Frau schloss kurz die Augen. »Ich meinte innerlich. Sie suchen nach etwas in Ihrem Inneren.« Stumm betrachtete sie Maria. Ihre Augen waren klar und wirkten freundlich. »Sie besitzen Reinheit, ja, aber auch eine Finsternis. Eine Frage: Habe ich recht?«

Maria runzelte die Stirn und sagte nichts.

»Mein Beruf ist es, Menschen auf der Suche nach dem zu helfen, was sie sich wünschen«, sagte die Frau und trat zurück, um zum Fenster hinaufzuschauen. »Gottes Wünsche zu erkennen. Ich schütze die Reinheit.«

»Was bedeutet das?«

Sie kam wieder näher und nahm Marias Hand in ihre beiden. »Ich denke, das wissen Sie, meine Liebe. Reden wir. Aber nicht hier. Überlegen Sie, was Sie sich wünschen, Maria. Und treffen Sie mich morgen früh am Groenmarkt. Auf der Kanalseite. Keine Sorge, es ist sicher. Dort sind Leute. Und wir können reden. Sie werden sehen.« Bei ihrem sanften, wissenden Lächeln krampfte sich Marias Brust zusammen. »Mein Name ist Sara«, sagte sie, bevor sie wegging. Maria stand auf und wollte der Frau nachrufen, sie fragen, woher sie ihren Namen kannte, ließ es aber. In diesem Raum wagte sie keinen Lärm zu machen. Also setzte sie sich wieder und beobachtete die Sonnenstrahlen, die über die Fremde hinweghuschten, als sie durch die breiten Lichtkegel zur großen Kirchentür ging.

Kapitel 18

Maria näherte sich dem Morgenmarkt dort, wo Leidens Fluss und Kanäle zusammentrafen. Ohne ihre Schritte zu verlangsamen, ging sie an den Bauernfrauen vorbei, die neben Körben voller Zwiebeln oder Lauch auf dem Boden hockten, bahnte sich ihren Weg durch Schwärme von Kindern, die über einen Bauern lachten, der ein improvisiertes Puppentheater mit seinen Kohlköpfen aufführte. Eine Ziege war an einen kleinen Karren gebunden, wo sie von einem Jungen mit Möhrengrün gefüttert wurde. Der Markt nahm den gesamten Platz am Flussufer ein, war indes nicht so groß wie der in Haarlem. Maria hielt es für närrisch, zu dem Treffen mit der grauhaarigen Frau zu gehen, weshalb sie es auch lieber vor ihren Gastgebern verschwiegen hatte. Sie wollte nach Haarlem zurück, hatte sie ihnen erzählt, und gewiss sollte sie das auch. Aber zuvor musste sie einmal über den Markt gehen, um ihre Neugier zu befriedigen.

Am anderen Ende des Markts floss ihr der Rijn entgegen und unter einer Brücke hindurch in die Stadt. Am Flussufer stand ein fünfgeschossiges weißes Gebäude, vor dem ein lachendes Paar stand. Maria wollte bereits nach links zur Stadt und dem Tor gehen, an dem die Kutsche abfuhr, da bemerkte sie eine Frau mit weißem Haar, die bäuchlings am Rand der Kaimauer lag und beide Arme zum Wasser ausstreckte. Mit einer raschen Handbewegung angelte sie einen Korb nach oben, der auf dem Wasser trieb. Sie legte ihn neben sich ab, um sich dann mühsam aufzurichten.

Maria ging näher heran. Sara hob den Korbdeckel ein Stück hoch, der ungefähr den Umfang eines Esstellers hatte. Vorsichtig blickte sie zu Maria auf, ehe sie den Kopf neigte, um in den Korb zu spähen. Dann lächelte Sara und hob den Deckel ganz ab, um ein winziges, tropfnasses Kätzchen herauszuheben.

Maria kniete sich neben Sara und hob einen Finger, um das hellbraune Fell des Kätzchens zu berühren. Es maunzte leise, regte sich aber nicht in Saras Hand.

»Was Kinder alles zum Spaß tun«, sagte Sara. Sie hielt das Kätzchen an ihre Brust und benutzte den Zipfel ihres weißen Schürzentuchs, um das Tier trocken zu reiben. »Tut mir leid, dass ich nicht wie versprochen am Kanal war. Aber ich sah, wie der Junge den Korb hineinwarf, und musste ihn rausholen.«

»Was machen Sie jetzt mit der kleinen Katze?« Sie schien zu klein, um auf der Straße zu überleben.

Sara zog die Augenbrauen zusammen und betrachtete Maria. Die Augen der Frau waren vom selben Blau, wie man es bei Fliesenmalereien sah. »Sie kommt mit uns.« Nun stand sie auf. Mit einer Hand hielt sie das inzwischen schnurrende Tier an ihrer Brust fest, mit der anderen nahm sie Marias Ellbogen und führte sie weg vom Markt.

»Ich beantworte Ihre Fragen«, sagte sie, als sie eine von Backsteinbauten gesäumte Straße entlanggingen. »Erstens:

Ihren Namen weiß ich von dem anderen Mann, der bei Ihnen war. Ich habe ein Gespür für Menschen, und Sie strahlen ein Leuchten aus, das sehr selten ist. Aber ich werde nicht behaupten, irgendwelche Zauberkräfte zu besitzen und Gedanken lesen zu können oder dergleichen. Zweitens: Sie sollten mit mir kommen, weil Sie nichts Besseres tun können. Damit meine ich nicht, dass Sie nichts zu tun haben, denn eine solche Aussage würde ich mir nicht anmaßen. Vielmehr weiß ich, dass meine Arbeit, das Heilen, Ihnen ebenfalls Heilung bringen wird. Nur wer sich selbst hingibt, kann die eigenen Wunden heilen. Und Sie haben Wunden … Keine Angst, ich werde nicht fragen. Das muss ich nicht. Jeder hat sie. Aber Gott hat Ihnen einen Weg vorgeschlagen, Ihre zu heilen. Trotz dieser Wunden haben Sie eine gewisse Reinheit.«

Sie überquerten eine Kopfsteinpflasterstraße und schritten durch einen gemauerten Torbogen. Um sie herum stritten sich Herren in schwarzen Roben oder eilten von einem Gebäude zum anderen.

»Die Universität?«, fragte Maria.

»Ja«, antwortete Sara. »Ich finde, Sie sollten sehen, was die Lehre Männern gibt. Und wie sehr es sich von unserer Art des Lernens unterscheidet.«

Maria staunte, sagte aber nichts. Dennoch musste Sara es bemerkt haben, denn sie blieb stehen und hielt ihr das kleine Fellbündel hin.

»Was ist das?«, fragte sie.

»Eine Katze«, antwortete Maria leicht verwirrt über diese seltsame Frage. Sie strich behutsam über die Nase des Kätzchens und seinen Kopf. Es schloss genüsslich die Augen.

Sara schüttelte den Kopf. »Das würden diese Männer sagen.« Zwei junge Männer mit roten Pickeln um ihre keimenden Bärte gingen vorbei und lachten nervös angesichts der Frauen. »Versuchen Sie es noch einmal.«

»Ein Katzenkind? Ein Tier?« Maria kam sich vor wie in den Momenten, wenn ihr Vater sie zur Staffelei rief, um das Bild eines Lehrlings zu bewerten. Dann stand sie da und starrte auf die Darstellung eines Ellbogens oder die gemalten Schatten unter einem Auge. Sie wusste, dass ihr Vater auf eine bestimmte Reaktion wartete, aber ihr Verstand rang mit dunkler Verwirrung. Was ihr wie ein Fehler erschien, konnte für ihn eine Stärke sein, und sie wollte ihn nicht enttäuschen.

»Nein. Ein Leben. Ein beginnendes Leben. Obwohl diese Narren widersprechen und behaupten würden, dass die kleine Katze eine belebte Maschine ist. Ich habe die Naturphilosophen schon so etwas sagen gehört. Aber sehen Sie es sich an.« Sara hielt die rosige Nase und die großen, goldenen Augen dicht vor Marias Gesicht. »Dieses Kätzchen fühlt.« Sie wickelte das Tier wieder in ihre Schürze und hielt es an ihrer Brust. Dann ging sie weiter auf das Universitätsgelände. Von hinten schienen sich ihr silbriges Haar und ihre weiße Haube zu einem Heiligenschein zu vermengen.

Maria lief ihr nach.

»Demnach heilen Sie Tiere? Und Menschen?«

»Ich tue, was ich kann, wo ich gebraucht werde.«

Gebraucht werden. Diese Worte trafen auf eine Leerstelle in Marias Brust und bewirkten, dass sie die Schultern hängen ließ. Weiter vorn kam eine Frau in einem schlichten braunen Kleid aus einem Gebäude. Sie balancierte einen Wäschekorb auf ihrer Hüfte. Hier waren nur sehr wenige Frauen, wurde Maria gewahr, und prompt verschränkte sie die Arme vor der Brust.

»Woher wissen Sie, wohin Sie gehen müssen?«, fragte sie.

Sara sah sie an. »Tue ich nicht, meine Liebe. Wir müssen die Orte suchen, an denen Menschen leiden. Doch für gewöhnlich ist es nicht schwer.«

Einige Minuten gingen sie schweigend nebeneinanderher. Durch ein offenes Fenster hörten sie eine Stimme laut auf Latein deklamieren: ein Mann, der seinen Studenten etwas vortrug.

»Könnte ich doch hier die Kurse besuchen«, sagte Maria. »Sie dürfen die ganze Welt Stück für Stück zerpflücken und deren Wirken ergründen.«

Sara sagte nichts, sondern legte nur das Kätzchen in ihre Halsbeuge, wo es sich an sie schmiegte. Die Schürze, in die das Tier eingewickelt gewesen war, fiel herunter. »Ich verlasse die Stadt heute Nachmittag, bevor die Tore geschlossen werden, und ich hätte Sie gern als meine Begleitung, Maria. Doch weiß ich nicht, was Sie damit zurücklassen würden. Haben Sie hier Familie? Sie haben eine Gabe zu teilen – auch wenn Sie mir vielleicht nicht glauben, kann ich diese Gabe sehen. Doch auf keinen Fall möchte ich, dass Sie die Fürsorge für Ihre Kinder opfern.«

Maria schüttelte den Kopf. »Ich habe einen Vater, aber er ist nicht hier. Und er hat auch seine Arbeit.«

»Tun Sie, was Sie für das Beste halten. Ich kann lediglich sagen, dass ich hoffe, Sie werden mich begleiten und mir helfen, das Leiden anderer zu lindern. Ich werde am westlichen Tor sein, dem Holzbau vor den Marschlanden. Es ist nur ein kurzer Fußweg in nördliche Richtung von hier.« Immer noch hielt sie das Kätzchen in einer Hand und legte die andere an Marias Wange. Ihre Fingerspitzen waren weich und kühl, und Maria überkam der Impuls, ihr Gesicht hineinzuschmiegen.

Sara trat einen Schritt zurück. Gemeinsam wanderten sie über das Universitätsgelände und erreichten die Backsteinmauer. Ein großer Baum beschattete das offene Tor, und dahinter waren Reihen von Hochbeeten. Maria konnte frisches Grün sehen, das sich der scheuen Sonne entgegenreckte.

»Ich gehe jetzt einige botanische Erkundigungen unternehmen«, sagte Sara. »Und ich hoffe, Sie nach dem Mittagsmahl zu sehen. Dann werde ich einen zusätzlichen Brotlaib mitbringen.«

Maria hoffte, dass Sara sie umarmen würde, und ihre Hände flatterten an ihrer Seite, als sie sich fragte, ob sie die Arme nach der Frau ausstrecken sollte. Aber Sara lächelte nur und wandte sich zu dem Garten um, während sich das Kätzchen weiter an sie schmiegte.

Kapitel 19

Judith stand ganz hinten in dem Saal und beobachtete die Auktion. Ihre erste Gilde-Auktion. Vorne im Raum stand der Auktionator, ein gebeugter, grauhaariger Mann, der einst ein Maler gewesen war, aber keinen Pinsel mehr halten konnte. Doch seine Stimme trug immer noch. Hinter ihm waren annähernd fünfzig Gemälde übereinander aufgehängt, sodass beinahe nichts mehr vom Wandputz zu sehen war. Lebhafte historische Szenen mit Schafhirten und üppig grünen Bäumen neben Stillleben von Apfelschnitzen mit Käse, Tulpen oder bluttriefenden Fasanen. Es hatte Judith einige unruhige Momente gekostet, ihre drei Gemälde zu entdecken: zwei fröhliche Feierszenen und ein kleineres Bild von einem Mädchen, das lachend ein Kätzchen in den Händen hielt. Die beiden Feierszenen waren quasi ein Paar. Auf beiden waren junge Männer in bunter Kleidung zu sehen, deren purpurrote und saphirblaue Falten Judith mit besonderem Vergnügen gemalt hatte. Doch das eine Bild zeigte die Männer, wie sie Trunk und Gesellschaft genossen, das andere zeigte noch ein dunkles Skelett als Teil ihrer Gruppe. Habt nicht zu viel Spaß, hatte sie ihren Figuren beim Malen zugeflüstert. Der jüngste Tag wartet.

In der Menge entdeckte sie den Kerzenzieher Abraham Recht und dessen Frau Baefje Willems. Unwillkürlich hob Judith eine Hand an ihren Mund, während ihr war, als würde sich eine Schlange in ihrem Bauch winden. Der Kerzenzieher war als großzügiger Mäzen bekannt und genoss es besonders, neue Künstler zu entdecken. Dass er denselben Vornamen trug wie Judiths Bruder, konnte nur ein gutes Omen sein. Sie flüsterte ein Gebet, in dem sie um die Gunst des Kaufmanns bat, und gleich ein zweites für Abraham, wo er auch sein mochte. Er hätte diesen Raum bestaunt, sich jedoch niemals von ihm einschüchtern lassen.

»Ruhe bitte, meine Herren«, rief Franchoys, der Auktionator. »Alle Maler raus. Die Auktion beginnt jetzt.«

Judith blickte sich um. Sie hatte nicht gewusst, dass sie bei der Versteigerung nicht bleiben durfte. Es bestand zwar keine Gefahr, dass sie bestohlen würde – nicht wie bei ihrer illegalen Auktion –, doch sie war zu ängstlich, um etwas anderes zu tun, als zu beobachten und zu hoffen, dass ihre Gemälde das dringend benötigte Geld einbrachten. Die anderen Maler hinten begannen, nach draußen zu gehen. Judith zupfte einen am Ärmel, Floris van Dyck, einen älteren Mann mit aristokratischer Nase und elegantem Bart.

»Müssen wir gehen?«

Er blinzelte verwirrt und verengte die Augen, als er sie erkannte.

»Die Maler, die hier Bilder anbieten, werden immer gebeten zu gehen, wenn das Bieten anfängt. So ist es seit Jahrzehnten.« Er drehte sich zu seinem Gefährten um, Willem Heda, und schüttelte den Kopf. »Verblüffend, wen sie reinlassen«, sagte er laut genug, dass Judith es hörte.

Sie biss die Zähne zusammen und blieb stehen, während die Männer rausgingen. Unmöglich konnte sie hier eine Szene machen, nicht in Anwesenheit der Käufer. Dabei hätte sie Floris van Dyck am liebsten nach vorne gezerrt und ihm ihre drei Gemälde gezeigt. In ihnen steckten mehr Energie und Leidenschaft als in irgendeinem seiner glänzenden Stillleben mit Zinntellern und Käse.

Bis sie sich so weit gesammelt hatte, dass sie sich erneut umschauen konnte, waren alle anderen Künstler draußen. Judith zog sich ganz an die hintere Wand zurück und hoffte, die Schatten würden sie verbergen. Doch der Auktionator sah sie mit einem fragenden Blick an, also atmete sie enttäuscht aus und ging hinaus auf die Straße.

Die übrigen Maler waren nicht mehr da, gewiss im De Basterdpijp, der bevorzugten Schänke der Gilde, gleich beim Grote Markt. Judith wollte nicht um einen Platz an jemandes Tisch betteln, deshalb machte sie sich auf den Weg zu ihrem Zuhause. Wenigstens vorerst war es ihres.

In den drei Wochen seit der Vertragsunterzeichnung mit Chrispijn de Mildt war Judith umgezogen, hatte eine Magd eingestellt und einen zweiten Lehrling aufgenommen – einen dunkelhaarigen Vierzehnjährigen namens Hendrik Jacobsz. Das Geld von Lachine hatte kaum ausgereicht, um die erste Miete zu zahlen und Materialien zu kaufen, sodass sie Hendriks Vater hatte überreden müssen, einen Teil des Lehrgeldes im Voraus zu zahlen, damit der Haushalt zu essen hatte. Nun, auf dem Weg durch das graue Nachmittagslicht, versuchte sie, nicht daran zu denken, wie viele Tage ihre Werkstatt noch überdauern könnte, falls sie nicht mehr Bilder verkaufte. Aber natürlich konnte sie nicht aufhören, darüber nachzudenken. Noch zehn Tage, bis das Geld aufgebraucht war.

Sie öffnete die Tür und betrat das kalte Haus. Alles war knapp, und Feuerholz zu kaufen kam nicht infrage. Oben hörte sie die Jungen leise in der Werkstatt reden. Wenigstens arbeiteten sie. Carolein, die Magd, kam mit dem Arm voller sauberer Wäsche, die sie hinaufbrachte, um sie auf Leinen im Treppenaufgang aufzuhängen. Judith hob eine Hand und wollte ihr vorschlagen, dass sie gemeinsam einen Moment in der Küche ausruhten. Doch die ältere Frau war ganz auf den Stapel konzentriert, den sie trug, und biss sich auf die Lippe, während sie sich bemühte, ihn nicht fallen zu lassen.

Also ging Judith allein nach hinten in die Küche. Dort setzte sie sich auf die Bank am großen Tisch und blickte zu den Zwiebeln hinauf, die von der Decke hingen. Obwohl das Licht nur fahl war, ließ es die braunen Schalen schimmern. Wäre Maria hier, würde sie es sehen und erfreut nicken. Doch ihre Freundin war bereits seit drei Wochen fort. Maria und Abraham waren konstante Größen in Judiths Leben gewesen, hatten ihm einen Takt gegeben, der ebenso verlässlich gewesen war wie das Hufgetrappel der Maultiere auf den Pflastersteinen oder das träge Fließen des Wassers in den Kanälen. Judith stützte ihren Kopf in die Hände und bemühte sich, an etwas Belangloses zu denken, wie den Wind, der gegen die Fensterscheiben hauchte, und die Kälte, die vom Fliesenboden durch ihre dünnen Schuhe drang. Irgendetwas, nur nicht an die Tränen, die ihr neuerdings immerzu in den Augen brannten.

Am nächsten Tag erschien ein Bediensteter vor der Tür.

»Hier sind die Münzen für das verkaufte Bild, Meisterin«, sagte er. Judith blieb der Mund offen stehen. Nur eines. Sie rang nach Luft, doch der Bedienstete hatte sich bereits zu seinem Begleiter umgewandt, der an einem kleinen Karren mit verschnürten Bildern auf Holz und Leinwand stand. »Bring die beiden ganz oben. Ja, die da oben.« Bis er Judith wieder ansah, hatte sie sich gefasst.

»Das Bild auf Holz ist verkauft? Mit dem kleinen Mädchen?«

»Falls das fehlt, wird es wohl. Ich habe die Aufzeichnungen nicht, bedaure. Wir liefern bloß aus, was übrig geblieben ist. Mich wundert, dass von Ihren zwei übrig sind – wie ich hörte, wurde gut verkauft. Und Ihre sehen hübsch aus. Vielleicht kaufe ich nächstes Mal eines«, sagte er und grinste ihr zu, beide Augenbrauen hochgezogen.

»Ja, vielen Dank.« Ihr war peinlich, dass er gesehen hatte, wie dringend sie Trost brauchte. »Ich nehme die. Oh, hier ist ein Kwartje und einer für Ihren Freund, für die Mühe.« Sie schloss die Haustür, ehe er noch mehr sagen konnte.

Mit den Gemälden unter einem Arm lehnte Judith sich drinnen an die Wand. Dabei sah sie nach oben zur Decke, wo sich im unebenen Putz graue Verlaufsmuster ergaben. Sie holte einmal tief Luft und trug die Bilder nach oben in ihre Werkstatt. Dort stellte sie die Gemälde an die Wand, mit der Bildseite zum Putz. Während die Jungen zeichneten, holte sie ihr Haushaltsbuch hervor und notierte den Betrag, den sie verdient hatte. Sechs Gulden. Ihre Sicht verschwamm für einen Moment vor Tränen, doch Judith blinzelte sie rasch fort, ehe sie jemand bemerken konnte.

Tags darauf ging sie zum Haus von de Grebber, um ihre letzten Sachen abzuholen: einige Leinenunterkleider, die noch auf der Wäscheleine gehangen hatten, und ein Skizzenbuch. Frans de Grebber blickte sie mit dunklen, traurigen Augen an, als sie in seine Werkstatt kam, aber sie sagte nichts. Was hätte sie auch sagen sollen? In den Wochen, seit Maria nach Leiden abgereist war, hatte niemand etwas von ihr gehört, abgesehen von dem einen kryptischen Brief. Nach vier Tagen war Marias Bruder Pieter aufgebrochen, um nach ihr zu suchen, doch in Leiden wusste niemand, wo sie war. Sie hatte die Nachricht der Gilde überbracht und war danach verschwunden. Judith schritt durch die Werkstatt und hinauf zu ihrem alten Dachzimmer. Sie konnte nicht noch eine qualvolle Unterhaltung mit dem niedergeschlagenen Frans ertragen. Und sie konnte sich des Gefühls nicht erwehren, dass Marias Verschwinden ihrer eigenen Unzulänglichkeit geschuldet war. Mit geschlossenen Augen inhalierte sie die vertrauten Düfte des Hauses: den satten Mineraliengeruch von Farbe, das warme Aroma schmorenden Eintopfs und die erdigen Noten des Torffeuers. Wie gern hätte sie Maria diese Düfte geschickt, um sie daran zu erinnern, wie sehr sie ihr Zuhause geliebt hatte. Zumindest glaubte Judith das. Doch wie viel wusste sie überhaupt über ihre Freundin? Viel zu wenig offenbar. Judith schüttelte den Kopf. Vielleicht war ihr Versagen als Künstlerin nur das jüngste Versagen in einer langen Reihe von Katastrophen, die sie erst jetzt erkannte. Sie klemmte sich ihr Buch unter den Arm und stieg vom Dachgeschoss nach unten. Mit gesenktem Haupt ging sie durch die Werkstatt, ließ ihren Schlüssel zum Haus auf dem Tisch in der Diele und schloss leise die Tür hinter sich.

Kapitel 20

Mai

Judith hielt dem Lehrling ihre Palette hin, ein kleines flaches Paddel, kaum breiter als ihre ausgestreckten Finger, und Hendrik strich die Ocker- und Gelbfarben darauf, die er vorbereitet hatte. Sie brachte ihm bei, die Pigmente zu zerreiben und mit dem Leinöl zu vermengen, um Farben zu rühren. Die Jungen lernten, wie sie das Öl erhitzten, wenn es eindicken musste, und wie sie es auf flachen Tellern in der Sonne bleichten, um die hellsten Farben zu gewinnen. Hendrik erwies sich als recht fähig. Davit, der Jüngere der beiden, saß auf einem Hocker in der Ecke und zeichnete einen Arm aus einem Buch ab, in dem eine Reihe von körperlosen Armen waren. Einen davon kopierte er auf eine mit Knochenmehlbrei bestrichene kleine Tafel. Das Tafelbuch, das Judith dem Jungen gegeben hatte, war nicht so schön wie ihr ledergebundenes mit den verzierten Halterungen, in denen ihr Stift mit der Metallspitze steckte. Judith benutzte es ausschließlich für ihre eigenen Skizzen. Dennoch hütete Davit seines sorgfältig und wickelte es in elfenbeinfarbenes Leinen, bevor er es weglegte. Er war ein sanftmütiger Junge, ganz anders, als es Judiths Bruder vor acht Jahren in dem Alter gewesen war. Judith seufzte. Davit nagte an seiner Unterlippe, als er sich mit seinem Kohlestift an dem Ellbogengelenk abmühte.

Sie tupfte etwas von Hendriks Farbe auf ihre vorbereitete Holztafel. Am liebsten hätte Judith die Tafel hier in der Werkstatt selbst vorbereitet, aber es gab zu wenig Platz und sie hatte nicht die nötigen Leute, um all die Arbeit zu tun. Deshalb kaufte sie das präparierte Holz und die Leinwände in einem Spezialgeschäft, das ein jüngst akkreditierter Primuerder betrieb und in dem er Holztafeln und Leinwände zum Bemalen vorbereitete. Bei so vielen Werkstätten und Ateliers konnte der Mann anscheinend seinen Lebensunterhalt mit dem Vorbereiten von Tafeln und Leinwänden verdienen. Sie biss die Zähne zusammen. Die rötlich braune Farbe verklumpte an ihrem Pinsel und lagerte sich ungleichmäßig ab, als sie damit über die Tafel strich.

»Die Pigmentgröße hast du gut getroffen«, sagte sie zu dem Jungen. »Aber es braucht mehr Öl, siehst du?«

Der Junge zog seine dunklen Brauen zusammen. Er war vierzehn und praktisch immerzu in Bewegung. Judith bezweifelte, dass er die Geduld für die Detailarbeit des Malens aufbrachte.

»Es ist nur … Wir haben fast keines mehr. Ich wollte es nicht aufbrauchen.« Er hielt den verkorkten Krug in die Höhe.

Judith runzelte die Stirn. In jüngster Zeit war der Preis für Leinöl gestiegen, und bei ihren kargen Mitteln konnte sie sich kaum leisten, mehr zu kaufen. Sie hatte versucht, Walnussöl zu bekommen, das nicht ganz so gut band. Doch beide Öle waren mittlerweile beinahe unmöglich aufzutreiben.

»Es war gut, dass du versucht hast, am Öl zu sparen, aber die Farbe nützt uns nichts, wenn sie nicht richtig fließt. Hier, sieh mal, ob du es richten kannst.«

Hendrik kratzte die zwei Farben zurück in ihre jeweiligen Tiegel, jeder Ton sorgsam von dem anderen getrennt, und kehrte an seinen Arbeitstisch zurück.

Carolein stand an der Tür der Werkstatt und trocknete ihre Hände an dem ausgeblichenen grauen Rock ab. Sie war so eifrig in ihrer Begeisterung fürs Putzen, dass Judith sie aus der Werkstatt verbannt hatte. Andernfalls hätte sie womöglich die sorgsam verteilten Pinsel oder die Requisiten auf dem Tisch durcheinandergebracht.

»Meisterin Judith, da ist jemand für dich. Ein junger Bursche.« In Caroleins schlichtem, rundem Gesicht war der Schimmer einer ungewohnten Neugier zu erblicken, und Judith fragte sich, wer der Besucher sein mochte, dass er die Frau derart aufmerken ließ. Sie holte tief Luft, und ihr Herz pochte wie wild. Abraham.

Nachdem sie sich die Hände am Kittel abgewischt hatte, zog sie ihn aus und hängte ihn an seinen Wandhaken.

»Macht weiter, Jungs. Ich bin gleich wieder da.« Davit blickte auf und lächelte; Hendrik nickte und prüfte ein wenig Farbe auf einer kleinen Holzleiste neben ihm. Mit dem Fuß klopfte er einen Takt – ein Klang, der leiser wurde, als Judith die Treppe hinunterstieg.

Zwei ihrer fertigen Gemälde hatte sie zu beiden Seiten der Tür aufgehängt, den großen Raum ansonsten aber noch nicht weiter dekoriert. Nun schob sie einige verirrte Haarsträhnen unter ihre Leinenhaube und räusperte sich. Der junge Mann an der Tür wandte sich von dem Bild der zwei Kinder, die mit einem Ball und einem Stock spielten, ab. Er lächelte ihr verhalten zu. Es war nicht Abraham. Für einen Moment ließ Judith die Schultern hängen, richtete sich jedoch sofort wieder auf. Der Mann hatte große Augen von der Farbe weichen Leders und einen feinen Schnauzbart, der sich über seinem Mund wölbte. Dem Aussehen nach musste er ungefähr achtzehn sein.

»Kann ich Ihnen helfen?«

»Verzeihen Sie die Störung. Malen Sie gerade?«

Sie nickte, und seine Augen blitzten auf.

»Natürlich, das ist wunderbar. Ich meine, offensichtlich malen Sie, aber es ist eine wunderbare Arbeit. Deswegen bin ich hier. Wegen der Malerei. Ich würde gerne bei Ihnen in die Lehre gehen.«

Judith neigte den Kopf leicht nach rechts. »Sind Sie nicht ein wenig zu alt?« Sie war nur rund fünf Jahre älter als er, hatte ihre Lehre indes viel jünger begonnen – mit dreizehn. Wie es die meisten ehrgeizigen Maler taten. In seinem Alter sollte sich dieser junge Mann schon der Eigenständigkeit nähern.

»Sie haben recht, doch ich habe etwas Erfahrung. Ich habe einige Jahre mit Jacob de Gheyn gearbeitet.«

»Der ist gestorben. Wann war das? Vor zwei Jahren?«

»Stimmt.« Er stieß ein leises Lachen aus. »Deshalb bin ich fortgegangen. Ich dachte, dass ich etwas anderes versuche. Aber ich möchte zurück zur Malerei.« Er hatte seine Hände gefaltet. Draußen bot ein Händler pünktlich zum Mittag seine Waren feil.

Judith fragte ihn nicht, warum er ihre Werkstatt ausgewählt hatte. Die Antwort wäre für sie beide zu beschämend. Wer sonst würde einen älteren Lehrling annehmen, wenn nicht die Werkstatt einer neuen, verzweifelten jungen Malerin, die sich bisher keinen Ruf erworben hatte?

»Jacob de Gheyn war seltsam, nicht? Diese Zeichnungen von Hexen und bizarren Kreaturen. Und seine Gewohnheiten …« Judith hatte gehört, dass der alte Künstler regelmäßig allein nach dem Abendläuten umhergewandert war – ein unziemliches, wenn auch nicht direkt schändliches Gebaren –, und sie wollte sehen, wie der junge Mann reagierte.

Er zuckte mit den Schultern, sagte aber nichts.

»Und Ihr Name ist?«

»Willem Willmsooz.«

»Sind Ihre Eltern einverstanden? Und sind Sie gewillt, das Lehrgeld zu zahlen?«

»Selbstverständlich.« Sein Blick blieb auf ein Gemälde hinter ihr gerichtet.

Judith tippte mit dem Finger an ihr Kinn. »Ich glaube nicht, dass das wahr ist. Tut mir leid, aber ich kann nicht …«

»Sie haben recht. Meine Eltern wissen es noch nicht. Aber sie unterstützen mein Interesse an der Malerei. Sie werden das Lehrgeld bezahlen.«

Judith sah ihn stumm abwartend an.

»Ich bin zuverlässig, versprochen.« Er lächelte selbstgewiss.

Sie atmete langsam aus. »Wie wäre es, wenn Sie mit nach oben kommen und einige Skizzen fertigen, um mir zu zeigen, was Sie gelernt haben?« Sie wollte nicht zu erpicht wirken. Doch das Geld, das ein weiterer Lehrling einbrachte, wäre selbst nach Abzug der Kosten ein Segen. Ebenso wie die zusätzliche Hilfe.

Nun sah er sie richtig an. »Das würde ich sehr gern.«

Sie wandte sich zur Treppe um und redete sich ein, dass die Wärme, die ihr den Hals hinaufkroch, von dem kleinen Torffeuer oder ihrem rauen Kragen rührte. Auf jeden Fall wurde sie nicht rot!

Ohne einen Blick in ein Vorlagenbuch zu werfen, zeichnete Willem sehr detaillierte Bilder von Blumen in dem Tafelbuch, das er sich von dem besorgten Davit geborgt hatte. Dies waren die Motive, auf die sich Jacob de Gheyn spezialisiert hatte. Die Blumen waren von der Maltechnik her einwandfrei, passten jedoch nicht zu Judiths lebhafterem Stil, und sie waren im Grunde unbrauchbar für ihre Figurenmalerei. Dennoch brauchte sie einen dritten Lehrling.

»Hatten Sie nie Probleme mit Jacob? Irgendwas, das ich wissen sollte?«

»Nein«, antwortete er ruhig.

»Nun.« Sie wischte die Tafel ab und gab sie Davit zurück, der kurz zu Willem sah, bevor er sich wieder seinen Aufgaben widmete. Willem schaute sich in der kleinen hellen Werkstatt um und schien es nicht zu bemerken.

»Nun«, wiederholte Judith, »falls Ihre Eltern gewillt sind, das Lehrgeld zu bezahlen, könnten wir wohl einen Platz für Sie finden.«

Willems Gesicht leuchtete auf, als er grinste und ihre Hand ergriff. »Danke, das ist wunderbar! Darf ich noch heute meine Sachen herbringen?«

Bei der Berührung machte sie große Augen, ließ aber ihre Hand kurz in seiner, bevor sie sie zurückzog. »Ja, das wäre gut.«

»Würden Sie sich das ansehen?«, murmelte er, wobei er näher zu Davit ans Fenster trat und sich zu den Zeichnungen des Jungen beugte. »Die sind recht gut. Sehen Sie die Schattierungen an dem Arm?«

Judith ging zu ihnen, während Hendrik an seinem Arbeitstisch stehen blieb, wo er die Farben mixte, den Mörser halb in der Luft, als er hinsah.

»Ja, das ist gut, Davit«, sagte Judith. »Aber lass dir das Lob dieses jungen Mannes nicht zu Kopfe steigen. Üb weiter. Willem, ich werde Carolein sagen, dass sie das Dachgeschoss für Sie lüftet. Einen anderen Platz haben wir nicht für Sie. Diese zwei hier teilen sich schon das Zimmer.« Sie hatte das Gefühl, dass er etwas verschwieg, doch er war alt genug, seine eigenen Entscheidungen zu fällen. Und vielleicht würde er ihr bald hinreichend vertrauen, um zu sagen, was das Problem war. Sie würde es genießen, jemanden zum Reden zu haben.

»Das ist ideal, vielen Dank! Ich komme bald wieder.«

An dem Nachmittag, nach dem Mittagessen, ging Judith zu de Grebber. Die Straßen der Stadt waren nass und rutschig von den Regenschauern, und an den Bäumen schwollen einige Knospen an. Judith sah, dass ein neuer Apotheker aufgemacht hatte, wie sie an dem ausgestopften grünen Krokodil erkannte, das sich in die Menge der Schilder einreihte, die über den Läden hingen. Sie würde hineingehen und nach dem Preis von Leinöl fragen müssen. Normalerweise kaufte sie das Öl von einem Händler am See, der alle

Künstler der Stadt versorgte. Aber aufgrund der immer weiter ansteigenden Preise wollte sie sich auch anderweitig erkundigen. Das ausgestopfte Krokodil schwang an den neuen Ketten im Wind, die nicht einmal quietschten.

Als sie wartete, dass jemand auf ihr Klopfen bei de Grebber antwortete, hoffte sie widersinnigerweise, dass Maria zurück war. Doch es waren nur Frans und seine Jungen zu Hause. Und Frans sah blass und gebrechlich aus.

»Ich sorge mich nicht wegen Maria«, sagte er gleich in der Diele. Die vertrauten Düfte von gebackenem Brot und säurehaltiger Farbe lagen in der Luft. »Sie ist sicher mit dem Priester auf dem Weg zu ihm nach Hause, um die Reliquie zu holen. Die Briefzustellung ist in dieser Gegend nicht verlässlich.« Er stockte, und Judith nickte, als würde sie seine Meinung teilen. »Meine Tochter ist sehr pflichtbewusst. Sie wird glauben, ihre Aufgabe bis zum Ende ausführen zu müssen.«

Wieder nickte Judith. Es war zwecklos, ihrer beider Ängste weiter zu befeuern. »Und keine Nachricht von Abraham, nehme ich an.«

»Nein, du würdest es sofort erfahren, sollte etwas eintreffen. Ich weiß, was er dir bedeutet.«

Sicher wusste er das, und Judith drückte dankbar seine Hand. Ohne Frage hätte Frans es ihr gesagt, wenn eine Nachricht eingetroffen wäre, trotzdem musste sie fragen. Ohne förmlichen Abschied ging sie wieder.

Sie vermisste beide. Wenn sie jetzt bemerkte, wie Licht auf ein Frühlingsblatt fiel oder das Timbre eines jungen Mannes tiefer war, als sein glattes Gesicht nahelegen würde, konnte sie es mit niemandem teilen. Nur in der Kunst konnte sie solche Momente jetzt noch verarbeiten. Ihre Stiefel machten kein Geräusch auf dem nassen Pflaster, als sie nach Hause wanderte und sich fragte, wie es gekommen war, dass alle sie zurückgelassen hatten.

Willem zog am selben Abend mit einer einzelnen Kiefernreisetruhe ein, und am nächsten Morgen wartete er bereits am Frühstückstisch, als der Rest des Haushaltes in die Küche kam. Hendrik rieb sich die Augen, sodass seine picklige Haut noch röter wurde, und Davit hüstelte, um seinen Stimmbruch zu überspielen. Judith bemerkte Schimmel auf dem Käse, den Carolein hingestellt hatte, und griff nach dem Teller, um den grünen Flecken wegzuschneiden. Dabei hoffte sie, dass Willem es nicht gesehen hatte.

Nach dem Essen führte sie die drei Lehrlinge hinauf in ihre Werkstatt. Dort blieb sie an der Tür stehen und beobachtete, wie das Morgenlicht ihre Werkzeuge anstrahlte, als wäre ein Theatervorhang gelüftet worden. Die Staffeleien, die grauen Schleifsteine, Pinsel und Requisiten waren wunderschön anzusehen, wenn sie einfach nur dalagen. Ich sollte eine Werkstattszene malen, dachte Judith. Es wäre herrlich, die zarten Details ihrer geliebten Utensilien einzufangen. Aber nein, solche Szenen verkauften sich nicht. Jedenfalls war das ihre bisherige Erfahrung.

»Fangen wir an.«

Den Tag über ließ sie Willem sein Zeichnen wiederauffrischen; morgen wollte sie ihn das Buch mit den Zeichenvorlagen für die wichtigsten Körperteile durcharbeiten lassen. Sie nahm an, dass seine Konzentration auf Naturalistisches bei Jacob de Gheyn auf Kosten der menschlichen Anatomie gegangen war. Was sie richten würde. Bis dahin musste sie einige ihrer eigenen Gemälde für den Verkauf fertig bekommen, und vielleicht würde sie noch ein Bild von einer ausgelassenen Feierszene malen. Sie sollte Gerard Snellings suchen, da die Fastnacht nun vorbei war. Vielleicht hätte er mehr Zeit, ihr Modell zu sitzen. Es hatte ihr Spaß gemacht, ihn zu malen; sie hatte es genossen, das schelmische Blitzen in seinen Augen festzuhalten und die Falten seitlich an seinem Mund – diese Kombination aus Freude und Verlebtheit. Beim Malen verliebte sie sich stets ein wenig in ihr Motiv, verführt von den Konturen, den Schatten und den kleinen Ticks, welche die Person ausmachten. Malen bedeutete Fokussierung auf die Details, ganz ähnlich der Liebe. Somit wurde jedes ihrer Gemälde in gewisser Weise zu einem Akt der Anbetung. Sie würde später Hendrik losschicken, nach Gerard zu suchen.

Zwei Tage später kam Judith aus ihrem Schlafzimmer und stieß mit Willem zusammen. Sie stolperte zurück und strich über ihren Rock. Rote Farbe war an ihre Hüfte gespritzt, und sie deckte die Stelle mit einer Hand zu. Willem bemerkte kaum, dass er mit ihr zusammengestoßen war.

»Gerard Snellings ist tot«, sagte er sichtlich betroffen, die Augen weit aufgerissen. Seine Miene erschreckte Judith mehr als die Nachricht.

»Was soll das heißen?«

»Hendrik konnte ihn gestern nicht finden, deshalb bin ich losgegangen. Ich kannte den Mann ein wenig, weil er früher zu den Banketten meines Vaters kam. Von seinem alten Nachbarn erfuhr ich, dass Gerard vor zwei Wochen gestorben ist. Genauer gesagt: Er wurde umgebracht.«

Entsetzt trat Judith einen Schritt zurück und lehnte sich an die Wand. Selbst durch mehrere Kleiderschichten hindurch konnte sie die Kälte des Putzes spüren. Erst vor zwei Monaten hatte sie Gerard porträtiert.

»Wie wurde er umgebracht?«, fragte sie so leise, dass sie unsicher war, ob Willem sie hörte.

Er kam näher. »Ein Mann schlug ihn tot«, antwortete er kopfschüttelnd.

Judith vergrub ihr Gesicht in den Händen. Sie dachte an ihren Handel mit Lachine, und ihr wurde übel. Er hatte ihr nie erklärt, warum er so dringend ein Bild von Gerard wollte.

»Ich kann es nicht glauben«, sagte sie und sah zu dem blassen Willem auf. »Ich habe ihn gemalt.«

»Ich kannte ihn ein wenig«, wiederholte Willem.

»Er war freundlich, nicht wahr?«

»Es ist furchtbar.« Willems Stimme zitterte. Auf einmal lehnte er sich an sie, die Arme zwar um seinen Oberkörper geschlungen, den Oberkörper jedoch fest an ihre Brüste und Schultern gepresst. »Was für eine schreckliche Art zu sterben.«

Ihr Herz pochte. Willems Schulter drückte auf ihr Gesicht, und sie nahm seinen süßen, erdigen Geruch wahr. Einige Fäden in seinem weißen Hemd hatten noch eine leichte Flachsnote.

Willem wich zurück.

»Verzeihung. Das war unbedacht von mir.« Seine Wangen färbten sich tiefrot.

»Ist schon gut«, sagte sie rasch. Aber es war nicht gut. Sie durfte niemals einen Lehrling berühren. Von solchen Dingen zwischen anderen Meistern und ihren Jungen hatte sie gehört, und es kam bei ihr, in ihrer Werkstatt, nicht infrage. Sie konnte es sich nicht leisten.

Doch nun ergriff er für einen Moment ihre Hand, zog seinen Arm zurück, flüsterte noch eine Entschuldigung und eilte nach oben. Judith schloss die Augen und hielt sie mit den geballten Fäusten zu. Dann kehrte sie in ihr Zimmer zurück und machte die Tür zu.

Kapitel 21

Sie entschied vorzugeben, dass die Begegnung nie stattgefunden hatte. Als sie Willem eine Stunde später in der Werkstatt sah, lächelte er ihr höflich zu und half Hendrik weiter, eine Leinwand auf einen großen Rahmen zu spannen. Der Junge hatte einen roten Kopf vor Anstrengung, während er mit seinen dünnen Armen an den eingewebten Schnüren zog.

»Meisterin, wir haben kein Leinöl mehr«, sagte Davit. Auf seinem Platz am Fenster verlieh das Sonnenlicht hinter ihm seinem feinen braunen Haar einen Schimmer wie einen Heiligenschein. Er sah so viel jünger aus als zwölf, dass sie ihn auf die Stirn küssen wollte.

»Ist es schon aus?« Sie seufzte leise und versuchte, ihre Gedanken auf das Öl zu konzentrieren, nicht die Jungen. Vor allem musste sie ruhig bleiben. Die Lehrlinge durften nicht erfahren, wie schlecht es um ihre Finanzen bestellt war. Ihr war bekannt, wie viel unter den Lehrlingen verschiedener Werkstätten getratscht wurde.

»Ist gut. Ich muss ohnehin einige Besorgungen machen. Dann kaufe ich welches.« Ohne Willem nochmals anzusehen, drehte sie sich um und ging.

Doch bevor sie das Öl kaufte, hatte sie etwas Wichtigeres

zu erledigen. Judith ging ihre Straße hinunter, weg vom belebten Grote Markt und dem Lärm der Händler, die ihre Karren schoben, und den Frauen, die ihre Einkäufe von staubigen Rüben oder Zwiebeln verglichen. Eine Nachbarin kam ihr entgegen, der Judith zulächelte, was zögerlich erwidert wurde. Judith strebte in Richtung Kanal. Weg von dem Ölhändler. Das schlammige Wasser unter ihr sah beinahe fest aus, und sie ließ den Blick darauf gerichtet, als sie dem Uferweg zur Brücke folgte. Eine Möwe mit schwarzem Gesicht wie ein maskierter Bandit tauchte ins Wasser, um etwas herauszufischen, und eine zweite erschien, um es ihr streitig zu machen.

Bakenesserkerk, eine von Haarlems kleineren Kirchen, war recht nahe hinter dem Kanal. Nach einer kurzen Unterhaltung mit dem Prälaten fand Judith das Grab von Gerard Snellings – oder das, was gemäß der Beteuerung des Prälaten das richtige Grab sein sollte. Die rechteckige Steinplatte an der Wand war blank, weil niemand für eine Inschrift bezahlt hatte. Das Kirchendach musste undicht sein, denn auf der Platte daneben hatte sich eine Pfütze gebildet. Judith wünschte, sie hätte noch ein Gemälde von dem Mann gemalt, eines für sich – ein Bild, das ihn verewigte. Doch auch wenn sie nicht wusste, wo – irgendwo befand sich ihr Porträt von ihm, und zumindest dort grinste Gerard und strahlte Leben aus. Sie erinnerte sich an die Freude, die es ihr gemacht hatte, die Falten um seine Augen und dieses auffällige Muttermal abzubilden. Nun war er tot, und das Porträt stellte einen Toten dar. Wobei … Vielleicht steckte in diesem Bild ein letzter Rest des lebendigen Gerard, den sie ursprünglich gemalt hatte. Seine Seele, eingefangen in diesem Bild. Sie schüttelte den Kopf. Ein blasphemischer Gedanke. Gerards Seele war fort und somit jedes Bildnis zu einer Illusion geworden. Dennoch würde er in gewisser Weise in ihrem Gemälde erhalten bleiben, während jetzt unter ihr nichts als Erde und Gebein waren. Sie holte tief Luft und murmelte einen Abschiedsgruß für den verlorenen Mann.

Nachdem sie sich überzeugt hatte, dass Willems Geschichte stimmte, gab es nichts weiter auf dem Friedhof für sie zu tun. Also kehrte sie zurück in die Stadt. Auf dem Weg bemerkte sie, dass die Wasserpfütze in der Kirche ihre Stiefel durchnässt hatte. Ihre Zehen waren eiskalt.

In der Apotheke wurde Leinöl verkauft, allerdings in zu kleinen Flaschen für Judiths Zwecke, und der Preis für die nötige Menge hätte sich auf das Fünffache dessen belaufen, was sie gewöhnlich bezahlte. Walnussöl war überhaupt nicht zu bekommen. Sie fragte den Ladenbesitzer, ob ihm eine Preissteigerung beim Leinöl aufgefallen war, doch er blies nur Luft aus, sodass sein rötlicher Schnauzbart vibrierte, und antwortete nicht. Dann sah sie zu den Kirsch- und Apfelküchlein, die auf dem Tresen aufgereiht waren – eine übliche Ware in einer Apotheke –, und ging, ohne etwas zu kaufen. Draußen schwankte das ausgestopfte Krokodil über ihrem Kopf.

Judith glättete ihr Haar mit einer Hand und machte sich auf den Weg quer durch die Stadt zum Laden für Malerutensilien. Auf dem Grote Markt, den sie überquerte, packten einige Bauern bereits ihre Waren zusammen, um in ihre Heime außerhalb der Stadt zurückzukehren. Sie nahm die Abkürzung durch die Grote Kerk, und in einer Seitengasse musste sie einen Tritt androhen, um einen hungrigen Hund abzuwehren.

Der Laden für Malerbedarf war nahe den Docks und hielt vorbereitete Holztafeln, lange Streifen Segeltuch als Leinwand, Schnüre zum Vertäuen von Leinwänden auf Rahmen sowie Pigmente bereit: Bleiweiß, das in Wasser verwahrt wurde, und Ocker und Malachit in kleinen Tiegeln. Judith fragte den Jungen hinten in dem vollgestellten Raum nach Leinöl, und er zeigte zu einem benachbarten Raum, durch dessen offene Tür es weiter nach hinten ins Haus ging. Sie stützte eine Hand in den Türrahmen und rief in die Dunkelheit hinein.

Ein mürrischer alter Mann trat ins Licht und bedeutete ihr winkend, sie solle still sein.

»Leinöl? Haben wir. Aber wieso eine Dame wie Sie welches braucht, verstehe ich nicht. Sollte die Apotheke nicht genug für Ihre Wickel haben?«

Sie biss die Zähne zusammen. Im letzten Jahr hatte sie ein halbes Dutzend Male hier eingekauft, und meistens hatte sie ihr Geld ebendiesem Mann ausgehändigt. Sie hatte auch seine Beleidigungen ignoriert, doch heute fehlte ihr die Geduld.

»Wie Sie wissen, mein Herr, bin ich Malerin. Ist Ihnen geläufig, dass Maler Leinöl benutzen, um ihre Farben zu binden? Nein, vielleicht nicht. Und ich möchte Ihre geistigen Fähigkeiten keineswegs überstrapazieren, indem ich Ihnen diese Denkaufgabe zumute.« Er trug einen braunroten Morgenmantel, als hätte er nicht erwartet, sich heute mit Kunden abgeben zu müssen.

»Sie stümpern also, ja?«, fragte er sehr laut, als hätte er

ihre Worte nicht gehört. »Eine Dame mit Ihren Mitteln verdient nur das Beste. Wir haben einige Krüge Leinöl, aber leider nicht viele.«

»Treiben Sie keine Spielchen mit mir! Ich war schon mehrfach hier, und ich weiß, was Sie verkaufen. Sagen Sie mir, was Sie dahaben, wenn ich bitten darf.«

Er zog die Oberlippe hoch, enthüllte blendend weiße Zähne und nannte ihr seinen Preis. Judith rang nach Luft. Ein Krug kostete beinahe so viel wie zwei ihrer fertigen Gemälde: Der Preis hatte sich seit ihrem letzten Kauf verdoppelt.

»Das ist absurd! Sie versuchen, mich zum Besten zu halten!« Sie hoffte, dass sie recht hatte.

Achselzuckend drehte er sich weg. »Ich muss nicht an Sie verkaufen. Wir haben noch drei Krüge, und jemand wird sie innerhalb der nächsten zwei Tage kaufen, dessen bin ich gewiss. Hatte ich erwähnt, dass kein neues Öl geliefert wird? Wenn Sie es nicht brauchen, ist es Ihre Sache.«

Judith kämpfte mit der Übelkeit, die sich in ihr regte. Der Preis würde fast alles verschlingen, was sie noch an Gulden besaß. Andererseits gab es das Lehrgeld, das Willem versprochen hatte. Bei dem Gedanken an ihn wurde sie rot und blickte nach unten, um in die Börse an ihrer Hüfte zu greifen und eine Handvoll schimmernder Münzen herauszuholen.

»Das wird genügen«, sagte sie. Es war nur ein bisschen weniger, als er verlangte, und als er die Münzen in seiner Hand zählte, runzelte er wieder die Stirn.

»Gut. Aber man werfe mir niemals mangelnde Großzügigkeit vor.« Er rief nach dem Jungen im Laden und befahl ihm, einen Krug zum Haus der Meisterin zu liefern.

»Oder befindet sich Ihre ›Werkstatt‹ an einem anderen Ort?«

»Ich sorge dafür, dass Ihr Junge uns findet«, antwortete sie, drehte sich um und ließ den Mann in seinem verdunkelten Raum zurück.

Den Nachmittag saß Judith in ihrem Schlafzimmer und ging ihr Kassenbuch durch. Sie musste irgendwie die Kosten reduzieren oder mehr Gemälde verkaufen. In letzter Zeit hatte sie einiges verkaufen können, auch wenn ihr klar war, dass sie nicht annähernd so viel verkaufte wie der beliebteste Künstler der Stadt. Von dieser Position würde Frans Hals allerdings kaum zu verdrängen sein. Und selbst wenn er in der Käufergunst fallen und schließlich auf einer Stufe mit ihr enden sollte, würde ihr das nichts nützen. Trotzdem war sie überzeugt, dass ihre Gemälde von Wert waren. Ihnen eignete Leidenschaft und Herz. Und sie war die Erste in der Stadt gewesen – soweit sie wusste –, die sichtbare Lichtquellen in die Nachtszenen gemalt hatte. Selbstverständlich erkannten die anderen Gildemitglieder diese Tatsache nicht an, wenn sie Judith kopierten und leuchtende Kerzen oder goldene Petroleumlampen auf ihre Tische stellten. Aber sie wusste, dass sie die Erste gewesen war, die es ausprobiert hatte. Immer wieder ging sie die Zahlen durch und ließ den Kopf auf den Tisch sinken. Am Abend ließ sie das Essen aus, und als Carolein kam, um sich nach ihr zu erkundigen, versicherte sie ihr, dass ihr Magen bloß in Aufruhr sei. Was irgendwie auch stimmte.

Als sie die Kerze löschte und in ihren Alkoven stieg, fühlte sich das Zimmer außerordentlich kalt an. Sie fröstelte unter ihren Decken und bemühte sich einzuschlafen.

Die Tür ging auf, und sie erstarrte.

»Wer ist da?«, flüsterte sie, obgleich sie es schon wusste.

»Judith, oh Judith, es tut mir leid.« Willem warf sich neben ihrem Bett auf die Knie. »Bitte, versteck dich nicht vor mir!«

Sie setzte sich auf und schwang die nackten Beine über die Bettkante. Ihr Nachthemd rutschte nach oben, und sie beeilte sich, es über ihre Unterschenkel zu ziehen.

»Willem, werde nicht dramatisch. So ist es nicht. Ich verstecke mich nicht vor dir.«

Er umfasste ihre Hände, und sie zuckte zusammen vor Scham. Ihre Hände waren trocken und rissig vom vielen Schrubben, um die Farbe abzuwaschen, und in jüngster Zeit hatte sie keine Salbe mehr benutzt.

»Es tut mir leid, dich belästigen zu müssen, aber ich war krank vor Sorge. Du hast doch keine Angst vor mir, oder?« Er stand auf, während er ihre Hände weiter umklammert hielt. Sein Gesicht war nicht zu erkennen, weil das Zimmer einzig von der letzten Glut im Herd erhellt wurde.

»Ich fürchte mich nicht vor dir, Willem«, sagte sie. Was nicht gelogen war, obwohl ihre Worte falsch klangen. Sie fürchtete nicht ihn, sehr wohl aber die Hitze, die er in ihr hervorrief. Eine Hitze, die intensiver war als alles, was sie jemals gefühlt hatte, selbst in der Nähe von Jan Miense Molenaer. Und was es noch schlimmer machte: Dieser Mann war ihr Schüler!

Er atmete geräuschvoll aus und umfing ihre Hände fester. Sie fühlte, wie er sich zu ihr neigte und ihre Hände dichter an seine Brust zog. Unwillkürlich wich sie zurück.

»Willem, geh wieder nach oben. Geh zu Bett.«

Er stockte, trat einen Schritt zurück und ging dann, ohne ein weiteres Wort zu sagen. Wie erstarrt saß Judith da, lauschte auf die Hausgeräusche und seine leisen Schritte, die die Treppe zum Knarzen brachten. Es mussten Stunden vergangen sein, bis sie endlich einschlief.

Sie verschlief. Das Fenster leuchtete bereits hell hinter den Läden, als Carolein an ihre Tür klopfte.

»Meisterin Judith, geht es dir gut?«, rief sie in ihrer rauen Stimme, die fast männlich klang und so gar nicht zu der zierlichen Gestalt passte.

Judith stieg aus ihrem Bett und begann, sobald die Tür wieder geschlossen war, sich anzukleiden.

»Judith, hast du es nicht gehört?«, fragte Carolein. »Willems Vater war hier.«

»Wie bitte?« Sie hielt inne, sodass ihr ungeknöpfter Rock lose an ihren Hüften hing.

»Er hat gesagt, er würde nie zustimmen, dass sein Sohn für eine Frau arbeitet. Und noch einige andere unangenehme Dinge. Darüber, dass Willem nicht vertrauenswürdig ist und … und dass einige Frauen ihn ausnutzen.« Carolein wandte sich ab, um in der kalten Asche des gestrigen Feuers zu stochern. »Er hat Willem hier rausgezerrt, und sein Diener hat Willems Reisetruhe mitgenommen. Der Junge sah, nun ja, erschüttert aus.«

Judith zwang ihre Finger, den Rock weiter zuzuknöpfen.

»Sind sie jetzt fort?«

»Ja.«

»Und die anderen Jungen?«

»Die sind in der Werkstatt, aber sehr durcheinander.«

Judith musste dafür sorgen, dass sie die anderen Lehrlinge nicht auch noch verlor. Ohne sie wäre all dies eine Farce. Ein Raum mit einigen Gemälden und einer Frau, die sich für eine Künstlerin hielt. Sie konnte nichts verdienen, wenn sie keine Mitarbeiter hatte. Ihr wurde die Kehle eng, doch sie kämpfte dagegen.

»Ich regle das. Wir müssen schnell handeln.«

»Er kommt nicht zurück. Das kann ich dir sagen.«

Da war eine Schärfe in ihrem Tonfall, die Judith aufblicken ließ, aber Caroleins blassblaue Augen gaben nichts preis.

»Das ist gut. Ich brauche ihn nicht, also nicht ihn direkt. Aber ich darf nicht zulassen, dass sie mich so behandeln. Wir hatten eine Übereinkunft.« Und während sie sprach, reifte ein Plan in ihrem Kopf. Ja, sie würde sich schützen. So, wie es jeder Mann tun würde.

Kapitel 22

Juni

Maria wachte auf, doch nachdem sie mit ausgetrockneten Augen zum gerade aufkeimenden Licht am Horizont geblinzelt hatte, kniff sie die Lider wieder zu und raffte die Decke dichter um sich. Als sie sich ein wenig drehte, knarrte der Wagen unter ihr, doch Sara schlief neben ihr weiter. Maria vergrub das Gesicht in der Wolle und versuchte, das warme Gefühl aus ihrem Traum wiederzuerwecken. Einzelheiten wusste sie nicht mehr, aber sie erinnerte sich an Judiths Gesicht. Und an die tröstliche Berührung ihrer Hände. Unwillkürlich spannte Maria jeden Muskel in ihrem Leib an, als könne sie das Gefühl so in sich festhalten.

Sie musste wieder eingeschlafen sein, denn als sie abermals die Augen öffnete, saß Sara auf der Wagenkante und bürstete ihr langes silbergraues Haar. Mit einem geübten Dreh wickelte sie es auf und steckte es unter ihre Haube. Dann räusperte sie sich.

»Heute ist ein wichtiger Tag für uns«, sagte Sara, ohne sich umzudrehen. »Bist du bereit?«

Maria setzte sich auf und streckte die Arme gen Himmel.

»Ja, ich möchte helfen.« Das wollte sie wirklich. Es war alles, was sie wollte. Sie brauchte es dringender als Nahrung, dringender als Trost.

»Gut. Wir müssen vorsichtig sein. Besonders du musst es.« Sara drehte sich um, reckte einen Arm und strich mit dem Daumen über Marias Knie. »Eine Stadt wie diese bettelt darum, dich zu verschlingen.« Nun schwenkte sie die Hand zu der Stadt mit der Steinmauer und den Kronen austreibender Bäume am Horizont.

»Und warum gehen wir hin?«

Sara beugte sich vor. »Weil wir dort am nötigsten gebraucht werden.«

Als Sara vom Wagen stieg, beeilte sich Maria mit dem Ankleiden, ehe jemand aus den umliegenden Wagen herumzuwandern begann. Anschließend aßen Sara und sie ein schnelles Mahl, bevor sie wieder zurück in den Wagen stiegen. Die Kirmes – das Fest – in Den Haag begann heute eine halbe Stunde nach Mittag. Und sie mussten schnell hin, um einen Platz für Saras kleinen Stand zu sichern. Doch sie beteten noch ein Gesätz des Rosenkranzes, wobei sich ihre Lippen stumm im diesigen Licht bewegten und die Perlen durch ihre Finger glitten; erst dann trieben sie das Maultier an. Sara war ebenfalls katholisch oder gab sich zumindest dafür aus. In den Wochen, seit Maria mit ihr aus Leiden fortgegangen war, hatten sie erst ein Mal eine Messe besucht. Maria hoffte, dass sie eine Messe und eine Möglichkeit zur Beichte in Den Haag finden würden, vermutete jedoch, dass Sara solch eine Zeremonie für sinnlos hielt.

Als sie sich Sara angeschlossen hatte, hatte Maria gehofft,

Pater Cloribus und das Artefakt zu finden. Sara kannte die verborgenen katholischen Strömungen in Holland, wie sie Maria erzählt hatte, als sie aus Leiden abgereist waren. Eine Woche lang hatten sie gesucht. Doch in jedem Dorf erzählten ihnen die Leute von einem versteckten Priester oder einem verfallenden Kloster – aber konkrete Hinweise auf Pater Cloribus gab es nicht. Schließlich sagte Maria zu Sara, sie könne sich die Mühe sparen. Sie würden die Reliquie finden, wenn es ihnen bestimmt war. An dem Abend hatte Maria einen Brief an ihren Vater ins Lagerfeuer geworfen, in dem sie ihm ihre verlängerte Abwesenheit erklärte. Es gab gegenwärtig nichts zu sagen. Durch Sara hatte sie das Opfer gefunden, das Gott von ihr verlangte.

Sie beendeten ihre Gebete und reihten sich in den Strom der Wagen und Wanderer ein – hauptsächlich Bauern aus den umliegenden Dörfern –, die zu den eine Woche währenden Festen in die Königsstadt strebten. Maria fragte sich, ob jemand von Hofe über die Kirmes schlendern würde. Sara und sie waren in der Woche zuvor auf einer anderen, sehr viel kleineren Kirmes gewesen, bei der es so wild und chaotisch zugegangen war, dass Maria sich schwerlich eine Teilnahme des Adels bei solchen Veranstaltungen vorstellen konnte. Doch Sara hatte ihr versichert, wenn die Kirmes kam, könne niemand dem Sirenengesang der Festlichkeiten widerstehen.

»Ich würde gern zur Messe gehen, solange wir hier sind«, sagte Maria mit einem kurzen Blick zu ihrer Gefährtin, die neben ihr auf der hohen Bank hockte. »Es ist so lange her.«

»Ist es?« Sara klang abgelenkt, als würde sie nicht zuhören. Der Wagen rumpelte, und sie stießen gegeneinander.

Als Sara sich zu den Sachen hinten umdrehte, tat Maria es ihr gleich und sah das gelbbraune Kätzchen in dem Nest aus Decken, das Sara ihm gebaut hatte. Das Maultier schüttelte den Kopf, während es auf die Trense biss, und Sara zog an den Zügeln.

»Ja, zu lange.«

»Ist es dir wichtig?« Nun hörte Sara eindeutig zu, und bei ihrem strengen Blick schlang Maria die Arme um den Oberkörper, als wäre es eine Erklärung.

»Ist es. Das machen wir doch so, oder nicht? Wir müssen in die Messe gehen, auf dass der Herr uns weiter wohlgesonnen ist. Oder um zu zeigen, dass wir gut sind.«

»Mir scheint es ein schwacher Beweis für Güte. Aber wenn es dir wichtig ist, helfe ich dir, eine zu finden. Es sei denn, der Gottesdienst der Reformierten täte es auch.«

Maria sah stirnrunzelnd zu Sara, aber deren Blick war auf das Maultier gerichtet. Unterzog Sara sie einer Art Prüfung?

»Wir sind Katholiken. Jener Gottesdienst ist eine Parodie«, erwiderte sie, bemüht, nicht schnippisch zu klingen.

Sara lächelte milde. »Wenn du es sagst. Ich frage mich, warum der Name einer Sache so bedeutend ist.«

»Es ist nicht nur ein Name.« Maria strengte sich an, ruhig zu bleiben. »Es geht darum, wer wir sind.«

»Und ohne diese Namen und Traditionen würden wir nicht wissen, wie wir sein sollen?«

»Wahrscheinlich nicht.« Maria biss die Zähne zusammen. Sie hatte nicht erwartet, dass ihre Bitte solch ein Gespräch auslösen würde. Sie fühlte sich außerstande, ihre Überzeugung zu erklären. Die kirchlichen Traditionen hatten sich ihr tief eingegraben, und sie musste ihnen folgen, um sie selbst zu sein. Nur fand sie die Worte nicht. »Ich muss in die Messe gehen. So ist es eben.«

»Ja, ja.« Sara tätschelte Marias Hand mit ihren langen weichen Fingern. Die Geste erinnere Maria an ihren Traum, und sie wand die Arme noch fester um sich, als sie zu der Menge blickte, die sich auf der Straße verdichtete. Sie suchte nach Kindern in Lumpen, die verräterische Symptome von Lepra zeigten. Einzig ihnen bot Sara ihre Dienste je umsonst an. Alle anderen mussten für die Hilfe zahlen, auch wenn Sara durchaus sehr freigiebig sein konnte. Maria hatte mehr als einmal gesehen, wie sie eine Münze oder zwei in eine zitternde Hand fallen ließ.

Maria war nicht sicher, ob Sara noch mehr Kinder mit Verbänden sehen wollte, und hier waren ohnedies keine zu sehen. Die königlichen Stadthüter hatten gewiss alle Streuner vor dem Jahrmarkt zusammengetrieben. Vermutlich konnten die Leute sich nicht amüsieren, wenn sie mit Krankheit konfrontiert wurden.

Sara fand einen Platz für ihren Stand an einer der Straßen, die von Den Haags großem Marktplatz mit dem kleinen, ruhigen See wegführten. Eigentlich war es eher ein Teich. Ganz anderes als das windgekräuselte Meer an Haarlems Ufern und lediglich einen Bruchteil so groß. Den Haag wirkte insgesamt durchdachter als die wenigen anderen Städte, die Maria bisher besucht hatte. Die Gebäude um Saras Stand herum waren allesamt frisch gestrichen und die Fenster mit vor Grün überquellenden Blumenkästen geschmückt. Die Kanäle, die Maria sah, stanken kaum, obgleich Sara ihr versicherte, die Kirmes würde es bald ändern.

Während Sara begann, ihre Flaschen, kleinen Töpfe und sonstigen Waren aufzustellen, lehnte Maria sich zurück und versuchte, ihre Gedanken zu ordnen. Sie musste zur Beichte. Das Gewicht ihrer Sünden war wie eine Schmutzkruste auf ihrer Brust, doch Sara bestand darauf, dass es warten müsse. Bis nach der Kirmes. Einstweilen sollte sie sich selbst reinigen. Von Anfang an hatte Sara darauf beharrt, Maria müsse für ihre gemeinsame Arbeit so rein wie möglich sein. Maria ihrerseits konnte sich einzig ihrer Jungfräulichkeit gewiss sein, keiner anderen Form von Reinheit. Das indes gab sie Sara gegenüber nicht zu. Sie hatte so dringend ihr Scheitern in Leiden hinter sich lassen wollen. Außerdem wollte sie unbedingt die reine Seele sein, für die Sara sie hielt. Also versuchte sie es.

Sie schloss die Augen und lauschte dem Klimpern der Glasflaschen, die Sara oben auf ihrem Regal aufstellte, und dem sanften Beben von Glas, wenn sie einen Korken zog, um an dem Inhalt zu schnuppern. Nur einmal schnaubte Sara und goss das Heilmittel auf den Boden. Maria öffnete die Augen und wollte fragen, was verdorben war, doch die finstere Miene, mit der Sara eilig neue Tinkturen in die leere Flasche füllte, ließ sie schweigen. Sara war zu schnell, als dass Maria die Rezepte mitverfolgen könnte, abgesehen von einem, das Sara ihr beigebracht hatte. Allerdings kannte sie einige der gewöhnlichen Inhaltsstoffe: Olivenöl, Bleiweiß, Aniswasser sowie Regenwasser aus ausgehöhlten Steinen. Und dann gab es da noch die wirklich kostbaren Inhaltsstoffe. Auch mit diesen hatte Maria bereits Bekanntschaft gemacht.

Die Glocken schlugen eine halbe Stunde nach Mittag,

und die Straßen erwachten zum Leben. Die Stadt füllte sich mit fröhlichen Bummlern. Sara machte ein gutes Geschäft mit ihren Mixturen und Zaubern, wie zum Beispiel einer ausgehöhlten Walnuss mit dem Kopf einer Spinne darin, die nahe an der Brust getragen werden sollte, oder den Knochensplittern eines gestrandeten Wals, mit einem Band zusammengehalten und mit Zimtwasser getränkt. Leute in feinen Kleidern und solche in zerschlissenen kamen, um Sara ihre Gebrechen ins Ohr zu flüstern. Dann nickte sie, überlegte und nannte ihnen die Lösung. Manche Kunden erkannte sie offenbar von früheren Besuchen wieder, und sie begrüßten sie herzlich. Einige blickten zu Maria, die dann sofort den Blick zu ihren Händen senkte.

Der Tag ging dahin, und die Geräusche der Kirmes waberten durch die Straßen. In der Ferne pries ein Mann die Wildheit seines im Käfig eingesperrten Wolfs an, ein anderer warb für eine Gruppe von Glasbläsern, die eigens aus Böhmen angereist waren. Die vorbeiziehenden Männer und Frauen waren bereits angetrunken und entsprechend vergnügt. Jemand nahe dem Marktplatz spielte eine lebhafte Melodie auf einer Holzflöte, und bald stimmte eine Drehorgel mit ein.

Eine Frau mit feiner, makelloser Spitze an ihrem grünen Seidenkleid näherte sich dem Stand. Ihr Gesicht war schmal, und Maria konnte die blauen Adern unter der Haut auf ihrer Nase sehen, obwohl die Frau nicht älter als dreißig sein konnte. Sie legte eine zitternde Hand auf Saras Unterarm und flüsterte ihr etwas zu. Sara nickte, antwortete flüsternd und nickte wieder. Dann sah sie Maria an.

Maria wusste nicht, welches Leiden diese besondere

Kundin plagte, aber sie ahnte, was nötig war, um es zu heilen. Sara und die gebrechliche Frau flüsterten noch ein wenig weiter, bevor sie zurücktraten, um Platz für Maria zu machen. Maria trat in die Standmitte. Dort in einem Karton auf einem der Seitentische befanden sich eine kleine Glasschale und ein schlichter Dolch. In der Klinge spiegelte sich das von dem blutroten Zeltdach gefilterte Licht. Sara hatte Maria angewiesen, die Klinge so lange mit einem feuchten Tuch zu polieren, bis sie glänzte.

Nun krempelte Maria ihren Ärmel auf und entblößte ihren rechten Unterarm. Dort waren drei schorfige, erhabene Narben unterhalb der Ellbogenbeuge. Vier weitere waren an ihrem linken, noch verhüllten Arm.

Ihre Hand zitterte, als sie die Klinge über ihre Haut zog, trotzdem gelang ihr der Schnitt. Es ging leichter als beim zweiten Mal; da hatte sie bereits gewusst, wie weh es tat, sich aber noch nicht an den Schmerz gewöhnt gehabt. Mittlerweile sog die kleine, schmerzende Linie an ihrem Arm all die Unruhe der Welt in sich auf, ähnlich einem tosenden Wildwasserfluss, der in der ausgestochenen Erde eines Kanals zur Ruhe kam. Maria seufzte, und ihr Atem ging in kleinen Stößen. Blut quoll aus dem Schnitt und tropfte in die Schale. Der Schnitt war natürlich nicht tief, und Sara brauchte nur wenig Jungfrauenblut. Maria hielt ihren Arm hin und wartete.

Eine kleine Schar hatte sich versammelt, um das Spektakel zu sehen, und als Maria ihren Arm am Schalenrand abstrich, um den letzten Rest hineinzugeben, bevor sie sich verband, sah sie zu den Leuten. Benommen musterte sie ihre Gesichter, fragte sich wie im Nebel, ob sie irgendwen von ihnen gerührt hatte. Vielleicht war jemand da draußen, der wusste, was ein Opfer wirklich bedeutete, oder erkannte, wie ernst sie ihre Buße nahm.

Inmitten der neugierigen Gesichter, die sich mal zu der einen, mal zu der anderen Seite bewegten, um einen besseren Blick zu erheischen, war auch das ovale eines jungen Mannes mit einem Schopf dunkelblonden Haars. Beinahe fiel ihr die Schale mit dem Blut aus der Hand. Maria stellte sie auf dem Tisch ab und ging ein paar Schritte zurück, um sich zu verbinden und die Klinge abzulegen. Während sie es tat, riskierte sie noch einen Blick. Der Mann war immer noch da, lächelte beinahe unter seinem eleganten Schnauzbart, und Maria wusste, dass sie sich nicht geirrt hatte. Es war Jan Miense Molenaer, ein Mitglied der Haarlemer Gilde. Maria hatte ihn in der Werkstatt gesehen, wenn er ihren Vater oder Judith besuchte. Nun hoffte sie, dass er sie nicht wiedererkannte – sie hatten nie ein Wort gewechselt. Und gewiss würde er nicht erwarten, sie hier anzutreffen. Dennoch spürte sie seinen Blick.

Die Menge löste sich auf, nachdem noch ein oder zwei Leute einige der billigeren Heilmittel gekauft hatten, aber Jan blieb. Er lächelte Sara an, die ihn misstrauisch beäugte, und kam auf Maria zu.

»Welch Überraschung, Maria de Grebber.«

Vorsichtig zog sie den Blusenärmel wieder über ihren Arm.

»Für uns beide. Bist du nach Den Haag gezogen? Willst du dich als Hofmaler versuchen?« Maria hatte keine Ahnung, ob der Prinz von Oranje an Hofmalern interessiert war, doch sie hatte ihren Vater erwähnen gehört, dass es andernorts welche gab. Und diese Unterhaltung sollte sich tunlichst um Jan drehen, nicht sie.

Er richtete seinen Kragen, der am Hals zugeknöpft war, und lächelte abermals verhalten.

»Du schmeichelst mir. Nein, nichts derart Hochtrabendes. Verrate mich nicht, aber ich hoffe, dass ein Händler hier während der Kirmes einige meiner Gemälde verkaufen kann. Und ich wollte schauen, was es hier zu sehen gibt. Mehr, als ich gedacht hätte, wie sich herausstellt.« Er nickte zu ihr.

»Hier ein Bild zu verkaufen, überdies durch einen Händler, bettelst du so nicht förmlich darum, ertappt zu werden? Ich weiß genug über die Gilderegeln, um das zu erkennen.«

»Und du weißt auch genug über die berüchtigte Angewohnheit deines Vaters, selbige Regeln zu missachten, dass ich mir keine Sorgen mache«, entgegnete er achselzuckend. »Wir alle versuchen, von unserer Kunst zu leben.«

Maria nickte und verstummte. Sie trat einen Schritt zurück in der Annahme, er würde jetzt gehen. Doch das tat er nicht. Stattdessen schlug er vor, dass sie später gemeinsam zum Tanz gingen.

»Wenn du hier fertig bist, versteht sich.«

Sie wurde rot und blickte hinüber zu Sara, die blind in die Menge starrte, aber gewiss alles mithörte.

»Kann ich nicht. Tanzen, solche Art Kurzweil … Es ist unangemessen. Hierfür.« Wieder errötete sie und wünschte, sie hätte nichts gesagt.

»Oh, ich dachte mir nichts dabei. Also nichts Unangemessenes. Möchtest du die Feierlichkeiten denn nicht sehen?«

Sie wollte, trotzdem verneinte sie stumm.

»Nun gut. Ich richte Judith herzliche Grüße von dir aus.«

»Nein! Also, ich wünsche ihr das Beste, aber, bitte, sag keinem, dass du mich gesehen hast. Ich … wie soll ich es ausdrücken … möchte eine Weile allein sein.«

Er strich über seine Ärmel, als müsse er sich für einen Vortrag herrichten. »Komisch, du kommst zu dieser Kirmes und willst sie dann nicht mal genießen? Aber es geht mich nichts an. Vermutlich begegnen wir uns hier noch. Auf Wiedersehen.« Er küsste sie zum Abschied auf die Wange und verschwand in der vorbeiziehenden Menge.

Nach der blassen Frau kam niemand mehr, der Marias heilendes Blut brauchte oder die Voraussetzungen erfüllte, es zu bekommen, daher saß Maria still hinten am Stand und beobachtete die Kirmes. Eine Gruppe von vier Mädchen, alle altermäßig an der Schwelle zu Werbung und Heirat, spazierte von Stand zu Stand. Zwei von ihnen unterhielten sich angeregt, und die anderen beiden gingen dicht hinter ihnen, schmunzelten und lauschten ihren Freundinnen aufmerksam. Maria sah die beiden hinteren Mädchen genauer an. Sie kannte dieses Gefühl, scheu vor sich hin zu lächeln und zu hoffen, dass die Welt es bemerkte. So war ihr Leben im Haus ihres Vaters gewesen, kam ihr in den Sinn. Sie blickte zu Sara, die mit geschlossenen Augen das Gesicht zum Zeltdach gereckt hatte. Auf ihrer Reise nach Den Haag waren sie auf einen Hund getroffen, der verwundet am Straßenrand gelegen hatte. Das Geschöpf konnte nicht aufstehen, nicht einmal dem Wagen ausweichen, und dennoch hatte es hoffnungsvoll mit dem Schwanz gewedelt und auf

Rettung gewartet. Sara hatte das Maultier um den Hund herumgelenkt, ohne anzuhalten. Keine von ihnen hatte etwas gesagt, doch das Leid des Hundes bedrückte sie beide.

Die Mädchen entfernten sich, und Maria schaute zu, wie Sara ihre Waren verkaufte. Bei der Arbeit sprach sie wenig, hörte ihren Kunden hauptsächlich zu, legte hin und wieder mitfühlend eine Hand auf einen Unterarm oder ein Handgelenk, und bot das nötige Heilmittel an. Sie musste einen guten Ruf haben, denn manche Kunden hatten merklich nach dem Stand gesucht und strahlten vor Erleichterung, als sie die weißhaarige Sara erblickten. Marias Arm pochte ein bisschen vor warmem Schmerz.

Später schliefen sie im Wagen neben Saras wertvollsten Flaschen und Waren, die nachts nicht unbewacht herumstehen durften, weil es möglicherweise Herumtreiber gab, die gegen die Sperrstunde verstießen, die ungeachtet der Kirmes galt. Maria verbrachte eine unruhige Nacht, weil es schwül war und sie immer wieder von Stimmen Betrunkener oder den scharfen Ermahnungen der Stadtwächter aufgeweckt wurde. Als der Morgen dämmerte, fühlte sich ihr Kopf wie in Wachs getaucht an.

Nachdem sie zu Mittag eingelegten Salzhering von einem der anderen Händler gegessen hatten, flüsterte ein alter, leicht buckliger Mann mit Sara, die bald Maria zunickte. Ihr rechter Arm war noch zu empfindlich, deshalb führte sie das Ritual mit dem linken aus. Der Mann sah mit dankbarer Ehrfurcht zu, und Maria lächelte ihn an, als sie Sara die Schale gab.

Die nächsten zwei Tage nahm Maria nichts außer der unmittelbaren Umgebung des Kirmesstands wahr. Im Morgengrauen des vierten Tages weckte sie ihr rechter Arm mit einem pulsierenden Schmerz. Ihr Unterarm fühlte sich heiß an, und ihr Ärmel kam ihr zu eng und stramm vor. Sie trank ihr kleines Bier, aß ihren Käse und fragte sich, ob sie Sara etwas sagen sollte. Die Hitze nahm zu, breitete sich von ihrem Arm über den Rest ihres Körpers aus wie Bleiche, die in frisches Tuch floss. Sie stand von ihrem Sitz hinten im Stand auf und schwankte, während die Welt langsam vorüberzog.

»Dir ist nicht wohl«, sagte Sara. Sie legte ihre weiche Hand an Marias Stirn. »Zu viel Hitze.«

»Mir geht es gut. Es ist das Wetter.«

Sara schnalzte mit der Zunge und zog Marias Ärmel hoch, um ihren Unterarm anzusehen. Kleine rote Linien verliefen Spinnenbeinen gleich von der dunkelroten Wunde aus. Maria überlegte, ob eine Spinnensalbe dagegen helfen könnte. Oder vielleicht etwas, dass das Gegenteil einer Spinne war. Eine Fliege oder so, wie ein Windhauch. Nein. Ihr schwirrte der Kopf.

Sara brachte sie zum Wagen hinter dem Stand.

»Ruh dich ein wenig aus. Ich bringe dir etwas.«

»Nein, ich kann nicht. Sie brauchen mich.« Maria bemühte sich, das Zittern ihrer Stimme zu unterdrücken. Sara tätschelte ihre Hand und ging weg.

Maria legte sich in den Wagen. Ihr Arm war empfindlich, die Haut angespannt. Daher versuchte sie, möglichst nichts an ihn stoßen zu lassen. Ihre Sicht pulsierte im Takt ihres Herzschlages.

Selbst dieses neue Opfer war also abgelehnt worden. Sie öffnete die Augen und strengte sich an, dem weißen

Wolkenschleier oben einen Sinn abzugewinnen, bevor sie ihre Lider wieder zufallen ließ und dem Lärm der Kirmesbesucher lauschte. Was machte sie falsch? Da war das deutliche Gefühl, dass etwas nicht passte, wie bei zwei Pigmenten, die sich nicht zu einer Farbe vermischen lassen wollten, und es erdrückte sie. Falsch. Sie machte etwas falsch.

Jemand lachte weiter weg, vielleicht auch ganz in der Nähe, und Maria überkam ein Gefühl großer Einsamkeit. Sie fühlte sich wie hinter Glas gefangen, während die anderen Menschen ihr Leben lebten.

Irgendwann musste sie eingeschlafen sein, denn als sie die Augen wieder aufmachte, hatte der Himmel die satte Farbe des späten Nachmittags angenommen. Ein Wickel war um ihren Arm gebunden, und jede Bewegung war eine Tortur. Alles tat ihr weh. Langsam rollte sie sich auf die Seite und stemmte sich auf. Sie konnte den Schandfleck auf ihrer Seele spüren, die dunkle Schuld, die alles Licht verschlang. Tiefer als jeder schwarze Untergrund, den sie gemalt hatte, und ohne den Trost einer erleuchteten Figur darin. Beim Absteigen von dem Wagen verzog sie das Gesicht. Sie musste einen Priester finden, Gott um Vergebung bitten, dass sie ihre Familie verlassen und die Reliquie nicht gefunden hatte. Und sie musste ihre Seele von den Händen jenes Mannes in der Seitengasse in Haarlem reinigen. Sie musste um Vergebung beten, weil sie ihre Freundin so sehr vermisste, während sie doch wusste, dass die sie nicht vermissen würde. Und sie brauchte das Verständnis, das ihr ein ernst nickender Priester schenkte. Gottes Gesandter.

Maria ging am Rand des Standes durch den engen Raum zwischen ihren Holzregalen und denen des nächsten Händlers hindurch. Sara sprach gerade mit einem jungen blonden Mann, wobei sie ihren Kopf dicht zu ihm geneigt hatte. Maria bewegte sich vorsichtig, um keine Flaschen oder Tische mit Kräutern anzustoßen. Ihr Atem ging flach, und die Luft streifte ihren Mund. Sie bahnte sich ihren Weg an den Tischen vorbei und tauchte in die Menge. Vier Tage Kirmes hatten den Boden knöchelhoch mit Unrat, Schlamm, Erbrochenem und Verderben bedeckt. Es war mühsam hindurchzustaksen, und um Maria herum tönten die trunkenen, fröhlichen Stimmen. Eine Hand grapschte nach ihrem Rock und dann nach ihrer Brust, doch sie stieß den Mann weg und eilte weiter zum Marktplatz. Ein Priester. Sie musste einen Priester finden.

Kapitel 23

Mit ihrem Tafelbuch in einem Arm ging Judith über den Marktplatz. Sie versuchte, sich selbstsicher zu geben, hielt den Kopf hoch, doch die Muskeln zwischen ihren Schultern bebten vor Anspannung. Einen Moment lang fragte sie sich, wie sie dieses Gefühl von aufgesetzter Gefasstheit in einem Gemälde darstellen würde. Sie dachte an das Bild, das jetzt auf ihrer Staffelei stand. Die junge Frau in der Mitte blickte vollkommen konzentriert auf die Handarbeit in ihren Händen, während hinter ihrer Schulter ein Mann um ihre Aufmerksamkeit bat. Er hatte einen Stapel Münzen in einer Hand. Mit der anderen zog er am Arm der Frau. Beachte mich, gib deine Arbeit und deine Ehre für mich auf, sagte er. Jedenfalls hoffte Judith das. Die Petroleumlampe auf dem Tisch beleuchtete sowohl die beiden Gesichter als auch den weißen Schal der Frau. Bleib bei deinem Tun, sagte Judith zu der jungen Frau. Doch im Gehen fragte sie sich, ob sie das ängstliche Zittern hinter der Konzentration der Frau zeigen könnte. Was unter der Oberfläche lag, war stets am schwierigsten zu zeigen.

Heute war ihre Anhörung. Judith näherte sich Jan Bouchorsts Haus mit den schwarzen Rahmen und Fensterläden, demselben Ort, an dem sie um Aufnahme in die

Gilde gebeten hatte. Nun würde sie hier ihre Rechte verteidigen.

Im Haus war es still, als die Magd sie hereinließ, obwohl sie leises Gemurmel aus irgendeinem hinteren Teil vernahm. Der schwarz-weiße Fliesenboden glänzte frisch gescheuert. Sie stiegen die Treppe hinauf in den ersten Stock, wo ein Fenster im Flur einen ungewöhnlich weiten Blick auf die Stadt freigab, über einen benachbarten Garten und die Schieferdächer der nahen Straßen hinweg. In der Ferne lag das Binnenmeer von Haarlem wie ein großer leerer Zinnteller.

In den kleinen Raum passten nur wenige Zuschauer, und sie erkannte kaum jemanden. Es mussten Geschäftsfreunde von Willems Vater sein, der ebenfalls Willem hieß, oder vielleicht Gildemitglieder, die keine Maler waren. Wieder dachte Judith an das Gemälde in ihrer Werkstatt. Diese Männer und ihre Familien waren die anständigen, wohlsituierten Kunden, an die sie ihre Bilder verkaufte. Würden sie etwas wie ihr aktuelles Bild kaufen? Oder würden sie es als aufrührerisch oder gar unrealistisch bezeichnen? Schließlich ignorierte die Frau die Annäherungsversuche des Mannes.

Die Stimmen um Judith herum verebbten und schwollen wieder an, sobald sie den Raum betreten hatte. Erhobenen Hauptes schritt sie zu einem langen, leeren Tisch, der gegenüber dem Tisch mit den Gildeobersten stand. Sie nahm an, sie waren die Richter, wollte aber nicht fragen müssen. Je mehr es schien, als wisse sie, was sie tat, desto besser. Sie stellte sich vor, eine unsichtbare Schutzschicht zu besitzen, die ihr Äußeres von ihrem Inneren trennte und sie vor sämtlichen möglichen Ausfällen dieser Männer abschirmte. Sie holte tief Luft und atmete leise aus.

Niemand widersprach, als sie sich setzte, und sie blätterte in den schweren Seiten ihres Tafelbuches. Üblicherweise enthielt es ihre Zeichnungen und Skizzen, die sie als Entscheidungshilfen nutzte, wie sie eine Szene strukturieren wollte. Doch für diese Anhörung hatte sie einige Seiten sauber gewischt und mit ihren Notizen gefüllt: Anmerkungen zum Lehrgeld, das anderen Meistern gezahlt wurde (neben dem sich ihres bescheiden ausnahm), Zitate aus der kürzlich neu verfassten Gildesatzung, einige vorformulierte Sätze, auf die sie zugreifen konnte, sollte sie nervös werden, und eine Übersicht über ihr knappes Budget. Letzteres wollte sie hier nicht anführen, weil es so beschämend war. Doch sie hatte es dabei, um ihre Entschlossenheit zu stärken. Sie musste einen Teil von Willems Lehrgeld behalten. Schließlich hatte sie im Vertrauen auf dieses Einkommen Einkäufe getätigt – allen voran das außerordentlich teure Leinöl. Ohne das Geld hätten Carolein, die beiden anderen Jungen und sie noch weniger Feuerholz, wenn der Winter kam, und sehr wenig Essen. Von mehr edlen Pigmenten ganz zu schweigen.

Eine matronenhafte Frau mit glatter Haut betrat den Raum und blieb direkt an der Tür stehen. Sie blickte sich fragend um, und Judith versuchte zu erraten, welchen der Männer sie holen wollte. Dann sah sie einen von ihnen direkt an, lächelte und ging auf den Tisch zu. Nach ein wenig Geflüster mit Hendrik Pot nickte die Frau und setzte sich neben Judith. Sie sah kurz zu ihr und rückte ihren Stuhl weiter weg. Bei dem Geräusch fuhr Judith zusammen.

»Da Freija Woutersooz hier ist, können wir beginnen«, sagte Pieter Molijn, ein kürzlich gewählter Vorsitzender, in dessen Stimme nach wie vor ein englischer Akzent aus seiner Kindheit mitschwang. Außer ihm waren größtenteils dieselben Männer da, die ihr Meisterwerk begutachtet hatten, bis auf Jan Bouchorst, der krank war und angeblich im Sterben lag. In diesem Haus. Pieter kannte Judith nicht näher. Er probierte unterschiedliche Stile aus, war aber hauptsächlich ein Landschaftsmaler. Er hatte ein eher eckiges Gesicht mit einem strengen Mund und Augen in der Farbe von Gewitterwolken. Obwohl er nicht mal vierzig war, galt er als streng, aber fair. Worauf Judith hoffte.

Sie sah hinüber zu Freija Woutersooz, die ihre in ein taubengraues Kleid gehüllten Arme auf den Eichentisch lehnte. Freija stellte sich der Gruppe vor. Während sie sprach, war ihr Mund sehr ausdrucksvoll, zuckte und kräuselte sich. Unterdes blieb der Rest ihrer Miene gänzlich unbeweglich. Etwas an dieser Dichotomie ließ Judith frösteln. Diese Frau könnte sie unmöglich malen.

Judith präsentierte ihren Fall und erklärte ihre Forderung. Willem hatte nicht im Voraus bezahlt, schuldete ihr mithin ein Viertel des jährlichen Lehrgelds. Sie hatte Arrangements für ihn getroffen und brauchte einen Ausgleich für selbige. Es stünde ihm jederzeit frei, in Frans Hals' Werkstatt zu wechseln, wenn er es wünschte, dennoch hätte sie ein Anrecht auf angemessene Bezahlung. Sie nutzte einige der vorbereiteten Sätze aus ihrem Tafelbuch.

Im Zimmer war es trotz des sonnigen Tages draußen dunkel, und Judith malte sich im Geiste aus, wie sie von einer einzelnen Flamme erhellt wurde, während der Rest der murmelnden Gesichter im Schatten oder in völliger Dunkelheit lag. Salomon de Bray beugte sich vor und stützte einen Ellbogen auf den Tisch. Judith entging nicht, dass sich eines der Tischbeine leicht nach vorn bog, das andere beinahe unter ihm krümmte. Die klassische Pose der Völlerei. Dieses vielsagende Bild erdete sie, und sie atmete ruhiger.

»Sie verlangen ein Viertel der zweiunddreißig Gulden? Ein Viertel der Jahresgebühr für wenige Tage?« In Hendrik Pots Ton war nichts von der für ihn typischen Wärme. Zum ersten Mal erkannte Judith, warum der Mann mit dem weichen Gesicht so gerne Bürgerwehren und Wachräume malte.

»Ja, wir hatten einen Vertrag, einen mündlichen, und …«

»An dem ich keinerlei Anteil hatte«, warf Freija Woutersooz ein, die ihre Hände über ihrem Bauch verschränkte.

»Aber Sie und Ihr Gemahl wurden vertragsbrüchig. Wie soll ich Lehrlinge aufnehmen, wenn ich mich nicht auf sie verlassen kann?«

»Judith, wie können Sie Lehrlinge aufnehmen, wenn Sie diese nicht bei der Gilde melden?« Salomon de Bray schüttelte enttäuscht den Kopf, dabei wusste er zweifellos, dass nicht einmal die Hälfte der Gildekünstler für die Meldung ihrer Lehrlinge bezahlte. Die Jungen waren gemeinhin unsichtbare Arbeiter, und sie anzumelden hieße lediglich, dass man mehr Überprüfungen und mehr Gebühren verlangen würde. Derzeit hatte fast jede Werkstatt mehr als das angesetzte Höchstmaß an Lehrlingen.

»Ich würde meine Lehrlinge mit Freuden melden und werde es auch gleich nach dieser Sitzung tun. Aber darum geht es hier nicht.« Sie kniff den Mund zusammen. Ihre Argumente zu wiederholen würde sie bloß wie eine Bittstellerin erscheinen lassen.

»Die Inspektoren werden sich beraten«, sagte Pieter Molijn.

Die drei Männer am großen Tisch neigten die Köpfe zusammen und flüsterten. Salomon tippte mit einem Finger auf dem taupefarbenen Tischtuch herum, und Judith sah wieder zu Freija Woutersooz. Dieser ausdrucksstarke Mund, der sich nun überhaupt nicht rührte, besaß dieselbe reife Fülle wie die Lippen ihres Sohnes. Judith sah weg.

Draußen auf dem Flur wurden einige Männer lauter, anscheinend erbost. Judith schloss die Augen und versuchte zu lauschen. Wie viel besser wäre es, sich um das zu sorgen, was sie dort diskutieren mochten, als hier zu sein und diese Schmach auszuhalten. Wenn sie verlor, würde sie vielleicht nie wieder einen Lehrling bekommen. Welche Eltern würden ihre Kinder zu einer Meisterin schicken, deren eigene Gilde sie abgestraft hatte? Judith kniff die Augen fester zusammen. Draußen fluchte einer der Männer.

»Judith Leyster.« Hendrik Pot hackte mit einem Fingernagel auf die Tischplatte ein. »Wir sind zu einer Entscheidung gelangt und stimmen Freija Woutersooz zu, dass acht Gulden zu viel sind.«

Judith wollte widersprechen, doch Salomon de Bray erhob die Hand und brachte sie zum Schweigen.

»Er ist noch nicht fertig.«

Hendrik räusperte sich und blickte unsicher zu seinen Kollegen, ehe er fortfuhr.

»Aber wir sind uns einig, dass Ihnen Geld zusteht. Vier

Gulden sollten ausreichen. Und wären gerecht. Aber wir erheben zwölf Groschen als Strafe dafür, dass Sie den Jungen nie angemeldet haben.«

»Ich bezahle dieser Frau überhaupt nichts!«, sagte Freija Woutersooz, deren glatte Wangen sich röteten.

»Oh, das werden Sie«, entgegnete Pieter Molijn, wobei sich seine vornehmen Lippen zu einem sanften, spöttischen Lächeln bogen. »Wenn Sie wünschen, dass Ihr Sohn irgendeine Bedeutung auf dem hiesigen Kunstmarkt erlangt, dann werden Sie zahlen.«

Sie schnaubte empört, bevor sie in ihren Beutel griff, zwei silberne Reichstaler auf den Tisch knallte und aufstand. In ihrer Eile zu gehen warf sie beinahe den Stuhl um.

Judith ließ die Münzen in ihren Beutel fallen und holte zwei Stuiver hervor. Das Wappen der Vereinigten Provinzen blitzte auf, und Judith ging zum anderen Tisch, um sie Pieter Molijn zu geben.

»Gibt es ein Register, in das ich meine Lehrlinge eintragen muss?«

»Selbstverständlich. Lassen Sie es mich holen, nachdem ich diese Notizen beendet habe. Warten Sie hier«, antwortete Hendrik. Nun klang er wieder warmherziger.

Salomon de Bray und Pieter nickten ihr zu, ehe sie wortlos gingen. Die wenigen Männer, die noch blieben, saßen schweigend da und blickten Pieter nach. Mit Ausnahme von Hendrik, der etwas niederschrieb. In der Stille konnte Judith hören, wie sie alle die Männer draußen begrüßten. Vielleicht waren die Männer, die sie jetzt beobachteten, gar nicht für ihre Anhörung hier gewesen, sondern für irgendetwas, das danach kam. Die Stimmen draußen wurden leiser und zugleich insistierender. Hendrik Pots beendete seine Notizen und ging hinaus, um das Register zu holen. Nun saß Judith allein in dem Raum und bemerkte, dass ihr Mieder schweißklamm war. Seufzend lehnte sie den Kopf zurück.

»Hier wären wir. Tragen Sie die Namen der Jungen ein. Jetzt wissen Sie, dass die Gilde die Lehrlinge auf zwei begrenzt, nicht wahr?« Hendrik blickte auf sie herab, und ihr fielen graue Strähnen in dem Spitzbart an seinem Kinn auf.

»Ja.« Zu gern hätte sie darauf hingewiesen, dass keine Werkstatt, die hinreichend Kunst produzierte, um Geld zu verdienen, mit nur zwei Lehrlingen auskam. Aber sie nahm die getränkte Feder und trug die beiden Namen neben ihrem ein.

Als sie den Raum verließ, standen die Männer draußen immer noch mit Salomon de Bray und Pieter Molijn zusammen und stritten mit ihnen über irgendetwas. Salomon warf ihr einen strengen Blick zu, als sie vorbeiging, ansonsten wurde sie nicht beachtet. Soweit sie verstand, sagte einer irgendetwas von »dem verdammten Lagerhaus«, aber ihre Neugier wäre zu offensichtlich gewesen, wenn sie stehen geblieben wäre, um zu lauschen.

Draußen linste die Sonne zwischen Schäfchenwolken durch, und Judith richtete ihren gestärkten Kragen. Es wurde zunehmend schwerer, die Spitze steif zu halten, sodass sie nicht zu locker am Hals saß. Sie sollte sich neue kaufen – es war wichtig, dass man wohlhabend aussah –, aber die konnte sie sich nicht leisten. Noch nicht. Judith eilte zurück zur Werkstatt, denn sie musste malen.

Kapitel 24

In der Nacht träumte sie von Gerard Snellings. Aus seinen blutunterlaufenen Augen quollen Tränen, und er streckte ihr eine Hand entgegen. Beim Aufwachen hatte Judith selbst beinahe Tränen in den Augen. Wäre Maria da gewesen, hätte Judith sie fragen können, was der Traum bedeutete. Obgleich die Antwort wohl simpel war. Sie versuchte, wieder einzuschlafen, doch ihr gingen unaufhörlich die Gespräche mit Lachine und Gerard im Kopf herum. Immer wieder rekapitulierte sie das Gesagte, als würde sie eine Farbschicht nach der anderen abtragen, bis ihre Gedanken in der Totschicht wieder Form annahmen. Als der Tag anbrach, hatte sie Kopfweh vor Müdigkeit und Unbehagen, trotzdem zwang sie sich, aufzustehen, sich anzukleiden und die Jungen an ihre Arbeit zu setzen. Die beiden mussten wissen, dass sich in der Werkstatt durch Willems Fortgang nichts geändert hatte.

Nach dem Frühstück, bei dem Carolein ungewöhnlich still und nachdenklich gewesen war, brachte Judith Davit und Hendrik hinauf in die Werkstatt und teilte ihnen ihre Aufgaben zu – eine Kopie ihres erfolgreichen Gemäldes *Fröhliche Gesellschaft* für Hendrik, der noch mit den feinen Details rang, aber gut mit den Unterzeichnungen und der

Grisaille-Untermalung zurechtkam, und Pinselreinigen für Davit. Hendrik hielt den Blick gesenkt und sagte nichts. Als Judith Davit erklärte, was seine Aufgabe wäre, atmete der pustend aus.

»Das möchte ich nicht machen.«

»Wie bitte?« Sie drehte sich zu ihm um und stemmte die Hände in die Hüften.

»Pinselreinigen. Es ist nicht wichtig.« Seine Stimme war sanft und leise, aber er hielt ihren Blick. »Wenn wir uns neue Werkstätten suchen müssen, will ich zeigen, dass ich Sachen kann, Zeichnen, Malen. Nicht bloß Pinselreinigen.«

»Was redest du denn?« Ihr Herz pochte, und es fiel ihr schwer, keine Miene zu verziehen. »Ihr geht nirgendshin. Und Pinsel sind die Werkzeuge des Malers. Ohne saubere Pinsel sind wir nichts.«

»Aber die Leute reden jetzt, nach Willem«, begann Hendrik.

»Nichts hat sich geändert. Habt ihr verstanden? Ihr beide habt viel zu tun. Macht euch an die Arbeit.«

Judith drehte ihre Staffelei um, wo sie der Fiedel noch zusätzliche Textur und Glanz verleihen wollte, die ein fröhlicher junger Mann hielt. Ihre Hand zitterte, und sie versuchte, sich auf das Holz des Instrumentes zu konzentrieren, sah jedoch immer nur Gerards lachende Augen vor sich, die sie gemalt hatte. Sie schloss kurz die Augen und betrachtete dann erneut die Fiedel, die auf einem Tisch vor ihr lag. Der Klangkörper trug die Spuren vieler Hände und Lieder. Judith strich mit dem Pinsel entlang der Wölbung ihrer gemalten Fiedel, wodurch sie indes zu hell wurde. Zu glatt. Sie versuchte es noch einmal, sanfter, tupfte nur auf das abgebildete Holz. Es waren winzige Pinselstriche, die aus der richtigen Entfernung miteinander zu verschmelzen schienen. Vielleicht war es ganz ähnlich, was Gott und die Schöpfung betraf. Vielleicht wohnte dieser Welt, die Judith so verblüffte, ein Sinn inne, wenn man sie aus der Distanz betrachtete. Doch dazu mussten erst einmal die Details stimmig sein. Judith legte den Pinsel hin, band ihren Kittel auf und hängte ihn an einen Haken. Wortlos verließ sie die Werkstatt, wobei sie die Blicke der Jungen im Rücken spürte. Hoffentlich hatten sie ihre unruhige Hand nicht bemerkt. Ihre Malhand.

Sie ging in ihr Zimmer, wo sie ihren zweitbesten Spitzenkragen aus dem Schrank nahm und ihn sich umlegte. Doch während sie mit den Fingern über die Spitzen strich, überlegte sie. Etwas Bescheideneres wäre besser. Sie hatte noch einen anderen, häufiger getragenen, den sie nun wählte.

Ihr behagte nicht, das Haus zu verlassen, solange die Jungen solch finsterer Stimmung waren, aber sie brauchte Antworten. Je eher sie ihre Schuldgefühle von sich weisen konnte, umso schneller konnte sie sich wieder auf das Wesentliche konzentrieren. Also musste sie herausfinden, wie Gerard Snellings gestorben war. Er war ein Stammgast bei den Schönrednern gewesen, und mit ihnen würde sie beginnen.

Sie überquerte Haarlems kleineren, von Bäumen gesäumten Kanal und wandte sich nach Osten zum Nebenfluss des Spaarne, der entlang der Straßen verlief. Dort ging sie den Pfad hinunter, auf dem sie als Kind gespielt hatte, weil hier die Brauerei ihres Vaters gewesen war. Die Längsseite des Backsteinbaus kam in Sicht, als sie der Flussbiegung folgte, und Judith wandte sich von dem Gebäude ab, um die Brücke zum neuen Teil der Stadt zu überqueren.

Die Schönredner vom De Pellicaen trafen sich in dem lang gestreckten Haus von Hans van den Velde, einem erfolgreichen Kunsthändler, der vor über zehn Jahren gestorben war. Nun verdiente der Sohn – abgesehen von seinen Versuchen im Kupferstich und Zeichnen – recht viel Geld damit, das geräumige Erdgeschoss für Versammlungen zu vermieten. Judith war nie drinnen gewesen, denn Frauen waren hier nicht zugelassen. Es sei denn zur Zerstreuung, vermutete sie.

Ein elegant gemalter Pelikan zierte das kleine Schild rechts von der Tür, zu der es wenige Stufen hinaufging. Judith lüpfte ihre Röcke und stieg nach oben. Es war später Vormittag, eine ungewöhnliche Zeit für eine fröhliche Zusammenkunft, doch sie hoffte, dass trotzdem jemand da war, und klopfte.

Ein Mann mit blutunterlaufenen Augen öffnete die Tür einen Spalt und musterte Judith blinzelnd. Da er nichts sagte, schluckte sie nervös.

»Entschuldigen Sie die Störung.« Sie stockte, und immer noch kam nichts. »Ich bin Malerin und auf der Suche nach jemandem, der mir schon einmal Modell gesessen hat. Um ihn wieder zu bitten. Er arbeitet hier, glaube ich. Gerard Snellings. Kennen Sie ihn?« Sie musste achtgeben, im Präsenz zu sprechen.

Der Mann wirkte betrübt.

»Gerard, der beste Pekelharing, den wir jemals hatten. Oh ja, ich kannte ihn. Kommen Sie herein. Sie werden sich setzen wollen.«

Er führte sie durch eine dunkle Eingangshalle voller Gemälde. Ein kurzer Blick genügte, um einige der Werke zu erkennen: strahlende Porträts im typischen Stil von Frans Hals, die dunklen Schatten von Hendrik Goltzius' Drucken, ein kleines Wachraumgemälde von Hendrik Pots. Judith wandte den Blick wieder ab, denn es war beschämend, mit den Bildern jener Männer konfrontiert zu sein, die ihre Kollegen sein sollten und es doch nicht waren. Ihre Gemälde würden niemals an dieser Wand hängen.

Der alte Mann ging voraus eine Stufe hinauf in eine blitzblanke Küche und weiter zu einer Hintertür hinaus und wenige Stufen nach unten in einen kleinen ummauerten Garten. Dort wies er zu einem Stuhl auf der Terrasse und nahm auf dem daneben Platz. In der Nähe war das Plätschern von Wäsche zu hören, die jemand draußen wusch, und in einer Pappel in der Ecke flatterten Vögel von einem Ast zum anderen.

»Gerard war ein feiner Kerl. War, verstehen Sie? Denn er ist tot.«

Der alte Mann verstummte, und Judith begriff, dass er auf ihre Reaktion wartete.

»Oh!«

»Ja, ganz richtig. Was für eine Verschwendung. Tot durch einen Schlag auf den Kopf.«

Judith richtete sich auf. »Demnach wurde er ermordet?«

»Nein, nein, nicht richtig ermordet, wie Sie denken. Er ist bei einer Prügelei ums Leben gekommen. Natürlich hat er genauso ausgeteilt, wie er eingesteckt hat. Es fing mit einem Streit an wegen einer Hu… einer Frau. Das habe ich jedenfalls gehört.«

»War es ein Franzose? Hat ihn ein Franzose ermordet?«

Der alte Mann neigte den Kopf zur Seite. »Nun, das ist eine seltsame Frage. Sie sind Malerin, sagten Sie? Da müssen Sie auf komische Gedanken gekommen sein. Nein, es war irgendein Idiot aus dem Weberviertel. Soweit ich gehört habe, heißt das.« Er presste die Lippen zusammen.

»Armer Gerard.« Judith überlegte, wonach sie noch fragen sollte. »Ich hatte so gehofft, dass er wieder für mich Modell sitzen würde. Hat er viel für andere Maler gearbeitet?«

»Für einige von ihnen, sicher. Die, die sich auf solche Arbeiten spezialisiert haben. Bilder von Feiern und Trinkgelagen. Machen Sie das?«

»Teils. Glauben Sie, dass mir einer von ihnen vielleicht jemanden empfehlen könnte? Falls es einen neuen Pekelharing gibt.«

Der Mann verengte die Augen und stand auf. »Hier gibt es keinen Ersatz für Gerard. Nicht, solange ich noch da bin. Aber gewiss können Sie die anderen Meister selbst fragen. An einem Ort, an dem Frauen willkommen sind, meine ich. Jetzt begleite ich Sie hinaus.«

Judith stand auf und eilte ihm nach. »Ja, natürlich. Das meinte ich auch nicht. Gerard war ein großartiger Mann.« Sie hatte zu erfahren gehofft, für wen Gerard sonst noch gearbeitet hatte.

Auf dem Weg nach draußen trafen sie auf Pieter Molijn, der sofort misstrauisch dreinblickte.

»Sie? Was tun Sie hier?«, fragte er.

»Verzeihung, wie bitte? Ich war auf der Suche nach Gerard Snellings.«

Seine Miene hellte sich ein wenig auf. »Wer? Der Narr? Der war schon länger nicht mehr hier.«

Der alte Mann schüttelte den Kopf und öffnete Judith die Tür.

»Ich wünsche einen guten Tag, junge Dame.«

Sie sah zu Pieter Molijn, doch der drehte sich um und verschwand in einem der Seitenzimmer. Judith ging hinaus. Kurz darauf wurde die Tür hinter ihr zugeknallt.

Auf dem Weg über den Markt, als sie beinahe zu Hause war, hörte Judith, wie ihr Name gerufen wurde. Sie blickte sich um und sah Jan Miense Molenaer winkend angelaufen kommen.

»Judith! Judith, ich bin froh, dass ich dich erwische«, sagte er japsend. Erfreut lächelnd reichte sie ihm die Hand, die er jedoch nur sehr flüchtig ergriff. Schweiß rann ihm über die Schläfen, und sein Gesicht war gerötet. »Du musst mitkommen und helfen. Und bring eine Bluse und einen Rock mit.«

»Was?« Sie umfing die Hand, die er eben berührt hatte.

Jan schüttelte den Kopf, als könne er ihre Verwirrung nicht verstehen. »Es ist Maria. Sie ist furchtbar krank, aber sie will nicht fort von da. Aus Den Haag.« Er stöhnte. »Es ist eine Menge zu erklären, aber sie braucht deine Hilfe. Und ich konnte nicht bleiben. Ich habe einen Kunden, einen Auftrag.« Seine Stimme verlor sich, und er wurde noch röter. Judith konnte nicht sagen, ob ihn sein Glück verlegen machte oder die Tatsache, dass er Maria zurückgelassen hatte.

»Aber solltest du nicht ihren Vater fragen?«

»Nein«, erwiderte er leise und drückte eine Hand auf

ihren Unterarm. »Sie hat nach dir gefragt, und erwähnt man ihren Vater, wird sie blass und erbricht sich. Ich fürchte, sein Erscheinen könnte ihren Tod bedeuten. Obwohl der ihr vielleicht ohnedies droht.«

Unwillkürlich hob Judith eine Hand an ihren Hals. »Ist es so schlimm?«

Jan blickte zu Boden. »Ich habe getan, was ich konnte. Ich bringe dich zu ihr, wenn du dich beeilst, aber ich habe nur einen Tag. Und ich kann diesen Auftrag nicht länger aufschieben. Heute bin ich eigens hergekommen, um ihn zu sprechen, trotzdem droht der Mann, zu einem anderen Künstler zu gehen. Kannst du mich am Südtor treffen ..., sagen wir, in einer halben Stunde?«

»Ich weiß nicht, Jan. Ich habe so viel zu tun, und ...«

»Judith, Maria braucht deine Hilfe!«

Judith biss sich auf ihre Unterlippe. Sie hatte Angst. Wovor, wusste sie nicht recht – noch nicht. Neben ihnen kippte eine Frau mit einem ausgeblichenen blauen Kopftuch einen Eimer in der Gosse aus.

»Selbstverständlich reise ich hin. Lass mich nur Carolein Bescheid geben, meiner Magd, und einige Münzen holen. Ich treffe dich dort.«

Jan schob eine Hand unter ihren Ärmel, und Judith erschauerte wohlig.

»Ich muss dasselbe tun. Wir sehen uns bald«, sagte er.

Judith blickte ihm nach, als er die nächste Seitenstraße hinunter zu seiner Werkstatt lief. Und dabei fragte sie sich, ob Gott sie verurteilen würde, weil sie ebenso dringend eine Kutschfahrt gemeinsam mit Jan unternehmen wollte wie ihre Freundin retten. Verdient hätte sie es.

Kapitel 25

Mit einem kleinen Beutel Brot und Käse in der Hand, den Carolein ihr quasi aufgezwungen hatte, trat Judith aus ihrer Tür. Gleich darauf zuckte sie zusammen, denn vor ihr stand Lachine.

»Hier entlang«, sagte er. »Sie müssen mit mir kommen.«

Sie war so konfus, dass sie stammelte: »Zum Südtor? Reisen Sie auch hin?«

»Was? Nein, zu Paulus van Beresteyns Haus. Jetzt, bevor sie da sind.«

Er packte ihren Arm und zog sie mit sich, doch Judith riss sich los.

»Nein, Lachine, ich gehe nirgends mit Ihnen hin. Ich habe Dringendes in Den Haag zu erledigen, und ich breche jetzt auf.«

»Bis die Kutsche nach Den Haag abfährt, ist es noch fast eine Stunde. Sie haben die Zeit, und Sie werden froh sein, sie mit mir zu verbringen. Es hat mit Ihrer Werkstatt zu tun. Ihre Malerkollegen führen etwas im Schilde, auch wenn ich nicht genau weiß, was.«

»Etwas gegen mich?« Ihr wurde die Brust eng.

Er verneinte stumm, und sie glaubte, eine neue Narbe seitlich an seiner Stirn zu bemerken, dicht am Haaransatz.

»Nicht direkt. Ich weiß es nicht. Deshalb brauche ich Ihre Hilfe. Ich brauche einen Maler. Oh, und ich erzähle Ihnen, was ich über Ihren Bruder gehört habe.«

Er ging los, und Judith lief ihm nach.

»Abraham? Sie wissen, was mit ihm ist, und haben es mir nicht gesagt?« Sie packte seinen Ärmel, aber er schüttelte sie ab.

»Beruhigen Sie sich. Ich habe nur wenig gehört, und ich denke nicht, dass es die Neuigkeiten sind, die Sie hören wollen. Jetzt gucken Sie nicht so, er ist nicht tot! Nicht, dass ich wüsste. Ich hätte es Ihnen gesagt, im Gegenzug für Ihren Gefallen. Aber kommen Sie. Der Marktplatz ist kein Ort für solch eine Unterhaltung. Hier entlang.«

Sie folgte ihm, als er an den Marktständen mit den Holzkäfigen voll resignierter Hühner und Stapeln gewebter Strohmatten vorbeiging. Hinter dem Markt eilten sie durch kleinere Seitenstraßen, bis Lachine in eine schattige Kopfsteinpflasterstraße einbog. Dieses Viertel war ruhig, die Haustüren waren frisch gestrichen, und die Blumenkästen vor den Fenstern quollen über vor Thymian und Majoran. Der Himmel war bewölkt, und das gefilterte Licht bewirkte, dass die Türknäufe und weißen Fensterläden fragil wie Buntglas schienen.

»Sehen Sie das Haus dort mit dem eckigen Kasten neben der Tür? Es ist eine Armenkasse oder so. Die meisten Leute behalten sie in ihren Häusern, nur Paulus van Beresteyn nicht. Er ist es, dem ich Ihr Gemälde gegeben habe, hatte ich das schon erwähnt?«

Sie wurden langsamer, und Judith runzelte die Stirn. »Dem Amtsrichter? Warum?«

»Ich hielt es für amüsant. Er hatte diesen Trunkenbold

Gerard für die Arbeit angeheuert, die ich früher für ihn gemacht habe. Also dachte ich, das Bild wäre ein gewitzter Hinweis darauf, dass mir diese Tatsache bekannt ist.« Lachine drängte sie in den Türrahmen des Nachbarhauses. Nun war er ihr unangenehm nahe. »Es war das letzte Mal, dass ich mit Paulus gesprochen habe, als ich ihm Ihr Bild gab. Vielleicht war es dumm von mir, die Stellung zu riskieren, aber ich denke, er war ohnehin fertig mit mir. Jetzt würde er mich gern Unrat gleich wegwerfen, mich ganz und gar loswerden.« Argwöhnisch blickte er von Judith zu dem Haus des Amtsrichters.

»Was ist mit Gerard passiert?«, fragte Judith leise.

Er griff nach ihrem Arm und drückte ihn. »Das geht Sie nichts an. Ich habe keine Zeit für neugierige Frauen. Und wenn Sie es rechtzeitig zu Ihrer Kutsche schaffen wollen, hören Sie mir lieber zu. In Paulus' Haus findet eine Versammlung statt, und Sie müssen hingehen. Andere Maler sind auch dort. Verlangen Sie, eingelassen zu werden.«

Ein kalter Schauer lief ihr über den Rücken; gleichzeitig musste sie lachen. »Sind Sie von Sinnen? Die werden mich niemals zu einer privaten Versammlung lassen.«

Er drückte ihren Arm fester. »Sie müssen! Ich muss wissen, worüber geredet wird.«

»Nur weil Sie etwas wollen, geschieht es nicht zwingend so.«

»Er ist hinter mir her«, sagte Lachine, dessen Augen blitzten. »Und wenn Sie nicht gehen, erzähle ich ihnen von unserem Handel. Denken Sie, die Lukasgilde wird wohlwollend gegenüber einer Frau eingestellt sein, die bereits wegen eines Regelverstoßes sanktioniert wurde?«

»Woher wissen Sie das?«

»Es ist mein Geschäft, Sachen zu wissen. Gehen Sie!« Er versetzte ihr einen kleinen Schubs.

Ein Mann in einem tiefschwarzen Wams kam vom anderen Ende der Straße auf sie zu. Judith duckte sich zurück in die Nischen und schob Lachine gleich mit hinein. Der Mann schien sie nicht gesehen zu haben. Ein Diener mittleren Alters öffnete Paulus van Beresteyns Tür und ließ den Besucher nickend eintreten. Als der Mann seinen Hut abnahm, rang Judith nach Luft. Lachine hatte die Wahrheit gesagt, zumindest teilweise. Outgert Akersloot, der Silberschmied, war einer der Vorsitzenden der Lukasgilde, doch was wollte er bei einem von Haarlems führenden Amtsrichtern? Judith nahm keinen großen Anteil an der Stadtpolitik, doch sie wusste, dass Outgerts Bruder Mitglied im hohen Regierungsrat, der Vroedschap, war. Es wurde gemunkelt, dass Paulus ähnliche Ambitionen hatte, wenngleich Judith glaubte, Outgert selbst interessierte sich wenig für den Richter.

»Sehen Sie?«, sagte Lachine.

»Es ändert gar nichts. Wenn ich dort anklopfe, schicken sie mich weg. Ich kann sie zu gar nichts zwingen.«

Lachine knurrte verärgert. »Dann versuchen wir etwas anderes. Falls diese Männer über mich reden, erfahre ich, was gesagt wird.«

Nun packte er Judiths Handgelenk und zog sie um die nächste Ecke in eine schmale Gasse, die hinter der Häuserreihe verlief. Dort hockte Lachine sich unter ein Fenster und zog Judith mit einem Ruck neben sich. Zugleich hielt er einen Finger an seine Lippen, damit sie still blieb.

Über ihnen ertönten Stimmen aus einem offenen Fenster.

»Das sind gute Nachrichten«, hörte Judith. Die Stimme klang bekannt, dennoch konnte sie sie nicht zuordnen. Fragend sah sie Lachine an, der den Kopf schüttelte.

»Und die Aufträge sind gleichbleibend«, sagte eine andere Stimme, auch die vertraut.

Der erste Mann schnaubte verächtlich. »Bei gerade mal dreißig Aufträgen im Jahr für die ganze Stadt will ich es auch hoffen.«

Es folgte einiges Geraschel, und Judith konnte der Unterhaltung wenig Sinn abgewinnen. Könnte sie ein wenig mehr hören, wäre sie eventuell imstande, die Stimmen einzuordnen; auf jeden Fall war keine von ihnen Outgerts. Dann musste jemand näher ans Fenster gegangen sein.

»Wir dürfen noch nicht aufgeben«, ertönte die erste Stimme. »Und es kommt eine Lieferung. Die letzte in der Saison.«

Jemand weiter hinten im Raum widersprach, und die Stimmen überlappten einander, sodass nur schwerlich Einzelheiten auszumachen waren.

»Wir geben eines den Segelmachern, als Zeichen des guten Willens. Den Rest kannst du verkaufen«, sagte der Mann am Fenster. »Sag, darf ich das hier schließen? Es wird zugig.«

Das Fenster knallte zu, und Judith hörte, wie über ihrem Kopf der Riegel einrastete.

Lachine wurde rot vor Zorn. »Gehen wir«, sagte er. Er kroch an dem Haus entlang, bis er das Nachbargebäude erreicht hatte, richtete sich auf und ging weg.

»Verdammt seien ihre Hurenmütter«, fluchte er.

»Ich verstehe das nicht. Warum sollten sie über Sie reden?«

»Habe ich doch gesagt – weil ich eine Auseinandersetzung mit Gerard hatte. Er wusste, was bei den Malern los war, und ich wollte es erfahren. Das hätte mein Geschäft sein sollen.«

»Woher sollte er es wissen? Er war ein Trinker. Ein freundlicher Mann, aber kein Intrigant.«

Lachine spie aus. »Da sieht man mal, wie viel Sie wissen. Paulus ließ sich von ihm berichten, was die Gilde tat. Gerard konnte ihre Unterhaltungen mithören, wenn sie tranken, verstehen Sie nicht?«

»Und deshalb haben Sie ihn umgebracht.«

»Nein!« Wieder packte er sie. »Ich habe mich mit ihm geprügelt, ja. Mein Temperament …« Er ließ sie los. »Er hat geblutet, aber er war am Leben.«

»Und dann ist er gestorben.«

»So sieht Paulus es. Der Amtsrichter hört sich um, sucht nach jemandem, der vor Gericht gegen mich aussagt. Es ist nur eine Frage der Zeit. Ich hatte gehofft, zu erfahren, was er plant, aber …« Nun presste er die Finger auf die Wurzel seiner krummen Nase. »Hurensöhne, allesamt. Ich muss weg, und das heißt, dass ich Geld brauche. Dieser Hundsfott Frans Hals schuldet mir noch eine Kiste Gulden, und es ist seine Schuld, dass ich überhaupt in diesem verfluchten Leinölhandel gelandet bin. Er wird bezahlen. Ich wette, Sie würden ihn auch gerne bezahlen sehen, nachdem er Ihnen diesen Lehrling weggeschnappt hat.«

Judith schüttelte den Kopf. »Das ist erledigt. Was meinen Sie mit dem Leinöl?«

»Ich bin noch nicht fertig.« Seine Augen leuchteten auf. »Sie kennen Frans. Bringen Sie mich in seine Werkstatt, wenn keiner da ist. Fragen Sie Ihren hübschen Lehrling oder wen auch immer, mir egal. Aber Sie beschaffen mir einen Schlüssel oder finden heraus, wann niemand in der Werkstatt ist. Mir ist gleich, wie Sie es anstellen. Und Sie haben zwei Tage, oder ich erzähle Ihren Gildefreunden von Ihrem kleinen Handel mit mir.«

Bei der Erwähnung von Willem wurde sie rot, verwehrte dem Franzosen indes die Befriedigung zu fragen, woher er es wusste. »Das können Sie nicht tun. Wie soll ich denn einen Weg in Frans Hals' Werkstatt finden?«

»Ist nicht mein Problem. Ich muss weg aus Haarlem, und dafür brauche ich mein Geld zurück. Sie müssen nach Den Haag? Schön, reisen Sie. Sehen Sie, wie großzügig ich bin? Aber morgen sind Sie zurück, und Sie werden mir erzählen, wann die Werkstatt leer ist.« Er streckte einen Arm vor und schnippte eine Staubfluse von ihrem dunkelgrünen Ärmel. »Beeilen Sie sich lieber, wenn Sie die Kutsche bekommen wollen.«

Ihr Magen verkrampfte sich, aber er hatte recht. Sie wollte schon loslaufen, als ihr etwas einfiel. »Sie haben mir noch nichts von Abraham gesagt.«

»Viel weiß ich nicht. Ich weiß anscheinend nie so viel, wie ich gern würde.« Er ging los. »Mir kam zu Ohren, dass er bei einem Diebstahl gesehen wurde, wie er einen Korb mit Tulpenzwiebeln wegtrug.«

Judith krallte eine Hand in seinen Ärmel. »Abraham ist kein Dieb!«

Lachine klopfte achselzuckend mit den Fingerknöcheln

an eine Mauer. »Ich habe es von dem Mann, der mit ihm dort war. Er gab zu, dass er Abraham dazu überredet hat. Sie sind offenbar schon seit Kindertagen befreundet. Das habe ich gehört. Dass er gesehen wurde und dass der Schneider, der sein Geld in die Zwiebeln investiert hatte, Abraham erkannt hat, weil er früher mit Ihrem Vater zusammengearbeitet hat. Vermutlich ist Abraham aus der Stadt geflohen.«

»Das kann nicht sein«, sagte sie kopfschüttelnd. Andererseits hatte Abraham sich früher mit einigen zwielichtigen Burschen herumgetrieben, bevor ihre Eltern fortgegangen waren. Danach hatte er geschworen, auf dem rechten Weg zu bleiben. Doch nun legte sich ein dunkler Schatten über Judith. Abraham hatte sie nach seinem alten Freund Bartol gefragt.

Die Kirchenglocken läuteten.

»Beeilen Sie sich lieber«, sagte Lachine. »Ich weiß, dass es grausam klingt, aber denken Sie daran, dass ich Sie nicht abhalte, Ihrer Freundin zu helfen. Allerdings müssen Sie auch mir helfen. So geht es eben in der Welt. Da entlang.« Er wies die Straße hinunter. »Der Kanal ist hinter der Biegung, und von dort sehen Sie die Windmühle, um sich zu orientieren.«

Judith biss die Zähne zusammen. Weil ihr nichts einfiel, was sie sagen konnte, rannte sie los.

Kapitel 26

Ihr Atem brannte in ihrer Brust, als sie das Südtor erreichte und über die Brücke raste, die den Grenzkanal überquerte. Ihre Schritte donnerten auf den Holzbohlen. Auf der anderen Seite befand sich die kleine Baumgruppe, in deren Schatten die Kutschen warteten. Dort waren einige hagere Pferde an Baumstämmen vertäut und fraßen von dem feuchten Gras, doch nirgends waren Kutschen. Nicht einmal Karren.

»Judith!«

In der Ferne und fast um die nächste Biegung verschwunden, blieb eine Kutsche ruckelnd stehen, aus der Jan sprang. Mit wildem Armgefuchtel bedeutete er ihr, sich zu beeilen. Judith nahm all ihre Kraft zusammen, um das letzte Stück zu rennen. Sie erreichte die Kutsche schwitzend und atemlos, und Jan half ihr hinauf in den Wagen. Eine recht mollige Frau mit einem Wollkorb stieß einen empörten Laut aus, rückte aber zur Seite, um Platz auf der Bank zu machen. Sonst war niemand in der Kutsche.

»Sie haben so lange gewartet, wie sie konnten«, sagte Jan durchaus vorwurfsvoll. »Ich habe deinen Fahrpreis schon bezahlt.«

»Danke«, sagte sie. Vor lauter Atemlosigkeit brachte sie kaum ein Wort heraus. »Tut mir leid.«

Er schüttelte den Kopf, lächelte aber. »Es ist eine lange Fahrt, beinahe den Rest des Tages. Wenn wir Glück haben, sind wir bei Einbruch der Dunkelheit dort. Du wirst also reichlich Zeit haben, wieder zu Atem zu kommen.«

»Es war ein langer Tag«, sagte sie. Jan sah sie so mitfühlend an, dass sie weinen wollte, doch sie nahm sich zusammen. »Genaueres erzähle ich dir später. Es ist ja reichlich Zeit.« Sie musste ihre Gedanken ordnen, bevor sie versuchte, sie mit jemandem zu teilen. Vor allem, da das Risiko bestand, dass sie vor Jan Miense Molenaer in Tränen ausbrach. Die ältere Frau hüstelte, und Jan ließ Judiths Arm los.

Die Kutsche rumpelte dahin. Judiths leerer Magen wurde unruhig von der Bewegung, und sie aß ein Stück Brotknust, bevor sie das Essen wieder einwickelte. Sie passierten das kleine Dorf südlich von Haarlem, und danach folgten nur noch Felder, hin und wieder knorrige Kastanienbäume sowie schlammbraune Bauernhäuser. Judith war selten außerhalb von Haarlem gewesen und noch nie in Den Haag.

»Erzähl mir noch mal, wie sie aussah«, sagte sie zu Jan. Ihr Knie stieß gegen seines, und ein wohliger Schauer jagte ihr den Oberschenkel hinauf. Sie presste ihre Beine fester zusammen und ermahnte sich, vorsichtig zu sein. Sie wollte sich von keinem Mann zu einem Leben fernab ihrer Werkstatt verführen lassen, und sie konnte sich nicht erlauben, in eine kompromittierende Situation zu geraten. Der Ruf ihrer Familie war schon ramponiert genug.

»Schlecht. Ihr Gesicht hat geglänzt wie eine glasierte Fliese.« Er schüttelte den Kopf.

Judith sah wieder aus dem Fenster. Vor einer Stunde noch hatte sie sich darauf gefreut, Zeit mit Jan zu verbringen und ihn zu seiner Kunst zu befragen. Jetzt wünschte sie, die Kutsche würde schneller fahren. Fort von Lachine. Und fort von der Versuchung, Jan nach seiner Zeit in Frans Hals' Werkstatt zu fragen. Wenigstens konnte sie ein wenig Gutes tun, wenn sie erst bei Maria waren.

Doch es war dunkel, als sie Den Haag erreichte, kurz bevor die Stadtwächter die Tore über Nacht schlossen. Trotz zwei kurzer Pausen an Gasthöfen, wo die Pferde getränkt wurden und die Passagiere sich erleichtern konnten, tat Judith alles weh von der Fahrt. Die Wache begleitete Jan und sie zu dem einzigen Gasthaus in der Stadt, das noch Gäste für die Nacht aufnahm, und die ältere Frau machte sich wortlos allein auf den Weg.

»Zwei Zimmer«, sagte Jan zu dem skeptischen Wirt, einem rundlichen Mann mit breitem Mund und vielen gelblichen Zähnen darin. Judith war dankbar, dass keiner von ihnen Scherze über die Ersparnis machte, die ein geteiltes Zimmer bedeuten würde. Für derlei war sie zu müde.

»Wir gehen gleich morgen früh zu Maria«, sagte Jan vor ihrer Zimmertür. »Schlaf gut.« Er umfing ihre Hand kurz, und zum zweiten Mal heute berührte er ihre bloße Haut. Judith lächelte, und einen Moment lang dachte sie, es wäre nicht so furchtbar gewesen, hätten sie hier nur noch ein freies Zimmer gehabt. Sogleich zog sie ihre Hand zurück.

»Du auch.« Sie schloss ihre Tür hinter sich, und nachdem sie Jans verklingenden Schritten gelauscht hatte, sank sie noch vollständig bekleidet auf die harte Strohmatratze. Ihr blieben noch anderthalb Tage.

Am nächsten Morgen verließen Judith und Jan das Gasthaus kurz nach Sonnenaufgang. Die Luft war noch kühl und roch feucht. Entlang der Straße hievten Männer schwere Säcke von Karren und stapelten sie um die hölzernen Stände auf. Jedes Mal wenn ein Arbeiter einen Sack abwarf, stob eine weiße Staubwolke auf.

»Dies muss der Kalkmarkt sein«, sagte Judith.

»Von der Ware machen sie hier weidlich Gebrauch.« Jan zeigte zu den vornehmen Häusern, an denen sie vorbeikamen. Sie gingen am Kanal entlang und überquerten einen größeren Kanal, an dem die Häuserfassaden zu beiden Seiten wie aus Marmor geschlagen aussahen. Viel hübscher als die meisten von Haarlems Backsteinhäusern. Was für Gemälde mochten die Kaufleute von Den Haag wohl erwerben?

»Wie lange hast du bei Frans Hals gearbeitet?« Die Worte waren heraus, ehe sie nachdenken konnte, und sie kniff den Mund zusammen.

»Komisch, dass du fragst. Ich habe ungefähr zur selben Zeit angefangen wie du und blieb anderthalb Jahre. Also beinahe zwei Jahre insgesamt. Warum?«

»Ich … Ich habe mich bloß gefragt, wie er seine Werkstatt führt. Wenn einer meiner Lehrlinge mich verlässt, um zu ihm zu gehen, gibt es vielleicht etwas, das ich wissen sollte. Darüber, warum er besser ist.« Bei der Lüge wurde ihr der Brustkorb eng, und sie dachte daran, dass Willem fortgegangen war. Er hatte sie nicht verlassen, weil Frans Hals die bessere Werkstatt führte. Er war gegangen, weil seine Eltern sich schämten, dass er bei einer Frau in der Lehre war.

Jan zuckte mit den Schultern und lächelte sie freundlich an. »Deswegen solltest du dir keine Gedanken machen, Judith. Aber wenn du es wissen willst, die Werkstatt ist ziemlich chaotisch. Du weißt doch. Da kommen und gehen die Lehrlinge zu allen erdenklichen Zeiten, sogar nach der Sperrstunde.«

»Ich dachte an seinen Ruf. Denn ich bemühe mich so sehr, mir einen guten Ruf zu erwerben, aber vielleicht ist seiner einfach besser.«

Bei Jans seltsamem Blick wurde ihr eigenartig zumute. »Du planst so viel besser als irgendein Maler, den ich kenne, und allemal besser als Frans Hals. Ich bezweifle, dass auch nur die Hälfte von ihnen lesen kann, und Frans hat wahrscheinlich nicht mal ein Kassenbuch. Sein Schreibtisch war voller Notizen, und er schien dauernd den Schlüssel für seine Geldkassette zu verlegen.«

»Wo hatte er den denn für gewöhnlich?«

»Was denn, planst du einen Einbruch?«

Judith wurde rot, und Jan lachte.

»Es war ein Scherz«, sagte er. »Ich musste mir kürzlich eine Requisite von ihm borgen, und die werde ich ihm zurückbringen, wenn wir wieder in Haarlem sind. Möchtest du, dass ich ihn irgendetwas frage?«

Judith verneinte stumm.

Jan fesselte ihren Blick noch einen Moment, bis Judith zu ihren braunen Stiefeln sah.

»Also, wo sind wir genau?«, fragte er sich laut.

Sie folgten einem schmalen Kanal an weiteren Häusern und einigen offenen Gärten vorbei. Ein Hängeschild vor einer Schänke zeigte einen jovialen Mann, der einen Krug anhob.

»Hattest du jemals einen Käufer, der ein bestimmtes Motiv verlangte?«, fragte sie Jan, der stirnrunzelnd die Straße entlangschaute.

»Außer von ihm selbst und seiner Frau? Nein. Nicht, dass ich jemals viele Aufträge hatte. Tja, ich bin sicher, dass sie hinter diesem Schmied gewohnt hat. Oder war es eher rechts?«

»Ich hatte einmal eine Anfrage von einem Mann, der wollte, dass ich einen bestimmten Mann als Modell benutzte, und dann stellte sich heraus, dass eben jener Mann entsetzliche Angst vor selbigem Auftraggeber hatte. Und einige Monate später verschwindet das Modell. Ist tot, meine ich. Findest du das nicht merkwürdig?«

Sie sah auf und bemerkte, dass Jan sie anschaute. »Kann sein. Mir scheint es eher Zufall. Die Leute, die wir als Modelle anheuern, sind gemeinhin nicht die ehrbarsten.«

Ein Junge mit einem Korb voller Eier flitzte an ihnen vorbei.

»Aber der Mann, der für den Auftrag bezahlt hat, erzählt mir jetzt, dass er auch in das Geschäft mit Leinöl verstrickt ist. Oder zumindest versucht, es zu durchschauen.«

»Leinöl?« Jan blieb stehen und drehte sich zu Judith. »Der Preis ist inzwischen unverschämt.«

»Ich weiß. Es soll bald einen Verkauf geben, denke ich, und der müsste helfen. Was ist, wenn mein Modell im Zusammenhang mit diesem Verkauf gestorben ist?« Ihre Schultern bebten vor Angst, und sie drückte ihre Arme fest vor ihre Brust.

Jan schüttelte den Kopf. »Wie kann das sein? Immerzu sterben Leute. Aber ich bin froh, von dem Verkauf zu hören.

Sehr froh!« Er fuhr sich mit den Fingern über seinen Schnauzbart. »Ah, da ist der große Markt. Gleich dahinter ist es.«

Sie wanderten über den Marktplatz, wo allseitiges Hufgetrappel sich mit den Geräuschen der Bauern vermischte, die noch ihre Stände aufbauten. Die Kirmes war erst seit drei Tagen vorbei, und schon brauchte Den Haag neue Waren. Von dort passierten sie die Grote Kerk mit ihren spitzen Dächern und dem Glockenturm. Zwei Straßenquerungen weiter gelangten sie zu einer schmalen Seitenstraße mit dicht gedrängten Häusern. Die tief stehende Morgensonne reichte nicht bis hierher, und die verdunkelten Fenster sahen alle gleich aus.

»Das Papistenviertel«, sagte Jan und klopfte an eine Tür.

Ein gebeugter alter Mann öffnete.

»Hä?«, fragte er, doch ehe Jan etwas sagen konnte, erkannte er ihn. »Kommen Sie rein. Und keine Minute zu früh.«

Er führte sie durch das Haus in ein Hinterzimmer. Noch bevor sie die Schwelle übertraten, wurde der Gestank nach Exkrementen überwältigend. Judith hielt sich ihren Ärmel vor die Nase und blinzelte im trüben Licht.

»Meine Frau hat versucht, sie sauber zu halten, aber sie besudelt sich so viel, dass wir Mühe haben …«

Er näherte sich Maria, die stumm auf einem Strohlager auf dem Fußboden lag. Der Mann hockte sich neben sie und legte sanft eine Hand auf ihren Kopf.

»Sie haben Besuch von Freunden«, sagte er leise.

Judith trat einen Schritt vor. Nun blickte Maria sich ängstlich um und fuhr zusammen, als sie Judith sah, um sogleich die Augen fest zuzukneifen.

»Seit ihrer Ankunft hat sie nicht gesprochen. Ich bin nicht sicher, ob sie diese Welt sieht oder die nächste«, sagte der alte Mann, während er langsam aufstand, sich an der Wand abstützte und den Kopf schüttelte. »Wir beten jeden Abend für sie. Es ist kein Priester in der Stadt, sonst hätten wir ihr schon die letzte Ölung geben lassen. Das arme Ding.«

»Ist es so schlimm?«, fragte Judith und schaute zu Maria. Sie schien eingeschlafen zu sein, und bei der Dunkelheit im Zimmer konnte Judith kaum sehen, ob sich die Brust ihrer Freundin hob und senkte.

Der Mann presste für einen Moment die Lippen zusammen. »Das weiß nur Gott allein. Und es tut mir leid, aber wir konnten uns keinen Arzt leisten, deshalb hatte sie keinen Aderlass. Nicht mal ein Abführmittel. Bitte vergeben Sie uns.«

Jan drückte die Hände des alten Mannes. »Sie sind sehr großzügig, eine Fremde bei sich aufzunehmen. Wir sind Ihnen dankbar.«

»Ja, vielen Dank«, flüsterte Judith und ging auf die Knie. Sie legte eine Hand an Marias Stirn, zog sie jedoch sofort wieder zurück, als hätte sie eine Flamme berührt. Marias Haut brannte vor Hitze, trotzdem sah sie blass aus. Sie lag auf dem Rücken, das Gesicht zur Mitte des kleinen Zimmers gedreht. Ihre Augen waren weiterhin geschlossen. Judith schob ihre Finger in Marias lockere Faust.

»Ich würde sie gerne waschen«, sagte Judith. »Wir müssen diesen Schmutz abbekommen.«

Der alte Mann nickte. »Ich hole Betje.«

Die Männer verließen das Zimmer, und Judith bereute, nicht gleich um eine Kerze gebeten zu haben. In diesem dunklen Raum schienen alle Farben an Maria gen Schwarz zu neigen, als würde sie der Tod erobern, indem er zunächst allen Glanz aus ihrem Haar und die Röte aus ihren Wangen stahl. Sogar ihr einst blauer Rock wirkte finster.

Gemeinsam zogen Judith und Betje, die kleine, aber energische Frau des alten Mannes, Maria das Kleid, das Mieder und die Unterkleider aus. Schicht um Schicht schien sie vor ihnen zu schrumpfen, bis nichts mehr übrig war außer dem Leinenunterkleid, durchtränkt von schwarzem Schmutz.

»Die Sachen sollten wir verbrennen«, sagte Judith, machte jedoch keinerlei Anstalten, Maria das Unterkleid auszuziehen.

»Dann muss es erst mal runter.« Betje trat einen Schritt zurück und verschränkte die Arme vor der Brust.

Judith nickte. Mit geschlossenen Augen zog sie die Träger von Marias Schultern, löste den Knoten in der Taille und streifte den feuchten Stoff über ihre Hüften nach unten.

»Haben Sie noch einen Eimer?«

Betje ging hinaus.

Judith ließ ihren Blick über Maria schweifen, nahm allerdings nur einzelne Bildfragmente auf – blasse Rippen oder ein wenig Haarflaum zwischen den Oberschenkeln. Ohne die Kleidung schien ihr Körper sein Licht zumindest ein wenig zurückzufordern.

Maria hatte sich hin und wieder geregt, und als Judith begann, sie mit einem nassen Lappen abzuwischen, wimmerte sie.

»Tut mir leid, sicher ist es kalt. Aber es muss sein. Ich beeile mich auch.«

Betje kehrte zurück, und Judith stopfte das schmutzige Unterkleid in den Eimer.

»Das sollten wir schnellstens loswerden. Der Gestank wird Sie sonst wahnsinnig machen. Den Rest können wir vielleicht waschen? Ich bezahle, falls Sie eine Waschfrau kennen.«

»Sie ist ein liebes Mädchen, Ihre Freundin«, sagte Betje mit dem Eimer in der Hand. »Sie hat nur versucht zu helfen, wissen Sie?«

»Wie?«

»Beachten Sie ihren Namen. Maria. Sie wollte der Welt etwas Heilendes geben, uns von unseren Sünden reinigen. War wahrscheinlich Zeitverschwendung, aber sie hat es versucht.«

Die alte Frau ging wieder, und Judith wusch Maria weiter.

»Wir bringen dich da durch«, flüsterte Judith. »Du bist stark, Maria. Noch bist du nicht bereit, deine Seele aufzugeben.« Sie wollte sagen, dass sie niemanden mehr hätte, würde Maria sterben. Keinen, dem sie sich bedenkenlos anvertrauen konnte. Und es würde niemanden mehr geben, der sie wirklich verstand. Doch es war selbstsüchtig, an ihren Verlust zu denken. Wie typisch für sie! Judith hockte sich auf ihre Fersen, auf Abstand zu Maria, und wischte sich eine Träne ab. Dann schloss sie die Augen fest, bemühte sich, ruhig zu atmen, und machte sich wieder an die Arbeit.

Betje kam mit einem Stapel Kleidung in ihren Armen zurück.

»Die hier gehörten meiner Tochter. Der Rock könnte

ein wenig kurz sein, aber es ist alles sauber. Sie hat nie ein Mieder getragen. Maria darf sehr gern alles haben.«

Judith stand auf. »Sehr freundlich von Ihnen.« Sie nahm die Sachen. Der Stoff war grob gewebt, duftete aber nach Lavendel.

Bis sie Maria frisch angekleidet hatte, war es im Zimmer warm geworden, und fahles Sonnenlicht fiel durch das hohe Fenster an der hinteren Wand. Judith mischte ein wenig Leichtbier und Wasser, das Betje ihr gegeben hatte, und tropfte davon etwas auf Marias Lippen. Ihre Freundin stöhnte, als Judith ihren Kopf anhob, doch sie machte den Mund auf. Behutsam goss Judith Schluck für Schluck nach, bevor sie Marias Kopf wieder auf die Matratze senkte.

»Judith.«

Jan stand an der Tür. »Betje hat mir gesagt, dass sie angezogen ist. Ich muss los, denn die Kutsche fährt bald zurück. Können wir sie mitnehmen? Sicher willst du auch wieder nach Haarlem.«

Judith stand auf und stemmte die Hände gegen ihren schmerzenden Rücken. Ihr war schwindlig, sodass sie kurz die Augen schloss, um das Gleichgewicht wiederzufinden. Sie musste nach Hause und malen. In zwei Wochen fand die nächste Auktion statt, und sie hoffte, weitere drei Werke dort anbieten zu können. Diesmal sollten es größere sein, die mehr Beachtung fanden. Vor allem aber hatte ein Schneider Interesse an einem ihrer Feierbilder ausgedrückt. Sie musste noch einmal mit ihm reden und sehen, ob sie den Verkauf selbst abschließen konnte, bevor er sich an einen der anderen Künstler in der Stadt wandte. Obendrein wartete Lachine auf sie.

»Zu Hause ist sie besser aufgehoben. Falls etwas passiert«, fügte Jan hinzu.

Hinter ihm erschien Betje an der Tür.

»Überlegen Sie, sie mitzunehmen?«, fragte die alte Frau.

Judith sah Maria an. »Willst du mit uns zurück nach Haarlem kommen?«

»Sie sollten sie nicht bewegen«, sagte Betje.

Maria schwieg, doch ihr Blick glitt von einer Frau zur anderen. Judith setzte sich zu ihr.

»Ich bin sicher, dass dein Vater dich vermisst.«

Maria holte zittrig Luft und schüttelte den Kopf. Dabei stöhnte sie leise.

»Er nicht«, brachte sie heraus, und ihr fielen die Lider zu. Maria gab keinen Laut mehr von sich, doch ihre Finger zitterten auf dem groben Kleid.

»Sie sollten sie nicht bewegen«, wiederholte Betje.

»Welche Wahl haben wir? Ich kann nicht hierbleiben. Meine Werkstatt ... Und Jan kann es auch nicht«, widersprach Judith. »Ich weiß nicht, ob wir sie bewegen können, doch wir müssen es versuchen.« Gern wäre Judith die Freundin gewesen, die blieb und nächtelang an Marias Bett wachte. Nur konnte sie die nicht sein. Schon jetzt spürte sie, wie es sie zu ihrer Werkstatt zog, während Lachines Drohung zugleich schwer auf ihr lastete. Sosehr sie sich auch dafür hasste, sie konnte nicht widerstehen. Das Beste, was sie für Maria tun konnte, war, sie mit nach Hause zu nehmen. Betje drehte sich um und verschwand wortlos im Haus. Judith presste die Finger an ihre Schläfen und überlegte.

Nach einem Moment gab sie Maria noch ein wenig von dem verdünnten Leichtbier und half dann, sie so weit aufzurichten, dass Jan sie hochheben konnte.

»Sie ist leichter, als ich gedacht hätte«, sagte er. »Anscheinend hat sie sehr viel Gewicht verloren.«

Vorsichtig schritten sie durch das dämmrige Haus, und nun bemerkte Judith, dass es bescheiden eingerichtet, jedoch sauber war. Der alte Mann hielt ihnen die Tür auf. Draußen wartete ein Träger mit einem kleinen Karren.

»Gott segne Sie«, sagte der alte Mann zu Judith, als sie an ihm vorbeiging. »Sie sind eine gute Frau.«

Bei dem Lob wurde ihr die Kehle eng. Sie war alles andere als das. Stumm drückte sie ihm die Hand zum Abschied.

Im Tageslicht wurde deutlich, wie blass Maria war. Ihre Wangen waren eingefallen, und auf ihrer Hand und einem Teil ihres Halses blühte ein rosiger Ausschlag. Marias Lider flatterten, als der Karren über das Kopfsteinpflaster rumpelte, und bei jedem Ruck biss Judith die Zähne zusammen.

»Ist es wirklich gut, dass wir sie mitnehmen?«, flüsterte Jan. »Was ist, wenn sie unterwegs stirbt?«

Judith schüttelte den Kopf. »Sie muss zu Hause sein, so oder so.«

Am Osttor stand die Kutsche neben dem baumgesäumten Kanal. Es war nicht einmal Mittag, und einige Händler boten am Kai Kuchen und Rauchwurst an. Jan kaufte drei Kuchen und zwei Würste und bezahlte den Fahrpreis für sie alle. Der Fahrer blickte misstrauisch zu Maria und versuchte, einen höheren Preis auszuhandeln, doch an dem Tag gab es keine anderen Reisenden, und Jan blieb eisern.

Auf der Fahrt wurde Maria unruhig, stöhnte und wand sich. Judiths Herz geriet ins Stottern, und sie bot der Freundin ein wenig Brot an. Doch Maria stöhnte nur lauter, bis ihre Schreie schließlich verständlich wurden.

»Nein, nein. Vater, nein«, wiederholte sie, unterbrochen von ängstlichem Stöhnen.

Judith strich ihr das Haar aus dem Gesicht und versuchte, sie zu beruhigen. Dann drückte sie Maria einen Krumen Brot zwischen die Lippen, als deren Kopf mit den Kutschenbewegungen wippte. Maria ließ das Brot aus ihrem Mund fallen und schrie noch verzweifelter.

»Ich glaube, sie fürchtet sich vor ihrem Vater«, sagte Jan. »Dass wir sie zu ihm bringen.«

»Ist es das? Maria, das werde ich nicht. Nicht, wenn du es nicht willst.« Wieder strich sie über Marias Haar. »Ich behalte dich bei mir und sorge für dich.« Dieses Versprechen flüsterte Judith mehrmals, und schließlich wurde Maria ruhiger.

Ihr Gesicht hatte sich bei dem Geschrei gerötet, wurde nun aber wieder blass. Hitze strömte von ihr aus. Plötzlich würgte sie, und ein gelbliches Rinnsal Erbrochenes hing ihr von den Lippen. Judith stieß einen stummen Schrei aus und tupfte es mit ihrem Ärmel ab. Maria sackte zur Seite auf Judiths Schoß.

Judith umfing sie, damit sie nicht auf den Wagenboden fiel.

»Jesus Christus«, murmelte Jan. »Ist … ist sie noch am Leben?«

Judith hielt den Atem an und lockerte ihren Griff ein wenig. Es dauerte, doch am Ende konnte sie erkennen, dass sich Marias Brustkorb ganz leicht dehnte und wieder zusammenzog.

»Ja, aber kaum noch. Sie war unglaublich heiß, doch jetzt fühlt sie sich kalt an.« Sie senkte ihren Kopf zu Maria. »Bleib hier, Maria. Bleib bei uns.«

Kapitel 27

Als sie Maria nach stundenlanger Reise aus der Kutsche hoben, atmete sie kaum. Ihr Körper schien noch leichter, als hätte ihre Seele ihn bereits verlassen. Jan trug sie durch die dunkel werdenden Straßen Haarlems und war schweißgebadet, bis sie Judiths Haus erreichten.

Schweigend half Carolein ihnen, sie die zwei Treppen hinauf ins Dachgeschoss zu bringen, wo sie hastig ein Bett aus Decken baute.

»Das habe ich nicht geahnt. Morgen besorge ich eine Strohmatratze.«

»Danke für deine Hilfe«, sagte Judith. »Frag den Tuchhändler, ob er uns etwas Stoff auf Kredit gibt, dann helfe ich dir beim Nähen.«

»Judith, ich kann nicht bleiben«, sagte Jan, dessen Augen finster vor Sorge waren. »Ich muss zu meiner Verabredung. Ein zweites Mal vergibt der Mann mir nicht.«

»Ich kann dir gar nicht genug danken, Jan.« Judith ergriff seine Hand, die warm und noch schweißklamm war.

»Ich komme bald und sehe nach, wie es ihr geht«, sagte er leise. Er blickte zu Maria, die reglos auf dem Boden lag.

»Hier wird es ihr gut gehen«, sagte Judith und wünschte, sie könnte es glauben.

In der Nacht konnte sie nicht schlafen. Immer wieder horchte sie auf die Geräusche im Haus, bildete sich ein, Marias Stimme zu hören. Und während ihre Augen sich bemühten, Umrisse in der Finsternis auszumachen, dachte sie an Lachine. Ihr blieb nur noch ein halber Tag, und sie wusste nicht, was sie ihm sagen sollte. Nach Stunden, in denen sie sich rastlos herumgewälzt hatte, gab sie es auf. Sie stieg aus dem Bett, zündete eine Kerze an und begann, in deren Licht Skizzen zu fertigen. Aus dem Gedächtnis zeichnete sie Lachines Gesicht, Frans Hals' Werkstatt und ihre eigene Haustür. Während ihre Hand sich bewegte, kam ihr Gemüt zur Ruhe. Und ein Plan entstand.

Vor Morgengrauen schlief sie kurz ein, ehe der Lärm der erwachenden Stadt durch die Mauer drang. Nach einem stillen Frühstück und einem kurzen Besuch bei Maria, die unruhig auf ihren Decken im Dachgeschoss schlief, verließ Judith das Haus.

Als sie beinahe bei Frans Hals' Heim in der Jacobijnestraat war, wenige Türen vom Ende der Straße und dem hübschen alten Kanal entfernt, holte sie tief Luft. Dieses Haus, auch ein gemietetes, war ihr neu. Frans musste mindestens zweimal umgezogen sein, seit sie vor ungefähr acht Jahren in seiner Werkstatt gesessen hatte, und obwohl das Gerücht ging, seine Schulden trieben ihn immer weiter, schaffte er es stets, ein lichtes Zuhause in einer schönen Straße zu finden. Dieses hatte zwei große Fenster zur Straße und zwei Dachgauben oben.

Ein Junge in einer zerschlissenen, unten ausgefransten Hose rannte vorbei.

»Junge!«, rief Judith. Er blieb stehen. »Komm mal her. Nimm diesen Brief und gib ihn bei dem Haus dort ab. Wenn du es tust, und ich beobachte dich, bekommst du zwei Stuiver von mir. Aber sag nicht, dass der Brief von mir ist, verstanden?«

Der Junge beäugte sie skeptisch, nahm aber den Brief und lief los. Judith ging um die Ecke in eine nahe Seitengasse, von wo aus sie zuschaute.

Der Junge klopfte, und als eine Frau mit einer weißen Haube und einem braunen Kleid öffnete, überreichte er ihr die Nachricht und rannte weg. Judith beobachtete nervös, wie die Frau das zusammengefaltete Papier betrachtete, mit den Schultern zuckte und die Tür wieder schloss.

Finger streiften von hinten Judiths Arm, und sie zuckte zusammen.

»Ich bin es bloß«, sagte der Junge. »Sie hätten mir sagen müssen, wo Sie sich verstecken. Ich musste um den ganzen Block laufen.« Er streckte ihr seine Hand hin. Judith ließ die zwei Stuiver-Münzen hineinfallen, und der Junge verschwand.

Nun ging Judith zum Kanal, an dessen beiden Seiten Häuser mit abgestuften Backsteinfassaden standen. Sie trat einen Stein ins Wasser, wo die bräunlichen Kräuselwellen das helle Tageslicht reflektierten. Der Geruch des stehenden Gewässers erfüllte die Luft, und Judith stupste noch einen Kiesel über die Kante, um abermals die Spiegelungen zu sehen. Ihr Puls flatterte nervös, während sie wartete.

Nach einer Viertelstunde vernahm sie Schritte hinter sich.

»Ich bin so schnell gekommen, wie ich konnte«, sagte Willem.

Sie drehte sich zu ihm um, atmete hastig ein und schluckte.

»Danke. Ich weiß, dass es seltsam anmutet, doch mir fiel niemand sonst ein, den ich fragen könnte.«

»Jederzeit. Ich helfe dir immer gern.« Er kam einen Schritt näher.

Kurze blonde Stoppeln sprossen in zarten Flecken auf seinem Kinn und seinen Wangen. Zu Judiths Verwunderung ging ihr Atem leichter. Er war so jung.

»Die Stimmung zwischen mir und deinem Meister ist angespannt, wie du dir denken kannst«, erklärte sie. »Dennoch muss ich etwas für ihn abgeben, ohne dass er erfährt, von wem es kommt. Wird er demnächst mal tagsüber für einige Stunden die Werkstatt verlassen?«

»Könnte ich es ihm nicht einfach geben?«

»Nein, das betrifft nur Frans und mich. In diese Sache möchte ich dich nicht verstricken.«

Willems Schultern sackten nach unten, doch auf einmal strahlte er. »Gewöhnlich verlässt er die Werkstatt nicht, weil so viel zu tun ist, aber morgen macht er mit seiner Schwester und ihren Kindern eine Bootsfahrt auf dem Meer. Am Nachmittag.«

»Bist du sicher?«

»Ganz sicher. Er hat es Harmen schon gesagt, seinem Ältesten, weil er die Werkstatt beaufsichtigen soll. Du müsstest Harmen mal prahlen hören!«

»Danke, Willem.« Judith wollte ihm die Hand schütteln, da umfing er sie mit beiden Händen und zog sie in seine Arme.

Er drückte seine Lippen auf ihre Wange, wo er eine kleine Speichelspur hinterließ. Stirnrunzelnd wich Judith zurück.

»Das reicht«, sagte sie. Im selben Moment sah sie Jan Miense Molenaer kommen, dessen Züge sich verfinsterten.

Willem strich mit den Fingern über ihren Arm, worauf Judith noch einen Schritt zurückmachte.

»Störe ich?«, fragte Jan.

»Ganz und gar nicht. Willem hatte einige Sachen vergessen, weil seine Mutter es mit seinem Auszug so eilig gehabt hatte.«

Recht auffallend blickte Jan sich um. Er hatte einen Steinkrug mit Zinndeckel in der Hand, den er nun in Richtung des jungen Mannes schwenkte. »Was es auch gewesen sein mag, es muss recht klein sein.«

Judith schüttelte den Kopf. »Ich habe die Truhe nicht mitgebracht. Die wird er bei mir abholen müssen. Und du hast zu dieser frühen Stunde ein Trinkgefäß bei dir?«

»Es gehört Frans, die Requisite, die ich erwähnte. Mein Krug ist mitten in einer Sitzung zerbrochen, und ich wusste, dass er einen ganz ähnlichen hat.«

»Tja, richte ihm meine Grüße aus«, sagte Judith. »Dann also morgen, Willem, am Nachmittag?« Die Täuschung schmeckte wie Asche auf ihrer Zunge, doch Jan durfte nichts erfahren.

Willem lächelte vielsagend. »Ganz richtig, Judith. Wir sehen uns dann. Jan, darf ich Sie zur Werkstatt begleiten?«

»Wenn Sie dorthin wollen«, antwortete Jan.

Judith winkte ihnen matt zu und verließ die Männer. Lachine würde bald nach ihr suchen, und sie musste leicht zu finden sein, also machte sie sich auf den Heimweg.

Noch ehe sie ihre Werkstatt erreicht hatte, tauchte Lachine neben ihr auf.

»Und?«, fragte er, wobei er das Kinn reckte, als müsste er seinen Nacken dehnen.

»Morgen, nach dem Mittagessen.« Judith ließ den Blick auf die Pflastersteine gerichtet. Eine staubig braune Schmutzschicht bewirkte, dass der graue Stein zu changieren schien. Ohne ein weiteres Wort entfernte Lachine sich wieder. Judith schloss ihre Haustür auf, ging hinein und verriegelte hinter sich. Drinnen lehnte sie sich gegen die Tür. Ihr Puls rauschte in ihren Ohren. Als das Geräusch abnahm, ging sie in die Küche, um ein wenig Brühe für Maria zu holen.

Den Rest des Vormittags verbrachte sie mit dem Versuch, Maria zu füttern, aber immer wieder rann die bernsteinfarbene Flüssigkeit von deren schlaffen Lippen. Judith presste die Fäuste auf ihre Augen.

Am Nachmittag trug sie den Jungen auf, sie sollten die Lichtspiegelungen auf einem Zinnkrug skizzieren, und begab sich zu der Kopfsteinpflasterstraße mit den grünen Blumenkästen. Dort klopfte sie an Paulus von Beresteyns Tür.

Es öffnete derselbe Diener mittleren Alters, den sie gesehen hatte, als sie die Tür mit Lachine zusammen beobachtet hatte.

»Ich möchte zum Amtsrichter«, sagte Judith. Ihr schwirrten die Sätze durch den Kopf, die sie sich zurechtgelegt hatte, aber noch war es zu früh.

»Und Sie sind?«

»Er wird meinen Namen nicht kennen. Sagen Sie ihm, es geht um Lachine.«

Der Diener nickte und bat sie in die Diele. Nachdem er die Tür hinter ihr geschlossen hatte, ging er in ein angrenzendes Zimmer. Unruhig knetete Judith die Haut neben ihrem Daumennagel. Die Wände hier waren kahl bis auf ein einzelnes Regal, auf dem zwei Bücher standen. *Epistolas familiares* von Antonio de Guevara war auf dem einen Buchrücken zu lesen, auf dem anderen war lediglich eine Zeichnung abgebildet.

»Eine eindrucksvolle Familie, nicht wahr?«

Judith drehte sich um und sah den Amtsrichter in der offenen Zimmertür stehen. »Wie bitte?«

Paulus kam kopfschüttelnd näher. Er war nur wenig größer als sie. »Mein Großvater hat die Übersetzung geschrieben. Ein wahrhafter Gelehrter.«

»Das ist bewundernswert«, sagte Judith.

»Aber deshalb sind Sie nicht hier.«

Sie wartete, dass er sie in eines der Zimmer bat, doch er stand nur da und lächelte höflich.

»Ich bin die Malerin, die Ihr Porträt von Gerard Snellings gemalt hat«, sagte sie.

Vor Schreck zog er beide Augenbrauen hoch und öffnete den Mund, fing sich indes rasch wieder.

»Verstehe.«

»Ich möchte Ihnen sagen, dass ich nichts von diesem Handel zwischen Ihnen dreien wusste. Lachine gab das Gemälde bei mir in Auftrag, und ich brauchte Arbeit.«

»Und das Geld.«

»Natürlich.« Der Fliesenboden unter ihren staubigen Stiefeln war diagonal schwarz-weiß gemustert.

»Warum erzählen Sie mir das?«

»Damit wir einander verstehen. Gerard Snellings war ein guter Mann, und sein Tod betrübt mich. Lachine plant, morgen Nachmittag in Frans Hals' Haus einzubrechen. Frans wird nicht dort sein, und Lachine will an Geld kommen, damit er vor Ihnen fliehen kann.« Sie unterbrach sich und sah ihn direkt an. »Dies erzähle ich Ihnen nicht um Frans' willen, da mich dessen Wohlergehen nicht sonderlich schert. Allerdings dürfen Sie ihm nichts verraten. Mir war nicht erlaubt, jenes Gemälde von Gerard zu verkaufen. Aber ich dachte mir, wenn Sie Lachine schnappen, wären Sie vielleicht erfreut.«

»Warum sollte ich Ihnen glauben?«

»Ich habe jenes Porträt gemalt und kann Ihnen jedes noch so kleine Detail beschreiben, falls Sie es wünschen, angefangen bei den weißen Lichtsprenkeln auf der karminroten Feder bis hin zu den Schattierungen seines Wamses. Und warum sollte ich mein Geheimnis lüften, es sei denn, es wäre für mich von Nutzen?«

»Sie möchten, dass Lachine gefasst wird?«

Ihr Bauch verkrampfte sich. »Eigentlich nicht. Doch er drohte, mich bloßzustellen.«

Paulus lachte. »Und Sie denken, ich werde es nicht?«

»Sie müssten erklären, warum Lachine Ihnen ein solches Geschenk machte, wenn Sie preisgeben würden, dass ich das Porträt in Ihrem Besitz gefertigt habe.«

Paulus verschränkte die Arme. »Mir sind die Maler und ihre Spielchen über, doch Lachine ist gefährlich. Sie haben recht, er sollte bestraft werden.«

Judith trat etwas näher zu dem Bücherregal und musterte die edlen Lederrücken. Zu gern hätte sie sie berührt, traute sich aber nicht. Noch lieber hätte sie die Bücher fluchend auf den Boden geworfen, weil es ein Genuss gewesen wäre, nicht den Schein zu wahren – doch das kam auch nicht in Betracht.

»Sie haben sich recht verhalten«, sagte Paulus. »Gerard wäre Ihnen dankbar.«

Judith nickte. Nach einem letzten Blick auf das gänzlich ausdruckslose Gesicht des Amtsrichters öffnete sie selbst die Haustür und ging. Als sie die Tür hinter sich zuzog, bewegte sich das Holzkästchen an seinem Haken, und Judith glaubte, darin eine Münze klimpern zu hören.

Kapitel 28

Zu Hause ging Judith nach oben, wo sie sich neben die neue, mit Stroh gestopfte Matratze ihrer Freundin setzte. Carolein hatte den Vormittag damit verbracht, den derben Stoff zusammenzunähen, und das Dachzimmer duftete nach frischem Heu. Maria murmelte immer wieder Worte, die Judith nicht verstehen konnte, und ebenso häufig öffnete sie die Augen, um Judith flehentlich anzusehen. Oder jemanden direkt hinter Judith. Sie stand wieder auf. Hier oben konnte sie nicht viel ausrichten.

»Du wirst wieder gesund«, sagte sie leise zu Maria. Sobald es ihr etwas besser ging, würde sie richtig essen müssen. Judith überlegte, Marias Vater um Hilfe zu bitten, doch sobald sie Frans de Grebber erwähnte, stöhnte Maria und versuchte, die Hände zu bewegen, als wolle sie ihn wegschieben. Nein, sie musste sich allein um Maria kümmern, zumindest vorerst. Was wiederum bedeutete, dass sie dringend malen sollte.

»Es tut mir leid, dass ich dich allein lassen muss«, flüsterte Judith. Sie meinte es ehrlich. Doch es war zu lange her, seit sie einen Pinsel in der Hand gehalten hatte, und eine zittrige Unruhe erfüllte sie, die an einen bebenden Deckel auf einem brodelnden Topf erinnerte. Diese Unruhe musste in Farben umgewandelt werden.

Während der nächsten zwei Tage malte Judith. Sie verdrängte den Gedanken an das, was sich in Frans Hals' Werkstatt abspielen mochte, so gut sie konnte. Ebenso verdrängte sie die Gedanken an ihr eigenes Haus, wo Maria todkrank im Bett lag. Gleichzeitig hätte Judith gern Jan gesucht und ihm erklärt, was er gesehen hatte. Nur wusste sie nicht, wie sie ihm ihre Beziehung zu dem Franzosen schildern sollte, ohne Jans Achtung zu verlieren. Immer wieder tupfte sie Maria zwischendurch die Stirn mit einem feuchten Lappen ab, wenn sie nicht gerade die Jungen beschwatzte, still zu sitzen, damit sie ihr als Modell dienen konnten. Die Erfahrung wäre gut für ihre Zeitplanung, sagte sie ihnen. Sie müssten lernen, wie sie ein Modell skizzierten, bevor es von Müdigkeit übermannt wurde.

Am dritten Tag trank Maria endlich ein wenig mehr verdünntes Leichtbier, und Judith sehnte sich nach dem Gefühl von Sonnenlicht auf ihrem Gesicht. Sie bot an, die Bohnen und den Kohl für den Tag einzukaufen, und Carolein war sofort einverstanden. Mit dem Einkaufskorb an einem Arm trat Judith aus dem Haus und atmete die schwere Sommerluft ein, jene Aromen-Mixtur aus Pferden, gebackenem Brot und leichter Meeresbrise. Auf dem Markt lief ihr beim Anblick eines Tisches voller rotwangiger Pfirsiche das Wasser im Mund zusammen, doch für die fehlte ihr das Geld. Sie hatte keine Zeit gehabt, den Schneider aufzusuchen, der ein Gemälde von ihr wollte, und sie hatte zuletzt vor ihrer Reise nach Den Haag etwas verkauft. Also ging sie zu den wenigen Händlern, von denen sie wusste, dass sie ihr Kredit gewähren würden. Bald würde sie den

Leuten ihr Geld zurückgeben. Was sie an Münzen bei sich hatte, verbrauchte sie für den Kauf von Efeusaft und Zimtwasser beim Apotheker – zwei Arzneien, die Carolein wollte, um Marias Fieber zu lindern.

Als sie auf dem Rückweg über den Markt war, rief ein Junge ihren Namen. Judith blickte auf und sah einen hageren, in Lumpen gekleideten Burschen.

»Meisterin Judith«, sagte er und wischte sich mit dem Unterarm die Nase. »Ich komme vom Gefängnis. Die haben mich geschickt. Bei Ihnen zu Hause habe ich schon gefragt, und Ihre Magd hat gesagt, dass Sie auf dem Markt sind.«

Er bedeutete ihr, ihm zu folgen, und führte sie um eine Ecke zu dem Bereich vor dem Rathaus und der Stadtwache. Eine Menge schaulustiger Marktbesucher hatte sich vor dem Schafott nahe dem Gefängnis eingefunden, wo ein Stadtausrufer um Aufmerksamkeit bat, und Judith versuchte, sich zwischen den Leuten hindurchzudrängeln. Der Ausrufer brüllte: »Abraham Leyster!«

Sie schaffte es, sich nach vorn durchzukämpfen, wobei sie den schimpfenden Jungen hinter sich ließ. Der Henker war derselbe dürre Mann mit schütterem Haar, breiten Zahnlücken und eisigen Augen, den Judith schon so oft zuvor gesehen hatte. Er stand an seinem üblichen Platz neben dem fleckigen Richtblock. Hinter ihm ragte der Galgen auf. Allerdings sah Judith keine Gefangenen, weshalb sie schon den grinsenden Grauhaarigen neben sich fragen wollte, ob sie richtig gehört hatte, als die Gefängniswachen zwei Männer herausführten. Einer war jung, fast noch ein Kind; der andere war Abraham.

Er war so dünn, dass die Schellen an seinen Handgelenken grotesk groß wirkten. Blinzelnd neigte er den Kopf von der Sonne weg. Judith rang nach Luft und wäre um ein Haar auf ihn zugelaufen, um ihn zu umarmen, doch sie bremste sich. Solch ein schamloses Betragen würde die Zuschauer entsetzen und Abrahams Strafe möglicherweise verschlimmern. Zaghaft streckte sie eine Hand vor, was er nicht zu sehen schien.

Der Ausrufer erklärte, dass der jüngere Knabe Hundefleisch als Lamm verkauft hatte. Die Wache löste die Schellen und brachte ihn zum Henker in der langen schwarzen Robe. Er drückte den Jungen auf die Knie, zog dessen Arm auf den Richtblock, und bevor sich der Junge rühren konnte, schwang er sein Beil. Die Hand fiel zuckend auf den Boden, und als der Junge heulend seinen verstümmelten Arm packte, sprühte Blut auf die Pflastersteine. Ein Kichern und Raunen ging durch die Menge.

»Gütiger Himmel«, entfuhr es Judith unwillkürlich. »Weil er Hundefleisch verkauft hat?«

Der grauhaarige Mann fauchte, sie solle still sein.

Nun wiederholte der Ausrufer Abrahams Namen. »Für das Verbrechen des Einbruchs und Diebstahls wertvoller Anlagegüter aus dem Haushalt des Bürgers Arnold Luik.«

Die Wache löste seine Fesseln und zerrte ihn zum Henker. Der dürre Mann bleckte die spärlichen, schiefen Zähne und rammte Abrahams rechte Hand auf den Block. Judith hielt sich die Augen zu. Doch anstelle des Beilhiebes hörte sie ein Zischeln. Sie öffnete die Augen und sah, dass Abraham die Hand an seine Brust hielt. Seine Augen waren weit aufgerissen vor Panik und Verwirrung, als er sich gekrümmt vor dem Henker wieder aufrichtete. Ein enttäuschtes Stöhnen ertönte aus der Menge, obwohl gleichzeitig einige zu skandieren anfingen: »D für Dieb!«

Der Henker riss Abraham richtig hoch und sagte etwas zu ihm, worauf Abraham nickte. Mit seiner linken Hand zurrte er an seinem Hemdsaum, versuchte anscheinend, es sich wieder über seinen Kopf zu ziehen. Schließlich seufzte der Henker und zwang Abraham auf die Knie. Sein Gesicht war von den Leuten abgewandt, und Judith schlang die Arme so fest um ihren Oberkörper, dass der Korbhenkel unangenehm in ihr Handgelenk kniff.

Der Henker ließ seine Peitsche durch die Luft schnalzen. Nach einem halben Dutzend Hieben verlor Judith den Überblick. Blut spritzte aus den Wunden an Abrahams Rücken, und das tiefrote Leuchten war entsetzlich.

Irgendwann trat der Henker keuchend zurück. Die Wache zog Abraham wieder auf die Beine und versetzte ihm einen Schubs.

»Geh schon, Dieb«, sagte der Mann laut und deutlich.

Die rechte Hand noch an seiner Brust, stolperte Abraham vorwärts zum Rand der Menge. Judith stieß die wenigen Leute zwischen ihr und ihm aus dem Weg und lief ihm entgegen. Er musste hier weg, ehe jemand versuchte, ihn herumzustoßen oder mit Unrat zu bewerfen.

Kaum hatte sie Abraham erreicht, legte sie beide Hände an seine Wangen. »Abraham, komm mit mir, schnell!«

»Judith?«, fragte er verdutzt. Doch als sie seinen linken Arm packte, kam er mit ihr. Sie gingen vorn um die Menge herum, bis sie eine Stelle gefunden hatte, an der die Leute weniger dicht zusammenstanden. Judith zog Abraham in die Lücke. Ihre Wangen glühten vor Scham. So viele Menschen hatten sie gesehen.

Sie waren durch den dichtesten Pulk hindurch, als der Ausrufer noch einen Namen schrie.

»Pierre Keroy! Bekannt als Lachine!«

Erschrocken drehte Judith sich um. Über die Köpfe der Schaulustigen hinweg konnte sie nur noch das erhabene Schafott sehen.

»Für das Verbrechen des Mordes«, ergänzte der Rufer, woraufhin in der Menge lautes Gemurmel und Fluchen ausbrach. Keiner von ihnen achtete mehr auf Abraham. Judith drückte seinen Arm.

Der Ausrufer wartete, bis sich der Lärm gelegt hatte.

»Verurteilt wegen Mordes an unserem beliebten Mitbürger Gerard Snellings«, fuhr er schwungvoll fort.

Die Wache führte Lachine die Stufen zum Schafott hinauf. Das Gesicht des Franzosen war schmutzverkrustet, trotzdem reckte er sein Kinn hochmütig wie immer. Seine Hände waren vor ihm gefesselt, und er erhob sie, während er über die Menge hinwegblickte.

»Ich bin unschuldig!«, brüllte er. »Es war kein Mord!«

Der Henker schlug Lachine seitlich gegen den Kopf. Mit raschen, eingeübten Bewegungen hängte er ihm die Galgenschlinge um, stieß ihn zur Falltür und trat zurück, um den Hebel zu betätigen.

Judith wandte sich ab.

»Wir sollten das nicht sehen.« Ihr war so schwindlig, als hätte sie den Hieb kassiert. Nur mit Mühe gelang es ihr, Luft zu holen. Neben ihr weinte Abraham leise, obgleich er nichts von dem Geschehen mitzubekommen schien. Er wischte sich die Augen und sah sie an.

»Judith ...«

»Gehen wir«, sagte sie. Hinter ihnen konnte sie förmlich Lachines Beine ins Leere treten hören. Das war nie ihre Absicht gewesen. »Wir müssen gehen.«

»Warte!« Er griff mit der linken Hand nach der vorn an seinem Hemd aufgenähten Tasche. Der Winkel machte es ihm schwer, doch nach einer Weile zog er eine kleine Kette und einen runden Kugelanhänger heraus. »Die will ich nicht eine Minute länger bei mir haben.« Er gab ihr die Duftkugel. »Ich würde sie nicht verkaufen, selbst wenn ich gar nichts mehr hätte, Judith. Tut mir leid, dass ich sie genommen habe.«

Sie schlang die Finger um das Schmuckstück und streifte sein Kinn mit ihren Fingerknöcheln. »Danke«, sagte sie. Ihr kamen die Tränen. Hinter ihnen jubelte die Menge wegen irgendwas. »Lass uns gehen.«

Wieder nahm sie seinen Arm, und sie fädelten sich durch die Menge, bis sie den Rand erreichten, wo die Schaulustigen weniger wurden. Ein Stück entfernt lehnte Paulus van Beresteyn an einer Steinmauer und beobachtete die Hinrichtung. Seine Lippen waren in grimmiger Entschlossenheit zusammengekniffen, und in seinen kleinen Augen meinte Judith ein feuchtes Schimmern wahrzunehmen. Er beobachtete das Geschehen gebannt. Judith senkte den Kopf und führte ihren Bruder weiter weg. Dann aber ließ sie Abraham an einer Straßenecke stehen und ging zurück zur Menge.

»Waren Sie das?«

Paulus drehte sich zu ihr und runzelte die Stirn. »Was war ich?«

»Haben Sie ihn hinrichten lassen?«

»Ich habe ihn der städtischen Justiz übergeben. Wollten Sie nicht genau das?«

Sie schüttelte den Kopf, brachte aber nicht über die Lippen, was sie sagen wollte. Sie hatte Lachines Tod nicht gewollt. Hoffte sie zumindest. Ihr wurde übel.

»Ich bin Ihnen dankbar, dass Sie einen weiteren Verbrecher von unseren Straßen entfernt haben«, sagte er, den Blick aufs Schafott gerichtet, wohin sie nicht sehen konnte. Sie wollte mehr sagen, nur brachte sie keinen Laut heraus. Damit hätte sie rechnen müssen.

Wenige Schritte hinter ihr stöhnte Abraham. Einen Moment lang starrte Judith Paulus an, bevor sie zurück zu ihrem Bruder ging. Niemand hatte ihn beachtet, aber jetzt zerstreute sich die Menge.

»Wir müssen gehen«, sagte sie. Sie hielt Abrahams Ellbogen und führte ihn behutsam über die Kopfsteinpflasterstraßen zu ihrem Haus. Hinter sich glaubte sie, die Schritte des Henkers zu hören, der vom Schafott stieg.

Kapitel 29

Juli

Maria schlief. Sie schlief, wachte ungeheuer durstig auf und schlief wieder. Sie brannte, und sie fröstelte, während die Zeit um sie herum ausflockte und zerfiel wie die Überreste von verkohltem Holz im Herd. Wo sie war, konnte sie nicht genau sagen – auf einer Matratze irgendwo. Und sie glaubte, Judiths Stimme zu hören. Aber das war vielleicht auch nur ein Traum. Eine kühle Hand an ihrer Stirn beruhigte ihren rastlosen Körper und fror ihre Träume für einen pulsierenden Moment ein, bevor sie wieder wild durcheinanderwirbelten.

Tage vergingen, wie sie später begriff. Und sie hatte sich bewegt. Oder war bewegt worden.

Eines Nachts tauchte sie endlich aus ihrem benebelten Zustand empor. Sie versuchte, sich aufzurichten, was zu heftigen Schmerzen in ihrem Arm führte und zu einer vagen Erinnerung daran, warum sie hier war. Schließlich gelang es ihr, sich mit dem anderen Arm zum Sitzen aufzustemmen. Ihre Matratze und ein Haufen Decken lagen auf einem groben Holzboden, und sollte es hier ein Fenster geben, mussten die Läden geschlossen sein, denn es war nichts als seidige Dunkelheit auszumachen. Doch etwas an dem Geruch hier war beruhigend, etwas Erdiges, das Geborgenheit vermittelte. Und da war noch eine würzige Note, die Maria an zu Hause erinnerte. Farbe. Ihr war weder heiß noch kalt, obwohl ihr Schweißperlen auf der Stirn standen. Sie legte sich wieder hin, und vor Anstrengung, irgendetwas in der knarrenden, kratzenden Dunkelheit zu erkennen, schlief sie wieder ein.

Als sie erneut aufwachte, musste es dem sanften Licht und dem Straßenlärm nach zu urteilen Morgen sein. In der Nacht zuvor hatte sie geglaubt, im Schlafzimmer von jemandem zu sein, doch nun sah sie die nahen Dachbalken und die schrägen Wände. Sie war in einer Dachkammer.

Jemand kam die Treppe herauf, und Maria zog sich die Decken bis ans Kinn. Wieder fiel ihr der Geruch auf, und ihre Atmung wurde langsamer, als sie die Frau sah, die auf der Treppe erschien. Wahrscheinlich war sie eine Magd, denn sie war schlicht gekleidet und trug eine ausgeblichene, aber saubere Schürze über ihrem braunen Kleid.

»Na, das ist ja mal was! Sie sind wach«, sagte die Frau.

»Wo bin ich?« Maria hielt die Decken unter ihrem Kinn fest.

»Erinnern Sie sich nicht? In Judith Leysters Haus und Werkstatt.«

Seufzend schloss Maria die Augen. Sie war in Sicherheit! »Kommt Judith auch her? Sehe ich sie?«

»Gewiss wird sie kommen, aber ich weiß nicht, wann. Hier ist etwas Brühe für Sie. Trinken Sie die. Sie brauchen es, damit Sie wieder zu Kräften kommen.«

Maria setzte sich auf und verzog das Gesicht, als sie ihren rechten Arm bewegte. Ihr fehlte der Mut, ihren Ärmel nach oben zu ziehen und die Wunde anzusehen, doch sie war froh, dass der Arm noch da war. Vorsichtig trank sie die Brühe aus der warmen Schale, was einhändig nicht einfach war. Gleichzeitig beobachtete sie die Magd, die sich auf einen Hocker an der Wand gesetzt hatte.

»Ich bin Carolein«, sagte die Frau. »Und ich werde Ihnen helfen, so viel ich kann. Ich … wir … möchten, dass Sie wieder gesund werden. Aber dies ist ein geschäftiges Haus, müssen Sie wissen.« Carolein stand auf, strich sich den Rock glatt und ging davon.

Maria nickte. Es freute sie, dass Judith ein geschäftiges Zuhause hatte. Hoffentlich bedeutete es, dass ihre Werkstatt eine Menge Bilder verkaufte. Sie trank ihre Brühe, deren Wärme sich vom Bauch bis in die Fingerspitzen ausbreitete. Gern würde sie die Bilder ansehen, nachschauen, auf welche Szenen Judith ihr scharfes Auge gerichtet hatte. Oder vielmehr, auf welche Gefühle – denn es waren Emotionen, die Judith so gut einfangen konnte. Die flüchtige Fröhlichkeit, hinter der bereits der Tod lauerte. Oder den habgierigen Blick eines Freundes.

Maria stellte die Schale auf den Boden, zog ihren Ärmel hoch und sah die Wunde an.

»Carolein«, rief sie der Frau nach, die auf der Treppe stehen blieb, zurückkehrte und Maria fragend ansah. »Verzeihung, aber könnten Sie mir …« Maria versuchte, sich an eine von Saras Salben zu erinnern. »Schmalz besorgen? Und Honigklee? Bitte. Viel davon.«

Carolein betrachtete sie zunächst nur, dann nickte sie.

»Ich sehe, was ich tun kann.«

»Natürlich sind Sie sehr beschäftigt. Ich wäre Ihnen wirklich dankbar.«

Wieder nickte Carolein und lächelte verhalten. »Ich bin gut in meiner Arbeit, Maria. Und ich habe gehört, was Ihnen passiert ist. Ich achte es, wenn eine Frau ihre Bestimmung kennt, und werde helfen, wo ich kann.« Mit diesen Worten stieg sie die Treppe hinunter.

Es hatte sich wie ein Lob angehört, dennoch glühten Marias Wangen bei der Vorstellung, dass Carolein wusste, was mit ihr geschehen und wie sie so krank geworden war. Sie fragte sich, ob Judith es wusste.

Für die Heilsalbe war ohne Frage mehr als Schmalz und Klee nötig, und Maria legte sich hin, um nachzudenken, was Sara sonst noch hineingetan hatte. Wo war Sara jetzt? Weit weg von Haarlem, dessen war Maria sich sicher. Sara war niemand, der auf irgendjemanden wartete. Was Maria ihr gleichermaßen verübelte wie neidete. Sie legte sich anders hin und schnitt eine Grimasse vor Schmerz. Unten knarzte das Haus, und Geräusche von Schritten übertrugen sich durch das Holz. Die Räume füllten sich mit geheimnisvollem Leben.

Wieder nickte Maria ein, und als sie aufwachte, taten ihr die Beine und Hüften vom langen Liegen weh. Sie stellte die Füße auf den Boden und stemmte sich vorsichtig auf. Mit einer Hand an der Wand abgestützt, streckte sie langsam den Rücken und die Arme. Ihre Sicht verschwamm, und Maria trat dichter an die Wand, um sich mit beiden Händen abzustützen. Dann wartete sie mit geschlossenen Augen, dass der Schwindel verging. Wahrscheinlich waren das die Reste der Krankheit in ihren Körpersäften. Sie sollte ein Fenster öffnen, damit sie weggetragen würden. Behutsam drehte sie ihren steifen, schwachen Körper zu dem kleinen Fenster im Giebel. Ihre nackten Füße sträubten sich gegen die rauen Holzdielen, während sie die wenigen Schritte so schnell ging, wie sie konnte.

Als sie das schmutzige Glas erreicht hatte, blickte sie nach draußen. Der Himmel war blau, das Pflaster unten jedoch noch dunkel vom Regen. Mit einem stummen Schrei packte sie den Fensterrahmen. Auf der Straße stand ihr Vater und blickte hinauf zu ihr.

Ängstlich wich sie von dem Fenster zurück. Ihr Herz pochte wild. Sie holte Luft und sah wieder hin.

Immer noch stand der Mann dort, doch war er nicht ihr Vater. Er hatte ebenfalls einen silbergrauen Bart und einen kräftigen Oberkörper, nur war er jünger. Und als er wegging, sah sie, dass seine Bewegungen nichts von der typischen Trägheit ihres Vaters besaßen.

Maria sank wieder auf den Boden. Sie hatte ein Nachthemd an, vermutlich Judiths, und zupfte an dem groben Tuch über ihren Knien. Obwohl sie ihrem Vater gesagt hatte, dass sie Erfolg gehabt hätte, war ihre Reise ein weiterer Misserfolg gewesen. Sie lehnte den Kopf zurück. Zweifellos sorgte ihr Vater sich um sie, wahrscheinlich genügend, um ihr zu vergeben. Doch die Scham lastete schwer auf ihr, denn sie war nicht bloß gescheitert, sondern weggelaufen. Dunkle, schmerzhafte Demütigung durchdrang die Narben an ihrem Arm und ihrem Herzen. Sie würde mit Judith sprechen. Judith würde wissen, was sie tun und wie sie vor ihren Vater treten sollte. Es stand fest, dass sie zu ihm gehen musste. Doch ein paar Stunden mehr oder gar Tage würden dem Mann nichts ausmachen. Vorausgesetzt, Judith hatte ihm nicht schon Bescheid gesagt.

Sie musste abermals eingeschlafen sein, denn nach einer Weile öffnete sie die Augen und merkte, dass ihr Nacken wehtat. Überdies hatte sie vergessen, das Fenster zu öffnen. Wieder stand sie auf, und dieselbe Wolke wie zuvor nahm ihr den klaren Blick. Langsam erreichte sie das kleine Fenster. Mit zwei schwachen Stößen bekam sie es auf. Jemand musste es erst kürzlich geöffnet haben, dachte sie dankbar.

Sie atmete tief ein. Feuchte, salzige Meeresluft wehte ihr entgegen, und sie lächelte. Es roch nach Heimat.

Unten auf der Straße schlurfte eine bucklige Gestalt in einer Tunika mit ausgefransten Säumen und einer fadenscheinigen Kniebundhose vorbei. Er war ein Bettler, doch sein zögerlicher, angestrengter Gang und die Art, wie er sich hielt, erregten Marias Aufmerksamkeit. Langsam humpelte er am Straßenrand entlang, schien sich vor etwas zu fürchten und streckte seine linke Hand vor. Als er näher kam, erkannte Maria, dass an seinem rechten Arm, den er schützend an die Brust presste, der Unterarm fehlte. Ein Leprakranker. Die meisten Leute strömten an ihm vorbei, gaben vor, ihn nicht zu sehen, doch hin und wieder sahen eine Frau mit einem Einkaufskorb oder ein Mann in einem feinen Wams näher hin, nur um dann angewidert zurückzuschrecken.

Dann näherten sich zwei Männer. Ihre bestimmten und eiligen Schritte unterschieden sie vom Rest der Menge. Der Leprakranke duckte sich noch weiter in den Schatten am Straßenrand, dennoch kamen sie direkt auf ihn zu. Nach einem kurzen Gespräch nahmen die Männer den Leprakranken in ihre Mitte und zogen ihn in Richtung Marktplatz. Für einen Moment dachte Maria entsetzt, sie würden ihn zum Schafott bringen, bis ihr das Leprahaus einfiel. Vor ihren Reisen mit Sara hatte Maria selten Leprakranke gesehen, und selbst unterwegs war sie nur wenigen begegnet, wie etwa dem Geschwisterpaar, das an der Straße nach Den Haag gebettelt hatte. Alle Leprakranken waren eingesperrt, zu ihrem eigenen Wohl und dem der übrigen Stadtbewohner. Dieses Arrangement bot den Kranken einen Platz zum Wohnen, finanziert von den wohlhabenden Bürgern. Dennoch hatte sich in den Gesichtern der Kinder eine entsetzliche Angst gespiegelt, als sie sich Saras Wagen in dem Lager vor einem Dorf genähert hatten. Der Junge hatte Sara etwas zugeflüstert. Sara hatte genickt und den Verband am Ohr seiner Schwester abgenommen, um sich einen Ausschlag oder eine Läsion anzusehen. Sie hatte dem Mädchen eine Salbe und etwas Bier gegeben. Verlangt hatte sie dafür nichts, was Maria sonst nie bei ihr erlebt hatte.

»Manche Leiden sind zu ungerecht, um sie durch einen Preis noch schlimmer zu machen«, hatte Sara erklärt, als Maria sie verwundert ansah. »Und welches andere Gebrechen geht mit dem Fluch einher, eingekerkert zu werden?«

»Aber es wird für sie gesorgt.«

Sara schüttelte den Kopf, widersprach aber nicht. »Lass mich dir das Rezept für die Salbe zeigen. Ich verschenke sie, also kannst du mir auch helfen, sie zu machen.«

Es war das einzige Rezept, das Sara ihr in ihrer gemeinsamen Zeit verraten hatte. Nun presste Maria ihr Gesicht an das Glas, konnte aber nichts mehr von dem Mann sehen, der weggezerrt wurde. Allerdings erinnerte sie sich an das Rezept.

Es wurde Abendbrotzeit, und Judith war immer noch nicht oben gewesen. Mit Caroleins recht grober Hilfe zog Maria sich an und ging nach unten, um sich zum Haushalt zu setzen. Die beiden Jungen blickten sie mit großen Augen an. Judith, die bereits saß, lächelte ihr zu.

»Fühlst du dich besser?«

Maria musterte ihre Freundin, suchte nach einem Hinweis, dass sich die junge Frau in den Monaten, die sie getrennt gewesen waren, verändert hatte. Judiths Gesicht strahlte nach wie vor Selbstsicherheit aus, und Maria lächelte. »Ja, ich denke schon. Es ist bloß, nun ja, seltsam.«

»Seltsam? Ich hätte gedacht, dass du Schmerzen hast.« Judith bedeutete ihr, sich zu setzen.

»Natürlich habe ich Schmerzen. Aber es ist eher, als hätte ich noch nicht alle Teile von mir wieder beisammen.«

Der ältere Junge machte den Mund auf, jedoch gleich wieder zu und nahm neben ihr Platz.

»Fehlt Ihnen ein Teil?« Der Jüngere neigte den Kopf für einen Moment unter den Tisch und richtete sich wieder auf. Sein stumpfes blondes Haar wurde dabei zerzaust. »Sie haben beide Beine. Fehlt Ihnen etwas anderes?«

Maria schloss kurz die Augen. »Nein, ich glaube nicht.«

Carolein stellte eine Platte mit gerösteten Möhren und Rüben auf den Tisch, und der süßlich satte Geruch lenkte sie alle ab. Sie begannen zu essen, zupften Stücke von einem Brotlaib und schnitten Scheiben von einem runden, weißen Weichkäse ab. Das Brot war dünn und altbacken, und Maria fragte sich, ob Judith es bemerkte. Ihr Mahl war vom

Takt des Brotreißens und des Klapperns herumgereichter Teller begleitet.

Als sie fertig waren, rückte Maria ihren Stuhl näher an Judiths.

»Mein Vater, hat er …«

»Davit, Hendrik, geht die Werkstatt fertig aufräumen. Danach habt ihr frei bis zur Schlafenszeit.« Judith wischte sich den Mund mit ihrem schmalen Handrücken und beobachtete, wie die Jungen aus der Küche eilten. Carolein ließ sich Zeit damit, die Teller abzuräumen und zur Waschschüssel zu bringen.

»Dein Vater weiß nicht, dass du hier bist«, sagte Judith. Sie sah weiter zum Tisch und glitt mit einem farbbefleckten Fingernagel über eine Holzmaserung. »Als du krank warst, schien sich dein Zustand zu verschlimmern, sobald jemand ihn erwähnte. Als ich dich in Den Haag sah, bist du vor mir zurückgewichen, erinnerst du dich? Du wolltest mich nicht sehen. Oder wolltest nicht, dass ich dich sehe. Es hatte den Anschein, als wolltest du verschwinden. Deshalb dachte ich, dass ich dich zuerst wegen deines Vaters fragen sollte.«

»Da bin ich froh, danke.« Sie beobachtete Judith aufmerksam, doch die hielt ihren Blick gesenkt.

»Maria.« Judith schloss ihre Augen länger. »Dein Porträt. Warum hast du es verbrannt?«

Vorsichtig neigte Maria ihren Kopf. »Ich habe getan, was ich tun musste.«

»Wie kannst du das sagen?«

»Es war ein Opfer.« Die Worte schmeckten bitter, und ihre Gefühle zerkrümelten gleichsam zu Staub, als sie es zu erklären versuchte.

»Nein, verstehst du nicht?« Judith blickte auf. Sie wirkte wütend. »Malen ist kein Geschäft. Kunst und Schönheit richten alles, was hier so hässlich ist.« Sie schwenkte eine Hand durch die kleine, saubere Küche, in der zwei blanke Kupferpfannen an der Wand hingen. »Warum solltest du das zerstören?«

»Du begreifst es nicht.« Maria wünschte, sie hätte die Kraft, sich zu erklären, aber sie war so erschöpft, dass sie sich kaum noch aufrecht halten konnte. Andernfalls hätte sie Judith widersprochen, hätte gesagt, dass Malerei nichts anderes war als eine Form, Pigmente in bare Münze zu verwandeln. Doch sie wollte nicht streiten.

Judith packte die Tischkante und sah aus, als wolle sie widersprechen, sank jedoch zurück auf ihren Stuhl. »Tut mir leid, ich wollte nicht … Es war wohl alles ein bisschen viel. Erst du und dann Abraham.« Sie schüttelte den Kopf. »Was ist mit deinem Vater, Maria? Was sollte ich sagen?«

Maria hob eine Hand an ihren Mund. »Abraham? Ist er wieder da?«

»Er wurde verletzt«, antwortete Judith kaum hörbar. »Er wird wieder. Denke ich.«

»Was ist passiert? Vielleicht kann ich helfen.«

Judith sah sie verwundert an.

»Ich habe ein wenig Heilen gelernt. Nur ein bisschen, weil ich ja nur einige Wochen mit Sara zusammen war. Mit der Heilerin, meine ich. Aber ich habe gut aufgepasst.«

»Seine Hand wurde gebrandmarkt, und er wurde ausgepeitscht.« Judith senkte den Blick erneut zur Tischplatte und blinzelte ihre Tränen weg.

Maria kniff den Mund zusammen, ehe die falschen Fragen aus ihr heraussprudelten. »Wie lange ist das her?«

»Es war gestern.«

Sie wusste nicht, was sie sagen sollte, und ihre Müdigkeit drohte sie zu übermannen.

»Gewiss erholt er sich wieder, Judith«, erwiderte sie schließlich. »Die Peitschenwunden verheilen. Es bleiben natürlich Narben, aber er wird nicht krank davon.« Maria war unsicher, ob es stimmte, wünschte es sich jedoch sehr. Sie zwang sich, Judiths Hand zu drücken. Abrahams Brandmarkung zu erwähnen wagte sie nicht.

Judith wich zurück und blickte auf. Ihre Augen waren gerötet und feucht.

»Du verstehst das nicht. Er ist ein Verbrecher. Sie haben seinen Namen auf dem Platz verlesen, und jetzt hat er ein D auf seiner Hand, falls noch irgendjemand Zweifel haben sollte. Wie soll ich jetzt Gemälde an ebenjene Leute verkaufen? Wer wird Kunst von einer Familie kaufen, die sich als verkommen erwiesen hat? Es ist so schon schwer genug. Gott verdammt!« Sie knallte die flache Hand auf den Tisch.

»Es … Es tut mir leid.« Maria bemühte sich, ruhig zu sprechen.

Kopfschüttelnd stand Judith auf. »Auch wenn es selbstsüchtig klingt, du verstehst es nicht.« Sie räusperte sich. »Wir werden sehen, was geschieht. Morgen rede ich mit Jan Miense Molenaer. Auf unserer Reise – mit dir, du weißt schon – sagte er, dass er mir vielleicht noch Leinöl abtreten kann. Es hätte einen Verkauf geben sollen, aber der hat bisher nicht stattgefunden, vermute ich.«

Maria wollte nachfragen, doch Judith kam ihr zuvor.

»Ich vergaß, dass du all das versäumt hast. Man findet kaum Leinöl, und gibt es welches, ist es zu teuer für mich. Entschuldige, ich sollte nicht davon anfangen. Du musst wieder ins Bett.«

»Das ist eigenartig.« Maria blickte hinüber zu Carolein, die ihnen den Rücken zugekehrt hatte und die Teller schrubbte. Sie fragte sich, wie lange Judith sich noch den Lohn für die Magd leisten könnte. Und nun, da sie mit Abraham und ihr zwei zusätzliche Mäuler zu stopfen hatte, mussten ihre Mittel arg beschränkt sein. Maria wurden die Glieder schwer, als könne sie das Gewicht fühlen, das auf Judiths Schultern lastete. Sie hatte offensichtlich zu viele Menschen zu ernähren. Dennoch konnte Maria nicht zu ihrem Vater zurück. Sie konnte sich seinem Missfallen nicht stellen.

»Judith, ich habe eine Idee, wie ich helfen kann.«

Judith blieb an der Tür stehen und schüttelte den Kopf. »Es ist nett, dass du dich sorgst, doch ich habe keinen Platz in der Werkstatt für noch eine Malerin. Trotzdem danke.«

»Nein, das ist es nicht. Ich denke an die Heilrezepturen, die ich gelernt habe.«

Judith lächelte matt. »Danke für das Angebot, aber ich wüsste nicht, wie uns das helfen soll.«

»Ich muss etwas tun, Judith. Hier bin ich offensichtlich eine zusätzliche Last, doch noch kann ich nicht zu meinem Vater zurück.«

Judith trat einen kleinen Schritt vor, auf Maria zu, und blieb stehen. »Warum nicht? Und ich sage nicht, dass du es sollst.«

Wieder sah Maria sich zu Carolein um. Bei dem Topfklappern in der Waschschüssel war unwahrscheinlich, dass die Magd hörte, was gesagt wurde. Dennoch war Maria nicht wohl dabei, vor ihr zu sprechen. »Ich habe ihn enttäuscht.« Als sie es aussprach, wurde sie rot. Sie log, und sie wusste es. Ja, sie schämte sich, doch es gab mehr Gründe, weshalb sie hierbleiben wollte. Aber jene Wahrheit war zu tief in ihr vergraben. Sie zu enthüllen wäre sehr schmerzhaft. Mehr als alles andere wünschte Maria sich, hierbleiben zu dürfen. Auch, weil ihr das vielleicht die Chance gab, zu richten, was zwischen Judith und ihr schiefgegangen war.

Judith nickte, drehte sich um und verließ den Raum.

Kapitel 30

Mit dem Ärmel wischte Judith sich den Schweiß von der Stirn. Die ungewöhnliche Hitze machte es schwierig, auch nur zu atmen. Blinzelnd versuchte sie, sich zu konzentrieren und die Rechnung in ihrem Haushaltsbuch zu prüfen. Es war immer noch nicht annähernd genug Geld da, und sie hatte kein Leinöl gefunden, das sie sich leisten konnte. Von einem Verkauf hatte sie ebenfalls nichts gehört. Seufzend stützte sie den Kopf in die Hände. Von oben hörte sie die gedämpften Stimmen der Jungen, die beim Arbeiten miteinander scherzten. Das zumindest war Balsam für ihre geschundene Seele.

Sie hob den Kopf wieder. Es blieb keine andere Wahl, als Jan Miense Molenaer aufzusuchen. Seit dem Nachmittag, an dem er sie mit Willem gesehen hatte, hatten sie kaum miteinander gesprochen. Jedes Mal wenn sie sich zufällig auf der Straße oder bei einer Auktion begegneten, wollte Judith seine Hand ergreifen und ihm alles erklären, konnte es aber nicht. Es gab keine Erklärung, die nicht zwangsläufig ihr Mitwirken an Lachines Tod und ihre Dummheit entlarven würden. Dies hier jedoch war ein Geschäft. Sie stand auf und ging in die Küche, um sich etwas kaltes Wasser ins Gesicht zu spritzen, ehe sie das Haus verließ. Als sie die Tür schließen wollte, hielt sie inne, lief wieder nach drinnen, holte ihre Duftkugel und schnupperte an den Nelken, die sie zwei Tage zuvor hineingelegt hatte. Sie dufteten immer noch. Judith hängte die Kette an ihr Taillenband und trat auf die Straße.

Bei Jan öffnete eine Bedienstete. Die Frau, die älter und verlebter als Carolein war, schürzte die Lippen und musterte Judith zunächst, bevor sie ihr erlaubte, ins Haus zu treten. Die Bedienstete rief nach Jan und ließ Judith in der hellen Diele stehen. Das Licht hier war sagenhaft, musste Judith gestehen. Sogar noch besser, als sie seiner Beschreibung nach erwartet hatte. Sie wusste, dass er mehr Miete bezahlte als sie, vor allem seit sein Mitmieter ausgezogen war, aber vielleicht war dieses Haus es wert. Sie hob einen Arm und schaute sich an, wie das Licht all die unterschiedlichen Nuancen des schwarzen Wollstoffs hervorhob. Ein Hauch von Silber hier, ein Mitternachtsschwarz dort. Nicht schlecht.

»Bist du gekommen, um Schattenbilder auf meinen Fußboden zu werfen? Ich hörte, dass es auf den Ostindischen Inseln ein beliebter Zeitvertreib ist.« Jan stand in einer Tür links und wischte sich die Hände an seinem Malkittel ab. Er lächelte.

Judith senkte hastig den Arm und bereute es sofort.

»Wäre es doch der einzige Grund meines Kommens!« Sie lächelte, und der Knoten in ihrer Brust lockerte sich ein wenig. »Aber ich bin eigentlich hier, um dich um einen Gefallen zu bitten. Du hast gesagt, dass du etwas Leinöl erübrigen könntest, und ich hoffe, dir welches abkaufen zu können. Nur ein bisschen, um bis zur nächsten Lieferung auszukommen.«

»Ist eine Lieferung geplant?« Er kam einen Schritt näher, und sie konnte ihn beinahe berühren.

»Nun ja, nein. Ich meine, ich weiß nichts von einer.« Sie errötete. »Aber ich nehme an, dass eine kommt. Bei den vielen Malern hier wird jemand an uns verkaufen wollen, nicht wahr?«

Jan nickte und sah sie kurz an. Dann schweifte sein Blick zu dem Fenster hinter ihr ab, und auf der Straße draußen lachte eine Frau. Judith stockte der Atem.

»Ich gebe dir welches«, erklärte er und schaute sie wieder an. »Und ich will nicht, dass du dafür bezahlst. Keine Widerrede, das ist nicht verhandelbar. Mehr kann ich nicht entbehren, weil ich selbst nicht weiß, wann ich wieder neues bekommen kann.«

Sie hielt seinen Blick und bemerkte, dass er vollkommen ernst war. »Danke«, sagte sie, und ihr wurde heißer, als es die Hitze des Tages rechtfertigte. Jan drängte sie nicht, über Willem zu reden, und dafür wollte sie ihn auf die Wange küssen. Sie zögerte. »Darf ich fragen ... Wo hast du gefunden, was du hast?«

Er verschränkte die Arme und blickte zu Boden. »Frans Hals. Er hat mir ausgeholfen, und mehr kann ich leider nicht sagen, Judith, bedaure.«

»Etwas geht vor, oder?« Sie machte einen Schritt auf ihn zu. Sein goldener Bart schimmerte oberhalb der Lippen, die gleichermaßen weich wie fest wirkten. Sein Gesicht war ihr schon so lange vertraut, dass es die Stadien von neu auf bekannt durchlaufen hatte, um jetzt wiederum in ein neues Stadium überzugehen. Sie biss die Zähne zusammen und ermahnte sich, nur an das Öl zu denken. »Da ist etwas, dessen bin ich gewiss.«

Er hielt die Arme weiter verschränkt. »Hör mal, ich

kann nichts sagen, weil ich nichts weiß. Aber du kannst versuchen, mit Frans zu reden.«

Nun war es Judith, die trotzig ihre Arme verschränkte. »Ja, sicher. Ich bitte ihn dann auch gleich, mir meinen Lehrling zurückzugeben. Hast du gewusst, dass ich deshalb eine Strafe zahlen musste? Wir sind nicht unbedingt gut aufeinander zu sprechen.«

»Dann sprich mit Frans de Grebber. Ich habe seinen Namen gehört. Und er scheint keine Schwierigkeiten zu haben, Materialien zu bekommen.«

Sie nickte, obwohl ihre Zuversicht erst recht schwand. Ihren früheren Meister über Maria zu belügen behagte ihr nicht. Und sie befürchtete, dass er sie ohne Zögern belügen würde, wenn es galt, seine Werkstatt und seine kostbare Unabhängigkeit zu schützen. Jan hob eine Hand, um ihr zu bedeuten, sie möge kurz warten. Als er sich zum Gehen umdrehte, bemerkte sie die Muskelwölbungen an seinen Waden, und abermals schoss ihr die Hitze in die Wangen.

Wenige Minuten später kehrte er mit einem irdenen, verkorkten Krug zurück, der aussah, als würde er genügend Leinöl für drei Wochen enthalten. Er gab ihn ihr, und vor lauter sprachlosem Entzücken konnte sie lediglich hörbar nach Luft ringen. Seine Finger streiften ihre, als er ihr den Krug überreichte, und sie fand die Worte nicht, ihm von Herzen zu danken. Würde sie das neue Gemälde ansprechen, an das sie dachte, würde er es vielleicht verstehen. Es sollte das Bild eines Spielers sein, der lachte, während er seine Freunde betrog. Sie könnte Jan fragen, wie er solch eine heikle Verratsszene abbilden würde. Er würde verstehen, wovon sie sprach. Was die wenigsten anderen täten, wie sie in diesem Moment gewahr wurde.

»Es hilft sehr«, begann sie. Er hob eine Hand, um sie zum Schweigen zu bringen, und machte Anstalten, wieder zu gehen.

Sie verlagerte den Krug in ihren Armen und blickte in Richtung seiner Werkstatt. »Ich wollte noch fragen – woran arbeitest du gerade?«

Er drehte sich zurück zu ihr. »Möchtest du es sehen?« Lächelnd schwang er einen Arm zur Seite, um sie einzuladen.

Judith stellte den Krug neben der Haustür ab und ging an ihm vorbei. Dabei fiel ihr ein Haar an seiner Wange auf, dass sein Rasiermesser mehrere Tage in Folge verfehlt haben musste. Es war dunkler als der Schnauzbart. Judith schmunzelte. Sie wollte ihn nach der Farbe seines Barts fragen, konnte sich aber gerade noch rechtzeitig davon abhalten.

Gemeinsam betraten sie seine helle Werkstatt, und Jan zeigte auf eine aufgespannte Leinwand auf einer Staffelei. Der grinsende Junge in der Mitte leuchtete und hielt eine Katze in den Händen. Auf der linken Seite war bisher nur die Unterzeichnung, doch Judith erkannte bereits, welches Bild am Ende herauskommen würde.

»Schon wieder das, Jan? Anscheinend magst du diese Kinder.« Sacht berührte sie den gemalten Ärmel des Jungen mit einem Finger.

Er lächelte. »Hans ist ein sehr gutes Modell. Ich muss ihn weidlich nutzen, bevor er zu groß wird.«

»Es freut mich, dass du meine Mütze nicht verloren hast.« Sie zeigte zu einer Pelzmütze, die auf einem Tisch lag. In dem Bild auf der Staffelei trug der Junge sie.

»Niemals«, antwortete er übertrieben entsetzt. »Und du bekommst sie zurück, versprochen.«

»Ach ja?«

»Was denn, vertraust du mir nicht?« Da war wieder dieses Lächeln, und Judith sah zur Seite.

Dann zeigte sie auf die Katze, die der Junge hielt. »Eine Katze, die man zu fest hält, kann sich in einen Löwen verwandeln«, sagte sie.

Er blickte sie fragend an. »Was meinst du?«

»Nichts. Es ist nur etwas, das ich mir oft sage. Vielleicht zu oft.« Sie betrachtete ihre Hände und ermahnte sich, dass sie zu viel redete. »Du hast recht. Ich sollte lieber mit Frans de Grebber sprechen. Nur weiß ich nicht, was ich tun soll, wenn er nach Maria fragt.«

»Willst du es ihm sagen?« Jan trat einen Schritt zurück und lehnte sich an die Wand.

»Nein. Ich weiß nicht. Sie will nicht, dass ich es ihm sage, aber vielleicht sollte ich.«

»Falls es dir hilft, dein Öl zu bekommen, meinst du.«

Judith zuckte zusammen, als hätte er sie geohrfeigt. »Wie kannst du so etwas unterstellen?«

»Entschuldige, das war grausam.« Er presste die Lippen zusammen und sah zu seinem Daumen. »Ich habe es nicht so gemeint. Ich wollte das nicht sagen.«

Sie hielt den Krug an ihre Brust und blickte ihn an. Also war er immer noch wütend. Oder er verwechselte ihre Entschlossenheit mit Selbstsucht, wie alle anderen auch. Sein Mund war offen, doch er setzte nichts mehr hinzu. Schließlich wandte Judith sich zum Gehen.

»Danke für das Öl«, sagte sie. »Ich vergelte es dir, so gut

ich kann. Also falls du Requisiten brauchst oder irgendwas.«

Er blieb in der Werkstatt. »Ich denke drüber nach«, rief er, wobei seine Stimme matt klang.

Judith verließ das Haus.

Sie ging heim und stellte das Öl unter einem Tisch in ihrer Werkstatt ab. Unten in ihrem Schlafzimmer nahm sie die Duftkugel von ihrem Rockbund, legte sie in das Kästchen und vergrub es tief in ihrer Kleidertruhe. Anschließend verließ sie das Haus wieder, ohne jemandem ein Wort zu sagen, und machte sich auf den Weg zu de Grebber.

Kapitel 31

Judith nahm die Abkürzung durch die hallende Grote Kerk, wo sie den Prälaten mit einem Mann streiten hörte, der den Fußboden fegte. Was macht es schon, dachte sie, während ihre Schuhe auf dem Steinboden klackerten, wenn sich in der Ecke etwas Staub sammelt? Gewiss würde Gott solch eine Kleinigkeit nicht stören. Andernorts türmte sich so viel Schmutz. Der Prälat hinter ihr behauptete starr das Gegenteil. Sie lauschte den wenigen Worten, die sie aufschnappte. Vielleicht irrte sie sich und Gott brauchte Perfektion. Oder zumindest das Streben danach. Judith ging hinaus in das von tief hängenden Wolken gedämpfte Licht und fragte sich, was Marias Gott verlangte. Wie viel Mühe ausreichend war. Es war, als würde man fragen, wie hell eine Kerze sein musste, um ein Modell zum Malen zu beleuchten.

Bis sie an de Grebbers grüne Tür klopfte, hatte sie immer noch nicht entschieden, was sie sagen würde. Unbehagen überkam sie, und ihr Magen verkrampfte sich. Es war untypisch für sie, so schlecht vorbereitet zu sein. Sie machte einen Schritt rückwärts und fühlte einen spitzen Stein, der gegen ihre Schuhsohle drückte. Drinnen näherten sich Schritte der Tür, und Judith strich ihr Kleid glatt.

Frans de Grebber öffnete. Er war in einem fadenscheinigen Morgenrock, der gleichzeitig als Kittel diente, wie die Farbspritzer auf den Ärmeln verrieten. Stirnrunzelnd sah er Judith an, und für einen Moment fürchtete sie, er hätte sie vergessen.

»Frans.« Sie würde ihn als Gleichgestellten behandeln, nicht mehr als ihren Meister. »Ich möchte mit dir über Leinöl reden.«

Stöhnend neigte er den Kopf. »Es steht nicht zum Verkauf.« Nun sah er sie an und atmete schnaubend aus. »Nicht einmal für dich, Judith, bedaure.« Er legte die Hand an die Tür.

»Nein, warte bitte. Ich will auch keines kaufen. Das heißt, ich würde, falls du gewillt wärst, aber deshalb bin ich nicht hier. Ich möchte über die Situation sprechen, sonst nichts. Wie ich hörte, könntest du wissen, warum der Preis ständig steigt.«

»Solltest du nicht malen? Sieh dir an, welches Licht du verpasst. Es ist ideal. Wenn du mich jetzt entschuldigst. Selbst wenn du nicht arbeiten musst, Judith, ich muss es sehr wohl.« Er machte Anstalten, die Tür zu schließen.

»Warte! Nein, ich … Warte!« Sie streckte eine Hand vor, um die Tür aufzuhalten, und hinter ihr fauchte eine Katze. »Maria. Ich habe Maria bei mir.«

Er warf die Tür weiter auf, und seine ohnedies eingefallenen Züge sanken noch weiter ein. »Was? Maria?«

Judith ließ den Kopf hängen. Sie war widerwärtig, und Jan hatte recht. Ihre Loyalität hatte keine Minute überdauert. »Darf ich bitte reinkommen?«

Er ging zur Seite.

Judith betrat die große Diele. Einst hatte sich dieser Ausstellungs- und Familienraum wie ein Zuhause angefühlt, und sie stellte fest, dass er sich kaum verändert hatte. Eine seltsame Mischung aus Heimweh und Einsamkeit regte sich in ihr. An den graubraunen Wänden hingen dieselben Gemälde, und das gleiche Licht fiel durch die hohen Fenster hinein. Doch auf den zweiten Blick erkannte sie, dass viele der Bilder schief hingen und die Rahmen stumpf von Staub waren.

»Was soll das heißen, dass du Maria bei dir hast? Was geht da vor? Du hältst sie doch nicht gegen ihren Willen fest, oder?« Er kam näher, und Judith roch bittere Fäulnis in seinem Atem. An den Füßen hatte er Hausschuhe, wie sie eigentlich nur Frauen trugen.

»Nein, nein. Das habe ich nicht gemeint. Sie wohnt bei mir. Sie war verletzt, aber jetzt geht es ihr gut.« Judith wurde übel vor Selbstverachtung. Jans Worte hallten ihr durch den Kopf, und sie presste eine Hand an ihre Schläfe. »Können wir uns irgendwohin setzen? Dann erkläre ich es.«

Er nickte bedächtig und ging voraus zu den Stühlen, die er für Gäste bereitstellte, die kamen, um seine Bilder anzuschauen. Judiths Erfahrung nach hatte Frans nie vorzutäuschen versucht, dass er sich an die Gilderegeln hielt und ausschließlich auf dem vorgeschriebenen Weg verkaufte. Sie blickte sich genauer um. Die Gemälde in diesem Zimmer mit dem Fenster zur Straße und dem Kamin waren fast exakt dieselben wie vor wenigen Monaten. Das von Daniel in der Löwengrube, das nach wie vor neben einem Fenster hing, hatte sie nie gemocht. Die formalisierten Figuren, das frische Gesicht Daniels und der prachtvoll strahlende Himmel verharmlosten das Entsetzliche des wahren historischen Moments. Diesen echten Schrecken zu beschönigen, um ein hübsches Bild zu bekommen, war ihrer Meinung nach grotesker als jede gemalte Leiche. Deshalb malte sie keine Bibelszenen. Für solche Werke fehlte ihr der Sinn.

Sie setzten sich auf zwei Holzstühle mit hohen Rückenlehnen, und Judith faltete die Hände. Nachdem sie sich geräuspert hatte, blickte sie abermals zu den Gemälden. Sie hatte sich geirrt, wie sie feststellte. Es hingen mindestens zwei neue da. Ein Porträt von Maria, das dem großen Spitzenkragen zufolge einige Jahre alt sein musste, und ein Genrebild von Trinkern an einem Tisch – ein ungewöhnliches Motiv für Frans. Blinzelnd neigte Judith sich ein wenig vor. Einer der Männer auf dem Bild war Gerard Snellings.

»Ist das Gerard Snellings? Auf dem Bild dort. Der Pekelharing?«

»Wer?« Er zog die Brauen zusammen und versuchte, ihrem Blick zu folgen.

»In der Trinkerrunde dort. Ist das Gerard Snellings?« Sie bemühte sich, nicht zu aufgeregt zu klingen.

»Der? Kann sein. Ich weiß eigentlich nicht …« Seine Stimme verlor sich, und er sah sie mit einem strengen Blick an. »Hör mal, ich will nicht über meine Modelle reden. Meine verfluchten Modelle. Erzähl mir bitte von meiner Tochter.«

»Na schön.« Judith holte tief Luft. »Maria ist wohlauf. Sie war krank, als ich sie holte und zu mir nach Hause brachte. Aber jetzt geht es ihr besser. Sie ist noch nicht lange bei uns, erst seit etwa einer Woche.«

»Eine Woche lang hast du es geheim gehalten?«

Judiths Wangen glühten, und sie sah zu ihren gefalteten Händen. »Ja. Sie bat mich, nichts zu sagen. Obwohl sie es dir bald erzählen wollte. Das hat sie gesagt.«

Frans sackte auf seinem Stuhl zusammen. Die grauen Stoppeln auf seinen Wangen verliehen ihm etwas schimmernd Geisterhaftes.

»Ich weiß nicht, was ich getan habe«, sagte er kaum hörbar. »Und weißt du was, Judith? Diese Reliquie? Dieses verfluchte Knochenstück? Der Himmel vergebe mir. Der Priester schickte es mir drei Wochen nach ihrer Abreise. Sie hat ihren Auftrag getreulich erledigt, und trotzdem ist sie geflohen. Ich begreife nicht, was ich falsch gemacht habe.«

Beide schwiegen eine Weile. Von draußen waren die Hufschläge eines vorbeitrottenden Maultiers zu hören, und irgendwo in der Nähe wurde gehämmert. Frans' Schmerz war deutlich zu spüren, und Judith fühlte sich hilflos.

»Darf ich dich nach dem Leinöl fragen?«, sagte sie zögerlich. Falls Jan bezüglich ihres korrupten Charakters recht hatte, könnte sie ebenso gut versuchen, ihre Werkstatt zu retten.

Frans atmete hörbar ein. »Richtig. Das Öl. Was für ein heiliges Durcheinander. Diese Narren!«

»Was meinst du?«

Er sah sie nachdenklich an, und sein Gesicht bekam wieder etwas Farbe. »Wenn du es noch nicht begriffen hast, bin ich nicht sicher, ob es sich lohnt, die Sache mit dir zu besprechen.«

Sie biss sich auf die Unterlippe. »Jemand treibt den Preis nach oben, so viel ist klar. Sie verknappen das Angebot, damit Leute wie ich überall suchen und das Überleben ihrer Werkstatt riskieren, um Leinöl zu kaufen. Leute, die nicht berühmt sind und lediglich überleben wollen.«

»Und wer würde das tun wollen? Nein, wer könnte es tun?«

Sie dachte an die Besprechung, die sie belauscht hatte. »Nun, eine Menge Leute benutzen Leinöl zu unterschiedlichen ...«

»Nein, sei nicht dumm. Du weißt, dass es um Maler geht, hast es quasi selbst gesagt. Um zu viele Maler, die ihre Kunst an eine wohlhabende Klientel verkaufen möchte, die auch viele andere Möglichkeiten hat, ihr Geld auszugeben. Warum ein bemaltes Stück Holz kaufen, wenn man einen Bierkrug aus Zinn haben kann? Oder eine Karte, um weltgewandt auszusehen. Oder, noch besser, eine blühende Tulpe, um reich zu wirken.«

Judith kratzte Farbe von der Innenseite ihres Handgelenks. Outgert Akersloot war bei dem Treffen gewesen. »Es sind die Anführer der Gilde, nicht wahr? Sie müssen jeden in die Gilde zwingen, wollen aber nicht, dass wir alle verkaufen.«

Er grinste und verschränkte die Arme.

»Wie kommst du zurecht?«, fragte sie. »Stimmt es, dass du Öl hast?«

»Hör mal, ich halte mich nicht an diesen abscheulichen Plan. Aber ich mische mich auch nicht ein. Den Narren bin ich schon vor Monaten auf die Schliche gekommen. Sie hatten versucht, mich mit der Reliquie abzulenken, und vielleicht ist es ihnen sogar gelungen, in gewisser Weise.« Er blickte kurz zu seinen Händen. »Aber ich kam dahinter, und sie mussten mir welches zum üblichen Preis verkaufen. Ich helfe ihnen nicht, es aufzukaufen, aber ich schreibe auch keine Pamphlete darüber. Ist nicht meine Sache.«

»Warum hast du es mir nicht eher gesagt? Ich dachte …«

»Warum hast du mir nichts von Maria gesagt?«, unterbrach er sie achselzuckend.

Irgendwo im Haus rief ein Junge nach ihm, doch Frans beachtete es nicht.

»Was kann ich tun?«, fragte Judith. »Ich kann sie nicht melden, denn meine Familie genießt in dieser Stadt keine Glaubwürdigkeit. Niemand würde eher mir als Frans Hals und Pieter Molijn glauben.«

»Und du hast keinen Beweis.«

»Und ich habe keinen Beweis.« Eine Geschichte über Gesprächsfetzen, die sie gemeinsam mit einem Verbrecher unter einem Fenster hockend aufgeschnappt hatte, würde ihr wenig nützen.

Frans seufzte. »Wie gesagt, Judith, Leute nutzen Leinöl für eine Menge Dinge. Es gibt reichlich von dem Zeug da draußen, und es wird auch nach Haarlem kommen. Diese Männer haben sich übernommen. Sitz es aus. Du schaffst das. Versuch es mit Walnussöl, wenn du es dir leisten kannst. Das wird nicht ewig so gehen.«

Judith musste sich ermahnen, ruhig zu atmen. Sie sorgte sich nicht um die Ewigkeit, sondern darum, was in drei Wochen war, wenn das Öl von Jan verbraucht sein würde.

»Und ich verkaufe dir ein wenig von meinem. Aber allzu viel kann ich dir nicht geben. Mein Vorrat ist nicht unbegrenzt, und auch ich habe nur sehr eingeschränkte Mittel.«

Die Anspannung in ihren Schultern löste sich ein wenig. »Danke.«

»Ich komme bald vorbei und besuche Maria«, sagte er, wobei er sie prüfend ansah. Judith nickte.

Kapitel 32

Eine Straße von Frans de Grebbers Haus entfernt blieb Judith stehen und hielt beide Hände vor ihr Gesicht, die Fingerspitzen fest auf ihre Lider gedrückt. Ihr war gleich, wer sie sah. Sie konnte malen, ja, und das war ein Segen. Aber wie lange? Und was nützte es, wenn jemand anderes kontrollierte, ob sie es tat oder nicht? Ihre Werkstatt hätte ihr Unabhängigkeit verleihen sollen und verhindern, dass sie den Launen von ihr nicht wohlgesonnenen Männern ausgesetzt war. Männer, die sie nicht anerkannten. Und für dieses Wissen hatte sie das Versprechen gebrochen, das sie ihrer Freundin gegeben hatte. Sie bohrte die Finger in die Vertiefung unterhalb ihrer Augenbrauen, holte tief Luft und ging dann weiter.

Ein Mann in einem Schlapphut und einer Wollweste kam ihr mit einer Schubkarre voller Kohlköpfe und einigen wenigen Artischocken entgegen. Gedankenverloren nickte Judith ihm zu und erschrak, als sie mit dem Fuß gegen etwas Hartes stieß. Ein Kohlkopf kullerte über die Straße und landete im schmutzigen Rinnstein. Der Mann, der seiner verlorenen Ware nachjagte, öffnete den Mund, als wolle er einen Fluch ausstoßen, schloss ihn jedoch gleich wieder und sah Judith erbost an. Sie entschuldigte sich und wollte eine Stuiver-Münze aus ihrer Tasche holen, doch er ignorierte sie, während er sein Gemüse aufsammelte. Beschämt ging sie weiter.

Zu Hause gab sie Hendrik den Auftrag, Farben mit dem neuen Öl anzurühren. Während er ein wenig Öl in einem kleinen Kupfertopf erhitzte, den er mit einer Zange übers Feuer hielt, begann Judith, auf der letzten vorbereiteten Holztafel zu malen. Natürlich hätte sie mit Maria sprechen müssen. Sich bei ihr entschuldigen und sie auf ihren Vater vorbereiten, der gewiss bald kommen würde. Aber Judith fehlten die Worte. Wenn sie Maria einfach erzählte, wie es abgelaufen war, musste sie auch gestehen, wie schnell sie die Freundin verraten hatte. Nein, sie brauchte eine bessere Lösung. Sie musste die Szene überzeugend komponieren, wie sie es bei einem Bild machen würde.

»Davit, setz dich hierher. Ich brauche dich als Modell für die Unterzeichnung.« Für den Porträtteil konnte sie später Modelle anheuern. Doch jetzt musste sie die Bildeinteilung skizzieren. Das Motiv waren spielende Kinder, die Krachmachern lauschten und die die Freiheit ebenso sehr genossen wie die Disharmonie. Anschließend, sofern sie das Geld für eine weitere vorbereitete Unterlage auftrieb, konnte sie mit dem Spielerbild beginnen. Der Genuss, jemand anderes sündigen zu sehen, war groß. Daher würde das Bild gewiss einen Käufer finden. Vielleicht jenen Schneider, den sie endlich gesprochen hatte, während Maria sich erholte. Aber ein Gemälde nach dem anderen.

Davit musste ein Instrument halten, entschied sie und holte den Rummelpot, eine über eine Schale gespannte Schweinsblase, in der ein Stock steckte. Da hörte sie die

Haustür zufallen. Sie runzelte die Stirn. Carolein wusste, wie sehr sie Türenknallen hasste. Judith überlegte kurz, ob sie nach der Dienstmagd rufen sollte, doch stattdessen sah sie aus dem Fenster. Zunächst bemerkte sie nichts und wollte Davit bereits den Rummelpot geben, da drehte sie sich erneut um. Ja, tatsächlich! Dort unten auf der Straße waren Maria und Abraham zu sehen. Und es schien, als wären die beiden auf dem Weg ins Stadtzentrum.

Um ein Haar hätte Judith die Keramikschale fallen lassen. Was, wenn die zwei zu ihrem Vater gingen? Dann würde Maria erfahren, dass Judith sie verraten hatte. Oder was, wenn Abraham etwas vorhatte, irgendeine Wiederholung des Desasters, das ihn aus Haarlem getrieben und ihm seinen zerpeitschten Rücken eingebracht hatte? Judith warf Davit den Rummelpot zu, der ihn erschrocken auffing und an seine Brust drückte. Dann eilte sie die Treppe hinunter und aus dem Haus.

Sie folgte ihnen mit wenig Abstand, was in den belebten Straßen ein Leichtes war, zumal sie recht langsam gingen. Ein Tuchhändler, den Judith schon seit ihrer Kindheit kannte, rief ihr von der anderen Straßenseite etwas zu, und sie zuckte zusammen. Doch Maria und Abraham schienen es nicht zu hören. Judith nickte dem Kaufmann zu, der herübereilte, ihren Ellbogen berührte und sich nach ihrem Vater erkundigte. Aber Judith konnte ihm nichts sagen. Sie wechselte einige höfliche Floskeln mit ihm, und bis sie sich verabschieden konnte, hatte sie die anderen beiden aus den Augen verloren. Am Ende der Straße überlegte sie, ob sie versuchen sollte, vor ihnen zu Frans de Grebber zu gelangen. In dem Moment sah sie die zwei in die Seitenstraße zum Kanal einbiegen. Erleichterung regte sich in ihr. Dort ging es nicht zu Marias Haus.

Die Straße war ruhig und wenig belebt, weshalb Judith weiter zurückblieb, bis die anderen fast am Kanal waren. Dann lief sie ihnen nach. Sie sah, wie Maria und Abraham auf die Bogenbrücke über den Kanal gingen. Auf der anderen Seite blieben sie an einem Tor in einer langen Mauer stehen. Maria klopfte und sprach kurz mit einer schlicht gekleideten Frau, die sie hineinließ und das Tor hinter ihnen schloss.

Von der gegenüberliegenden Kanalseite konnte Judith erkennen, dass hinter der Mauer ein großes Haus stand. Doch sie kannte diese Straße nicht und wusste daher auch nicht, wem das Haus gehörte. Sie trat aus der Seitenstraße, lehnte sich mit einer Hand an eine schmale Kastanie und näherte sich dann dem Tor. Daneben hing ein Schild mit der Aufschrift »Leprahaus Haarlem«. Judith las es zweimal und glitt mit den Fingern über die Messingplatte. Sie war verwirrt. Besuchten die zwei hier jemanden? Oder wollte Maria hier ihre angeblichen Heilkünste anbieten? Ganz gleich, worauf Maria hoffte, wenige Wochen Pflanzenpanscherei neben einer Frau, die sie offensichtlich halb tot im Stich gelassen hatte, konnten sie nicht allzu viel gelehrt haben. Judith ballte die Fäuste. Warum hatte Maria ihr nichts gesagt, nicht nach ihrer Meinung gefragt? Wütend trat Judith einen Stein in den Kanal. Dann ging sie zurück nach Hause. Schweiß rann ihr über den Rücken.

Kapitel 33

Die Frau, die Maria und Abraham ins Leprahaus gelassen hatte, bedeutete ihnen mit erhobener Hand, stehen zu bleiben. Sie war eingefallen und alt, mit Spuren der Krankheit an ihrem Hals und den Wangen. Ihr Blick hatte allerdings etwas Herausforderndes gehabt, als sie ihnen die Tür geöffnet hatte. Maria zwang sich, keine Miene zu verziehen. Sie wollte diesen Menschen helfen.

»Danke, dass Sie uns einlassen. Ich wollte nicht auf der Straße reden. Wir sind gekommen, um den Verwalter zu sprechen«, sagte Maria. Sie wusste nicht, wer das Haus leitete, doch wer auch immer es auch sein mochte, er musste ihr die Erlaubnis erteilen.

»Den Amtsrichter?«, fragte die alte Frau sichtlich skeptisch.

»Den Verwalter«, wiederholte Maria.

»Paulus van Beresteyn ist ein vielbeschäftigter Mann«, erwiderte die alte Frau. »Aber Sie haben Glück, denn er ist heute hier. Warten Sie.« Abermals reckte sie eine knorrige Hand.

Stumm standen die beiden nebeneinander, während die Frau in das einige Meter entfernte Gebäude ging. Aus der Ferne konnte Maria keinerlei Geräusche aus dem großen

Haus hören. Auf einer Wäscheleine knatterten einige graubraune Laken im Wind.

Der Verwalter, ein dünner Mann mit grau meliertem Schnauzbart, nestelte an einem blanken Knopf seines Wamses, als er sich ihnen kurz darauf näherte.

»Ich habe nur eine Minute. Bin mitten in der Buchführung«, verkündete er.

»Vielen Dank für Ihre Zeit«, antwortete Maria. »Ich bin gekommen, um meine Hilfe anzubieten. Ich habe einiges über Kräutermedizin gelernt und dachte …«

»Die nützt hier nichts«, fiel Paulus ihr ins Wort. »Es ist freundlich von Ihnen, Hilfe anzubieten, ja, wirklich, aber denen würden Ihre Gebete eher helfen.« Er drehte sich halb um und erstarrte, als hätte er jetzt erst Abraham bemerkt.

»Sie da. Wie alt sind Sie?«

Abraham richtete sich auf und verschränkte die Hände hinter dem Rücken. »Zwanzig Jahre.«

»Sind Sie stark?«

»Ich habe eine Zeit lang an den Docks gearbeitet.«

»Dennoch schicken Sie nun Ihre Frau los, Arbeit zu suchen?«

Abraham runzelte verdutzt die Stirn.

»Wir sind nicht verheiratet, Herr Amtsrichter«, erklärte Maria. »Er ist der Bruder meiner Freundin, weiter nichts.«

»Na gut«, sagte Paulus. »Und, Junge, suchen Sie auch nach einer Arbeit?«

Abraham sah zu Maria, die ihm einen aufmunternden Blick zuwarf, obgleich sie unsicher war.

»Größtenteils müssen Toiletteneimer rausgebracht und Laken zum Trocknen aufgehängt werden«, sagte Paulus. Er nickte zu dem Laken auf der Leine. »Aber hin und wieder brauche ich einen starken Rücken. Und anscheinend haben Sie keine Angst davor, Zeit mit den Kranken zu verbringen.«

»Habe ich nicht«, bestätigte Abraham. Maria entging das leichte Zucken in seinen Augenwinkeln nicht, bevor er seine Miene unter Kontrolle gebracht hatte.

»Gut«, sagte Paulus. »Eigentlich haben Sie hier auch nichts zu befürchten. Ich muss zurück an die Arbeit, aber kommen Sie morgen wieder. Ich bezahle auch, keine Sorge.« Ohne eine Antwort abzuwarten, kehrte er ins Haus zurück.

Sie verließen das Grundstück durch das Tor, das mit einem Klicken hinter ihnen ins Schloss fiel.

»Ich habe dir deine Arbeit gestohlen, entschuldige«, sagte Abraham.

»Nein, ganz und gar nicht. Diese Arbeit wollte ich nicht. Toiletteneimer umhertragen? Sieh mich an! Ich kann kaum eine Leinwand tragen.« Maria rang sich ein Lächeln ab. »Und ich bin froh, dass du ein wenig eigenes Geld haben wirst.«

»Ich musste die Stelle annehmen, bevor er erfährt, wofür ich bestraft wurde. Keiner sonst wird mich nehmen, dessen bin ich gewiss.« Er strich mit dem Finger über das hellrote Mal auf seiner Hand.

Maria wusste nicht, was sie sagen sollte, also nickte sie und blickte auf die Straße, achtete auf Hundehaufen oder Schlamm, den die Bediensteten hier noch nicht weggespült hatten. Wieder einmal hatte sie versagt, und wieder einmal kehrte sie zu Judiths Haus zurück, um sich zu verstecken.

Sie gelangten ans untere Ende des Marktplatzes und gingen an einem Flötenspieler vorbei, der auf zugeworfene Münzen hoffte, sowie einer kleinen Gruppe junger Frauen, die kichernd und nickend zu einem Reiter aufschauten. Links von ihnen befand sich das Schafott vor dem Rathaus, und Maria spürte, dass Abraham schneller ging.

Bis er abrupt stehen blieb. Sie waren an der Ecke, wo Judiths Straße vom Markt abzweigte, und Abraham streckte einen Arm zur Seite, um Maria zurückzuhalten.

»Maria«, sagte er.

Sie sah an dem Naschwarenhändler vorbei die Straße hinunter. Vor Judiths Haus stand ihr Vater.

Hätte er sie nicht direkt angesehen, die Arme vor der Brust verschränkt und die Augen so weit aufgerissen, dass sie tiefen Seen im Mondschein glichen, sie hätte kehrtgemacht. Aber nun fühlte es sich an, als würde eine Naht in ihrer Brust aufgehen. Sie hatte ihn so sehr vermisst, und sie wollte, dass er sie auch vermisst hatte.

Zaghaft trat sie einige Schritte vor. Hinter ihrem Vater war Judith, die beunruhigt wirkte, als ihr Blick zwischen Maria und dem Pflaster hin und her wechselte. Schuldgefühle spiegelten sich in ihrem Gesicht. Judith hatte es ihm erzählt, ging Maria durch den Kopf. Und dann erinnerte sie das Pochen in ihrem Arm an die Wunde und wie weit sie gereist war. Um wieder dort anzukommen, wo sie angefangen hatte.

»Guten Tag, Vater«, sagte Maria leise, als sie näher bei ihm war. Sie streckte die Hand nicht nach ihm aus, und sie standen eine Armlänge voneinander entfernt. In diesem Augenblick brach die Sonne durch die Wolken und erhellte die faltige Haut in seinen Augenwinkeln, sodass sie beinahe durchsichtig schien.

»Du kommst mit mir nach Hause«, verkündete er heiser, während seine Miene beinahe bedauernd wirkte. Doch mehr sagte er nicht.

»Das dachte ich mir. Für wie viel hast du mich verkauft, Judith? Oder bist du einfach nur froh, nicht noch ein Maul stopfen zu müssen?«

»Nein, ich …« Judith hob die Schultern, als wolle sie widersprechen, aber das tat sie nicht. »Es tut mir ehrlich leid, dass du gehst.«

Maria schüttelte den Kopf. »Ich habe hier nichts«, sagte sie zu ihrem Vater. »Wir können gehen.«

Er legte seinen Arm um sie. Als sie weggingen, winkte Maria Abraham zu, der nur wenige Schritte entfernt stehen geblieben war. »Gott schütze dich«, rief sie ihm leise zu. Dann kniff sie die Augen zu und ließ sich einige Schritte von ihrem Vater führen, ehe sie wieder zum belebten Haarlem schaute. Sie folgte ihm nach Hause.

Kapitel 34

Es war ein heißer Sonntagmorgen, und Judith blieb bis nach Sonnenaufgang im Bett. Als Carolein nach oben kam, um nach ihr zu sehen, drehte Judith sich zur Wand. Sie konnte Carolein nicht ansehen und sie belügen.

»Ich fühle mich furchtbar«, sagte sie leise. Was keine direkte Lüge war. »Ich kann heute Morgen nicht zur Kirche gehen.«

»Soll ich nach Maria schicken? Sie weiß vielleicht etwas, was du nehmen kannst.« Carolein hatte Maria sehr oft erwähnt, seit Frans de Grebber vor einem Monat hier gewesen war, um seine Tochter nach Hause zu holen. Anscheinend hegte die Magd Hoffnung, dass sich die Freundschaft zwischen Judith und Maria reparieren ließ.

»Nein«, antwortete Judith schroffer als beabsichtigt. »Ich bin für diese Heilmethoden nicht zu haben. Lass mich einfach nur ein bisschen ausruhen. Danke, Carolein.«

Die Magd sah sie verwundert an, und Judith schloss die Augen. Sie wusste, dass es dadurch wirken würde, als hätte sie körperliche Schmerzen. Sie presste die Lippen zusammen. Ihr fehlte Maria schrecklich, so viel konnte sie zumindest sich selbst eingestehen. Aber sie wusste auch, dass sie Marias Wut verdiente, und das laut auszusprechen war zu viel.

Die Magd machte die Tür zu, und dunkle Schuldgefühle senkten sich auf Judiths Brust. Sie nährten sich ebenso von ihrer Lüge wie von ihrer Abwesenheit in der Kirche. Einzig Katholiken und Juden durften den Gottesdienst der Reformierten versäumen. Andererseits, sagte sie sich, war ein bisschen mehr Schuld, die sie auf sich und ihre Familie lud, wohl kaum mehr von Bedeutung. Wichtig war das Leinöl. Dass sie ihre Werkstatt richtig etablierte. Und vielleicht würde sich alles andere, was in ihrem Leben falschlief, neu ordnen, wenn sie erst frei malen konnte. Wenn sie das Leben und ihren Stil so wählen konnte, wie es ihr gefiel. Wenn sie von ihrer Malerei leben konnte. Frans de Grebber hatte gesagt, sie hätte keinen Beweis. Schön, dann würde sie heute einen finden.

Als es auf den Straßen ruhiger wurde und das Glockengeläut verstummte, stieg Judith hastig aus dem Bett, zog sich Unterkleid und Unterrock an und ein leichtes Kleid darüber, weil es sehr warm war. Trotzdem schwitzte sie bereits, kaum dass sie ihre Haustür hinter sich geschlossen hatte.

Mit gesenktem Haupt eilte sie durch die Seitenstraßen zu Pieter Molijns Haus. Er war ein bekannter Maler, einer der Gildeanführer, und vermutlich war es einfacher, mit ihrer Ermittlung bei ihm zu beginnen als bei dem berühmten Frans Hals. Eine lange Reihe neu gebauter Häuser mit identischen schwarzen Läden ragte seitlich auf, und Judith hoffte, dass niemand aus dem Fenster schaute. Neben Molijns Haus befand sich eine Pforte. Der Riegel war offen, und Judith ging hindurch. Die Pforte knallte hinter ihr zu. Bei dem Geräusch biss Judith die Zähne zusammen.

Molijns Werkstatt war vermutlich im Haus, doch sie wollte sehen, was im Garten war. Sollte er größere Mengen Leinöl lagern, hatte er im Gebäude vielleicht nicht den nötigen Platz. Und Ölfässer in seiner Werkstatt könnten Aufmerksamkeit erregen, vor allem da er sich kürzlich vom Malen auf Federzeichnungen verlegt hatte – um neue Käuferschichten anzulocken, wie er sagte. Ein kluger Schachzug, falls der Markt mit Ölbildern übersättigt war. Und davon schien Molijn offenbar überzeugt zu sein. Judith dagegen weigerte sich zu glauben, dass die Käufer sich von den anständigen, sinnträchtigen Gemälden abwenden würden. Es gab immer noch Leute, die bereit waren, für Werke von neuen Künstlern zu bezahlen. Hoffte sie.

Der gepflasterte Weg führte sie in einen kleinen ummauerten Garten. Den meisten Raum nahm eine gleichfalls gepflasterte Terrasse ein, doch es gab einige Beete mit Gemüse und Kräutern sowie einen kleinen Apfelbaum in der hinteren Ecke. Hier war viel weniger Platz, als sie gedacht hatte. Und kein Leinöl.

Außer dem üblichen Vogelgezwitscher war aus dem Nachbargarten nichts zu hören. Judith überlegte, ehe sie die Steinstufen hinauf zum Kücheneingang ging und die Türklinke drückte. Es war offen.

Bellen hob an, sobald sie die Tür aufschwang, und ein kleiner, gelblich brauner Hund kam auf sie zugelaufen. Er schnappte kläffend nach ihren Knöcheln.

Sie beruhigte den Hund, schob ihn weg und schloss die Tür. Das Tier bellte immer noch, weshalb sie wieder hinausgehen wollte, doch der Riegel war eingerastet. Das Gekläffe ging weiter. Schließlich hob Judith einen Fuß und tat, als wolle sie den Hund treten, um ihn auf Abstand zu halten. Der Hund winselte und verstummte. Judith nahm ihren Fuß herunter.

Eine Hand an der Tür, stand sie da und horchte. Ein Lehrling konnte zu Hause sein, krank vielleicht, oder Molijn war Katholik und deshalb nicht in der Kirche. Bei dem Gedanken wurde ihr flau. Seine Eltern stammten aus dem Süden, fiel ihr ein, obwohl er selbst im Ausland geboren worden war. Er konnte durchaus katholisch sein.

Ihr Herz klopfte so laut, dass sie beinahe nichts anderes hörte. Der Hund knurrte, wich aber zurück.

»Nun, wenn ich schon mal so weit gekommen bin«, sagte sie mit zittriger Stimme zu dem Tier und ging weiter ins Haus.

Kapitel 35

Maria klopfte an das Tor des Leprahauses. Es war Sonntagmorgen, und Abraham arbeitete nicht. Ein Stück weiter die Mauer entlang scharrte eine Ratte und huschte dann ein kleines Stück weiter. Maria hoffte inständig, jemand würde kommen. Wieder klopfte sie.

Wochenlang hatte sie darüber nachgedacht, wie sie die Stunden nutzen konnte, die an ihrem Fenster vorbeizogen – erst in Judiths Dachkammer, dann bei ihrem Vater. Solange sie in der Dachkammer gewesen war, hatte Carolein ihr Essen gebracht, und abends war Judith gekommen. Wobei Letzteres für Maria nur ein schwacher Trost gewesen war, denn sie glaubte, dass es nur Schuldgefühle gewesen waren, die Judith angetrieben hatten, weniger echte Freundschaft. Seit Judith sie verraten und zurück zu ihrem Vater geschickt hatte, war Maria entschlossen, nur noch auf ihre eigenen Überzeugungen zu hören. Als dann Abraham verlegen bei ihr erschienen war und gefragt hatte, ob sie immer noch helfen würde, selbst wenn es hieße, ihre Arbeit vor dem Amtsrichter geheim zu halten, hatte sie einen Entschluss gefasst.

Zum dritten Mal klopfte sie. Abraham hatte ihr aufgetragen, heute um diese Zeit zu kommen, da Paulus und dessen

Frau Catharina ziemlich sicher im Gottesdienst waren, zusammen mit der restlichen Bevölkerung Haarlems. Ausgenommen natürlich die Leprakranken.

Endlich öffnete die alte Frau. Es war noch nicht einmal Mittag, und schon war die Luft schwer. Maria fühlte, wie ihr Schweiß über den Rücken rann, als sie ihren Besuch erklärte. Die Alte blockierte den Eingang, als wollten dauernd Fremde in ihr Territorium eindringen.

»Und Sie sind sicher, dass Sie ihn besuchen wollen? Gerrit?«, fragte sie mit raspelnder Stimme.

»Ganz richtig.« Panik überkam sie, und sie fragte sich, ob sie den Namen von Abrahams Freund falsch verstanden hatte. Aber sie verließ sich auf ihre Erinnerung.

Die Frau stieß einen abfälligen Laut aus, musterte Maria kurz und trat dann zurück, um sie einzulassen. Die Spannung in Marias Nacken ließ ein wenig nach, bis sie sich zu sorgen begann, sie könne dem falschen Mann vorgestellt werden. Ein Fehler enthüllte womöglich, dass Abraham die Regeln gebrochen hatte, als er sie einlud, und kostete ihn seine Stellung hier. Nein, sie würde alles sagen, was nötig war, um ihn zu schützen. Im Gegensatz zu gewissen anderen Personen wusste Maria sehr wohl, wie sie ihre Freunde schützte.

Ein kleiner Hof und ein öder, aber ordentlicher Garten lagen zwischen dem Tor und dem Backsteinbau, und irgendwo im Haus kreischte ein Kind. Ein zweites stimmte ein, bevor beide zu kichern begannen. Die Vorstellung, dass leprakranke Kinder lachten, kam Maria so befremdlich vor, dass sie fast umdrehte, um dem Geräusch nachzugehen. Vielleicht waren die beiden Kinder gesund. Nein, selbst wenn sie die Krankheit hatten, waren sie immer noch Kinder. Sie durften lachen, und sie verdienten, geheilt zu werden. Maria ging um das Haus herum zum Küchengarten, wo sie Abraham zufolge Gerrit finden konnte.

Die Sonne brannte auf ihrer Haut, und sie spürte bereits die Hitze in ihrem Gesicht. Deshalb ging sie zurück in den Schatten einer Espe. Unterdes kam ein alter Mann in einem losen Gewand, vielleicht einem Leinennachthemd, aus dem Haus. Er humpelte, und seine Schultern waren gebeugt, was bei jemandem seines Alters nicht ungewöhnlich sein mochte; Maria sah jedenfalls keinen Hinweis auf die Krankheit. Als er näher kam, bemerkte sie, wie er die langen weiten Ärmel um seine Hände wickelte.

»Maria de Grebber?«, fragte er mit klarer Stimme.

»Gerrit?«

»Ebender. Freut mich, Sie kennenzulernen. Möchten Sie nach drinnen kommen, raus aus der Sonne?«

Sie zögerte. Gewiss war die Luft in dem Leprahaus abgestanden und erfüllt von der Art Gestank, der die Krankheit übertragen konnte.

»Natürlich«, sagte sie. Es klang gefasster, als sie war. Ihre Seele würde wachsen, um ihrem Verhalten zu entsprechen. Hoffte sie.

Sie setzten sich in die Küche, die Tür weit offen, um den Wind hereinzulassen, und Gerrit schenkte ihr etwas Leichtbier ein.

»Sind wir hier ungestört?«, fragte Maria mit Blick zu dem kleinen Garten, wo die Luft in der Hitze flirrte.

»Paulus und Catharina kommen sonntags nie her, falls Sie daran denken. Oder selten genug, dass ich mich nicht sorge. Und ohnedies ist mir erlaubt, Besuch zu bekommen, also machen Sie sich keine Gedanken. Es ist alles in Ordnung.« Er lächelte sanft, wobei er keine Zähne zeigte. Maria betrachtete ihn genauer und erkannte, dass er mit seinen zarten Wangenknochen und den gebogenen Augenbrauen in jungen Jahren gut aussehend gewesen sein musste.

»Ich weiß nicht recht, wo ich anfangen soll«, sagte sie.

»Wo immer Sie mögen. Ich bin hier, um zuzuhören und zu sehen, wie ich helfen kann. Abraham erzählte, Sie hätten eine Idee.«

»Ich bin es, die helfen sollte. Das ist es, was ich wirklich will. Eine Möglichkeit finden, Ihnen zu helfen.«

»Mir geht es gut. Diese verfluchte Krankheit ist einer von vielen Wegen, die meine Seele gefunden hat, um sich dieses alten Körpers zu entledigen. Aber es geht um die Kleinen.« Seine grauen Augen verdunkelten sich, und er blickte zu Boden. »Ich erlaube mir ungern, auf Besseres für sie zu hoffen. Doch als Abraham sagte …«

»Sind hier viele Kinder?«

Er schüttelte den Kopf. »Wir sind kein sehr volles Haus. Es gibt fünf Kinder, meine beiden Enkel eingeschlossen. Und noch ein paar mehr von uns alten Leuten. Die anderen sehen aus, als wären sie in meinem Alter, sind aber gut zehn oder zwanzig Jahre jünger. Anna hat, glaube ich, eine andere Art von Krankheit. Aber sie ist hier trotzdem willkommen.«

»Ist jeder willkommen?«, fragte Maria.

»Da hat der Verwalter das letzte Wort, da er für das Essen bezahlt, zusätzlich zu dem, was die Stadt gibt. Doch es scheint die Regel zu sein. Es ist nur so, dass nicht viele, nicht einmal die äußerst Verzweifelten, sich zu uns wagen.«

Sie nickte. »Ich würde gerne sehen, was ich tun kann, um Ihre Last zu mindern. Auch wenn ich nicht weiß, ob ich die Krankheit heilen kann. Ich will nichts versprechen.«

Gerrit streckte eine vom Ärmel umwickelte Hand aus, zog sie jedoch gleich wieder zurück. »Da wäre ich Ihnen dankbar. Wenn Sie ihnen auch nur helfen könnten, ein bisschen besser zu atmen, wäre es schon eine Erleichterung.«

»Ich sollte sie mir wohl anschauen, um zu sehen, was ich tun kann.« Bei dem Gedanken verkrampfte sich ihr Magen. Es war leichter, über das Leid der Menschen nachzudenken, als ihm direkt zu begegnen. Aber wenn sie eine Heilerin sein wollte, musste sie sich den Kranken stellen.

»Magdalena, Jacob, kommt mal her«, rief Gerrit.

Fast sofort erschienen die Kinder, als hätten sie vor der Küche gelauert. Das Mädchen war größer als der Junge und lächelte verschämt, die Lider mit den langen Wimpern leicht gesenkt. Der Junge flitzte auf seinen Großvater zu, stoppte jedoch schlitternd, sobald er Maria sah. Beide Kinder waren dünn, das Haar stumpf wie Wintergras, doch die blauen Augen blitzten vor Leben. Das einzige Zeichen der Krankheit in ihren Gesichtern waren ein blasser Fleck mit rosa Rand auf Magdalenas linker Wange und ein geäderter weißer Punkt auf Jacobs Stupsnase. Maria bemerkte, dass sie die Luft angehalten hatte, und atmete aus.

»Kommt her«, sagte sie und streckte ihre Hand aus. Beide Kinder kamen näher, blieben jedoch außer Reichweite. Wie selbstsüchtig von ihr, diese Geschöpfe zu fürchten, dachte Maria. Schuld regte sich in ihr wie eine Schlange, die von einem Ast herabgleitet. Maria schloss die Augen. Dann öffnete sie sie wieder, stand auf und ging auf die Kinder zu. Vor ihnen hockte sie sich hin und umfing den Arm des Mädchens. Es war nicht schlimm, Angst zu haben. Das Mädchen hatte auch welche.

»Darf ich mir deine Arme ansehen?«, fragte sie.

Magdalena nickte und krempelte ihre Ärmel auf. Unter dem groben Leinen waren hell verschorfte Stellen wie Schuppen auf der rosigen Haut. Maria holte tief Luft und drückte mit der Fingerspitze auf eine.

»Tut das weh?«

Magdalena verneinte. »Ich fühle es kaum«, flüsterte sie.

»Verstehe.« Maria zog den Ärmel wieder nach unten, hielt aber weiter die Hand des Mädchens. Magdalenas Augen wurden größer, dann füllten sie sich mit Tränen. Wie lange war es her, seit ein Erwachsener die Hand des Kindes gehalten hatte? Selbst Gerrit, dessen eigene Finger vermutlich auch in keinem guten Zustand waren, wagte vielleicht nicht, die Hand seiner Enkelin zu fassen. Magdalena drückte, sanft zunächst, doch bald mit einer Intensität, die Maria an Judith erinnerte. Sie nahm das Mädchen in einen Arm und streckte dem Jungen den anderen entgegen. Dann hielt sie beide Kinder fest umfangen, während die beiden in ihr Mieder schluchzten.

»Ich kann euch etwas bereiten, um es erträglicher zu machen«, sagte sie. Ihre Wange war an Magdalenas geflochtenes Haar gelehnt, und sie sah Gerrit an. »Dafür müsste ich etwas Ätzkalk aus der Apotheke holen, den ich mit Wasser ablösche.« Sie zögerte.

»Ich habe ein wenig schwarze Nieswurz gepflanzt.«

Seine Miene war unverändert, aber seine Augen leuchteten. »Und Kamille, auch Calendula und Kalmus.«

Sie lehnte sich ein wenig zurück, ohne die Kinder loszulassen. »Woher haben Sie solche Pflanzen? Und woher wissen Sie davon?«

»Ich war einst Gärtner«, antwortete er achselzuckend. »Als wir herzogen, habe ich einige meiner Pflanzen mitgebracht. Vor allem die, von denen ich dachte, sie könnten nützlich sein. Denken Sie, die könnten helfen?«

Maria drückte die Kinder noch einmal und richtete sich auf. »Die schwarze Nieswurz in jedem Fall und vielleicht auch der Kalmus. Ich dachte zunächst an einen Umschlag aus gelöschtem Ätzkalk und danach einen Kräuterwickel. Aber ich werde Öl brauchen – am liebsten Leinöl, auch wenn es derzeit schwer zu bekommen ist. Und Bienenwachs zum Abbinden.«

»Hier ist ganz viel Öl«, sagte Jacob, der zum ersten Mal sprach. Seine Stimme hatte den hellen Klang von edlem Glas.

Magdalena und Gerrit sahen ihn an, und Gerrit schürzte die Lippen. »Darüber dürfen wir nicht reden. Aber zum Teufel mit dem Mann. Sie sagten, Sie brauchen Leinöl?«

»Es ist das Beste, soweit ich weiß.«

»Dann werden Sie es sehen wollen.«

Verwirrt ging Maria ihm nach, ins Haus hinein und eine enge Holztreppe hinauf. Die Kinder folgten ihnen zunächst flüsternd, dann kichernd. Ein anderes kleines Mädchen gesellte sich zu ihnen.

Als sie im zweiten Stock waren, zog Gerrit sich einen Hocker heran, stieg hinauf und öffnete eine Dachluke.

Eine Wolke stickiger Luft quoll ihnen entgegen, und er zog eine Leiter nach unten.

»Seien Sie vorsichtig auf der Leiter.«

Maria war unsicher, wie sie mit den vielen Röcken hinaufsteigen sollte und ob diese dreiste Übertretung von Paulus van Beresteyns Anweisungen das Risiko lohnte. Aber nun war sie schon bis hierher gekommen ... Sie legte die Hände an das raue Holz und zog sich langsam die Leiter hinauf. Die Kinder blieben unten.

Auf dem Dachboden musste sie sich ducken, um nicht gegen die schrägen Balken zu stoßen. Hier war kaum Raum zum Stehen, denn der Boden war voller kleiner Holzfässer, jeweils zwei oder drei übereinander mit Eisenreifen und dem eingebrannten Namenszug »Van Beresteyn«. Auf vielen waren zusätzliche Markierungen, die Maria nicht erkannte. Zu ihren Füßen lag ein Stapel dunkler Lumpen, und Maria nahm einen auf. Gerrit, der ihr gefolgt war und jetzt geduckt neben ihr stand, beobachtete, wie sie an dem Stoff schnupperte. Der schwere Duft von Leinöl stieg ihr in die Nase, und sie ließ den Lumpen fallen.

»Es gab ein Leck, als sie die letzten hier raufbrachten«, erklärte Gerrit.

»Sie?«

Er zuckte mit den Schultern. »Keiner, den ich kenne.«

Maria rann Schweiß über die Schläfen. Es fühlte sich hier sehr beengt an, und es kam ihr vor, als würde ihr Verstand verschmoren. Sie wusste, dass die Maler unter der Leinölknappheit litten, und hier war genug, um die ganze Stadt zu versorgen. Ihr wurde speiübel, als ihr die Bedeutung dieses Funds aufging.

»Sie wussten, dass das hier ist?«, fragte sie Gerrit entgeistert.

Er wirkte erschrocken. »Ja, sicher, ich habe doch gesehen, wie sie es hergebracht haben.«

»Und Sie haben es keinem erzählt? Warum haben Sie Abraham nichts gesagt?«

Ohne seine Hände zu entblößen, wischte er sich den Schweiß von der Stirn. »Ich verstehe nicht. Warum sollte ich es ihm erzählen? Der Amtsrichter hat klar und deutlich gesagt, dass es seine Privatsache ist und nichts mit dem Leprahaus zu tun hat. Abraham muss hier oben nicht putzen oder irgendwas mit diesen Fässern machen.«

»Entschuldigen Sie.« Maria presste eine Hand an ihre Stirn. »Natürlich verstehen Sie es nicht. Seine Schwester und die anderen Maler brauchen dieses Öl.«

»Seine Schwester? Ich habe keine Ahnung von Malerei oder warum sie oder jemand sonst diese Fässer brauchen sollte. Bis Sie Öl erwähnten, hatte ich gar nicht hieran gedacht.«

Maria zupfte an ihrem Kragen, um ein wenig Luft zu bekommen.

»Können Sie mir hiermit helfen?«, fragte sie und bückte sich zu einem Fass, das seitlich auf einem anderen lag.

Gerrit näherte sich zögerlich, schlang aber die verhüllten Arme um das schwere Fass. Es war klein, sodass seine Arme direkt unterhalb von Marias waren. Sie schienen dieselbe Luft zu atmen, und obwohl sie sich dafür schämte, hielt Maria den Atem an, als sie das Fass aufrecht hinstellten.

»Wir werden Abraham bitten müssen, es zu öffnen«, sagte sie. »Ich wage nicht, den oberen Reifen abzuschlagen, weil ich fürchte, es könnte zerspringen. Er wird auch wissen, wie man es so zurückstellt, dass niemand etwas bemerkt.«

»Ist gut«, sagte Gerrit. »Aber wenn es mit den Malern zu tun hat, halten Sie es dann für klug? Ich meine, seine Schwester und ... Ich mag Paulus van Beresteyn nicht, doch ich lebe hier. Meiner Meinung nach ist es das beste Leprahaus in den Vereinigten Provinzen, und ich will die Kinder nicht woanders hinbringen.«

Maria wischte sich den Schweiß von der Stirn und berührte kurz seine Schulter.

»Abraham kann ein Geheimnis für sich behalten. Bis wir herausgefunden haben, was es mit Paulus und dem Öl auf sich hat, schadet es nicht, dass es noch ein bisschen länger hierbleibt. Vor allem nicht, wenn wir uns ein wenig davon borgen können.«

Gerrit nickte. Ohne ein weiteres Wort stiegen sie zurück nach unten. Erleichtert inhalierte Maria die relativ frische Luft im zweiten Stock. Es war seltsam, dass sich die Höllenhitze im Dach staute, nicht ganz unten; andererseits machte es die Hölle umso furchteinflößender.

Magdalena und Jacob warteten auf dem Flur auf sie, und Maria lächelte ihnen zu, um ihre Gedanken zu klären. Das Mädchen erwiderte das Lächeln scheu, bevor die Kinder die Treppe hinunter und raus in den Garten liefen.

»Ich komme bald mit Abraham wieder«, sagte sie zu Gerrit.

»Heute?«

»Kann sein. Ich würde gerne bald anfangen. Diese Kinder brauchen alle Hilfe, die ich anbieten kann, und es wäre sinnlos, länger als nötig zu warten.«

Er nickte, und Maria glaubte zu sehen, wie ein wenig Anspannung von ihm abfiel. Dann schob Gerrit die Leiter zurück nach oben und schloss die Luke.

Kapitel 36

In einer Ecke von Pieter Molijns leerer, sonnendurchfluteter Werkstatt fand Judith ein Fass Leinöl. Es war groß, ein üppiger Vorrat für nur eine Werkstatt, dennoch erklärte es die Knappheit in der Stadt nicht. Sie überprüfte den Inhalt – das Fass war beinahe voll. Judith ließ es, wo es war, und setzte ihre Suche fort. Der kleine Hund folgte ihr durch das stille Haus. Seine Krallen klackerten auf den Holzdielen und den hellen Fliesen, als er ihr von Zimmer zu Zimmer nachlief.

Sie war gerade dabei, in der Küche nach einer falschen Wand oder irgendeinem Versteck in der Speisekammer zu suchen, als sie hörte, wie die Haustür geöffnet wurde. Der Hund rannte fröhlich kläffend aus der Küche und nach vorn. Nun vernahm Judith eine Stimme, gedämpft durch die Entfernung, die das Tier amüsiert begrüßte.

So schnell sie konnte, eilte Judith zur Hintertür. Ihr Herz pochte, und versehentlich stieß ihre Hand an die Kante einer Zinnplatte. Die fiel scheppernd zu Boden.

Stille. Gefolgt von Schritten.

Judith stürzte zur Hintertür und nach draußen. Die Tür rastete nicht ein, trotzdem rannte sie weiter die Stufen hinunter und in den Garten. Hinter ihr rief eine tiefe Stimme.

»Wer ist da? Halt, stehen bleiben!«

Sie preschte um die Ecke und hoffte, dass sie fort war, bevor der Mann, vermutlich Pieter, aus der Küche kam. Ohne sich umzuschauen, eilte sie den schmalen Weg zwischen den Häusern entlang und durch die Pforte auf die Straße.

Dort blieb sie wie versteinert stehen. Männer und Frauen waren auf dem Heimweg von der Kirche, und sie alle starrten Judith verwundert an. Sie überlegte kurz, dann rannte sie weiter.

Bei ihrer Ankunft zu Hause war sie verschwitzt und zitterte. Sie schloss ihre Haustür hinter sich und sank von innen dagegen. Ihre Stiefel waren schmutzverkrustet. Kichernd sackte sie zu Boden.

»Judith, ich …« Abraham kam in die Diele und verstummte, als er sie sah. »Was machst du?«

»Ich kann nicht glauben, dass ich es getan habe. Es ist nur …« Sie holte tief Luft und versuchte, sich zu beruhigen. »Ich bin gerannt und dann gegangen, aber keiner hat mich direkt gesehen. Ich meine, keiner hat gesehen, wie ich aus Pieters Haus kam. Ich bin eingebrochen, Abraham! Kannst du das glauben? Aber, hör zu, was ich gesehen habe, beweist es, verstehst du?« Sie packte seinen Ärmel. »Er hat ein Fass Öl. Ein volles Fass! Niemand sonst, mit dem ich gesprochen habe, hat so viel. Was beweist, dass etwas vorgeht, irgendeine Verschwörung, wie Frans gesagt hat. Und ich werde den Beweis finden und sie alle bloßstellen!«

»Judith, du hast was? Du bist in das Haus von jemandem eingebrochen?« Er entzog ihr seinen Arm.

»Eigentlich nicht. Ich bin reingegangen, denn es war nicht abgeschlossen. Aber hörst du mir zu? Die anderen Maler, die Anführer der Gilde, haben sich verschworen, den Rest von uns aus dem Geschäft zu drängen.« Sie blickte sich um, weil sie nicht wollte, dass die Jungen es mithörten, doch es war niemand zu sehen. Hoffentlich besuchten die beiden Freunde die anderen jungen Lehrlinge, wie sie es üblicherweise sonntags taten.

»Du bist eingebrochen, hast das Haus von jemandem widerrechtlich betreten.« Er rieb sich die vernarbte Hand und trat noch einen Schritt weg von ihr.

»Abraham, ich …« Sie wurde leiser und sah zu Boden, bevor sie ihm in die Augen schauen konnte. »Ich habe dich nie für das getadelt, was du getan hast.«

»Das musstest du nicht, Judith. Du hast dich für mich geschämt.« Er wurde sehr blass.

»Was ich eben getan habe, war anders. Nein, ich meine, was du getan hast, spielt keine Rolle. Alles ist gut.« Die Lüge, die sie anbieten konnte, lag ihr auf der Zunge, aber sie brachte sie nicht heraus. Unmöglich konnte sie ihre Scham leugnen.

»Ich habe unseren Familiennamen entehrt und der Schande unserer Eltern neue hinzugefügt. Und dann gehst du los und tust fast dasselbe? Also wirklich.«

Abraham verengte die Augen, als er sie ansah. Dann drängte er sie zur Seite und verließ das Haus. Als er die Tür hinter sich zuknallte, erbebte das Haus, bevor es in Stille verfiel.

Kapitel 37

Nachdem sie das Leprahaus verlassen hatte, wanderte Maria durch die Stadt, zögerte die Rückkehr zu ihrem Vater hinaus. Einen Monat war es her, dass er sie in das Zuhause ihrer Kindheit gebracht hatte. Sie waren den Weg dorthin stumm gegangen, und bei ihrer Ankunft waren seine Züge trotz der Mittagssonne umwölkt gewesen. Er hatte alt ausgesehen. Seitdem dachte Maria an ihn als einen alten Mann. Es war, als könne sie die Fragilität seines Lebens fühlen, ähnlich einer zerbrochenen Eierschale, die allzu leicht in ihrer Hand lag. Seit der Rückkehr hatte sie ihm jeden Abend seine Pfeife gebracht. Eines Abends, nachdem sie ihm den Tabak gebracht hatte, wanderte sie durch die dämmrige Werkstatt. Wenige Bilder standen zum Trocknen auf den Staffeleien oder waren an die Wand gelehnt. Eine flache Schale Leinöl stand neben dem Mörser, auf Pigmente wartend. Sie malte sich aus, wie sie den schweren Mörser nahm, ihre Finger damit zerquetschte, Haut und Knochen pulverisierte und mit Blut zu einer Paste mischte. Doch sie griff in ihren Ärmel, um ihre zarten Narben dort zu berühren, und ging weg.

Nun wich sie einer Pfütze Pferdeurin aus. In der Hitze waberte der Geruch strenger als sonst auf, und sie verzog das Gesicht. Sie fragte sich, wie all das Leinöl riechen mochte, wenn es jemand auskippte und es durch die Dielenbretter und Balken ins gesamte Haus troff. Vielleicht würde sich solch ein Ölregen als heilsam für die armen Leprakranken erweisen. Sie versuchte nachzurechnen, wie viele Gulden das Leinöl einbringen konnte, das die Gildeleute dort auf dem Dachboden lagerten, aber es gelang ihr nicht. Eine Menge, ganz gewiss. Mehr als Judith in fünf Jahren, vielleicht sogar in ihrem Leben zu verdienen hoffen konnte.

Maria strich eine schweißklamme Haarsträhne hinter ihr Ohr. Wollte Judith ihr Leben lang Trinker malen und von unerreichbaren Aufträgen träumen? Sie wusste nicht mehr, was Judith sich wünschte.

Doch sie sollte ihr von dem Öl erzählen. Ungeachtet ihrer anhaltenden Verbitterung war sie es Judith schuldig. Maria ging an einer Frau vorbei, die in einem Hauseingang saß und eine Socke stopfte, während ein Kind in einem schmutzigen Kittel mit einem Stock auf eine Tasse schlug. Maria schüttelte den Kopf. Es gab größere Probleme auf der Welt als ihren Schmerz. Sie musste lernen, ihren Stolz abzuschütteln. Obgleich … Vielleicht war es Judith, der etwas weniger Stolz guttun würde. Maria hatte bereits so viel geopfert. Sie nagte an ihrer Unterlippe.

Nachdem sie stundenlang gegangen war, wandte sie sich in Richtung von Judiths Haus und konnte es schon beinahe über den Marktplatz hinwegsehen, als sie Abraham entdeckte. Er eilte über den Platz. Sie lüpfte ihren Rock und lief hinter ihm her.

»Abraham!«

Er blieb stehen und blickte sich blinzelnd um. Maria winkte und lief einige Schritte weiter, ehe sie abermals seinen Namen rief.

Nun erkannte er sie offenbar und wartete, allerdings blieb eine gewisse Rastlosigkeit in seiner Miene. Nein, Wut, wie sie sah, als sie bei ihm war.

Er schüttelte den Kopf, als hätten sie sich eben gestritten. »Ich habe ihr nichts mehr zu sagen, Maria.«

Maria hakte sich bei ihm ein, und gemeinsam gingen sie weg von dem neugierigen Korbhändler, der sich über seine Waren beugte, um sie zu belauschen.

»Judith?«, fragte sie, obgleich sie es schon wusste.

»Sie nimmt mich in ihrem Haus auf, damit ich mich schuldig fühle – wegen der Dinge, die ich getan und für die ich bezahlt habe. Mehr, als sie ahnt, bei Gott. Ich bin aus freien Stücken nach Haarlem zurückgekommen, um mich bei dem Mann zu entschuldigen, dem die Tulpenzwiebeln gehörten. Aber du hast ja erlebt, wie sie mich ansieht, Maria. Wie ein schmutziges Geheimnis, das man verstecken muss. Als würde der Schmied vom Lombartsteeg meinetwegen ihre Bilder ablehnen. Ich selbst habe aber gar nichts gestohlen. Ich bin in ein Haus eingebrochen, genau wie sie.«

Sie waren an der Grote Kerk, und Maria blieb abrupt stehen. »Genau wie sie?«

»Es ist unglaublich, nicht? Sie besitzt die Frechheit, mir das Gefühl zu geben, Abschaum zu sein, weil ich in ein Haus eingebrochen bin. Aber was tut sie? Sie schleicht sich in das Haus eines Künstlers. Ich glaube, sie hat nach einem Krug Öl gesucht oder so. Und sie hat darüber gelacht, als hätte sie nichts Schlimmes getan.«

Abraham blickte zum Turm der Kathedrale. Sie standen zu nahe an dem Bau, als dass Maria die Kreuze auf der Turmspitze hätte sehen können. Als Abraham wieder nach unten schaute, glänzten Tränen in seinen Augen.

»Es ist nicht recht von ihr, so grausam zu sein«, sagte er leise.

Maria umarmte ihn keusch.

»Sie sieht nichts außer ihrer Malerei«, erklärte sie. Die Worte fühlten sich wie eine Verurteilung und eine Wohltat zugleich an.

Abraham wich zurück. »Ich weiß.«

»Ich habe eine Idee. Es gibt etwas, bei dem ich deine Hilfe gebrauchen könnte. Und ich kenne jemanden, der sich freuen würde, dich heute zu sehen.«

»Das ist schwer vorstellbar.«

Sie nahm seinen Arm und machte sich auf in Richtung Leprahaus. »Ich war heute bei deinem Freund, um darüber zu reden, wie ich helfen kann. Und ich denke, sie haben die Zutaten für einige Heilsalben und Umschläge. Aber du müsstest mir helfen, alles zusammenzubekommen.«

»Das hört sich ziemlich einfach an.«

»Warte, bis du die Aufgabe siehst«, entgegnete sie mit einem verhaltenen Lächeln.

Schweigend gingen sie weiter. Als sie die vertrauten Backsteinhäuser mit den grünen Türen passierten, regte sich jene Wut in Marias Brust, die sie so angestrengt zu bändigen bemüht war. Aber nun nährte sich diese Wut gierig an ihren Gedanken. Es war eine Sache, ehrgeizig zu sein, doch diejenigen zu vergessen, die einen liebten – oder einst geliebt hatten –, war etwas gänzlich anderes.

Mit dem Ärmel wischte sie sich den Schweiß aus den Augen und widmete ihre Gedanken den anderen Zutaten, die sie benutzen konnte. Wahrscheinlich etwas gemahlener Schweinehuf, der leicht zu finden sein dürfte. Und obwohl sie es Abraham nicht erzählen wollte, würde sie eine Tasse von dem Öl zu dem Priester bringen, der diese Woche die geheime Messe abhalten würde, und es segnen lassen. Ein Segen des Herrn konnte nicht schaden. Sie sah zu Abraham, der in seine eigenen Gedanken versunken schien. Er spielte mit einem losen Faden an seiner Manschette und stieß beinahe gegen einen Karren voller Zwiebeln und Karotten.

Es stand keine Wolke am Himmel, und die Sonne brannte gnadenlos auf sie herab. Die Straßen leerten sich, da die Leute zum Mittagessen oder zum Ausruhen von der Hitze nach Hause gingen. Stille legte sich über alles, ähnlich einem Nebel, der vom See herbeiwaberte, und Maria versuchte, die Muskeln in ihrem Kiefer zu entspannen.

Sie hatte Abraham nicht nach seiner Zeit in Amsterdam gefragt, doch eines Morgens während der Behandlung seines Rückens hatte er ihr eine Geschichte erzählt, die er von jemandem gehört hatte. Der Mann hatte im Krieg gegen die Habsburger gekämpft und die Plünderung von Magdeburg gesehen, einer protestantischen Stadt auf der falschen Seite eines deutschen Flusses. Maria hörte nur teils zu, während sie Salbe auf seine Wunden tupfte, doch als er eine Straße beschrieb, auf der nichts war außer Blut, das im Rinnstein floss wie Regen nach einem Gewitter, hielt sie inne. Das Entsetzen hatte sie beide verstummen lassen. Bei diesem Gedanken schien die mittägliche Ruhe zu beben, und Maria fragte sich, ob es anderswo Städte gab, deren Straßen jetzt gerade Blut weinten.

Sie kamen um eine Biegung und konnten die Bäume vorne am Kanal sehen. Rauchgeruch wehte ihnen entgegen. Irgendeine arme Frau hatte das Essen für ihre Familie verbrannt. Abraham blickte zu Maria, sagte aber nichts. Ganz oben auf der Kanalbrücke blieb sie stehen. Eine Rauchfahne kräuselte sich über dem obersten Fenster des Leprahauses, dem einzigen, das man hinter der hohen Mauer sehen konnte. Ein Vogel gurrte hinter Maria, und fast hätte sie sich zu ihm umgesehen. Dann jedoch barsten Flammen durch das Fenster, gefolgt von lautem Klirren.

Maria schrie kurz auf vor Angst, rannte auf das Haus zu und blieb erneut stehen. Sie drehte sich um und sah Abraham, der auf sie zukam, jedoch weiter zum Haus lief. Sie musste Hilfe rufen. Beim Laufen zurrten ihre Röcke an ihrer Taille und schlugen gegen ihre Beine, was sie verlangsamte. Der Brandgeruch folgte ihr.

Ein Mann mit rundem Bauch unter seinem feinen Leinenwams trat aus seinem Haus in der Kleine Houtstraat, die zum Südtor führte.

»Feuer! Es brennt«, keuchte Maria atemlos. »Sagen Sie es dem Wachmann!« Sie zeigte nach Süden.

Seine Miene verfinsterte sich ob ihres Befehlstons, doch im nächsten Moment riss er die Augen weit auf. »Feuer? Wo?«

»Im Leprahaus. Beeilen Sie sich, bitte!«

Seine Gesichtsmuskeln entspannten sich merklich; gewiss war er froh, dass das Feuer auf der anderen Seite des Kanals war. Doch er nickte und lief die Straße hinunter zum Tor. Gewöhnlich war der Wachmann der Erste, der Flammen bemerkte, da Brände zumeist nachts ausbrachen. Dann blies er in seine Trompete und zeigte mit seiner Laterne in die Richtung des Brandes. Doch heute gab es keinen solchen Alarm. Vielleicht war die Sonne zu grell, sodass der Mann den Rauch nicht bemerkt hatte.

Maria lief wieder los, nun zum Rathaus, das wenige Straßen entfernt lag.

Ihre »Feuer«-Rufe erregten Aufmerksamkeit, und innerhalb von Minuten holte ein Trupp Männer die beiden größten Segeltücher der Stadt aus einem Schuppen hinter dem Rathaus und tränkten sie mit Wasser. In der Ferne hörte sie die Trompete und wusste, dass nun alle Leute in der Stadt ihre Ledereimer mit Wasser füllen und eine Kette bilden würden, um sie zu dem brennenden Haus durchzureichen. Maria hoffte, die Hilfe würde rechtzeitig kommen. Ein Feuer bedrohte jeden. Und in dem Haus waren diese anbetungswürdigen Kinder. Vor Panik war ihre Kehle wie zugeschnürt.

Die Männer bündelten die Segel und rannten los; näher beim Haus würde sie das Tuch im Kanal einmal wässern. Um Maria herum kamen die Leute aus ihren Häusern, neugierig und besorgt, und sie wies nach Osten zum brennenden Haus. Sie sah, wie einige von ihnen schon ihre vorgeschriebenen Feuereimer packten und auf die Feuerbrunst zueilten. Maria lief ihnen nach, klopfenden Herzens und mit leeren Händen. Dennoch musste sie irgendwie helfen.

Bis sie beim Kanal ankamen, quoll dichter Rauch hinter der Mauer auf. Zwei Reihen von Männern hatten sich zwischen Haus und Kanal gebildet. Einige kräftige Frauen waren auch dabei. Sie bewegten sich in einem wilden Takt, als volle Eimer zum Haus und leere zum Kanal durchgereicht wurden. Ihre Rufe übertönten beinahe das Fauchen der Flammen und die Hilfeschreie drinnen. Eines der Segeltücher lag auf dem Dach, und Männer auf Leitern gossen eimerweise Wasser darauf, das ihnen nach oben gereicht wurde. Flammen zuckten und züngelten aus den Fenstern.

Ein gellender Schrei durchschnitt die Luft. Maria zuckte zusammen und eilte auf das Tor zu. Dort stieß sie eine Hitzewelle zurück. Atemlos vom Laufen wandte Maria sich zum Kanal. Sie konnte helfen, die Eimer zu befüllen oder sie zumindest mit durchzureichen. Doch es war kein Platz für sie, und der Boden begann sich zu drehen. Sie stolperte zur niedrigen Brückenmauer und lehnte sich an die Steine. Als sie aufblickte, sah sie Judith den Kanal entlanggelaufen kommen, um beim Löschen zu helfen. Mittlerweile herrschte ein solches Gedränge, dass sie Maria nicht bemerkte.

Noch mehr Hilfeschreie ertönten, und Maria kniff die Augen zu. Ihr schwirrte der Kopf; ihre Lunge brannte vom Rauch. Als sie die Augen wieder öffnete, bemerkte sie, wie die Wasserträger am Tor auseinandertraten, um ein hustendes Kind in Lumpen durchzulassen. Jemand von den Leprakranken. Es konnte Magdalena sein, aber vor lauter Rauch war es nicht zu erkennen. Maria wollte sich aufrichten, schwankte aber und fiel wieder gegen die Mauer.

Sie hustete. Der Rauchgeruch hatte eine beißende Säurenote angenommen, und dichte Wolken bewegten sich weiter vom Gebäude weg. Judith ging zu dem Mädchen und kniete sich hin. Die Kleine sagte etwas, das Maria nicht hörte, und streckte einen Arm aus. Judith stockte, bevor sie die Hand auf die Schulter des Kindes legte und es an sich zog. Das Gesicht des Mädchens war verzerrt vor Schluchzen.

Ein Mann, Abraham, kam mit jemandem auf dem Arm aus dem Tor. Als er aus dem Rauch war, legte er die Frau hin. Sie rieb sich die Augen und hustete in ihre schmutzige Kleidung. Abraham stand auf und ging hinüber zu Judith, die ihn umarmte. Hinter ihnen ächzte und knarrte das Gebäude, und die Wasserträger riefen sich zu, mehr Eimer zu holen.

Abraham befreite sich von Judith, die blass geworden war, und rannte wieder zurück, in das brennende Haus hinein.

Erneut wollte Maria sich aufrichten, aber ihre Knie knickten ein, sodass sie blieb, wo sie war. Ein lautes Krachen erklang hinter der Mauer, und Schreie mischten sich in die Kakofonie. Einige der Retter stürmten aus dem Tor, drehten sich um und starrten zurück zu dem Rauch. Das Dach war eingestürzt.

Kapitel 38

Das Feuer wütete den Rest des Tages und bis in die Nacht hinein. Es zerfraß das Holzgerippe des Hauses, und der Nachthimmel leuchtete in einem dumpfen Orange über den Rußschwaden. Die Menschen von Haarlem schleuderten Eimer um Eimer in die Flammen, und als Judith sie in der langen, hektischen Reihe weiterreichte, dachte sie, sie könnten den ganzen Kanal ausleeren und auf das Gebäude schütten. Und sie hoffte, dass sie es taten, denn Abraham musste gerettet werden.

Als er von ihr weggelaufen war und behauptet hatte, er müsse einen Mann namens Gerrit retten, hatte Judith geschrien und befohlen, dass er zurückkam. Sie wollte ihm nachlaufen, aber eine Frau mit rauen Händen und schäbiger Kleidung schob sie zurück in die Reihe. Und dann sah sie das Dach einstürzen. Benommen stand sie da, bis ihr jemand einen vollen Eimer in die Hände drückte, den sie an den Nächsten in der Reihe weitergeben musste. Dann kam noch ein Eimer, wieder einer, und bald ergab sie sich dem Rhythmus und ignorierte die Blasen, die sich in ihren Handflächen bildeten.

Als es Morgen wurde, war das Feuer größtenteils gezähmt worden. Judith sank auf eine Mauer am Kanal und presste die rauen, schmerzenden Hände an ihre Wangen. Als sie die Augen schloss, hörte sie überall um sich herum ein leises Crescendo an Schluchzern. Die Luft war erfüllt von Trauer, während ängstliche Rufe in die Stille drangen, die das besiegte Feuer zurückließ. Judith hatte Abraham nicht mehr gesehen, seit er ins Haus gerannt war. Und sie wusste, was das bedeutete. Als sie die Augen öffnete, sah sie Kinder in Lumpen, deren Tränen die Asche von ihren Gesichtern wusch, und Frauen, die weinende Männer an ihre Brust drückten.

Vielleicht irrte sie sich. Sie lief durch das demolierte Tor. Drinnen strahlte das zerstörte Haus Hitze aus, und die noch verbliebenen Flammen nagten an dem, was noch an Holz übrig war. Judith packte die Schulter des ersten Mannes, den sie sah.

»Abraham, haben Sie ihn gesehen? Abraham Leyster, groß und dünn. Haben Sie?«

Er schüttelte den Kopf, und sie eilte zum nächsten. Zum Übernächsten. Zum Überübernächsten. Niemand hatte ihn gesehen.

Ein alter Mann in einer langen grauen Robe kam auf sie zugehumpelt. Bei ihrem Anblick brach er in Tränen aus. Als er seinen Arm hob, um die Tränen wegzuwischen, sah Judith, dass einige seiner Finger nur noch Stumpen waren.

»Es …«, begann er, musste jedoch schlucken und kniff die Augen zu. Seine Wangen schimmerten in der fahlen Morgensonne. »Es tut mir so leid«, brachte er schließlich heraus, streckte einen Arm vor, als wolle er sie berühren, trat aber gleich zurück.

»Nein«, hauchte Judith, bevor ihre Stimme versagte.

Sie nickte dem Mann zu, denn mehr konnte sie nicht tun, und ging weg. Während sie durch den Hof ging, rief sie leise Abrahams Namen.

Die Farben um sie herum verblassten, wie ausgeblichen von der Sonne, und sie blinzelte, denn ihre Augen brannten von der Asche. Bald verließ sie das Gelände und ging zurück auf die Straße. Immer noch rief sie nach Abraham, und die wenigen Leute in der Nähe sahen sie mitleidig an.

Judith sah sein Gesicht vollkommen klar vor sich. Sie strengte sich an, sämtliche Details genau zu erkennen, sie sich einzuprägen.

»Nein, du darfst mich nicht verlassen«, sagte sie. Es kümmerte sie nicht, dass sie es laut aussprach. Aber sie erlaubte sich nicht zu weinen. Wenn sie die Tränen zurückhielt, konnte sie ihn vielleicht noch finden. Wenn sie sich so verhielt, wie sie sollte, ruhig und vernünftig, würde Haarlem ihn vielleicht unversehrt aus irgendeinem Winkel der Verwüstung freigeben. Sie wollte mit ihm streiten, ihn überzeugen, zu Hause zu bleiben. Er hätte nie gehen dürfen, nie nach ihrem Streit wegrennen dürfen. Nein, sie hätte ihn früher aufhalten müssen. Viel früher. Sie war so dumm gewesen. Wieder rief sie sich sein Bild ins Gedächtnis, als handele es sich um ein Porträt. Sein Lächeln erstrahlte und schmolz. Es war, als risse ihr jemand die Rippen aus dem Körper, eine nach der anderen. Judith kniete sich auf die Straße und drückte die Hände auf ihre trockenen Augen.

Drei Tage vergingen, bis die Arbeiter genug Trümmer weggeräumt hatten, um die Leichen zu finden. Judith saß währenddes auf ihrem Hocker und starrte durchs Fenster auf die graue Straße unten. Den Jungen sagte sie, sie dürften tun, was sie wollten. Den Geräuschen nach schienen die beiden trotzdem irgendwo im Haus geblieben zu sein. Als Judith sich zwang, aufzustehen und nachzuforschen, stellte sie verwundert fest, dass Carolein den beiden aufgetragen hatte, die Herde zu schrubben. Was die beiden Jungen auch taten. Sie hockten auf den Knien und scheuerten die Kaminplatten. Einen Moment lang glaubte sie, die Schweißrinnsale, die ihnen über die rußigen Gesichter liefen, könnten Tränen sein.

Die Arbeiter brachten Abrahams Leiche in ein Leinentuch gewickelt zu ihr nach Hause. Sie legten ihn auf ihr Bett und verließen das Zimmer wortlos. Judith stand vor der langen Gestalt und berührte den Stoff. Er war kälter, als sie gedacht hätte. Hinter ihr an der Tür hörte sie Carolein mit den Männern reden. Langsam wickelte Judith die Leiche aus.

Sein Kopf und der Oberkörper waren verkohlt und spröde, und einer seiner Arme war über seiner Brust angewinkelt. Seine Beine waren beinahe unversehrt, und seine braune Leinenhose war von Ruß verschmiert. Er hatte einen Schuh verloren. Judith wandte sich für einige Minuten ab.

Dann fing sie behutsam an, Abrahams Leiche zu entkleiden. Carolein brachte einen Eimer und Lappen, und stumm wuschen sie die Hautstellen, die sie waschen konnten. Judith hielt sich von den verbrannten Bereichen fern; nur einmal kam sie einem versehentlich zu nahe, und schmierige schwarze Asche gelangte auf Abrahams noch heile Haut. Fast hätte Judith sich übergeben.

Sie zogen ihm ein sauberes Hemd und eine saubere Hose an. Carolein wickelte seinen Kopf in feines Leinen, bevor sie hinausging, um Davit zu einem Schreiber zu schicken, der die Todesanzeige aufsetzen sollte. Judith zog sich einen Stuhl ans Bett und setzte sich. Sie konnte seine vernarbte Hand mit dem eingebrannten D in der blassen Haut sehen. Nun schloss sie die Augen und wartete.

Carolein kehrte zurück. Sie hockte sich neben Judith auf den Boden, wo sich ihr brauner Rock so steif um sie herumbauschte wie eingetrocknete Farbe auf einer Palette. Sie umfing Judiths Ellbogen mit einer Hand.

»Der Vorarbeiter hat dies für dich dagelassen, von Paulus van Beresteyn. Es ist der Lohn, der Abraham noch zustand.« Sie ließ einen kleinen Lederbeutel in Judiths Hand fallen. Das Gewicht der Münzen irritierte Judith. Verwundert sah sie zunächst Carolein an, die sie voller Mitgefühl betrachtete, dann den Beutel. Schließlich öffnete sie ihn und zählte die Münzen darin. Zweiunddreißig Gulden.

»Das ist so viel, wie er in einem halben Jahr verdient hätte. Oder mehr«, sagte sie leise. Mehr konnte sie nicht sagen, und sie begriff, dass sie nicht vor Abraham über seinen Verdienst reden wollte. Als würde er schlechter von ihr denken, weil sie jetzt von Geld sprach.

Carolein nickte. »Es ist ungefähr so viel, wie eine Beerdigung kostet.« Sie stand auf, strich Judith kurz über die Schulter und ging.

Wieder zählte Judith die Münzen. Carolein hatte recht. Abraham besaß kein Geld, um für seine Beerdigung zu bezahlen. Paulus von Beresteyn musste das gewusst haben. So ehrgeizig und streng der Amtsrichter auch sein mochte, meinte er es gut. Und mit Ehrgeiz kannte Judith sich aus. Tränen stiegen ihr in die Augen und ließen ihre Sicht verschwimmen. Sie hatte keine Familie verdient. Und was dieses Geschenk betraf: Sie war sowohl dankbar dafür als auch wütend auf sich selbst, weil sie es annehmen musste. Eine bessere Schwester wäre gewillt, ihren letzten Gulden zu geben, damit ihr Bruder anständig zur Ruhe gebettet wurde. Doch sie wusste schon jetzt, dass sie es nicht konnte.

Sie stand auf. Es war ein Begräbnis zu planen, egal woher das Geld stammte. Judith ging hinüber, um ihre Hand auf Abrahams reglose Brust zu legen, bevor sie das Zimmer verließ. In ihrem Kopf begann sie, eine Liste zu erstellen: Sarg, schwarzes Leichentuch, Essen, Bier. Blumen. Ihr blieb wenig Zeit, und dennoch war die Reihe von Aufgaben, die ihre Gedanken ausfüllte, wohltuend wie eine Umarmung. Sie schloss die Tür zu ihrem Zimmer und rief nach Carolein.

Kapitel 39

Judith dankte dem Mann, der nach Salzwasser roch und dessen Namen sie bereits wieder vergessen hatte, und trat aus der Menge der Trauernden. Sie lehnte sich an die kühle Wand, richtete die schwarze Spitze auf ihrem Haar und beobachtete, wie die Männer in den traditionellen schwarzen Roben aneinander vorbeigingen, um dem Sarg die letzte Ehre zu erweisen. Carolein und Judith hatten gegen den Wunsch des Pastors entschieden, den Sarg zu schließen. Das Gesicht ihres Bruders war zu intim in der Beschreibung seines Sterbens, als dass Judith es den Blicken anderer Menschen preisgeben wollte.

Sie kannte nicht viele der Trauergäste in ihrem Haus. Männer von den Docks und aus Abrahams Leben vor seiner Flucht, vermutete sie. Sie hatte gewollt, dass die Leprakranken dabei waren, aber Carolein hatte gewarnt, dass die Kranken dann die einzigen Trauergäste wären. Was für Judith in Ordnung gewesen wäre, trotzdem hatte sie sich letztlich der Tradition gefügt.

Es waren auch einige Maler der Lukasgilde gekommen, scheinbar aus Mitgefühl mit ihr, doch sie schätzte, dass es eher den Gildenzusammenhalt demonstrieren sollte. Sie waren Abraham nie begegnet. In der Menge in ihrer Diele entdeckte Judith Frans de Grebber und Maria, hielt sich jedoch von ihnen fern. Sie waren wegen Abraham gekommen und hatten ihr mit Sicherheit nichts Freundliches zu sagen. Und noch mehr Vorwürfe würde sie nicht ertragen, ganz gleich, wie sehr sie die verdiente. In gewisser Weise war sie auch froh, dass Jan Miense Molenaer noch in Amsterdam war, wohin er vor dem Brand gereist war, um mit einem Händler ins Geschäft zu kommen und einen Kaufmann zu treffen, der ein Porträt für die Hochzeit seiner Tochter in Auftrag geben wollte. Sie hatte Jan von der Beerdigung geschrieben, aber keine Antwort erhalten. Das war in Ordnung – gut sogar. Es schien passend, dass sie mit ihrem Kummer allein war. Judith bedankte sich leise und murmelte bejahend zu allem, was ihr jemand über Abraham sagte, auch wenn die wenigsten überhaupt mit ihr redeten.

Der Pastor räusperte sich, und die Leute verstummten.

»Wir sind hier versammelt, um den Tod eines tapferen jungen Mannes zu beklagen, Abraham Leyster, der vor seiner Zeit gestorben ist. Einige Worte aus der Heiligen Schrift.« Er neigte den grauen Kopf über die wenigen Blätter mit Abschriften aus der Bibel, die er mitgebracht hatte, und las mit auf- und abschwellender Stimme aus dem 1. Korintherbrief und danach eine kleine Auswahl an Psalmen. Judith sah abwechselnd zu den zittrigen Händen des Pastors und dem geschlossenen Sarg. Warum würde ihr Bruder niemals alt werden und sich über Schmerzen in seinen Gelenken oder sein schlechtes Gehör beklagen? Er hatte sie allein gelassen. Oder war sie es, die ihn fortgetrieben hatte, in die Flammen hinein?

Von ihren Eltern hatte sie kein Wort gehört. Die dicht gedrängte Menschenmenge schwankte leicht im Bann der Worte vom Pastor, und Judith stellte sich ihre gebeugten, verwirrten Eltern vor, die sich durch die Menge drängten. Drei Tage hatte sie gewartet, ehe sie ihnen schrieb, weil es sich zu endgültig anfühlte, auf Papier zu bestätigen, dass Abraham tot war, ehe sie ihn selbst gesehen hatte. Aber als sie das Begräbnis verkünden ließ, hatte festgestanden, dass sie es ihnen erzählen musste. Nun atmete sie zitternd aus und versuchte, nicht darüber nachzudenken, warum ihre Eltern weder gekommen waren noch geschrieben hatten. Vielleicht war der Brief verloren gegangen.

Draußen schlugen die Kirchenglocken drei Uhr, gefolgt von den Trauertönen. Der Pastor steckte seine Verse ein und bedeutete den Sargträgern, den Deckel zuzuschrauben. Die jungen Männer waren leichter zu finden gewesen, als Judith erwartet hatte. Nachdem sie die Todesanzeige an jene geschickt hatte, deren Namen sie kannte, waren diese Männer einer nach dem anderen zu ihr gekommen, um ihre Hilfe anzubieten. Sie vermutete, dass sie mit Abraham befreundet gewesen waren, fragte aber nicht. Es spielte keine Rolle mehr.

Die sechs Sargträger hoben den Sarg auf das Traggestell und bedeckten ihn mit dem schwarzen Leichentuch. Judith trat vor, um einen Strauß Lilien auf den Sarg zu legen, und andere Trauergäste ergänzten ihn mit weißen Rosen und anderen Blumen, die Carolein gekauft hatte. Dann hievten die Männer das Traggestell hoch und trugen es hinaus. Judith schloss sich ihnen als Erste an. Direkt nach ihr folgte Frans Hals, der bekannteste Bürger im Raum. Alle anderen reihten sich hinter ihnen ein, auch wenn Judith sich nicht umblickte, um nachzusehen. Gegen ihren Willen kamen ihr die Tränen, als sie beobachtete, wie der Sarg aus dem Haus gebracht wurde. Zum letzten Mal verließ er ihr Haus. Sie trugen ihn mit den Füßen voran, als könnte er eigenständig in den Himmel gehen. Eine wohltuende Vorstellung. Zu diesem Teil der Prozession hatte sie dem Pastor nichts gesagt. Einzig Verbrecher wurden mit dem Kopf vorangetragen, und sie war froh, dass der Pastor beschlossen hatte, Abraham wäre keiner. Judith wischte sich die Tränen von den Wangen und unterdrückte ein Schluchzen. Es ziemte sich nicht, laut zu trauern.

Die Prozession in der Grote Kerk und der nachfolgende kurze Gottesdienst verliefen ruhig. Immer noch lastete die Sommerhitze auf der Stadt, und selbst in der schattigen Kirche schwitzte Judith in ihrem schwarzen Kleid. Das Gefühl von Feuchtigkeit auf ihrer Haut war eine willkommene Ablenkung. Sie wollte nicht an den Moment denken, wenn sie vom Grab weggehen und Abraham zurücklassen musste. Vorn in der Grote Kerk dröhnte die Stimme des Pastors, aber Judith hörte kaum hin.

Nach dem Trauergottesdienst brachten die Träger den Sarg zu Adams letzter Ruhestätte, wo der schwere Stein vorher zur Seite geschoben worden war. Judith verengte die Augen, wollte ihr Blickfeld eingrenzen, um nicht sehen zu müssen, was sich in dem dunklen Loch befand. Der Pastor führte die Träger und einige andere Trauergäste die übliche Runde um die Grabstelle, ehe der Sarg nach unten gelassen wurde. Abrahams Kopf wies nach Osten. Judith neigte sich vor, um sich von ihm zu verabschieden, und einige Tränen tropften auf seinen Sarg. Sein Körper war bereits zu weit weg. Judith beobachtete, wie der Rest der Gruppe Gebete sprach. Dann gab sie jedem der Sargträger einige Münzen, bedankte sich leise und wandte sich zum Gehen. Sie bemühte sich, nicht zu denken, dennoch schrie ein Teil von ihr, dass sie ihren Bruder mit jedem Schritt aufs Neue verließ. Sie ballte die Hände zu Fäusten und konzentrierte sich auf das Gefühl ihrer Fingernägel, die sich in die Handflächen bohrten. Ihr war, als würde jeder Schritt ihre Füße wund scheuern.

Carolein war zu Hause geblieben, und als die Gruppe zurückkehrte, standen überall Bänke und Stühle. Sie hatte den Küchentisch in die größere Diele gezogen und ihn mit Pfirsichen, Brot und Käse beladen. An einer Wand standen vier Fässer Bier, und die Trauergäste machten sich daran, ihre Tassen zu füllen. Carolein führte Judith zu einem Stuhl und reichte ihr einen schweren Bierkrug. Judith nahm einen Schluck und verzog das Gesicht. Es handelte sich um sehr starkes Dunkelbier. Eigentlich hatte sie gedacht, sie wären sich einig gewesen, einfaches Bier auszuschenken, um möglichen Ärger zu vermeiden. Nun beobachtete sie, wie sich ein Mann mittleren Alters, den sie nicht kannte, Bier aus dem Fass links von ihr in seinen Krug zapfte. Die Flüssigkeit war goldgelb, nicht brotbraun wie ihre. Das erklärte die Angelegenheit. Carolein musste für sie ein spezielles Bier beiseitegestellt haben. Judith trank noch einen Schluck und genoss das Gefühl von Leichtigkeit, das es in ihrem Kopf auslöste. Dies war besser als die schwarze Wunde in ihrer Brust. Sie trank noch mehr.

Auf der anderen Seite des Raumes stand Frans Hals und unterhielt sich mit Outgert Akersloot und Frans de

Grebber. Maria saß hinter ihnen, abgeschirmt von der Menge. Judith konnte sie kaum sehen, worüber sie froh war. Frans Hals schien etwas Schmeichelhaftes über Judiths Gemälde zu sagen, denn er hob das traditionelle schwarze Tuch von einem der Rahmen an der Wand und zeigte Frans de Grebber ein Detail, worauf dieser nickte. Normalerweise wäre Judith vor Stolz errötet, doch nun beobachtete sie die Männer nur. Pieter Molijn war nicht gekommen. Doch jetzt, da die führenden Künstler Haarlems ihre Köpfe zusammensteckten und leise lachten, stellte sie ihn sich trotzdem innerhalb dieser Gruppe vor. Wie er Geheimnisse mit ihnen teilte. Sie horteten Leinöl, und sogar Frans de Grebber wusste etwas darüber.

Unter ihrer bleiernen Trauer regte sich Wut, als sie zu den älteren Männern schaute. Sie wollten vorgeben, sie in ihren Kreis aufzunehmen, doch zugleich versuchten sie, Judith auszusperren. Sie wusste nicht, wie genau ihr Komplott aussah, doch das konnte sie immer noch herausfinden. Paulus van Beresteyn hatte offensichtlich eine Rolle gespielt, aber wer noch? Sie senkte den Blick. Nichts hiervon war von Belang. Dann sah sie wieder zu den Künstlern. Frans Hals lachte über eine Bemerkung von Outgert, und Dirck warf einen Arm um die Schultern seines Bruders. So würden sie Judith nie umarmen. Sie wollte malen, aber nicht allein. Dennoch schien alles, was sie getan hatte, sie nur noch einsamer zu machen. Ihre Werkstatt würde nur noch wenige Wochen überstehen, wenn sie nicht mehr Öl oder Geld auftrieb. Sie wandte den Blick ab.

Nachdem sie mehr von dem Bier getrunken hatte, stellte sie ihren Krug unter ihrem Stuhl ab. Die wärmende Wirkung des Biers war angenehm, und sie wollte jetzt nichts Angenehmes. Sie schaute zu, wie ihre Gäste aßen, tranken und zunehmend mehr und lauter redeten. Kamen Leute, um ihr Beileid auszudrücken oder freundliche Worte über Abraham zu sagen, nickte sie. Es wurde stickig im Haus, sodass Carolein alle Fenster öffnete. Die Haustür stand offen, und ein Sonnenstahl fiel hindurch und auf den freien Flecken auf dem Boden. Niemand wollte sich zusätzlich aufwärmen, indem er in der Sonne stand.

Judith sah ins Sonnenlicht und erinnerte sich daran, wie sie einmal Abraham bei de Grebber besucht hatte. Sie war jung gewesen, dreizehn oder so, und hatte das erste Jahr ihrer Lehrlingszeit bei dem Maler noch nicht vollendet gehabt. An jenem Tag hatte, wie heute, die Sonne hell geschienen, und sie beide hatten den Nachmittag in ihrer Dachkammer verbracht, wo sie Schatten auf den Sonnenfleck auf dem Boden warfen. Maria hatte bei ihnen gesessen, hatte gelächelt, während Judith und Abraham spielten und plauderten. Judith hatte sie dafür geliebt, dass sie sich nicht über ihr Spiel lustig machte; ein Spiel, für das sie in Wahrheit viel zu alt gewesen war. Doch es war die beste Art, wie Abraham und sie miteinander kommunizieren konnten. Sie drei waren an jenem Tag so glücklich gewesen.

Judith stand auf. Sie fühlte sich nüchtern und leer, als sie sich ihren Weg durch die Menge zur anderen Seite bahnte. Neben Maria war ein freier Hocker – Judiths Malhocker, wie sie erkannte, bevor sie sich setzte.

Wie erschöpft holte sie einige Male tief Luft und lauschte den Gesprächen um sie herum. Maria fixierte einen Punkt auf der gegenüberliegenden Seite des Raums – vielleicht ihren Vater, der seinen Krug auffüllte. Dann nahm sie einen kleinen Schluck aus ihrer Tasse.

»Wie geht es deinem Vater?«

»Er ist wohlauf.«

Judith schürzte die Lippen und überlegte, was sie sagen könnte. »Hast du vor, Haarlem zu verlassen? Ich habe von Abraham gehört, dass du dich für Amsterdam interessierst.«

Für einen Moment beäugte Maria sie skeptisch. »Nein, habe ich nicht. Noch nicht.« Sie verstummte und sah zu ihrem Vater, der mit Dirck Hals lachte. »Hat man einmal begriffen, wie sehr man von jemandem geliebt wird, stellt man fest, dass man große Macht über denjenigen hat. Ich kann nichts … würde jetzt nichts tun, was ihn verletzt.«

Maria trank noch einen Schluck, und Judith starrte mit gesenktem Blick auf ihre Hände, die sie im Schoß gefaltet hatte.

»Jeden Tag denke ich daran, dass ich dir gegenüber Wort hätte halten sollen«, sagte Judith. »Es tut mir leid.«

Maria nickte und schwenkte ihre Tasse.

»Du bist wütend«, fuhr Judith fort. Es war offensichtlich, doch ihr fiel nichts anderes ein, und Schweigen war schlimmer.

Maria atmete hörbar aus. »Vor allem auf mich selbst, weil ich etwas anderes erwartet hatte.«

»Was soll das heißen, Maria?« Ein Teil von ihr freute sich über die Gelegenheit, sich zu verteidigen. Judith setzte sich aufrechter hin.

Maria drehte sich zu ihr. Tränen glänzten auf ihren geröteten Wangen.

»Willst du es wissen? Ich sollte das nicht sagen, Judith, nicht heute.«

»Jetzt hast du schon angefangen.«

»Judith, du denkst nur an dich. Alles, was du wolltest, war deine Werkstatt, und niemand sonst zählte. Was bedeutet dein Erfolg wirklich, wenn du allein bist?«

Es war, als würde Abraham mit ihr reden. Judiths Wut loderte auf und fiel dann in sich zusammen wie ein Holzspan, den das Feuer in Sekundenschnelle verschlang. Sie nickte. Maria sah sie an, als rechne sie mit einem Streit, doch Judith hatte nichts zu sagen. Sie lehnte sich an die Wand zurück. Um sie herum tranken Männer und Frauen in Schwarz, erzählten Geschichten und lachten.

Schließlich holte sie tief Luft und ließ den Damm brechen, den sie in ihrem Inneren errichtet hatte. Jener Damm, der ihren Kummer, ihren Zorn und ihre Furcht zurückhielt, gab nach. Sie erlaubte sich zu weinen. Als die Tränen zu Schluchzern wurden und die Leute begannen, zu ihr zu sehen, versuchte sie nicht mehr, sich zu beherrschen. Es war ihr gleich. In gewisser Weise hatte Maria recht. Judith hatte an ihre Werkstatt gedacht, obgleich nicht nur an die. Sie hatte ihre Freundin und ihren Bruder vermisst, und sie hatte es nicht geschafft, ihnen das zu sagen. Wäre sie imstande gewesen, Abraham zu malen – das Grübchen in seiner Wange, die schwarzen Haarkringel über seinen Ohren oder die Art, wie sich das D auf seiner Hand über den Adern verbog –, hätte er vielleicht begriffen, wie wichtig er ihr war. Sie hatte angenommen, dass zumindest Maria um ihre Gefühle wusste. Aber nachgefragt hatte sie nie.

»Es tut mir leid«, sagte Judith unter Tränen.

Kapitel 40

Carolein löste sich aus der Menge und beugte sich vor, um Judith ins Ohr zu flüstern: »Du brauchst eine Pause, was verständlich ist. Komm mit mir.«

Sie hakte sich bei Judith ein und zog sie hoch. Ihre kornblumenblauen Augen waren gerötet, als hätte sie geweint, doch ihre Wangen waren trocken.

Judith gehorchte, sah aber zu Maria, als sie aufstand. Deren Gesicht war eine ausdruckslose Maske, wenngleich ihr Blick der Freundin folgte.

Carolein führte Judith durch die Menge, die zur Seite trat. Viele sahen sie mitfühlend an, auch wenn die Missbilligung in einigen Fällen deutlich spürbar war. Trauer war eines, laut zu heulen etwas vollkommen anderes. Frans und Dirck Hals schienen die Köpfe zu schütteln, als würde Judiths Fehlverhalten nur bestätigen, was sie längst dachten. Keiner von ihnen verstand es. Carolein hielt Judiths Hand und ging mit ihr nach oben. Judith schämte sich nicht, ihre Gefühle zu zeigen. Es nicht zu tun, hätte viel mehr geschmerzt.

Sie betraten die Werkstatt, und als Carolein die Tür schloss, war der Lärm der Trauerfeier unten nur noch gedämpft zu hören. »Du brauchst ein wenig Zeit«, sagte Carolein.

»Danke.« Judith schluckte ein Schluchzen und wischte sich die Tränen ab.

»Schon gut.« Carolein wandte sich zum Gehen.

»Warte, Carolein. Sag, wen hast du verloren?«

Carolein drehte sich wieder zu ihr um und legte einen trockenen, rissigen Finger an Judiths Wange. »Zu viele. Und es wird nie leichter.«

Sie schloss die Tür hinter sich, bevor Judith etwas erwidern konnte.

Im sanften frühabendlichen Licht verschwanden die Riefen und Pockennarben der verputzten Wände. Der weiße Raum schien seine Arme um Judith zu legen, und nach wenigen Minuten verebbten ihre Tränen. Sie atmete den wohltuenden Duft von zerdrücktem Ocker ein, von Kölnerbraun, Knochenschwarz und all den anderen Pigmenten. Die Holzdielen knarzten, als sie durch das Zimmer ging. Dort war ihre Staffelei, unangerührt seit Abrahams Tod. Dort war Davits Holztafel, auf der er an einer Geigenstudie arbeitete. Und da waren der Mörser und der Stößel, die Hendrik benutzte, um Holzkohle fein genug zu mahlen, dass sie ein zartes Grau ergab. Mit den Fingern strich Judith über jeden Pinsel, jede Schale und jeden Tisch. Sie nahm die Tonscherbe auf, die Lachine ihr gegeben hatte, als sie ihren Handel vereinbarten. Im Laufe der Monate hatte sie die scharfe Kante mit ihrem Daumen ein wenig geglättet. Sie legte sie zurück auf den Tisch.

Neben dem Fenster hing das Gemälde von dem Mann, der einer Frau einige Münzen anbot. Sie liebte dieses Bild, und als der Auktionator seine Bedenken ausgesprochen hatte, hatte sie entschieden, es zu behalten. Die Frau in der düsteren Szene blickte auf ihre Handarbeit, während sich der Mann mit der Pelzmütze über ihre Schulter neigte, um sie abzulenken. Eine Kerzenflamme erhellte die beiden. Judith mochte es, wie sie die glatten Wangen der Frau und ihren gesenkten Blick eingefangen hatte. Trotzdem wäre das Bild nicht vollständig ohne die andere Gestalt. Das Braun der Pelzmütze des Mannes spiegelte die Haarfarbe der Frau, während das Goldgelb der Münzen in seiner Hand komplementär zum Himmelblau ihres Rocks war. Bei der Vorbereitung der Szene hatte Judith Perspektivenlinien in den weißen Untergrund gezeichnet, um das Auge des Betrachters vom Knie der Frau zu ihrer Hand zu leiten und den Stuhl, auf dem sie saß, wenig weiter entfernt erscheinen zu lassen. Doch anstatt mit ihrem Können in puncto Perspektive zu prahlen, anstatt Raster zu zeichnen, um dem Betrachter zu beweisen, was sie getan hatte, hatte sie die Linien übermalt. Worauf es ankam, waren die Frau und der Mann. Dieses Gemälde besaß genau die Balance zwischen Positionierung und Licht, die Judith stets anstrebte. Hätte sie die Frau oder ihre Technik zu deutlich hervorgehoben, hätte sie dieses Gleichgewicht nie erreicht.

Sie blickte sich in der Werkstatt um. Unter dem Mörsertisch stand der Krug Leinöl, den sie Frans de Grebber abgekauft hatte. Er war zu zwei Dritteln aufgebraucht, und sie wusste nicht, wo sie mehr Öl auftreiben sollte. Vielleicht werde ich bei Pieter Molijn nachfragen, dachte sie verbittert.

Sie schüttelte den Kopf. Maria hatte recht. Es war das Begräbnis ihres Bruders, und immer noch dachte sie an das verfluchte Öl. Nichts von ihrer Arbeit zählte, wenn sie kein lebenswertes Leben hatte. Sie nahm den Krug auf und griff mit der freien Hand nach dem Rummelpot vom Requisitentisch. Vorsichtig öffnete sie die Werkstatttür und ging hinaus auf den Flur, um von der Treppe aus auf die Trauergäste hinunterzusehen. Die tranken und erhoben die Stimmen in all dem Gedränge. Paulus van Beresteyn stritt mit Frans Hals und Outgert Akersloot. Sein steifer Spitzenkragen stand vom Hals ab, und sein tiefschwarzer Waffenrock schien alles Licht in sich aufzusaugen. Er trug kein Trauerwams wie die anderen, und dennoch wirkte er hier nicht deplatziert. Paulus van Beresteyn. Judith war sich bewusst, dass sie ihm für Abrahams Lohn danken musste, sofern ihr die angemessenen Worte einfielen.

»Ihr seid mir etwas schuldig«, sagte er aufgebracht.

»Es ist nicht unsere Schuld, wenn du deine Investition nicht schützen kannst«, erwiderte Outgert. Judith hörte zu, die Lippen zusammengepresst.

Ein Mann mit goldenen Locken unter dem breiten Hut trat durch die offene Tür, und Judith erstarrte. Jan Miense Molenaer. Er blickte hinauf zu ihr, sah sie voller Mitgefühl an, und sie wollte nach unten laufen, um ihn zu begrüßen. Doch wenn sie es tat, würde sie nie wieder den Mut aufbringen, dies hier zu tun.

Judith stellte den Ölkrug auf dem Boden ab. Dann zog sie langsam den Stab aus der Schweinsblase auf dem Rummelpot. Ein lautes Ächzen hallte durchs Haus. Judith wiederholte das Manöver einige Male, bis alle verwundert zu ihr aufsahen.

»Nachbarn und Freunde, ich danke euch für euer Kommen heute. Ich weiß, dass es ungewöhnlich ist, euch in solch einem Moment anzusprechen, aber ich hoffe, ihr habt

Geduld mit mir.« Ein Raunen ging durch die Menge und verklang. Judith betrachtete die Gesichter, die ihr zugewandt waren, und kalte Panik ergriff sie. Sie hatte begonnen, ohne vorher nachzudenken, und jetzt spülte ihre Angst alle Worte fort. Stumm stand sie da. Weiter hinten im Raum unten hielt sich Carolein eine Hand vor den Mund. Maria saß da, wo Judith sie zurückgelassen hatte, die Arme um ihren Oberkörper geschlungen, als wäre ihr kalt.

»Vielen Dank für euer Kommen«, wiederholte Judith. »Abraham … wäre dankbar. Und wohl auch überrascht.« Ihre Stimme kippte, doch sie redete weiter. »Ich bin ebenfalls ein bisschen überrascht. Aber ich vergaß auch, die Menschen um mich herum zu sehen. Es ist furchtbar, nicht wahr, wenn eine Malerin aufhört hinzusehen? Wenn sie die versteckten Details nicht mehr sieht? Und dafür entschuldige ich mich. Es tut mir leid, Maria.« Judith stellte den Rummelpot ab und hob den Krug hoch. »Ich habe kürzlich erfahren, dass einige Meistermaler den Rest von uns nicht hierhaben wollen. Den Grund verstehe ich. Es ist schwer, vom Malen zu leben. Deshalb horten sie das Öl.« Sie hielt den Krug in die Höhe. »Um uns andere zu vernichten.« Unten wurde hörbar nach Luft geschnappt und hier und da leise gemurmelt. Judith sah nicht nach, wer etwas sagte. Ein Angstknoten schnürte sich in ihrem Bauch, doch sie sprach weiter. »Vielleicht wohnt dem ein gewisser Sinn inne, dennoch sorge ich mich deshalb.«

Sie zog den Korken aus dem Tonkrug. Vorsichtig hob sie das Gefäß über das Treppengeländer, neigte es und goss einen dünnen Strahl Öl nach unten. Er traf auf Dirck Hals' schwarze Lederstiefel, und Judith lächelte. Einige Leute riefen empört, andere tuschelten, aber die meisten standen stumm vor Schrecken da. Flüchtig fragte Judith sich, ob irgendwer noch jemals ihre Gemälde kaufen würde, nachdem sie hier diesen Irrsinn aufgeführt hatte. Aber sie war nicht länger gewillt, sich Gedanken darüber zu machen, was Haarlem von ihr denken mochte.

Sie hob den Krug leicht an, sodass der Ölstrahl versiegte.

»Es ist noch genug da für ein Bild. Ich werde es nutzen, um meine Freundin Maria zu malen, sofern sie es mir erlaubt. Dasselbe hätte ich auch für Abraham tun sollen.« Sie blinzelte eine Träne weg. »Und danach, falls es nicht mehr ausreichend Leinöl für mich zu kaufen gibt, werde ich mit den jüngeren Meistern in der Stadt sprechen. Wir werden unseren eigenen Weg finden. Und wir werden mit dem Vroedschap reden.« Sie wusste, dass die Maler im Haus diese Drohung verstanden. Sollte die Lukasgilde nicht die Interessen aller ihrer Mitglieder vertreten, wäre die Stadtverwaltung eventuell weniger gewillt, die Gilde überhaupt anzuerkennen.

Ihre Hände zitterten, als sie fertig war. Sie verschränkte die Arme, noch mit dem Krug in einer Hand. Zwar hatte sie keine Ahnung, ob sie ihre Drohung wahr machen konnte, doch den panischen Blicken zwischen den Gildeanführern nach zu urteilen hatte sie einen wunden Punkt getroffen.

Sie stellte den Krug auf den Boden. Als sie sich wieder aufrichtete, sah sie Maria die Treppe heraufkommen. Tränen glänzten in ihren blauen Augen, und ihr braunes Haar hatte sich teils aus der Haube gelöst. Als sie oben war, streckte sie Judith eine Hand entgegen.

»Es tut mir leid, Judith«, sagte sie kaum hörbar. »Es war grausam von mir, das zu sagen. Dass du nur an dich denkst.«

»Aber wahr«, entgegnete Judith und umfing Marias Hand mit ihren beiden.

»Nicht ganz.«

»Ja.« Judith seufzte und trat einen Schritt zurück. Lächelnd wischte sie eine Träne von ihrer Wange. »Nicht ganz.«

Kapitel 41

Unten in der Diele drängelten sich Frans Hals und die anderen Männer der Gilde zur Haustür. Sie gingen, ohne noch einmal zu Judith zu sehen, und ihr wurde eiskalt vor Angst. Sogar Frans de Grebber ging mit ihnen. Noch einige andere Trauergäste verließen das Haus, doch zu Judiths Verwunderung blieb es recht voll. Paulus van Beresteyn machte keine Anstalten zu verschwinden. Er aß einen Pfirsich und unterhielt sich mit einem Händler von den Docks. Carolein musste irgendwo wahrlich gutes Bier aufgetrieben haben, dachte Judith mit einem kleinen Schmunzeln. Ihr wurde klar, dass er Geld für den Malerkomplott beigesteuert hatte, trotzdem konnte sie ihm keinen Vorwurf machen. Er hatte sie nicht gekannt, und er hatte nie vorgetäuscht, sie in der Gilde willkommen zu heißen. Als sie mit Maria die Treppe hinunterging, hob Jan eine Hand zum Gruß.

»Wie es scheint, bist du froh, ihn zu sehen«, sagte Maria lächelnd. Judith wurde rot.

»Ich freue mich über jedes freundliche Gesicht«, antwortete sie. Sie blickte Jan in die Augen und sofort zu Boden.

»Geh schon.« Maria versetzte ihr einen kleinen Schubs.

Judith schlängelte sich durch einige Grüppchen von Gästen hindurch und ging zu Jan. Sein Gesicht war gerötet vor Hitze, und er wischte sich etwas Schweiß von der Schläfe.

»Danke, dass du gekommen bist«, sagte sie.

»Deine Nachricht habe ich erst gestern erhalten. Ich bin so schnell aufgebrochen, wie ich konnte, aber das Pferd hat ein Hufeisen verloren, und dann … Jedenfalls tut es mir sehr leid, Judith. Mir tut es leid, dass Abraham nicht mehr unter uns weilt.«

Er umarmte sie und küsste sie auf die Wange. Es war eine gängige Begrüßungsgeste, dennoch lehnte sich Judith in seine Umarmung, wie sie es noch nie bei jemand anderem getan hatte. Jan hielt sie etwas länger, als üblich war, und als er sie freigab, umfing er mit beiden Händen ihre schmalen Schultern. Es waren starke Hände, die es gewohnt waren, Pigmente zu zerreiben und sehr präzise einen Pinsel zu führen. Sie schmiegte sich in diesen Halt, bis sie erneut kurz davorstand, in Tränen auszubrechen.

»Danke, dass du mir geschrieben hast«, sagte er. »Und es war mutig, was du eben getan hast. Du weißt, dass ich dich unterstütze. Immer.«

»Ja.« Mehr konnte sie nicht sagen, und schon bei dieser einen Silbe bebte ihre Stimme. Sie legte eine Hand auf seine an ihrer Schulter, bevor sie zurücktrat. Es bestand kein Grund zur Eile. Sie würde sehr bald wieder mit ihm reden. Das musste nicht jetzt sein.

Judith kehrte zu ihrem Hocker an der Wand zurück und setzte sich wieder neben Maria. Keine von ihnen sagte etwas, doch das war wenig verwunderlich. Die Wunden brauchten Zeit zum Heilen. Aber, dachte Judith, zumindest durfte sie auf Heilung hoffen.

Um sie herum tranken die Freunde ihres Bruders und die Nachbarn, bis sie lachten und weinten. Paulus van Beresteyn füllte sich einen Krug nach dem anderen und schluchzte am Ende an der Schulter eines Gewürzhändlers. »Ich bin ruiniert«, hörte Judith ihn sagen.

Sie stand auf und ging hinüber zu ihm.

»Haben Sie Dank für Abrahams Lohn. Das war sehr großzügig.«

Er strich mit dem Finger über den Rand seines Zinnkruges. »Er war ein besserer Mann als ich.«

»Sie sind zu freundlich.« Ihre Stimme kippte, und sie musste tief Luft holen.

»Die Künstler irrten in ihrem Glauben, begabte junge Leute vom Malen abhalten zu können«, sagte er. »Ich bin froh, dass ihr Komplott ein Ende gefunden hat, und bedaure aufrichtig, mich an ihm beteiligt zu haben. Es schien mir nur eine gute Investition zu sein.« Paulus senkte den Blick und betrachtete angelegentlich seine Hände.

»Ich kannte den Franzosen flüchtig«, sagte Judith. »Er war freundlicher, als ich angenommen hatte.«

Paulus schüttelte den Kopf und leerte seinen Krug. »Genau wie Gerard. Aber all das ist vorbei. Jetzt werde ich mir mehr zu trinken holen. Nochmals, mein Beileid.«

Judith wollte ihn zurückhalten, ließ es aber bleiben. Er hatte recht: Es gab nichts mehr zu sagen. Die Männer waren tot, und ob Lachine beabsichtigt hatte, Gerard zu ermorden, oder ihm versehentlich die tödliche Verletzung zugefügt hatte, spielte nun keine Rolle mehr. Es würde an dem, was geschehen war, nichts ändern. Sie kehrte zu ihrem Platz zurück, wo Maria sich leise mit einem Nachbarn unterhielt. Judith schloss die Augen und versuchte, sich an Lachines Gesicht zu erinnern. Irgendwann in den nächsten Tagen musste sie sich auf die Suche nach seinen Straßenjungen machen. Sie konnte ihnen anbieten, ihr Modell zu sitzen. Auf diese Weise würden sie ein wenig Geld verdienen können.

Der Leichenschmaus ging bis zum Einbruch der Nacht. Dann waren sämtliche Bierfässer geleert, und die Gäste machten sich auf den Heimweg. Jan und Maria blieben, bis der letzte Gast aus der noch offenen Tür getorkelt war, dann halfen sie Carolein und den Jungen beim Aufräumen. Judith fegte den Holzboden, während Carolein und Maria abwechselnd die Krüge und Tassen ausschrubbten, die sie von den Nachbarn geliehen hatten. Jan und die Jungen räumten die Tische und Bänke an ihre Plätze zurück.

Schließlich wurde es still im Haus. Jan sank neben Judith auf die Bank in der Küche und drückte ihre Hand. Ein Kribbeln lief ihr den Arm hinauf.

»Ich rede mit meinem Vater über das Öl«, sagte Maria, die einen Krug abtrocknete und auf die Anrichte stellte. Sie stützte eine Hand auf und zögerte kurz. »Judith, ich hätte es dir früher erzählen müssen, aber ich war so wütend, und dann ist Abraham … Es tut mir leid. Aufrichtig leid. Vor dem Brand hatte mir einer der Männer im Leprahaus den Dachboden dort gezeigt. Auf dem lagerte Paulus van Beresteyn Dutzende Fässer mit Leinöl.«

Judith blinzelte und setzte sich trotz ihrer Müdigkeit gerader hin. Sie blickte zu Jan, der nicht minder erstaunt wirkte. Maria betrachtete den Läufer auf dem Boden.

»Du hast es gewusst und mir nichts gesagt?«

»Es tut mir leid, Judith. Mein Freund dort ließ mich schwören, nichts zu verraten, und ich dachte, ich könnte etwas von dem Öl für meine Heilsalben nutzen. Und gleich danach kam es zu dem Brand.« Sie zerrte an dem Lappen, den sie in Händen hielt.

»Wusste Abraham davon?« Judith hielt den Atem an. Sie wollte die Antwort hören, obgleich sie unsicher war, ob sie sie ertragen konnte.

»Ich kann nur Vermutungen anstellen, aber ich glaube nicht.«

»Ich weiß nicht, was ich sagen soll.« Judith schlug eine Hand vor den Mund und sah abwechselnd Maria und Jan an.

Jan presste die Lippen zusammen. Eine Sorgenfalte grub sich zwischen seine Augenbrauen, doch er schwieg. Maria atmete laut aus.

»Es hätte nichts geändert, Judith. Und ich hatte dem Leprakranken versprochen …«

Für einen Moment blieb Judith vollkommen still. Es schmerzte, dass Maria ihr nichts gesagt und ihr etwas so Wichtiges verheimlicht hatte, auch wenn sie nichts hätten tun können. Während sie sich die Nasenwurzel rieb, dachte sie, dass sie es vielleicht verdient hatte, in Unwissenheit gelassen zu werden. Oder zu erfahren, dass es ehrbar war, ein Versprechen gegenüber einem Freund zu halten.

»Jetzt ist das Öl weg. Keiner von uns kann es mehr benutzen«, sagte sie.

»Ich weiß. Und ich denke, vielleicht wollte Gott uns alle dafür bestrafen, es so dringend zu wollen – die Maler, den Amtsrichter und mich. Wir alle haben gedacht, dass wir etwas kontrollieren können. Doch warum musste Abraham dafür bezahlen?« Marias Stimme zitterte.

Judith lehnte den Kopf an die Wand und überlegte. »Ich kann mir nicht vorstellen, dass Abraham für etwas bestraft wurde. Er hatte seine Schuld bereits bezahlt.«

»Maria, hast du zufällig bei einem dieser Fässer ein Leck bemerkt?«, fragte Jan.

Maria dachte einen Moment nach. »Da waren einige ölgetränkte Lumpen auf dem Boden.«

Jan schüttelte den Kopf. »Das Öl ist leicht entflammbar. Bei einer derartigen Hitze wie in den letzten Tagen kann es sich schnell entzünden. So könnte das Feuer ausgebrochen sein.«

Maria stieß einen stummen Schrei aus. »Dann hätte ich es jemandem sagen müssen, sofort. Ich hätte es verhindern können.«

Judith schüttelte den Kopf. Sie war zu müde, um irgendetwas anderes als die tiefe Trauer zu empfinden, die ein Loch in ihre Brust riss. »Du hast das Öl nicht dort gelagert, Maria. Gib dir nicht auch noch dafür die Schuld.« Vielleicht konnte sie eines Tages wütend sein – aber nicht jetzt. Abraham war tot, und nichts würde daran etwas ändern. Egal wie sehr sie es sich wünschte.

Jan nickte. »Es ist gut, dass du von alledem erfahren hast, Maria. Es wird uns helfen, uns gegen die anderen Maler zu verteidigen, falls wir es müssen. Ich vermute, wenn das ganze Öl in Flammen aufgegangen ist, werden auch die Gildeanführer Mühe habe, Geld für neues Öl aufzubringen. In wenigen Monaten sollte alles wieder ablaufen wie früher. Dann herrscht wieder Normalität.«

»Was immer man darunter verstehen mag«, entgegnete Judith leise. Für sie hatte es zu viel Verlust und Schmerz gegeben, als dass noch etwas da wäre, wohin sie zurückkehren könnte. Abermals stiegen ihr Tränen in die Augen.

»Das war unbedacht von mir«, sagte Jan und schüttelte den Kopf vor Ärger über sich selbst. »Verzeih mir.«

Er sah sie flehentlich an. Für einen Moment hatte er nicht an Abraham gedacht. Sein Tod und Judiths Schmerz waren von Jans Sorge um seine Werkstatt übertönt worden. Doch Judith wusste, wie leicht man sich von seinen eigenen Sorgen blenden ließ.

»Ich weiß, was du gemeint hast«, sagte sie. »Und du hast recht. Unser Lebensunterhalt hängt von dem Öl ab.« Sie wischte die Tränen fort und bemerkte einen Aschestreifen auf ihrem Handrücken; aber als sie wieder hinschaute, war da nur glänzende Haut.

Jan saß neben ihr und hatte die Hände auf ihre Schultern gelegt.

»Es tut mir so leid, Judith. Ich bedaure Abrahams Verlust, und ich bedaure meine idiotischen Worte. Hoffentlich gibst du mir eines Tages eine Chance, dir zu beweisen, dass das, was mir am Herzen liegt, nicht nur mein Lebensunterhalt ist.« Dann, bevor sie antworten konnte, stand er auf. »Maria, ich will nicht, dass du allein nach Hause gehst. Ich habe eine Laterne mitgebracht, aber wir sollten nicht zu lange warten.«

Maria nickte und trocknete sich die Hände an ihrem Rock. »Ich danke dir, Judith.« Sie beugte sich vor und gab ihr einen Kuss auf die Wange. In dieser Geste spürte Judith ein Zögern.

Maria folgte Jan aus der Küche in die Diele. Judith war zu erschöpft, um ihnen zu folgen, doch sie hörte, wie Jan mit einem Feuerstein seine Laterne anzündete. Sie hörte, wie sich der Zinndeckel auf den Zylinder fügte, und sie konnte sich das Licht vorstellen, das durch die gestanzten Löcher schien. Die Haustür fiel schwer hinter den beiden ins Schloss.

Judith erhob sich und wünschte Carolein eine gute Nacht. Als sie durch die Diele ging, fiel ihr eine Stelle auf dem Boden auf, an der sich das Mondlicht spiegelte. Sie trat näher heran und bückte sich. Es war eine kleine Pfütze Leinöl, die sie beim Putzen übersehen hatten. Sie tunkte den Finger hinein und hielt ihn an ihre Nase. Der satte Geruch strömte mit ihrem Atem in den Körper, und es war, als würde Abraham ihr ins Ohr flüstern. Wie am Tag des Feuers, als sie ihn hatte abhalten wollen, noch mehr Leprakranke zu retten. »Aber ich liebe sie«, hatte er geantwortet.

Leise ging Judith hinauf in ihre Werkstatt, wo sie ein Messer, eine Palette und ein verkorktes Glas zusammensuchte und sich einen Pinsel hinters Ohr steckte. Dann schabte sie unten in der beinahe finsteren Diele das restliche Öl auf ihre Palette. Danach öffnete sie das Glas und tippte ein wenig gemahlenes Ocker ins Öl, um es mit dem Messer so gut wie möglich zu vermengen. Vermutlich war die Farbe nicht gut genug gemischt, um sie für ein Gemälde zu verwenden. Aber das machte nichts.

Barfuß trat sie vor ihre Haustür, deren Grün bei Nacht zu Schwarz wurde, als hätte sie ihre eigene Farbe verschluckt. Erneut rührte sie die Farbe und begann, den Pinsel über die Tür zu führen, eine Handbreit über der Klinke.

Sie arbeitete einige Minuten, ließ sich eher von Gewohnheit und Gefühl führen, als dass sie tatsächlich etwas sah. Hin und wieder lief ihr eine Träne über die Wange. Sie ließ sie laufen.

Als sie fertig war, neigte sie den Kopf und versuchte, den Entwurf zu erkennen. Der frische Farbglanz deutete einige Linien an. Rechts funkelte ein kleiner Stern. Sanft lächelnd, wischte Judith sich eine neue Träne weg. Nun markierte ihr Monogramm dieses Haus als ihres. Sie tupfte noch etwas Farbe auf und ergänzte ein geschwungenes J. Judith vom Leitstern wohnt hier, dachte sie. Nein, sie malt hier.

Epilog

März 1643, Amsterdam

Judith

Judith saß an einem Tisch und führte ihren Pinsel über das Pergament. Das Karminrot betonte die Blattkrümmung der Tulpenblüte. Judith lächelte. In den letzten Jahren hatte sie wenig gemalt, und sie war froh festzustellen, dass ihre Hände nichts verlernt zu haben schienen. Sehnlichst wünschte sie sich, Abraham wäre jetzt hier und könnte sehen, wozu seine Schwester noch fähig war. Kurz vor seinem Tod, der inzwischen zehn Jahre zurücklag, hatte er sie gefragt, ob sie eine Tulpe malen könne, und sie hatte nie Gelegenheit gehabt, es ihm zu zeigen.

Das Bild, ein Aquarell von einer einzelnen Tulpenpflanze, war für einen Sammler, der seine kostbarsten Exemplare in einem Katalog zusammenstellen wollte. Von den vorgesehenen Bildern würde Judith zwei fertigen. Es war die ideale Arbeit für sie. Sie beugte sich nach unten und stupste die Wiege an. Der Säugling darin murrte und schlief dann weiter, den Rosenknospenmund ein wenig offen.

Sechs Jahre waren seit dem Einbruch des Tulpenmarktes vergangen, und in diesen Jahren hatte Judith zwei süße kleine Jungen geboren, die dann gestorben waren. Ihr Verlust war ein Schmerz, den sie bestenfalls bändigen konnte; aber er verschwand nie. Doch die kleine Helena, die beim Stillen die Fäuste an Judiths Brust ballte, half. Das Mädchen schien stark und entschlossen zu leben. Judith betete, dass sie es tun würde.

Jan malte in der Werkstatt, und sie würde ihm die Tulpe zeigen, wenn er zum Essen kam. Sie hatte ein wenig mit ihm gemalt, Unterzeichnungen gemacht oder die feine Textur von Stoffen, doch hauptsächlich befasste sie sich mit der Buchführung und allen sonstigen Geschäftsdingen, weil sie in den sieben Jahren ihrer Ehe erkannt hatte, dass sie darin besser war als ihr Ehemann. Und mit den Büchern, den Schwangerschaften, den Säuglingen und der Trauer war ihr kaum Zeit zum Malen geblieben. Nein, eigentlich war sie nicht in der Stimmung gewesen. Jetzt jedoch regte sich Freude vermischt mit Selbstvertrauen in ihr. Lächelnd bewegte sie die Wiege wieder. Sie konnte es nicht erwarten, diese Bild zu vollenden und mit ihrem Stern-Monogramm zu versehen.

Kurz nach der Heirat waren sie und Jan ins belebte Amsterdam umgezogen, daher hatte sie Maria nur selten gesehen. Doch sie pflegten ihre Freundschaft mittels regelmäßiger Korrespondenz. Manchmal hatte Judith Mühe, anderes als ihre alltäglichen Aufgaben zu beschreiben, aber sie wusste, dass Maria es verstand. Maria wiederum hatte das Malen ganz aufgegeben. Es war zu schmerzlich, schrieb sie, und das verstand Judith ein wenig. Nun sollte Maria einen Töpfer aus Utrecht heiraten, Wouter Coenraetsz de Wolff, und Judith fürchtete sich vor der Zeit, in der ihre Freundin noch weiter von ihr entfernt sein würde. Zugleich wusste sie, was auch geschah, sie würde Maria wiedersehen.

Das Licht wurde weicher, und Judith blickte auf. Ein sanfter Frühlingsregen hatte eingesetzt. Sie hoffte, dass Carolein, die mit ihnen hergezogen war, die Wäsche reingeholt hatte.

Helena gluckste in ihrer Wiege und blinzelte mit den großen, torfbraunen Augen. Judith stieß die Wiege ein weiteres Mal an. Nur noch wenige Minuten, versprach sie dem Baby stumm. Sie musste nur noch ein bisschen weitermalen.

Anmerkungen zum geschichtlichen Hintergrund

Judith Leyster wurde 1609 in Haarlem geboren. Sie war die erste Frau, die zu jener Zeit den Meisterstatus erlangte und ihre eigene Werkstatt in der Stadt unterhielt. Schon als Schülerin hatte sie die Aufmerksamkeit eines dortigen Beobachters der Kunstszene erregt, Samuel Ampzing, der ihren »guten, feinen Sinn« lobte. Vermutlich verbrachte sie zumindest einen Teil ihrer Lehrzeit in Frans de Grebbers Werkstatt, doch die wenigen Aufzeichnungen zu ihrem Leben machen es schwierig, mehr über ihre Ausbildung und Laufbahn zu erfahren. Sie reichte ein Bittgesuch bei der Lukasgilde ein, in dem sie sich über einen Lehrling beklagte, der ihre Werkstatt nach nur zwei Tagen verließ und zu Frans Hals wechselte. Abgesehen davon lässt sich kaum etwas über ihren künstlerischen Werdegang finden.

Sie hinterließ so wenig Spuren, dass bereits kurz nach ihrem Tod im Jahr 1660 die Sammler begannen, ihre wenigen vorhandenen Gemälde anderen Künstlern zuzuordnen. Sie signierte ihre Arbeiten lediglich mit einem stilisierten

Monogramm, und nach ihrem Tod wurden ihre Werke für die von Frans Hals, Jan Miense Molenaer und anderen ausgegeben. Erst 1893 entdeckte Cornelis Hofstede de Groot sie wieder, als er ein Frans Hals zugeordnetes Bild prüfte (und prompt reduzierte sich dessen Preis um mehr als ein Fünftel). Im Laufe des nächsten Jahrhunderts nahm die Anerkennung Judiths langsam, aber stetig zu.

Ich erfuhr erstmals etwas über sie bei einer Ausstellung der National Gallery of Art im Jahr 2009, die an ihre Geburt vierhundert Jahre zuvor erinnern sollte. Die Frau, die auf dem Selbstporträt so selbstbewusst dreinschaute, machte großen Eindruck auf mich. Ich fragte mich, wie Judith es geschafft hatte, ihren Platz in einer Welt zu finden, die in unserer Vorstellung von Rembrandt, Frans Hals und später Johannes Vermeer dominiert wurde.

Die Nachtmalerin ist ein fiktives Werk, und ich habe mir insgesamt einige historische Freiheiten herausgenommen – mehr, als ich hier aufzählen könnte. Samuel Ampzing war nicht nur verheiratet, sondern 1633 bereits tot; möge er mir verzeihen. Judiths Prozess gegen die Familie ihres Lehrlings Willem Woutersz fand nicht im selben Jahr statt, in dem sie in die Gilde aufgenommen wurde, sondern 1635. Sie war das achte von neun Kindern von Jan Willemsz und Trijn Jaspers, die ihren Namen später in »Leyster« änderten – »Leitstern«, womit wahrscheinlich der Polarstern gemeint war. Der Einfachheit halber habe ich Judiths ältere Geschwister in der Geschichte ausgelassen. Ihre Eltern waren tatsächlich 1628 vor ihren Gläubigern aus Haarlem geflohen und sind sehr wahrscheinlich nie wieder in die Stadt zurückgekehrt. Wie ich andeutete, heiratete Judith im Jahr

1636 Jan Miense Molenaer, und das junge Paar könnte bereits zu Anfang in finanziellen Schwierigkeiten gesteckt haben, da Jan die Schulden seines kurz zuvor verstorbenen Vaters übernahm. Geldsorgen scheinen Jan und Judith den Rest ihres Lebens geplagt zu haben, obwohl sie hinreichend Mittel besaßen, um Grundbesitz – ja, sogar ein Landhaus – zu erwerben. Es ist gut möglich, dass sich der bescheidene Erfolg, den sie verzeichnen konnten, Judiths wachem Geschäftssinn verdankte. Zudem waren Jans Bilder beliebt und haben sich vermutlich gut verkauft. Sie hatten fünf gemeinsame Kinder, von denen jedoch nur zwei Judith überlebten. Einzig Helena wurde alt genug, um zu heiraten und eigene Kinder zu bekommen.

Heute ist Judiths Selbstporträt Teil der permanenten Sammlung in der National Gallery of Art in Washington, D.C. Es hängt wenige Räume von einem Selbstporträt Jan Miense Molenaers entfernt. Ich stelle mir gern vor, dass die beiden froh wären, einander so nahe zu sein. Das einzige noch vorhandene Gemälde von Maria de Grebber gehört dem Museum Catharijneconvent in Utrecht. Ich habe ihre Freundschaft mit Judith erfunden, halte sie jedoch nicht für allzu weit hergeholt. Judith hat wahrscheinlich in Frans de Grebbers Werkstatt gelernt – und es ist gut möglich, dass es dazu kam, weil er eine nur wenig ältere Tochter hatte, die gleichfalls malte, wie wir von Samuel Ampzing wissen. Bei so wenigen Frauen, die ihr Können und ihre Interessen teilten, liegt nahe, dass Judith in Maria de Grebber eine verwandte Seele fand. Wie es für uns alle zu wünschen ist.

Danksagung

Ich sehe meine Arbeit so, wie Judith die ihre gesehen haben könnte: als dunklen Pfad, den die Flammen jener erhellen, die mich lieben und mir geholfen haben. Ohne sie wäre dieses Buch nie entstanden.

Meine engagierte und kluge Agentin Shannon Hassan hat dieses Buch geprägt und dafür gesorgt, dass es ein Zuhause in einem Verlag findet. Ihr Glaube an Judiths Geschichte hat mir viel bedeutet, und ich hätte mir keine bessere Begleiterin wünschen können.

Zutiefst dankbar bin ich Dayna Anderson und Kayla Church, dass sie mich in die Amberjack-Familie einluden, wo Cassandra Farrin und Cherrita Lee mich und meinen Text auf Kurs hielten.

Jeder Anflug von Ordnung in meinen Worten verdankt sich dem, was ich von meinen schreibenden Kollegen gelernt habe. Mein Dank geht an Mary Aceituno, Richard Agemo, Felix Amerasinghe, Tara Campbell, Jeanne Jones, Terri Lewis, Kseniya Melnik, Britt Peterson, Beth Wenger und Kate Wichmann. Und ein riesiges Dankeschön an Mara Adams, Meredith Crosbie, Suzie Eckl, Rosalyn Eves, Michelle Lerner, Andrea Pawley, Dorothy Reno, Lisa Schultz und Heather Webb, die einen frühen Entwurf des Romans lasen.

So gern ich auf dem Papier auch eine Historikerin spiele, ist mir doch bewusst, dass ich keine bin. Umso dankbarer bin ich den richtigen Historikern und Fachleuten, die meine Unwissenheit ausgleichen konnten. Melanie Gifford von der National Gallery of Art hat mir wesentliches Wissen über Malmaterialien vermittelt, und Frima Fox Hofrichter vom Pratt Institute war die gute Fee dieses Buchs und die Quelle sagenhafter Weisheit über Judith und deren Zeit. Ich danke auch Dr. Chrissy Macken und Dr. Lindsay Kim für ihr medizinisches Fachwissen.

Und schließlich habe ich so vielen in meiner Familie zu danken, allen voran meinem Vater Ronald Callaghan, der mir überhaupt erst das Lesen beibrachte, und meiner Mutter Elizabeth Barry, die mich zum Schreiben und zu diesem Roman ermunterte. Meinen Kindern danke ich, dass sie mir meine Abgelenktheit verziehen und mich sogar drängten, »oben zu arbeiten«. Und ich danke meinem Mann Patrick. Ohne dich gäbe es nichts.

Erica Bauermeister
Der Duft der Erinnerung
€ 22,00, Hardcover
ISBN 978-3-95967-399-0

Was wäre, wenn man Erinnerungen einfach konservieren könnte?

Seit sie denken kann, lebt Emmeline mit ihrem Vater allein auf einer rauen Insel im Atlantik. Er lehrt sie alles über die Natur. Doch vor allem schult er ihren außerordentlichen Geruchssinn. Die Wände ihrer kleinen Hütte sind voller Schubladen mit geheimnisvollen Fläschchen. Darin befinden sich Düfte, die ihr Vater herstellt. Ihr Geruch ist so intensiv, dass sie Erinnerungen an ferne Orte hervorrufen: den Gipfel eines Berges, einen abgelegenen Dschungel … Emmeline beginnt von diesen Orten zu träumen, obwohl sie weiß, dass ihr Vater die Insel nie verlassen würde. Doch dann beginnt die idyllische Welt zu bröckeln. Die Düfte in den Flaschen verschwinden, und mit ihnen verliert ihr Vater den Bezug zur Realität. Und plötzlich ist Emmeline, die nie Kontakt zu anderen hatte, ganz auf sich allein gestellt. Mithilfe eines Fischers gelangt sie ans Festland, wo sie nur einen Wunsch hat: mehr über ihre Herkunft herauszufinden – und über ihre Mutter.

www.harpercollins.de

ULRIKE
SCHWEIKERT
HarperCollins
ROMAN
DAS WIENER
VERMÄCHTNIS
HINTER DEN SPIEGELN

Susan Mallery
Die Tulpenschwestern
€ 16,99, Klappenbroschur
ISBN 978-3-95967-242-9

Kelly Murphy liebt Tulpen. Das jährliche Tulpen-Festival ist ihre größte Freude. Dieses Mal kehrt allerdings ihre Schwester Olivia zurück – die Kelly seit Jahren nicht gesehen hat. Obwohl sie sich wie Tag und Nacht unterscheiden, müssen sie nun in einem Haus leben. Als dann auch noch ihre Mutter auftaucht und sich scheinbar wieder mit dem Vater versöhnen will, erschüttern lang gehütete Geheimnisse ihre Welt. Die Schwestern müssen lernen zu verzeihen und auch, dass die Liebe manchmal ganz eigene Blüten treibt ...

www.harpercollins.de

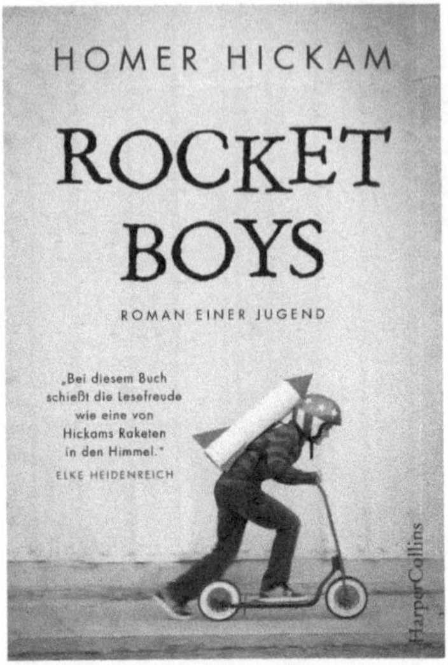

Homer Hickam
Rocket Boys
€ 10,00, Taschenbuch
ISBN 978-3-9596-7300-6

Für die einen ist Sputnik nur ein heller Fleck am Himmel. Doch Sonny bedeutet er die Welt. In der tristen Bergarbeiterstadt Coalwood gibt es für ihn nur zwei Möglichkeiten: Entweder er erhält ein Football-Stipendium am College oder er fristet sein Dasein in der Kohlemine seines Vaters. Doch Sonny hat eine Mission: Er will eine Rakete bauen. Gemeinsam mit seinen Freunden wagt er es, seine Zukunft in neue Bahnen zu lenken. Gegen die Angst. Gegen den Willen seines unnahbaren Vaters. Für die Hoffnungen einer ganzen Stadt.

www.harpercollins.de